MINGUOWUXIAXIAOSHUO
DIANCANGWENKU

民国武侠小说典藏文库

张个侬卷

龙门剑侠·南北游侠传

张个侬 著

中国文史出版社

目　录

龙门剑侠

南北游侠传

龙门剑侠

仗义收徒慨传衣钵

杨柳青侠士初出手

闹监狱错杀人妖

骂奸阉文士闹生祠

龙门剑侠像

龙门剑侠像

追囚车救友出牢笼

闺中话旧侠女抱不平

涉水登山夹沟逢侠女

邱成龙携徒返龙门

第一回

龙门传侠茜窗著书
张口投师村店遇雨

《汉书》作者班孟坚《序〈游侠列传〉》云：

> 布衣游侠剧孟、郭解之徒驰骛于闾阎，权行州域，力折公侯，众庶荣其名迹，觊而慕之。虽其陷于刑辟，自与杀身成名，若季路、仇牧，死而不悔。

末段又云：

> 况于郭解之伦，以匹夫之细，窃杀生之权，其罪已不容诛矣。观其温良泛爱，振穷周急，谦退不伐，亦皆有绝异之姿。惜乎不入于道德。

看官，你看这“权行州域，力折公侯”两句，何等的雄壮，真有楚项羽叱咤则风云变色的态度、生杀由己的威风。又说他“温良泛爱，赈穷周急，谦退不伐，亦皆有绝异之姿”。这几句直将个倜傥慷慨的侠士形容得须眉如现，直欲由纸上跳出来，和读者相见，是何等的笔力。可有一层，这《游侠列传》乃是太史公司马子长作的，他本是有激而发，所以于着笔之际，不免稍涉偏激，故后来班固序上，以五伯为三王之罪人立论，直说到郭解等辈，以匹夫窃国家杀身之权，罪不容诛，重重贬了一贬，贬了之后，却又可惜他们死非其所，怜爱他们不入于道德，真有一唱三叹之致。

看官须知太史公谱《游侠列传》，其时的境遇，实可怨恨（见《古文观止·报任安书》）。故下笔之时，不知不觉地已偏重于奖励游侠。班固呢，他序这篇文字，以史家的身份，不能随声附和，再加奖饰，所以特地从法制上立论，将游侠之辈贬上一贬，以杀其风，这也是地位使然，并无何等作用。假使司马做了班固，前后一易，我知他俩的论调也要互相一易了，所谓易地则皆然，原无什么分别的。不意由此之后，传侠义的书籍竟同绝响。直到唐朝，方有张说作了部《虬髯客传》，段成式作了部《剑侠传》，讽诵一时，方才其势稍振。

由此以后，游侠也多了，传游侠的书籍说部也多了。无如那些作者，学问既无根底，下笔亦无商量，以致所传的说部，竟不能入通人之目、升大雅之堂，仅供乡曲闲话之资，这真是古今来侠客义士的不幸，也就是那班无聊作者的不幸了。但是话又说回来，说部中也未尝无佳构，像《水浒传》（该书记述一百八人，有声有色，不外行侠作义，仗义疏财。而沧州横海郡之小旋风柴进门罗天下士，正和战国四豪，鸡鸣狗偷亦列幕下同一景况，故著者亦以《水浒传》为侠义小说之一种）、《龙图公案》（一名《侠义传》，该书以包拯为纲，以七侠五义等人为目，俗称《七侠五义》，又名为《五鼠闹东京》，曾经俞曲园评过，推为侠义说部中之空前佳作）等书，何亦非士林所称道呢？这也不过人以书传，视作者的笔墨如何罢了。

晚近世风不古，人心式微，小子尝发痴想，以为如是史迁生于今日，不知要生何感想。因将《龙门游侠传》翻阅一过，稍舒胸中郁闷之气，因此却又发遐想，以为上下五千年，纵横数万里，定有那无名的侠义、失传的英雄，可惜无人为之传载，致令将若辈的可泣可歌之事实、可惊可敬之境怀湮没无闻，亦是意计中事，可以断言的。不过予生也晚，未及闻见罢了。

当今之世，上无道揆，下无法守，萑苻满地，哀鸿遍野，欲于这茫茫人海中，求一黄衫客，亦不可复得。今不如古，可深浩叹。再想到技击一道，乃是吾国的国粹，自越王勾践矢志沼吴之后，用文种之谋，聘请南林处女楚人陈音，教授剑术技击等项，是为技击滥觞之始。及后达摩东来，张三丰后起，中国技击内外家互重，南北派分沟，技击一道，遂大昌明。降至今日，宜乎以尚武精神，执全球牛耳了。谁知却又大谬不然，外人讥诮，称为东亚病夫，事实与理想背道而驰，尤可浩叹的了。想到这里，便思击案而起，投笔从戎。再一想，手无缚鸡之力，胸无斗筲之才，从军又有何益？还不如摭拾旧闻，编为说部，补前人游侠传记之遗憾，期我武捍卫于后世，从事于我的笔墨旧生涯是正经。因此握笔伸纸，就茜纱窗前，洋洋洒洒，写出这部评话来。并非作者自夸，小子这本书，实堪说得寓惩劝于字里行间，振尚武于笔尖腕底，而情节冗繁，人物绮丽，尤其余事呢。

看官，你道怎么一回事？且听在下从头道来。正是：

龙门游侠消块垒，张相虬髯警顽痴。

话说明末熹宗天启年间，用魏忠贤，诛六君子，亲嬖幸，远贤人，榜东林党，政教久弛，俊彦裹足，内有土司奢崇明、教匪徐鸿儒之变，外有强清（其时清太祖已建都沈阳）、红毛夷（《纲目》注云，红毛夷即荷兰，攻占台湾等处）之寇，天怒民怨（天启年间，沈阳有数日并现，又有星与日并见，北省地大震，均系乱兆。至于民怨沸腾，其事尤多，卒有闯献之祸，可复按也），灾害并至。老弱之徒，辗转沟壑；桀骜者流，啸聚山林，上无道揆，下无法守，因此便激发出几位佚名的英雄、失传的豪杰来，行侠作义，诛奸杀佞。其境遇可悲，其行为可敬，其生平可泣可歌，其事略可兴可舞。惜乎史册不载，稗官未传，坐令爱国男儿，锄奸侠义，与草木同朽腐，岂不使英雄气短、壮士灰志吗？慢着，在下今日既在茜纱窗前伏案著书，提倡尚武精神，发扬侠义事业，自应将其人其事详细地向读者报告一番。看官们别忙，请看下文。

却说明神宗年间，其时君昏臣庸，朝政失修，虽未像熹宗时的大乱，但是祸机隐伏，已在潜谋发动之时。

山东莱州蓬莱县知县贪婪无厌，治下火家堡地方有个农民，姓关名荣，表字欣木，乃是个半耕半读的儒者。娶妻火氏，乃系本村火大户的女儿。夫妻二人伉俪甚笃，所生一子，取名廷玉，年方三岁。他有个嫡堂兄弟，名唤关林，表字树功，也在本村居住，只因年幼，尚未娶妻。他家中有田五十余亩、耕牛二头、竹林一所，花园鱼池占地三亩有余。在本村，除去火大户之外，要算得他是个小财主了，因此人家有女儿的，都想仰攀他这门亲事。无如他择婚甚苛，总是谈而未成，每日到关荣这边来坐，虽是嫡堂兄弟，却比同胞手足还来得亲热。

关荣的父亲在日，当老弟兄析产分居的时候，关荣家中传下来的遗产，也和关林家中相仿。无如关荣多读了几年书，又未曾考得上，虽不是书呆子，然而总不免带着点儿书毒头气味，又兼乐善好施，不十分经营生人的产业，因此未曾几年，家业已是中落，和关林比较起来，竟成了个对折模样。虽然如此，但在本村也要算是个小富人家了。

关荣家中有名世仆，名唤关长发，为人甚是老诚勤谨，关荣家中的事务，上上下下，差不多都是他一手经营。他有个妻舅，名唤尤二混，和关林的贴身小厮关兴儿却是表弟兄。尤二混的儿子，名唤尤进禄，却在火大户家帮佣，做个长工。

也是合当有事，那年新年，乡间家家户户都大大小小地聚着赌钱、掷骰子、斗纸牌。那尤进禄却在本村地方曹正家中，赌钱输了个大窟窿。尤进禄急了，便想翻本，无如身边无钱，只得急匆匆回到主人家内，偷了件古玩，走到曹正家里，向他押钱。

曹正见那古玩乃是个白玉圭，洁白晶莹，光彩匀润，心中大喜，暗忖，这白玉圭，怕不值几两银子吗？便道：“这东西是冷货，值不了什么钱。咱又不是珠宝客人，要这东西无用，你还是将了现钱来赌吧!”

尤进禄见他不肯押钱，心中可真急了，便央告道:“这东西咱又不卖给你，不过暂时抵押几个赌本儿，咱赢了立刻就要赎回的。你别这样使刁劲儿，咱俩连这点儿交情都没有吗?”

曹正道:“既恁地说时，咱借给你一贯钱，你将去做赌本，倘使赢了，你立刻就赎了去，假使输了呢，你却又怎么着呢?”

尤进禄此时只要有赌本，哪还计什么利害，便道:“你先借给咱两贯钱，咱如输了，一两个月来赎，可好吗?”

曹正道:“钱便依你两贯，但是一两个月的日期，未免太长了，咱却等不得。你如要钱，咱给你半月限，如是半个月不赎，这东西咱可就卖掉了。假使卖不出两贯钱来，你还得找补给咱呢。不然，咱可吃不起这个亏。”

尤进禄心中急等要钱，以为钱一到手，马上可以翻本，半个月还怕赎不回来吗？当时满口应允。

曹正收了白玉圭，交给尤进禄两贯钱。尤进禄又钻到台面上，和他们去赌。偏巧越是想赢，那骰子却越不肯帮忙。一连押了几注，都被人家吃了去。及至自己坐庄，却掷了个双幺二三。尤进禄直气得发呆，没奈何，只得赔了人家的钱。统共两贯钱，哪经得起这样输？一眨眼工夫，早已输得精光。

尤进禄一急，回身想再和曹正商量，再借几文。

曹正冷冷地道:“咱哪来这许多钱？你还是回去另打主意吧!”

尤进禄无奈，只得跑到关林家内，向他表叔关兴儿商量。

可巧这日，关兴儿因为赌钱输了，正嘟着个嘴，在那里没好气，一见他表侄来借钱，便道:“你主人年下都不给你赏钱吗？这新年头上，便向人借钱，定是在什么地方花了呢。咱没有钱，你去另外找主儿去吧!”

尤进禄碰了一鼻子灰，又去找到姑父关荣。

关荣是年长之人，知道他定是赌输了，借钱去翻本，便道:“你这孩子，老不习好，这赌钱场上，也是跑得的吗？咱不能借给你，借给你可反害了你了。宁可你恨得我牙痒痒的，咱也不能借钱给你做赌本儿，当心你姑姑听见了，回去告诉你爹，捶你呢。”

尤进禄钱未借着，反受了几句言语，心中好急。无奈何，只得垂头丧气，回到火大户家中。恰巧火大户在家，正因不见了白玉圭，在那里查问呢。

尤进禄此时贼胆心虚，只吓得面如土色，深恐大户问到自己，只得俯着头，走回自己的房中去。

原本乡户人家，主人的宅子和长工等的卧房总是不在一起的居多，这火大户家又是个首富，自然是尊卑有别，考究的了。当时尤进禄怀着鬼胎，走到自己房内，躺在床上，自思，这个祸，却闯得不小，万一主人追问到自己，如何是好？姑父不帮忙，表叔不补助，这可不得了了。正在发急，忽听得主人呼唤，没奈何，只得硬着头皮走到主人屋中。

火大户道："进禄，你这几日赌昏了吧！田里也该去看看了。后园竹林内也许出笋了，以后可别再赌了。"

尤进禄起初只道是问白玉圭，此时才知是主人训话，方才定了定神，口里一迭连声地答应是是是，退了出来。陡一转念，主人说我赌昏了，莫非他已估量到是我偷东西吗？这光景可不对呢。想了一想，不由得心寒胆战起来，心想，这件事如果闹穿了，咱如何见得人？不如早些辞了这里的事，另做别的打算吧。再一想，不妥不妥，一时间到哪里找事？咱父亲的那个脾气，咱受得了吗？不如咱索兴再偷主人一两件东西，去到曹正那里去赌，如是赢了，万事全休；如是输了，咱再寻别的算计。这小子想到这里，陡然贼心大起，一时胆壮起来，哪管好歹，当晚偷个空儿，又偷了主人堂前的古铜香炉、古铜的火盆、点铜锡的蜡台，悄悄地走到曹正家里。

曹正是公门中人，焉有不知这勾当的？便问他将了这些东西来何用。尤进禄将重借赌本的事说了。

曹正眉头一皱，陡然心生一计，便道："进禄，你这东西，乃是赃赃，咱这里如收了你的，押作本钱，咱公门中人知法犯法，咱这场官司可打不了。咱如将你捉住吧，未免太不讲交情了。这样吧，咱再借给你两贯钱，你如赢了，立刻赎去；你如输了，只好你再去想法了。”

尤进禄初听他的口气，心下吃了一惊。及至听他肯借，不由得大喜。当下恳商再三，借了四贯钱，复又去赌。谁知他的偏财星不坐宫，一夜输得个精光。尤进禄此时左右为难，面色都急变了。

曹正见他又输了，心中大喜，便道："小子，你真是晦气，怎又输了呢？快回去想法来赎，半个月咱等不得呢！你想咱们的钱是什么钱？要放利的，再则，你拿得来这些东西，可不是好来头，日期一多，事闹穿了，咱吃不了这个官司，你得早些想法才好。"

尤进禄被他一说，恍如兜头浇了盆冷水，没奈何，只得挨到天亮，无精打采地离了曹正家内，回到火大户家来。路上一想，这事可不得了，咱回去，主人一问，可不是立刻送命。那曹正又逼着去赎，咱不如寻个短见吧。走到池塘边上，便想向里面跳。究竟人人惜死、个个贪生，忽又转念，咱死得太不值得了，倘或主人不追问自己呢，那有何要紧？即是吃官司，也没甚大罪呀。想到这里，反放了心。

回到火大户家来，果然火大户已是起床，在客堂里查问这几件东西呢。一问结果，就猜定是尤进禄偷的。当时将尤进禄唤进来，问他可曾偷。尤进禄死也不肯承认。火大户见他不认，便命人去唤曹正，报了失单，叫他查赃。如是人赃并获，赏他二十贯钱。这句话一出口，尤进禄的肺都急炸了，暗说不妙，假使曹正说出来，咱准得吃场官司呢。只得跪下来哀求，说是自己一时赌昏了。火大户大怒，忙命人去唤曹正来，给了他六贯钱，赎了回来，还重重地责罚了曹正一顿，说要进城去见知府，将他这不守本分的地方革去。

曹正受了一场教训，只得诺诺连声，退了回去。火大户又命人去将尤二混唤来，叫他将儿子带了家去。尤家父子只得回去。

那尤二混脾气是最坏的，到家将进禄实着地捶了一顿，骂不绝口。进禄溜将出来，心中陡然糊涂，不怪自己不好，却怪主人无情。如是他不撵了咱出来，咱绝不会要紧的。如今名誉坏了，帮人家是不成功的，不如索兴到曹正家里，和他商量商量，想个法儿，报一报这个仇。这小子一口气跑到曹正家里，向曹正磕头，问他的计策。

曹正因受了火大户的言语，心下不自在。原本他的意思，是想将几件东西干没，自己转卖给人，好发注小财。即不然，那火大户家定要给赏钱的。却不料羊肉未曾吃着，惹得一鼻子的臊气。此时见进禄来了，便重重地骂了他一顿，末后见他顶礼求计，要报主人之仇。曹正是个什么人？黑白两道的朋友，江湖上的勾当，如不省得，他能做地方吗？因此便笑骂道："好个猴儿崽子，你这样的心肠，还了得吗？"

尤进禄再三地求教。

曹正道："你当真要报仇，这也容易。你只要将你主人的生日年岁，以及火家家内的大小人口和亲友等等，抄个单子给我。"

尤进禄道："咱不会写字，你老自己写吧！"于是查了一查，将主人的生日等项，一股脑儿说给曹正。

曹正抄写好了，又问了他前门后户，前后几进房子。问明之后，便说："小子，你瞧着吧！只要几天，就可以使那火大户败产倾家了。"

尤进禄忙问他是怎生个计较。

曹正笑道："你别问，你回家去是正经。"

尤进禄拜谢回去。曹正却走到城内，去拜访他的朋友。这朋友乃是牢头禁子，姓黑名莘，当下二人见面，曹正便问他："前日捉住的那一群江洋大盗可曾过堂，有过口供吗？"

黑莘道："没有。因为这几个都受了伤，须等伤好了，方才过堂呢。"

曹正大喜，便将自己的意思向他说了。黑莘当时应允，便带他入牢，向那些大盗说。大盗正因无人使钱，在牢中受苦，这一来，大家罪名是从犯，比那主犯要减等，如何不喜欢。遂问曹正的话，曹正将火大户的年岁、生日，以及一切情形完全告诉了他们。

过了几日，知县审问群盗，群盗却将火大户咬扳在内。知县大喜，原本这位知县是个贪婪无厌的主儿，如今听说是火大户窝家，明知冤屈，他却心下怙惙，财帛星进宫，如何不喜？当时出签提人。去了几名马快，到火家堡，将火大户提了来。明季刑章，什伍连坐，最是厉害，因此将关荣弟兄也牵扯在内。上自知县，下至书役、禁子，无一个不要孔方打点。

俗语说得好："充家知县。"凭你多大的家业，总经不得贪官的敲诈、恶吏的诛求。不曾几年，火、关两家已是一败如灰。虽然官司弄明白，可惜火、关两家已穷得精光了。火大户因此气疸而死，关荣夫妇也因境遇不顺，愁痛身亡。关廷玉却赖着关林和世仆关长发，种人家几亩租田，刻苦抚养。那时节，火、关两家的童仆婢女已是星散，关兴儿也投奔外乡去了。

如此又是几年，关林也因郁闷而死，幸亏关长发忠心看待廷玉。

廷玉长到十二岁，生得堂堂仪表，虽是童子，却很有些大人的规模。关长发自己也识得几个字，无事时常教廷玉几句书。那日教到《家语》上"苛政猛于虎"一句，不由得痛哭起来。

廷玉忙问："老爹为何伤心？"

关长发将家中前事一说，又说："冤沉海底，告状是官官相护，所以主人均因此而死。"说罢又哭。

廷玉也不禁哭得死去活来，半晌方止。由此后，关长发过于哀痛，便生了病，年迈之人，怎禁得起？不到两个月，即已西归。

廷玉更加伤感，幸亏乡邻周恤，凑钱给长发弄了口棺材，方才草草成殓。

廷玉茕茕孑立，种田吧，年幼怎么办得了，那田主也不放心，已将田收回，另外租给别的佃户，将廷玉弄到家中去放牛。廷玉虽有衣食，究竟不安，心念父母之仇未报，自己难道就这般做一世的牧童不成？别看他人虽年幼，可是志气很大，他尝听长发说过，有志不在年高，无志空长百岁，所以他立志要给父母报仇，为祖宗争气。无如生在乡间，见闻不广，终想不出个计较来。

那日正在路旁放牛，恰巧大路上来了一群人，乘马带刀，押着些车辆骡马，车上插着面小红旗。那光景是些保镖的达官，保着一只镖，由登莱一路上京都去呢。

关廷玉看得好玩，便跟在后面，见识见识那些货物。只听那马上的达官互相问答道："咱听说张家口环龙岭的邱成龙，他老人家乃是张三丰的嫡派，功夫极好，真是个盖世的英雄。咱们如有机会，走京津大道，出张家口，到平地泉或是到库伦去时，咱们去瞻仰瞻仰这位老英雄，也不枉生此一世。"

又一个道："这话不错，现在北道上英雄，谁不是闻邱老爹的大名，即拜下风呢！"说着，一催坐下马，吩咐赶车的快走。

关廷玉在后面，听得这番话，陡然心中一动，暗忖，我如找到姓邱的，教给我些拳棒，岂不强似在这里放牛？假如访着那个赃官，顺手拉刀，不就可以报仇雪恨吗？想一想，不由得立在路上呆了。却被一阵大风迎面吹醒，回身仍去牧牛。

一会儿，太阳西下，廷玉牵牛回去。吃了晚饭，心下打稿儿："有志者，事竟成"，咱不如私自逃走，一路求乞，前往张家口环龙岭去求邱成龙，学些技艺，岂不是好？想定主意，当晚埋头就睡。

次日，天还未明即便起来，带上自己的衣服，穿上一双草鞋，悄悄地开了庄门，迈开大步，向外就走。也不知张家口在哪条路上，却抱定宗旨，由那日几个达官走的大道上，迤逦行去。

行了一程，觉着有些饥饿，身上分文无有，只得走到路旁一家村酒店里，问那店堂里坐着的一位老婆婆行乞，讨碗剩粥冷饭吃。那老婆婆见他年幼，怪可怜的，便给他一碗麦饭。关廷玉再三申谢，将来吃了，可怜冷而且干，又无咸头，咽了半天，方才咽将下去。正待申谢出门，忽然间阴云四合，起了一阵怪风，抛得黄沙滚滚，接着便是一阵暴雨，如天空瀑布，倾盆而下。廷玉只叫得一声苦，欲走不得。正是：

风云不测天降雨，祸福无门人事悲。

毕竟关廷玉如何走法，请阅下文分解。

第二回

立志复仇行乞奔走
仗义收徒慨传衣钵

话说关廷玉心怀隐恨，立志报仇，离得主人家内，行了一程，正在村酒店里向老婆婆讨得一碗麦饭，吃了下去。刚要申谢出门，不料天公不作美，凭空的下了一阵暴雨。廷玉好不心急，立在门口，唉声叹气。

老婆婆听得，忍不住问道："小哥，你有何心事，这般地长吁短叹?"

关廷玉年纪虽小，心孔儿却很玲珑，常听人言，出门人有几句口诀，叫作："逢人只说三分话，知人知面不知心。"当时回身答道："咱想到天津去，寻一个亲戚，只因出门慌促，未曾带得一文半钞，只得沿途行乞。像这般大雨，如何走得？所以叹息。"

老婆婆将舌头一伸道："小哥，你好大胆量，此去天津，路途遥远，别说你未带钱，就是带钱，也难以行走。听你口音，像是本地人氏，我劝你还是等雨住之后，回家去要紧。你年幼，不知出门的苦处，万一到天津后，找不着你的那个亲戚，可怎么好呢?"

关廷玉初次出门，听她这逆耳之言，好不扫兴，但已身离故土，却也不放在心上，口中只说："老太太，你老不知道，咱不到天津，在家也是不了。且到那里去走走看，如碰不着，再作道理。"

老婆婆笑道："小哥，你真说得好轻松话，这无钱行路已是难事，万一在路上遇着三日晴五日阴的天气，或是遇着拐子，你这小小年纪，岂不是白送吗？”

关廷玉只不答应，等了一会儿，雨势渐收。原本这时节是四月天气，乍雨乍晴，时所恒有，这云头上的暴雨一霎时雨散云收，一轮红日早又徜徉空中。关廷玉心中大喜，谢别了老媪，迈开脚步，向前进发。一路问人，向京津的方向路程，沿途行乞，日则行程，夜则小庙，或是屋檐下面，或是树林，或是村庄人家，借宿一宵，一路上饥餐渴饮，俱无一定，只得忍饥受饿，披星戴月，向前奔走。可怜小小年纪，每日走八九十里路程，真也亏他立志甚坚。

那日，走过了德州，问人知离天津不远，心中不胜之喜。

又走了两日，过了天津，问了问人，直向张家口大路而行。一路风霜，那北路上沙土极重，灰尘障天，一阵风来，常迷双目。关廷玉忍着痛苦，向前进行。一路扣住食量，将讨得来的馒首、饽饽之类逐日余存，留着备而不用，所以并不觉得十分的饥荒。好容易问到张家口，寻访到环龙岭。

原来这环龙岭离张家口足有五十里地，那山路纡曲，只有一条出路，差不多的行人，走到岭内，弯弯曲曲，绕了回头路，因为里面是个绝路，所以唤作环龙岭。关廷玉走到环龙岭，问了问樵夫，才知邱成龙家里住在岭的最高去处，他那房屋四周都是用石头砌就的围墙，门前有一棵大枫树，老远地便看见那树的红叶儿。关廷玉向樵夫谢过，依着他的话，向岭上走去。

这时节已是七月天气，岭上松柏成行，反觉得凉风习习。关廷玉沿途受惯了烈日熏蒸，尘土障目，到此境地，不由得心下爽然，那脚下也不由得走快了许多依着山势，向那最高的处所，有枫树的地方走去。走到傍晚，方才到那门前。关廷玉四周一看，见那垣墙高与天齐，巍峨可怕。再被那将落山的日色映着，一道红光射在墙上，更觉惊人。由那门口一看，不由得倒抽了一口冷气，原来上贴着张字柬，乃是：

成龙今因细故，远适陕豫。诚恐友好来访，有失迎迓，特此布知，诸希鉴谅。

关廷玉心下踌躇，自己涉水登山，行程到此，扑了一个空，这却如何是好？想到这里，不由得号啕痛哭。哭了半天，忽然嗖的一声，由墙上跳下一个彪形大汉，将自己挟着，纵上墙头，跳将入内，放在地下，一径入内去了。

关廷玉心中一惊，暗说，不好，这光景分明是凶多吉少。正在担心，只见那大汉引着一位白发的老者，背叉着手，走到面前，喝道："你这小厮，从何而来？为何到咱这里号哭？快些说来，饶你不死；如有一字支吾，立刻将你投入山涧喂虎。"

关廷玉将那老者一打量，见他生得和眉善目，说话的声音虽大，那满面的慈悲却总遮掩不住。忙叩头道："小子名唤关廷玉，只因到此访求邱成龙老爹，在门上看见那张字柬，知道他老人家已出了门。小子由山东行乞到此，未能遇着，怎不伤心？因此忍不住痛哭。不料却惊动了老爹，多多得罪，望乞海涵。"

那老者闻言，便说："你由山东行乞到此，所为何事？你可认识邱老爹不呢？"

关廷玉道："小子并不认识，只那日在路旁牧牛，听见两个行路的达官说，张家口邱成龙老英雄武艺高强，因此才冒风雨、忍饥寒行乞到此，为的是投到邱老爹门下，做一个服侍老爹的家童，就便跟老爹学几手拳棒，好给父母报不白之冤。如今扑了个空，怎不伤心落泪呢？"说罢，那两眼的泪珠儿又忍不住直滚下来。

老者道："小哥，你别流泪，听你的话，也很伤心呢。如今邱老爹也不在家，你到此也是无益，不如还是回去吧，咱也不怪你。"说着，便向那大汉一努嘴。

大汉会意，回身到里面，去不多时，便取出两封银子来，塞在关廷玉的身边，仍旧将他挟在腰间，纵上墙头，跳到外面，将廷玉放下道："你快些回去吧，停一会儿，天黑下来，就不大好走了。"

关廷玉刚要申谢，那大汉身形一扭，已上墙头，跳向里面去了。

廷玉好生叹息，坐在大枫树下面，发了一会儿呆，一想，此番跋涉，大非易事，既到这里，复又空回，自己认真地要回去吗？唉！不要说涉水登山大非易事，就是果真回去，投奔故主，未必收留；投奔别家，更是废话了。想到父母之仇，冤沉海底，忍不住泪如泉涌，湿透衣襟。深恐再惊动里面，只得起身行去。走了五七十步，离那围墙稍远，复又坐下，仰看天上。那天上正烧晚霞，映着这一带树林，好不惊心动魄。树上群鸟归林，叽叽喳喳，叫个不休。

此时廷玉心中好比刀挖箭穿，真是说不出的痛苦，不禁又哭了一会儿，心中想道，咱不如死在此地，免得回去丢人。父母之仇，只好付诸因果，如是不死，投奔谁去呢？如果将来死在路上，倒不如死在这里的好了。一则明我心迹，二则也可早些去服侍父母在天之灵。想到这里，便在地下撮土为香，向天哭拜道："父母、外公、叔父在天之灵，幽魂不远，不孝廷玉，今日访师未遇，报仇不能，只得求父母、外公、叔父将不孝带去，在阴世里服侍服侍。"

哭拜已毕，站起身来，将方才大汉塞在腰间的两包银子放在地下，解开自己的裤带，爬上树去，系了个活结，将脖项向里一套，两脚一抽空。不料人重，裤带子扣不住，啪的一声，将关廷玉由树上跌将下来。关廷玉跌得浑身骨痛，手足皮都跌破，不由得仰天叹道："一个人穷通真有定数，咱关廷玉连寻死都死不成了，这可怎么好呢？"一想，有了，咱何不爬到树顶上，向下一跳，头朝下，脚朝上，一个倒栽葱，怕不立刻送命吗？想定了主意，便忍住了手足疼痛，爬上一棵大树。由那树枝上向下一看，好不害怕。但是人到寻死之际，胆也雄壮得多了。

关廷玉将头向下，两脚一松，满望跌将下去，了却残生，谁知树大枝多，竟将衣衫挂住，弄成个上不上，下不下。关廷玉好生着急，使劲儿直向下坠，只听咔嚓一声响，那树枝一断，关廷玉直落下来。

说时迟，那时快，突然，树脚下纵过一人，双手将关廷玉接个正着。

当时关廷玉两眼一闭，把心一横，以为准死，却不道又死不成。睁眼一看，不由得大吃一惊。原来自己却被那方才的老者接着，轻轻地放在地下。不由得满眼流泪，长吁了一声，闭目不语。

那老者道：“孩子，你这小小年纪，怎么就要自寻短见？快些说来。”

关廷玉见问，只得张开双目，又叹了口气。

那老者道：“孩子，你怎么不开口，尽叹气做什么呢？有话好说，咱能给你帮忙，总给你想法就得了。”

关廷玉闻言，一骨碌翻身拜倒，将自己的事从头至尾哭诉了一番。

那老者听罢，不禁凄然道：“原来你却是个孝子呢，这却可敬得很。快些起来，咱便是邱成龙。”

关廷玉不信，望了他两眼，并不开口。

那老者微笑道：“你不信吗？咱给个样儿你看。”说着，将手一指，一道白光，直向那株大树顶上一绕，只听得咔嚓一声响，一个大丫杈由上面直落下来。

关廷玉惊喜交并，以头碰地，一迭连声地唤叫：“老爹，恳求收留小子，做个徒弟，可怜则个。”

邱成龙笑道：“你且起来。”说着，俯身给廷玉拾起方才两包银子，一手搀了廷玉，向前就走。

廷玉此时大喜，浑身疼痛一齐都已忘却，跟着成龙直向那高围墙走来。看天上时，已是群星灿烂，玉兔东升。到了墙边，邱成龙将关廷玉轻轻一挟，已是越过墙头，直飘落到里面，如风飘落叶，毫无声响。

廷玉惊喜不胜，随在后面，直跟着到内屋里来。只见里面灯烛辉煌，甚是明亮。廷玉一打量，乃是明三暗四七架梁的房子。过了这进，便是一顺四间敞厅。敞厅过后，便是客座、书房。书房过后，方是上房，一顺四间。

邱成龙坐将下来，吩咐廷玉坐下，问了他几句，然后高唤人来。

便见方才那个大汉应声而至，邱成龙对廷玉道：“这乃是我的世仆邱应智之子，名唤邱化愚。虽是侍仆，为人却甚是精明强干，粗识文字，力大无穷，略知武艺，你不可轻视了他。”

又对邱化愚道：“他是个孝子。”便将廷玉的事，略说了几句，然后道：“老夫今日收他做个徒弟，你领他到后面去，拜见主母、姑娘和你大爷，然后将他送到书房里去睡。烧一盆水，给他沐浴更衣，问你大爷去要。我此刻有事要去。”说着，起身出了上房，径向前面去了。

关廷玉忙向邱化愚拱手，口称大哥。化愚连称不敢，一面给廷玉将身上的衣服解下，拍了拍身上的灰，便带他到后面去拜见主母。

原来邱成龙之妻孟氏，年虽六十二岁，却是精神健旺，身体很好。生有一子一女，子名德昌，今年二十九岁，尚未聘娶；女名楣卿，今年二十四岁。德昌生得身高七尺以外，虎头环眼，声若洪钟，力能举鼎，受乃父家传的武技，软硬功夫俱好；楣卿生得明眸皓齿，身形苗条，女红之外，并娴武事。兄妹二人跟着成龙习武修文，虽不说武同黄衫客、聂隐娘，文如曹子建、谢道韫，然而也要比那些庸俗之辈高万万了。孟氏却是供佛茹素，除教授女儿针黹及经营家事以外，一切均不过问。

当时化愚领着廷玉到里面拜见主母、大爷、姑娘以后，便向大爷要了几件从前的旧布衣服，给廷玉预备洗换。回身再领到外面，吩咐佣仆去烧了沐汤，服侍廷玉洗了澡，换好衣服，又到里面去吃夜饭。吃过夜饭，再送他到前面书房内安歇。

廷玉看那书房内布置得甚是整齐，一张小客床，床上布设着簇新的被褥，挂着顶白夏布帐子，床面前放着一张灯框，灯框过来，靠窗放着张书桌，桌上放着文房四宝，迎窗靠墙放着四张椅子、两张茶几，床对面放着一张书橱，里面满贮诗书，墙上挂着一口宝剑、一只琴囊、四轴画条儿。

廷玉看了一会儿，想起自己四五岁时家中的景况，不由得潸然涕下。正在伤感，那化愚却又送进几件衣服来。廷玉接过一看，正是自己带来的，便放在床上，谢了化愚。从此后，廷玉唤化愚作大哥，化愚称廷玉为小爷。

次日，廷玉起来，帮着化愚做事，化愚哪里肯要他做？廷玉道："洒扫应对，乃是小子分内之事，我在这里又不是做客，还能讲什么净吃不动手吗？"化愚方才答应。

廷玉帮着他洒扫揩抹毕后，方才去叩见师父、师母、师兄、师姐，甚是谨慎小心。邱成龙一家大小以及奴仆等人无不交口称赞，说他乖巧讨喜，因此廷玉的人缘很好。

一连住了半个月，廷玉心中焦急，却又不好出口，怎么师父并不教给自己功夫？那日实在耐不住了，便走到邱成龙面前，跪将下去，求他教授。

邱成龙笑道："还早还早，你以为这练功夫的事，是性急得的吗？"

廷玉跪在地下，再三央告。

邱成龙笑道："你且起来，我领你到后面去。"说着，便领了廷玉，径往后面。

原来这后面乃是一片广场，那旁有两间空房。邱成龙将他引到空房内，廷玉将屋内一打量，只见房内排着刀枪剑戟十八般兵器，一旁放着几副千斤担，由小至大，一面放着一口袋铁砂、四个大铁球，一面放着两个蒲团、一只风炉、一篓木炭、一小袋铅条。

成龙道："你的志气是很好了，但是有一层，这武功一层，不是轻易传授得的。你得对天立誓，发过洪誓大愿，我方才放心。"

廷玉大喜，依言走到广场上，跪下地，对天叩头，发了个重誓，方才入内。

成龙道："你身小力微，在未练功以前，先得练点儿气力。"说着，便用手指一副最小的石担道："你每日练这个，由小至大，能够盘旋如飞，这是练手劲。"又指那铅条道："你明日起，将铅条逐条地加入，缚在腿上，先练腿劲，这腿有七十二种，腿练好了，还有双铁底的鞋子，你再穿上。手足之力健全，逐日锻炼身体。手眼身法步，乃是技击的五字要诀，这五件均好，然后教你的拳术。拳术练好，便得逐日举行趺坐。”说着，将手一指那蒲团道：“这套功夫，乃是最难练的，如能练好，内功便成。内功一成，自然各事不难迎刃而解。然后练铁砂，每日以手抄砂，抄得皮肉齐脱，重生老皮。再练铁球，这铁球呢，用风炉烧好木炭，将铁球放入，烧得透体通红，抓在手掌中，左手抛递右手，右手抛递左手，如此手法放快，再练陆地飞行的功夫。那时铅条一去，两腿如飞，便可功成圆满。不过有一层，要有耐性，吃得苦，养气的功深，不拘时日，方才可成。假使急欲成功，非徒无益，恐且有损。你须谨记吾言，方堪造就。好在我这房子四面围墙，中间大门，如要没有真功夫的，休想出去进来，你要明白呢。”

关廷玉再拜受教。次日，成龙命化愚教他舞石担、缚铅条，练些皮毛的粗笨功夫。在广场中间，掘了个大可二尺、深可五寸的塘儿，命廷玉由下望平地上跳，那腿上的铅每日加重，地呢，却每日加深一寸。

如此练了多时，成龙便教他的拳法。又逐日加添抄砂、握铁球的功夫。

如此练了一年，寒暑不断，一套一套的拳术教完，再教十八般武艺，尤注重在击剑，由是便练习趺坐，吞吐运气。这趺坐吐纳之法大是不易，乃是运内功的初步，那鼻管中的两丝气息，呼吸之间，由丹田直贯脑门，在内家谓之运用罡气，大之可以百步内弹指击物，小之可以却病延年。廷玉练气，兼练剑术，日夜练习。暇时成龙又教他些书翰，免他偏重武技，不善养气，将来仍不能得到上乘的功夫。

如此又是三年，廷玉已是一十七岁，练得身如骨立，清癯可怜，虽然身长六尺以外，远望去却如病夫模样。

成龙见他技已完成，每日考验他的大红拳、小红拳、罗汉拳、八仙拳、武松的鸳鸯脚、岳飞的八段锦、达摩的易筋经，以及本派张三丰的诸般拳法，并吐纳罡气，以及剑术，果然式式精通。末后讲授夜行人规律、江湖上口诀，以及行侠作义的勾当。复又令子女和廷玉对敌，一试他的本领，果然半斤八两，不分胜负。便道："廷玉，你明日如能由墙上出去，复又进来，再由大门出去，便可下山。你如杀不出去，还须在此三年，方能下山。你快去预备吧！"

廷玉领命而退。正是：

慨传衣钵勉侠士，却叫门墙故为难。

毕竟关廷玉如何出去，有无危险，请阅下文分解。

第三回

疑鬼疑神属垣闻诡语
见贤见义暗地保忠良

话说关廷玉自到环龙岭之后，已是四年。那时正是二月天气，春寒甚厉，他乃练过内功兼通剑术的人，已到寒暑不侵地步，所以并不觉得。

这日，他受命而退，心想，到此几年，那墙垣上有何秘密，门上有何厉害，统不明白。问人时，都不肯说。听师父之言，其中很有玄奥，莫如真有什么厉害不成？

正在沉思，恰巧邱化愚进来。廷玉便请他坐下，问道："大哥，小弟有一件事，前此尝请教过，无奈大哥总不肯说。如今事到临头，大哥可怜小弟则个。"

化愚道："小爷，什么事，请明说了吧！"

廷玉道："大哥，你是个聪明人，这件事还用说吗？"

化愚恍然道："莫非为那门墙吗？"

廷玉拍手道："着着，正是如此。"

化愚道："这件事可很难呢。"

廷玉道："怎么又难呢？"

化愚道："小爷有所不知，那墙是石头砌成的，可有一层，那上面的一层却是空的，中间均是埋伏，毒弩药箭甚多，一个不留心，立刻送命。"

廷玉道："大哥这句话可不对了，咱记得那年进来的时候，大哥不是纵上墙头，然后再下地的吗？既是空的，你怎么又踏在上面呢？”

化愚笑道：“小爷，这个我告诉你吧，那上面也不全是空的，大约每隔三块石头，便有一块实的。但那实的嘛，只有两边边上是实的，那中间却是空的，一个不小心，比踏着那空的还要危险呢！”

廷玉急道：“如此说来，咱明日是休想出去的了。咱在此再等三年不打紧，咱就怕那仇人死了，报不着仇，未免就要终身抱恨了。”说着，长叹了一声。

化愚道：“小爷别急，咱有个计较。”便在他耳边说了几句。

廷玉大喜，拱手称谢。次日清晨，仍旧去练了功课，然后拜别师父、师母、师兄、师姐，又和化愚见礼。

化愚道：“小爷，咱在外面等你呢。”说着，先向外面去了。

这里廷玉扎束停当，肩背单刀，走出前面房屋。到墙边仔细望，见有一个小粉印儿，觑准了那所在，退后两步，使了个燕子穿帘式，嗖一个箭步，纵上墙头，略一点足，已是飞将出去。回身又飞上墙头，纵将下来。脚未立稳霍地刀风一闪，跳过邱楣卿来，迎头就剁。

廷玉急将身体一让，在背上抽出单刀，便和楣卿交手。好廷玉，一口刀上下翻飞，使出一路花刀。只见他一团白气护住了全身，毫无破绽。及至六十四路花刀使完，那旁跳过邱德昌，哗啦一声响，挺着九节鞭打将下来，兄妹二人夹攻廷玉。廷玉不慌不忙，分了刀，架过鞭，就地一滚，使了个饿虎搜山式，向德昌扑去。德昌刚要让，他却忽然回身，使了个大鹏展翅，向楣卿杀去。楣卿躲让不及，就地一个旱地拔葱，向上一纵，一转身，一个鹰隼擒鸡式，向下一落。好廷玉，就地一踢，使个金盆托月，向上一架，就势一个鹞子翻身，向楣卿就刺，楣卿一闪让过。德昌的九节鞭早已一个拨草寻蛇式，就地向廷玉的下三路卷来。廷玉一跳让过，回身就是个乌云盖雪，直向德昌劈下。

三个人丁字脚立着厮杀，累得廷玉浑身是汗。那旁邱成龙看得仔细，忙说：“廷玉，不走干什么？”一句话提醒了廷玉，忙使了个怒龙扰海式，向二人奔去。二人向后一退，廷玉乘势转身，一个箭步，蹿到门前。将刀尖向门一点，那门呀的一声，两下分开。廷玉乘势一蹿，蹿将出去。说时迟，那时快，早一支袖箭迎面飞来。廷玉更不避让，将口一张，将那支袖箭咬住，就口一吐，那支袖箭直向树林飞去。

原来这支袖箭乃是化愚发的。当时化愚一摆刀，由树上飞下，直奔廷玉。里面德昌兄妹同着成龙本人一齐进来，四个人将廷玉围住，战了几个回合。

成龙大喝道："廷玉本领何在？"

廷玉闻言，忙将手中刀一抛，使出空手入白刃的家数，在四人围里闪展腾挪，跳纵高下，使了个旋风，蹿出了圈子。拾起刀，方才站住。四人齐说："好！果然可以去得。"一齐拥了廷玉，一齐由墙上飞进去。

成龙将脚在一块卍字式的砖上一点，只见那两扇大门应声而合，仍旧关好。

成龙笑道："廷玉，你今年十七岁了，在我山上四年，总算学会了武艺。此出报仇雪恨，论理不依国法常规，乃是件不合的事。无如照国家法律做去，报仇不得，这也怪你不得。我如今叮嘱你几句话，下山之后，第一要行侠尚义，为民除害，为国锄奸，做一番真男子的事业，切不可妄杀无辜，或开色戒。须知强中还有强中手，切不可以自满。你须切记吾言。再则江湖之上，现有两位剑侠：一个名唤雷震，外号人称闪电手；一个名唤孟昭，外号人称莫邪将军。他二人行踪无定，乃是你的劲敌，你如遇他二人，须得仔细。再有一人，乃是我第一个大徒弟，名唤闵绍骞，现在南五省走镖，你如遇了他，也得小心，不可伤了同门的和气。"

说罢，吩咐化愚去取出一个衣包、一柄宝剑，一齐放在桌上道："廷玉，我向日用倭铁炼就了三口宝剑，一留自用，如今已传给你师兄，一柄传给你师兄闵绍骞，一柄挂在书房里，向未用过，如今我送给你吧。你如不听我的教训，福薄压不住这口剑时，那时你也休想再用这口剑了。”

廷玉拜了四拜，受了这口剑，然后拜辞出外。

成龙道：“我本欲治酒饯行，只因你的心急，我不能够耽延你。如今我嘱你师兄，送你到张家口镇上，酒店里喝三杯去，以尽我心，我可不送了。”

廷玉谢道：“不劳师兄劳步，徒弟心领吧！”

成龙道：“你不必客气，我意已定。”说着，又道：“这包裹里乃是路费、衣服，你在路上能够不做那些勾当最好，万一要做，也得拣那不义之财，偷富济贫才行。”说罢，便酸鼻红眼，向后面去了。

楣卿也道了个万福，向里面去了。

廷玉忍不住一阵心酸，落下泪来，便和化愚拱手作别。

化愚拱手道：“小爷前途保重。”

这里廷玉挎剑佩刀，背了衣包，同着德昌二人，蹿出了围墙，径自下山。此番可不比从前，足下施展陆地飞行之术，不一会儿已到张家口镇上。德昌领着廷玉，走进一家酒楼，要了些鸡鸭鱼肉的菜蔬，打了两角酒，二人对酌。

德昌道：“贤弟，此番前去，各事小心。虽然贤弟的本领可以去得，但是天下能人甚多，不可大意的。况且权奸当国，阉宦窃权，国家之乱，恐正在方起之时呢。依愚兄之见，贤弟如报了仇，还是隐居田园，不问世事的好。须知现在人心险诈，时事日非，要管也管不了许多，多事有事，不如不多事的为妙。贤弟需要切记吾言，方不负四年相处之情。”说着，斟满了一杯酒，递在廷玉面前道：“贤弟如听愚兄之言，请满饮此杯。”

廷玉接过道：“师兄金玉良言，怎说不依？”说着，一口饮干，忙又回敬了一杯。

二人吃了一会儿，便唤饭来吃了。吃毕之后，德昌到柜上去会了账。二人揩面下楼，德昌送出街口。

廷玉拱手谢道：“送君千里，终须一别，师兄请回吧！”

德昌道：“恕愚兄不远送了。”说着，二人心中一阵酸楚，各自洒泪而别。

廷玉迈步向京都道上行去。走不多时，忽听背后一阵风响，那声音甚急。回头一看，那阵风已到面前，定睛看时，却是邱化愚，背着个包裹，提着口朴刀，一口气追将上来。

廷玉忙拱手道：“大哥往哪儿去呢?”

化愚道：“老爹怕小爷初次行路，不懂得江湖上勾当，又怕你心急，在路上得罪了人，或是惹事，所以命我赶来，同小爷一同前往。报了仇后，我到湖南长沙德盛镖局，去投奔闵大爷去。”

廷玉更加感激师父之德，不由得流下泪来。当时同了化愚，一路向京都进发。有了伴当，且行且走，并不觉得寂寞。宵行夜住，饥餐渴饮，那日到了永定河。离京都不远，二人住了店，照例洗脚吃夜饭。

二人方欲就寝，忽听隔壁房里有人谈心，二人凝神听去，那口音是两个老西（俗呼山西人为老西），听他们谈的是个什么教门。那教主唤作王森，手下能人甚多，有神符治病，入他的教，可以免去一切灾难，真能役鬼使神，求雨得雨，在山东道上，颇著灵异（暗写白莲教，为后文张本）。

二人听了半天，不解所谓，只懂得这几句，其余的只听得什么香不香的话，弄不清楚。二人听得，只道是说的什么庙宇内僧道愚人，故造妖言，昌言什么教主，并不放在心上，不过怀疑罢了。

廷玉问化愚道：“大哥是闯过道儿的，在山东道上，可曾听见过吗?”

化愚道：“咱不曾听见过，大约是近来才有的。这鬼神之事，甚是缥缈，果真能役鬼使神，恐不见得吧！咱只知道绿林中有一种不肖的朋友，扮假鬼吓人，好夺人的财帛，那是有的。至于这个，却不曾听见过呢。他们说的异香，大约就是夜行人用的什么五鼓返魂香。”

廷玉点头道：“大约就是这个玩意儿。”

二人安眠后，一觉睡到天明。次日清晨起身，二人由永定河进永定门，去逛京城。二人在路上商量停妥，准备在京城住两日，好打听消息。

二人到了京城，住在一家悦来客栈内。这悦来客栈，在京都是个仕宦行台的大旅馆，各省的人都有，尤以各地官绅为多。化愚是个老行客，京都也曾到过好几次，所以他都省得。

那日二人住了店，改扮了个武生打扮，廷玉改口称化愚为兄，化愚称廷玉为弟，二人更易姓名，走出店门，到门街三市去逛。正走之间，忽见一班狱卒，押着个罪官，迎面走来。二人让过，只听街坊上人齐声嗟叹道："这大约又是言臣开口得罪的了（夹写当年史实，引入本文）。"

二人也不在意，逛了一会儿，方才回到悦来客栈内。刚走进门，便见一个人慌慌张张地走进店堂道："请问一声，汪文言老爷却住在哪间房里呢？"

那店堂里的执事人回道："在上房里。"

那人急匆匆地进去了。二人跟着入内，走到自己的房内。

事有凑巧，那隔壁的房间正是汪文言的房间，二人就壁缝里一张，只见那房间里布置和这边房里一般无二，那床上坐着一位学士打扮的中年人，靠桌坐定的是方才来寻汪爷的那个人。

只听那来的人道："汪爷有所不知，现在魏阉定计（按：魏阉，乃指忠贤。汪文言系六君子之一），要派你到山东去上任，却暗地里派手下勇士，在杨柳青地方等候你的车辆，你如到时，便动你的手。小人得知这个消息，特地前来报知。汪爷还得早为之备才好呢！"

汪文言点头叹息道："奸阉恨我，已非一日。如今有什么备不备，还不是伸长了颈项就戮吗？一则他预先埋伏了勇士，要得我命而甘心；二则山东地方近来有个什么王森，妖言惑众，搜罗了不少的人才，自称闻香教主。手下分什么大小传头，又有什么会主名目，党徒甚众。据说已蔓延到山西、河南、陕西、四川及近畿一带，这乃是国家隐患。我不死于奸阉之手，定必死于王森之手，迟早是死，还有什么备不备呢？不过死非其所，未免有些不值得罢了。"

那人道：“话虽如此，君子以明哲保身，还是以隐避为妙。”

汪文言道：“你这话可不是呆吗？奸阉的一党遍布朝野，任凭你走到什么地方，又有何用呢？”

二人听得此言，心中大惊。原来这年正是神宗万历二十八年，其时魏忠贤才进宫为太监，还未十分专权，但已结党营私。这汪文言呢，乃是个捐监的监生，学问很好，现为小京官。在未曾做官的时候，即知魏忠贤是个市井无赖，向来恨他。及至做到小京官，恰好魏忠贤因与人赌博打降，被扭到汪爷的衙门里来。汪爷素知魏忠贤的行为，如何肯放他过去？便给他重重地打了一顿板子，驱逐他到京外。不料后来魏忠贤做了太监，存心报前日一打之仇，所以在宫中弄了玄虚，要将汪文言调到山东历城县去上任，却暗遣勇士，到半路上候他。这消息被一个穿宫太监王德知道，出宫采办宫花，无意中对他的亲戚樊素说及。这樊素因为一场官司被人陷害，多亏汪文言昭雪，方才免难，因此深感汪文言之恩，誓图死报。这日听得这不祥的消息，便一口气跑到悦来客栈来，报与汪爷得知。他二人只管在房间里长吁短叹地谈天，却不道属垣有耳。

当时邱化愚、关廷玉二人在隔壁房内听得闻香教主王森意图不轨，那地方正是他二人前行的山东一带。又听说奸党要杀害忠良，如何不惊？

廷玉将化愚一推道：“看这光景，这官儿却是个好官儿呢。咱们此去，正和他同路，何不同他一齐走路呢？如是奸党真有人埋伏在杨柳青，咱俩暗地里拔刀相助，杀两个奸贼，也好为民除害。大哥，你看如何？”

化愚道：“小爷，你放低声些，京师地方不比别处，耳目众多，你在这边听见人家的话，就不作人家在那边听见你的话吗？”随又低声道：“小爷，你别性急，咱们看事行事。”

说着，再向壁缝里张看时，那来人已去，只剩下汪文言一人在内，低头坐着，微微地叹气。二人看罢，便回身到床上去坐下。

廷玉道：“大哥，咱们中途行侠，大约是就此开场了。不过我很心焦。”

邱化愚道：“你心焦什么？”

廷玉道：“咱下山为的是报仇，如今我也惭愧，不要说仇人的面貌我未曾见过，就连仇人的姓名、籍贯，我也未曾明白。如今走到京师，意欲探探京华冠盖，可有什么山东蓬莱县升任到此的官儿，偏又访不着，岂不可叹吗？”说着，长叹一声，那眼中的泪珠，竟如断了线的珍珠，直滚下来。

化愚劝道：“小爷休要烦恼，孝心贯日，自然机缘凑巧，得诛仇人的。”

关廷玉拭泪道：“咱想此番因这姓汪的官儿，一路同行，在路上帮他的忙，就便好探问探问他，或者他能够知道，也未可知呢。”

化愚道：“未必未必，他说话的口音，是江南歙县的口气，徽人怎会知道山东的往事？再则，他的年纪不过在三十以外，考入学里，身登仕途，大约不过十年，这件事问如不问。依我之见，不如先回山东，茶坊酒肆中闲去哨探，遇着那年长的，本地的事当然能够知道，那时节仔细探听，岂不是易如反掌？再则，祭扫了坟墓之后，令先君阴灵保佑，也容易得着仇人呢。”

廷玉听罢，深以为然，当日便留心隔壁汪文言的举动。果然次日汪爷雇车动身，前往历城。二人不敢怠慢，也赶着算了房饭等账，各背衣包，佩上武器，换了行装，紧紧地在后跟随，暗中保护。

汪爷一行人行走间，在车上偶然回顾，见有二人带着武器在后尾随下来，心中一惊，登时汗毛直竖，暗说，得了，前面有等的，后面有跟的，前后夹攻，怕不要了脑袋去吗？走走回头望望，越发心惊胆战起来。关、邱二人，却在后面谈笑自若。

这时正在春季，郊外春光明媚，好鸟迎人。四乡人士，赶集场趁买卖的，各处官场到京师走门路的，来往如织，车辚辚，马萧萧，好不热闹。廷玉上次由山东动身，系一路行乞，又在夏季，烈日如火，好不熬煎得苦。如今和化愚一路走，又在春天，和风暖日，柳绿桃红。境遇不同，风景亦殊，所以毫不觉得。

行了一会儿，前面汪爷的一行人在道旁店内打尖。廷玉二人也在店内弄些饮食，胡乱吃饱。及至汪爷等人出门，二人也赶着算账，跟将上去。中饭也是如此。夜晚住店，也在一起住着。

汪文言心中更是担心，自己事小，这一班护送上任的车夫同着役吏，无缘无故地受奸党残杀，岂不是死了也做个不白之鬼吗？因此便想吩咐众人各自回去，免得前途危险。正在策划，忽然闻听得从人们私下计议，说：“明日走到那里，咱们大家要留神，别单给他们立了功去。”

汪文言一听此言，心中大惊。正是：

方以扈从为君子，孰意若辈亦小人。

毕竟从人所议何事，且听下文分解。

第四回

杨柳青侠士初出手
巨野县会首两留宾

话说汪文言在宿店里策划明日之事，从人无辜，不如及早使他们回去，免得受贼人残害。正在心口商量，忽听从人私议，究竟夜深人静，只隔着一道板壁，哪有听不真切的道理？一听从人们说的那番话，直吓得魂飞魄散。那口音中明明说对付自己，免得被一方面得功，这还了得吗？自己真在梦里鼓里，还当他们是好人，原来他们是受人之托来的，咱这番可是准死无疑了呢。想了想，横竖是死，想他作甚，将心一横，反而呼呼地鼾睡，直入黑甜乡去了。

次日起来，照旧赶路、打尖、吃饭，下午已到杨柳青地方。汪文言心想，到了，这是我归西的地方了。反将心神一定，笑对从人道："这地方可就是杨柳青吗？"

众人道："正是呢。这杨柳青的地方很大，足有几里地，这里不过是边界罢了，前面还有镇市呢！"正说着，只见后面飞也似的卷过一阵风，两个人影儿直向前面树林内去了。

汪文言回头一看，不见后面跟着的二人，心知是那两个，赶奔前面去等候自己，好在树林内动手。心下犯疑，但因抱定了一个不怕死的主意，所以也不寒胆，仍旧笑眯眯地赏着那两旁的野花山草。

一会儿，已到了林内。众人忽然一声呼哨，车夫将车子停下，口中嚷道："走了半天，咱们在这里稍微歇息吧！"说着，众人均立住了脚。

汪文言知道他们要动手了，不由大笑道："你们不必这样装腔作势，敢情是以为本官不知道吗？这地方虽是官塘大道，但树林内却是无人走来的。你们要动本官的手，还不动手，等什么呢？"

众人被他说破，一齐大惊道："汪爷，你老别这样多疑，这树林里岂是什么歹地方？况且咱们众人斗胆也不敢呢！"

汪文言笑道："你们不说，本官亦已知道。昨日你们在客店里商量些什么，我知道那前途的勇士定是在此相候。不料你们到此，他们却仍旧未曾来呢，所以就不得不等他们了。可是的吗？"

看官，你道是怎么一回事？

原来魏忠贤差遣党羽，以护送汪文言为名，一面又差派勇士，在这树林内相候。这地方虽然也是大路，其实行人甚稀，并非杨柳青镇上，是进京大道。这树林内往往有剪径，所以人家都不由此行走。论方向，这乃是条岔路，虽然也叫杨柳青，却离镇集上很远。

当下众人到了林内，静悄悄并无一个勇士在内，只道他们还不曾来，所以坐下地等他。要论他们人众，一个汪文言，也就对付得下了，何以竟不敢动手呢？这其中有个缘故。

原来，汪文言少时也曾学过两套拳脚，后来弃武修文，捐监出身（《纲目》云：文言布衣任侠，输款捐监）。众人深知他有几手拳脚，所以不敢动手。

当时两下正在问答，忽见由那面路上，泼刺刺跑来十几匹马。马上坐着十几个横眉竖目的大汉，一齐都佩着刀剑，跳下马，奔入林内。不由分说，拉刀向车上就剁。汪文言见来势凶猛，急使了个鲤鱼打挺，一个筋斗，由车内直蹿出来，一腿踢倒一个，夺过他的刀，便和众人厮杀。那十几个大汉四面围定，刀剑齐下。凭你汪文言是个文武兼全的角儿，到此也只得遮拦架隔，真所谓只有招架之功，毫无还手之力。

正在危急万分，忽然间由树上跳下两人，杀将入来，大叫："汪爷，休得惊慌，有咱二人在此！"

那十几个大汉齐吃一惊，急急向那两人杀去。此时，那一班从人也就一拥而上，将三人围在垓心。

汪文言见有人相助，陡然精神倍长，两臂之间忽然倍增力量，一把刀如雨点儿般直向那十几个大汉剁去。一面将树上跳下的二人一看，正是在后尾随的两个，心中好生奇异，怎么他二人会来救我？真是意想不到。一面想，一面那十几个大汉，和一班从人、车夫，均已被二人的刀逼住。一会儿，那二人的刀法一变，那一班大汉、从人个个受伤，不是伤了腿足，便是伤了臂膀，一齐跌在地下。有几个还想站起来逃走，却又给二人赏了几刀背，打在身上，只得又躺在地上。

汪文言忙向二人拱手称谢，问二人姓名。

廷玉正欲开口，化愚早抢着答道："小民二人，乃是弟兄两个，因为前往山东，由此经过。不料见奸党心怀不善，意欲在此伤害大人的性命，因此跟随到此。一则是保救大人，二则也是顺路。小人名唤张大公，兄弟名唤张大义。大人受此惊恐，小民等救护来迟，尚望大人勿罪。"

汪文言将二人一打量，只见一在二十五六，一在十七八岁，一个生得面皮微黑，一个生得面色淡黄，像个新经病愈的模样，便道："承蒙二位壮士搭救，真是汪某千万之幸。但是这一班人如何打发？汪某又如何可以上任呢？"

化愚笑道："大人岂不知此去历城，路途甚远，横竖有公文在身，到彼还怕不能接任吗？这里几个奸党的爪牙都是轻伤，一会儿自然能够去呢。他们既无可回去交代，当然就不回去了；即或他们回去，重发了人来，大人已是去得远了，还怕他什么呢？"

汪文言听了道："这法儿可不妥，依汪某愚见，意欲请二位壮士陪我将他众人一齐送回京师，说明原委，看奸党如何摆布。"

邱、关二人笑道："大人此言，真是迂阔之极。重回京师，岂不是自己送死吗？"

汪文言道："不如这样吧，去喊了保正来，将这干人犯齐交给他带去，送到县衙，一则他们也好回去交代，二则咱们也算完了一件事。不知二位壮士以为如何?”

邱化愚道:“好便是好，但是找地方，交代官厅，这地面仍是京师所管，原想了事，却反多事。依小民愚见，不如就此马上加鞭的好。”

汪文言笑道:“壮士有所不知，如单是二位，一走可以了事。如今牵扣着汪某，汪某乃是个官员，国家的法度不能因一人而废，所以还是送地方官处治的好。二位既不能等待，便请先行如何?”

邱化愚对关廷玉道:“如此说来，咱俩只好陪他迟一日了。”便说:“大人既坚持要唤地方，这样吧，小民等在此守着，大人去唤地方来，将这班狗头带去如何?”

汪文言大喜，拱手道:“如此，有劳二位!”

说罢，回身出林，牵过一匹马，跨马加鞭，向前行去。问了问田间的农夫，找到地方家内，将保正唤了，带上几个农人，一同到林内。将车仗、人马一齐交点清楚，只说:“本官上任，被这班江洋大盗在此抢劫，幸赖二位路过的壮士拔刀相助，才将这班大盗捉住。本应陪你送到官厅，因本官钦限在身，即刻要去赴任。”说着，在身上取了个手本名刺，交给地方，作为凭信。即刻取了自己东西，命农民去雇了乘骡车，同着邱、关二人上车同行。

走过了杨柳青，已是天晚，只得在村店里住宿。次日清晨，趱程前进。关廷玉乃问汪文言山东省的官场人，果然并不知道，由此也就绝口不提。

一路宵行夜住，急急向历城县进发。那日到了县城，早有人报进城去。次日，旧县尹接了新官，缴了印信，点交了一切簿据、卷宗、钱粮，方才告别回去。

汪文言接了任，重重地款待邱、关二人，口口声声地张壮士长、张义士短。二人住了两天，见没有什么变动，又见汪文言为官甚是清正，断案明确，确是个好官，不枉此番相救，心中大喜，便告辞欲行。汪文言坚留不住，只得置酒饯行，又送了二人许多的程仪。二人坚辞不受，只带了自己的东西，告别离了历城，取路向蓬莱县进发。一路无话。

那日将到巨野县境，只见家家户户都供着一位神像。那神像很像白衣大士，脚下踏着朵莲花，身上披着红绸儿。那些善男信女顶礼甚诚，叩齿作响，口中不住地念经诵咒。

二人看了奇怪，便问土人："这是什么神圣？"

那土人合掌敛容道："阿弥陀佛！这是白莲教的始祖，现在各处信奉的人很是不少，异常灵异。这两日因为掌教的闻香教祖赴王母蟠桃会去了，本处的传头会首传令下来，是信教的，大家都要焚七天香，给教主祝福。教主一欢喜，在西王母面前一说，赐一点儿瑶池仙水下来，得着的可以长生不老呢。"

二人听罢，甚是惊异，怪不得在永定河及悦来客栈都听见这么句话呢。二人正望前走，只见远远地有一所大庄院，树林森森，隐隐地看见里面的房屋黑压压一片，占了好大的地方。二人走到面前，只见那庄院四面是水，一座护庄桥是用木头造成的，甚是宽阔。二人过了桥，进了庄子，只见那树上挂着一张榜文道：

> 本教教主已得道升仙，所有一切善男信女，应一律焚香礼拜诵经七日，为教主祝福，将来好同升仙境。切勿妄自菲薄，有背教首。切切特示。

下面书着"巨野会首徐鸿儒"，并盖着个小红印儿。二人看罢道："怪不得方才那些人供像进香，原来是受这里的指使。"

化愚陡然心动道："小爷，咱俩既由此经过，何不去逛逛呢？哨探哨探他们这教里的规矩，究竟是怎么回事。你看如何？"

廷玉道："好歹不过是个妖言惑众的邪教罢了，有什么看头？"

化愚道："不是这般讲，咱常常想起，天地间无论什么教，既然能够存在，还能煽动许多人信仰，其中定有个特点，否则愚人不过一时，哪有长愚之理？更兼入教的也何尝没有明达在内呢？咱俩何不去访访这个徐会首，看他是怎生一个人物。"

廷玉点了点头，二人顺路行去。只见里面的苍松翠柏栽得甚是齐整，排列如一道长城。

正走之间，见前面有一座大瓦房，四面围墙，远望去，面积甚大，前后不下二十几进，左右前后砌造得甚是高大齐整。两扇广亮黑漆的大门，对面一堵照壁墙，墙上有“宏法利生”四个斗大的金字。那两扇门开着，二人向内一看，乃是个门堂，两旁各放着一条长凳，静悄悄阒无一人。

二人信步走进，忽然两扇门哗啦一声，已是关起。里面一阵铃声，走出一个人来，道装打扮，高声喝问道：“来的是什么人？”

二人正在大惊，见有人问话，只得上前拱手道：“咱俩因在村前走过，特地顺道来瞻仰瞻仰贵教的教首，拜访贵会徐会首。却不料刚才进门，那门便紧紧关起。尊驾却是何人？”

那道装打扮的将二人上下一打量，便道：“原来是二位义士，可敬可敬。今日到此，也是本教和二位有缘，请到里面再谈。”

二人心下惊疑，但已入门，不便退缩。仗着生平的艺业，昂然跟着那人入内。穿过了两进房屋，方才到一间大厅。

那人道：“二位义士请坐，等在下去请会首，出来招待。”说着，便向后面去了。

去不多时，来了一位五十余岁的老道，身穿道装，手执羽扇，一见二人，连连稽首道：“不知二位义士光降，未曾远迎，望乞恕罪。”

二人连称不敢，遂问：“尊驾便是本处的会首吗？”

那人道：“徐某正是在下。”

二人将他细看一番，满面的乡愚之相，那精神饱满，呼吸之间，像是个内家。

二人忙道：“会首何以呼不才二人为义士？是何因果，乞道其详。”

徐鸿儒笑道：“此乃小技，何足为奇。不仅二位眉宇间英气奕奕，足以惊人，就是二位的过去未来，徐某也能推算。”

二人齐声道："会首既这般说，请问咱二人是何行径，究竟姓甚名谁？"

徐鸿儒笑道："昨宵灯花，今晨鹊噪，在下一占课爻，知道定有侠义光降。若论二位的姓氏，二位既坚不告人，在下也不能明表。假托姓氏，乃是杀伐用及堂堂乎之内（按：二语均歇后语，张也）。至于真姓名，当在林壑城堡之属，不知二位以为然否？"

二人大惊，点头赞叹道："会首之言，果然不差。"

徐鸿儒又道："二位行径，乃是足踏四海，欲雪隐恨而已。不过此事甚难。"

二人悚然，暗忖，这会首已如活神仙，那教主可更厉害了。

正说着话，已有个道童奉茶进来，送在二人面前。廷玉便要送至口边。化愚来得精细，忙用目视廷玉。廷玉随将茶杯放下。

化愚道："敢问会首，贵教的宗旨，可有何特点没有呢？"

徐鸿儒正色道："怎说没有？"说着，便在那香几上取过两本书来，递给二人道："二位请看这个，便知本教的宗旨正大，不比什么别教呢。"

二人接过一看，乃是《白莲教征信录》，翻开一看，第一章便是教纲，那句子都是白话，很是显明，说本教教纲，以博爱孝义为第一要义。二人约略看了，才知这白莲教乃是于儒、释、道、回教之外另辟蹊径，新立的名目。最要的科目便是画符念咒、诵经拜神，能够救苦救难、避免兵火等灾。那语句很和宋季的方腊相似，左不过是个旁门罢了。最要紧的信条，便是本教之事，宁死不可泄露于人，后面便是本教的灵验之处。如某人治病，某人捉鬼，某人违背本教半夜失头，某人信仰本教求子得子等等事实。连篇累牍，好似一本因果录善书（即此可知当时白莲教虽盛，尚不及清季之完备，则可断言），并没甚特别动人之处。心中暗忖，或是另有特别之处，不写在这征信录上，亦未可知。便道："会首，咱在外路，听说贵教之友极众，已有二百余万，组织极密，有教主、会首、传头等名目，可能告知外人吗？"

徐鸿儒笑道：“不能，这是本教内部之事，非本教教徒，不能告诉的。”

二人见谈不出什么所以然来，起身告辞。

徐鸿儒立起拦住道：“且慢，二位既入荒村，哪有就去之理？且请稍留几日，待在下略尽地主之谊，稍饮三杯。”

说着话，走到檐口，将云板一敲，便见方才那个道装打扮的走将进来，稽首听命。

徐鸿儒道：“你去吩咐厨房，预备一席上好的酒菜，送到客厅，款待两位义士。”

那道装的应了一声，回身去了。二人见走不得，只得重又坐下。

徐鸿儒道：“荒村之中没甚佳肴，只有些野味，停会儿请各用三杯，赏个脸。咱们日后相见，也有个交情。”

二人连忙逊谢。

化愚道：“会首这里，如要入教，可有什么手续？”

廷玉只道他要入教，望了他一眼。

徐鸿儒答道：“二位到此，乃是偶然巧合，并无心入教。这入教的手续，也不必问。”

化愚见他并无笼络之意，也只好不问。

不一会儿，那道装的又来回话，说酒菜齐备。

徐鸿儒一摆手，那道装的下堂一声吆喝，便来了两个小道童，上堂先行了礼，然后将中间的大桌子搭开，入内取出桌布，铺在上面，随又入内。去不多时，来了个老道，手托端盘，盘内放着菜肴，大碗小碟，摆列齐全。道童来安了位置，徐鸿儒邀二人入席。

二人知逊谢不得，只得坐了客位。徐鸿儒在下席相陪。

二人看那菜肴，确都是野味，一碗菜蛇、一碗山鸡、一碗鹁鸽、一碗野兔、一碗野猪、一碗山猫，这几色菜肴，关、邱二人，除山鸡、野兔外，可说均未曾吃过，更不知他菜里有无什么诡计，所以都不举杯、不下箸。

徐鸿儒见他俩不吃，便笑道：“主不请，客不饮。”说着，先将自己的门杯饮干，又举箸去搛菜吃。各菜均已吃过，二人仍不动杯筷。徐鸿儒再三相劝，二人仍是不吃。

徐鸿儒道：“如此静坐，殊无意味，待在下略献技艺，以供一笑。”说着，口中喃喃诵咒，将手向那菜碗一指，喝声道：“疾！”登时，一条条的小蛇由那碗内爬将出来。

二人大骇，正待离席，那山鸡、野兔等物一齐在碗内蠢动。徐鸿儒又念了一声“疾！”那些碗一齐飞起，连着菜一同向半空中团团打转，滴溜溜转了半天。徐鸿儒将手一拍，喝声“落！”那些碗仍旧落在桌上，并无变动，那些小蛇也一条条地爬回碗内。徐鸿儒喝了声“变！”那蛇仍变成了一块一块蛇肉。

徐鸿儒笑对二人道：“二位既不吃，落得将它作乐，以助雅兴。”说着，却又伸筷去夹蛇肉，就口吞下。

二人此时真是坐立不安，忙又起身告辞。

徐鸿儒将手一摆，道童、老道一齐上前，将酒菜撤了，将桌子仍归原处。

徐鸿儒道：“二位如此见外，不肯赏光，如今又定然要走，在下却要再留二位一会儿，稍谈数语。”

二人道：“请教！”

徐鸿儒道：“天下兴衰，本无一定，治乱原亦无常。如今国家气数已尽，不久当要覆灭。以二位义士的才能，何往不利？不过二位尊容均非福德之相，不宜身登仕途，将来彼此如在狭路相逢，尚望推今日之情，互相退让。二位可能俯允吗？”

正是：

会首预测知兴替，未雨已将绸缪筹。

毕竟二人如何回答，且看下文分解。

第五回

祭祖茔茶肆闻闲话
诛保正树梢挂人头

话说徐鸿儒将二人留住，要他二人答应这句话。

廷玉心中甚是不悦，不肯回言。

那化愚乖觉，早就笑道：“会主说哪里话来？咱们和会首萍水相逢，承蒙招待，这会儿又说这让步的话，真正不解。别说你我是井水不犯河水，即或真有甚狭路相逢的事，难道说咱们还和会首作对不成？别说没有这个能耐，即有这种本事，也断无此理的。会首你可放心吧！”

徐鸿儒大喜道：“君子重然诺，二位义士绝不会反齿的。二位前途还有事，在下不便久留。”说着，起身送客。

二人在前，依原来路径，穿过两进屋宇，已到门房。

徐鸿儒将手一指，一道青气直奔那关的门，只听那门环当啷一响，接着便是哗啦一声，那门呀的一声两边分开。二人走出了门，拱手向徐鸿儒告别。徐鸿儒也不远送，但说再见，即退入里面去了。

廷玉道：“咱说不要进去，大哥定要进去，险些在这里栽一个跟斗。这会首总还算识人，够交情的。”

化愚笑道：“那劳什子的门，咱先被他一吓，如今想起，原来和环龙岭的门是一般的机关，真正好笑。这会首说的话，我先听了，几疑他是神仙。此时想起，或者咱们的行径，他有教徒在外，或者已早接了报告，亦未可知呢。人是一处不到一处迷，你想，咱们如不到这里，怎么能够知道这里的事？看方才徐会首的玩意儿，大概他很有些邪术，那邪术又很是惊人，所以能得到人的信仰。方才他用手一指，一道青光将门环一点，两扇门即已大开，这分明是用的剑术。看上去，此人不但有邪术，且有武技功夫。他方才知道咱们不是入教的人，所以绝不招咱们入教，却用好言来求咱们，得后相见，别伤他的脸。大约他也知咱俩的能耐，或是他的劲敌呢。所以特地先请咱们别和他为难。小爷说他够交情，咱说他是一团的诈呢。”

廷玉道：“如此人物，可惜不入正道，却做这勾当，将来定要谋叛，倒是国家的隐患呢。听他方才的口气，已是明明地说明了。”

化愚道：“此人有些奇怪，他怎能知咱们的姓名举止呢？如说他真能知过去未来，恐怕也没有这件事。如说他不知过去，何以能直指出来呢？”

廷玉道：“咱也这般想。”说着话，已出了庄子。

过了护庄桥，二人看了看天色，赶紧走路。刚走得几步，忽觉腹中饥饿，原本二人未曾吃过东西，此时怎得不饥？忙着足下一紧，风也似的直向前面奔去。奔到一爿村酒店里，二人入内，胡乱吃了些牛肉、饽饽之类，喝了几碗茶，还了账，二人复又上路。即晚赶到巨野县城，投客店住下。可巧这店里也奉的白莲教，一般地在那里烧香礼拜。二人心中诧怪，怎这地方如此信教，难道地方官就不追问吗？

当夜住了一宿，次晨起身赶路。一路之上，见白莲教的信女善男真个是接踵相望，可知这教的兴旺了。

一路无话，那日到了蓬莱县境，虽然这地方近海隅，是个小县治，但是那白莲教的教徒也很有了许多。

邱化愚对关廷玉道：“小爷，你得改易姓名，可别露了马脚。如是露了风声，万一打草惊蛇起来，反为不妙呢。”

廷玉道：“这个小弟省得。”

二人正说着话，已到了火家堡。关廷玉故乡重到，风物依然，不由得触起心思，那泪珠儿竟一滴一滴地落将下来。

化愚道："到此何事，怎么却又伤心了？别哭别哭，咱们去备办祭祀要紧。"

一句话提醒了廷玉，不由得恨道："小弟真糊涂到极点，此来上坟扫墓，却一物未带。本村没有的卖，就有也不全，咱俩还得进城去买呢。"

化愚道："咱先只道乡镇上有，所以并未提起。如今咱们且回到城里去。"说着，二人回身，跑到城里。

化愚道："小爷，今日时候不早了，还是先住店吧！咱们住了店，再去备办祭品，明日一早就去。你可知道坟主的姓名吗？"

廷玉道："咱家的祖坟，乃是自己家里的地皮，又离家近，无须人照应，并没有坟主。"

说着，二人找到一爿客栈，招牌是"集贤"两字。地方虽不大，房间床帐却很是清洁。二人住了上房，将包裹等物放下，即刻取了包碎银，出店去买，乃是三牲祭品。回店来吩咐小二弄好，次日要去上坟。小二答应下去。

当时二人洗脸涤足，喝茶吃饭，歇息半晌，方才安寝。次日清早起来，梳洗以后，改扮了武生模样，吩咐小二去雇了个挑夫，挑了祭品，一径到火家堡来。找到关家的坟上，廷玉吩咐挑夫放下祭品，自己点了香烛，跪拜下去，祷告了一番，忍不住泪如泉涌，号啕恸哭起来，直哭得晕了过去。

化愚一旁，也不禁落泪，忙唤了醒来，竭力劝止。廷玉化了纸锭冥镪，将祖坟上下前后扫了一番。可怜那坟，只因无人看管之故，草被牛羊啮去大半，松柏等树也被人家伐去不少，所剩的就是将坍的坟墓及已残的土圹，还有那些个半倒半歪的石人、石马等物罢了。廷玉不胜伤感，拭了眼泪，再命挑夫将祭品收拾，挑到火大户的坟上去。办设齐全，廷玉在他外公坟上拜祷已毕，又哭得个半死。

化愚将他劝住，吩咐挑夫挑了祭品，先行回城："多少钱，咱们到店再算。这时候咱俩要在郊外逛逛呢。"

那挑夫应了声："是！钱钞小事，停会儿你老赏就得了。你老还能刻苦咱穷人吗？"

二人听了好笑，回身逛到火家堡。这时已是三月底四月初天气，天气渐热，二人走到堡上一爿茶坊里坐下。这茶坊在火家堡要算得是最大的了，也有红茶，也有清茶，不过没有什么雨前龙井罢了。二人既暖且温，走到里面，拣了副座头。

茶博士走来问道："两位爷，可用清茶呢，还是红茶？"

二人道："红茶。"

茶博士应了声"是！"回身去泡了一壶红茶，带上两只茶盅，放在二人面前。又去打了盆面水，放在二人桌上，口中说："爷洗脸。"

二人伸手去绞了手巾，揩抹了手脸，却又将浑身上下的灰拍得干净无尘，复行坐下。

廷玉正想问茶博士的话，却见门外又走进一人，年在五旬以外，花白的胡须，戴着顶破旧的文生巾，那光景是个读书人模样。明时功名最重，所以人人见了文士，总要带三分敬重。

当下那老文生进来，茶博士迎将上去道："李老爹，你老是三天不来吃茶了，为什么呀？"

李老爹坐下道："不用说了，前日向学生家里借了几贯钱，预备去买柴米，谁知碰着西村的王老六。这老猪狗，定要咱去赌，咱无法推托，只好陪了他去。谁知却输了两贯钱，只得闷闷地回家了。被咱老伴儿知道，骂了咱一顿，不许咱出来，因此三天不曾出门。今日才许咱自由呢。"

茶博士一面泡茶送去，一面又打了盆面水送在他面前，口中却说道："李老爹，你老不会再下注儿去翻本吗？"

李老爹道："娃娃，你说得好轻巧话儿，这赌钱想翻本，乃是矮子涉水，越涉越深，认真地将心血换得来的钱，甘心情愿地向那无情的赌上送嘛！"

茶博士道："这也不见得吧！"

李老爹道："怎么不见得？你不记得从前尤进禄那小子的事吗？

他不是想翻本，怎么会偷他主人家的东西呢？他要是不偷东西，何至于被他主人撵了出来呢？”

茶博士道：“这也有理。你老究竟是见多识广，凡事想得透、看得破，所以便不像那尤小子乱赌了。”

李老爹一面洗脸，一面问道：“咱听说你们家里被贼偷了去，可是真的吗？”

茶博士道：“这也是说了玩的事吗？”

李老爹道：“怎么不去报地方追赃呢？”

茶博士笑道：“你老不知道吗？那地方是个什么好人，咱家中不过失去了十几件旧布衣服，也值得惊天动地地向地方报告吗？如要报知了他，他一来，茶呀，烟呀，甚而至于酒呀，菜呀，咱不是格外损失得多了吗？别的不谈，你老亲眼见的，火大户家财要算本地的顶儿尖儿了，还被那地方略施小计，拉得个一塌平阳，精光大吉呢。像咱这么个小生意买卖人家，可受得起他的侵蚀吗？”

李老爹道：“你真看得破，本来公门中是没有好人呢。”

廷玉听二人闲言，起初并不注意，及至听到“火大户”三字，不由得心中一惊，暗想，当年听老仆长发说过，是为火家带累的，内中说是盗案扳牵，却不曾说出何人主使。如今听上去，这主使之人大约就是地方无疑了。因唤那茶博士过来道：“咱弟兄由江南到此，特地来探望一门远亲，不料走到这里，找寻不着。听你方才说的火大户，不知可就是这火家堡的首富吗？”

茶博士将他一打量，口中应道：“你老到此寻亲吗？是找谁呢？咱们说的火大户，正是本堡的人呢。敢情你老就是找他吗？”

廷玉道：“咱正找他，却不道房屋依旧，主人已非呢。”

茶博士道：“他全家都死的死，逃的逃，没人在此了。你既和他是亲戚，怎会好几年的事还不知道呢？”

廷玉道：“这其中有个缘故，咱们在江南住着，轻易不通信来往。此处如不因考中了武科，也绝不会上北边来呢。”

化愚听着，暗中跺脚道：“怎这般不会说话？自己是山东人，打着本乡调，偏要说是由江南来的，可不是叫人疑心吗？”

茶博士道：“如今火大户全家死亡逃散，咱们虽住在本地，却不知他还有何亲房没有。你老要找他的坟，咱却晓得呢。”

廷玉道：“坟嘛，咱也知道。不过火大户如何被地方诡计弄死，这地方是谁，却又住在何处呢？”

茶博士见他武生打扮，深恐多言惹祸，却推说：“咱也不知，只听见人说罢了。”

正说着话，那李老爹也回身来望着邱、关二人，见茶博士不肯说，他却手捻胡须搭腔道：“二位尊兄到此找火大户干甚呢？这件事你问别人是不会明白的，像老朽还略知一二。不过也不很详细，况且苦主已没了，过去的事，说他做什么？二位尊兄既不知道，索兴也别问了。”

廷玉听他吞吞吐吐的，又好笑又着急，见他戴着文生巾。原来明季制度，凡是进过学的，总不分彼此，一律称兄（此说见《儒林外史》）。

当时廷玉起身拱道：“尊兄既然知道，何妨说说呢？咱们和他是远亲，又不是苦主，在此喝茶，说说本地的事情，也好长长见识呢。”

李老爹刚要开口，见那茶博士却以目示意，便堵住了嘴道：“尊兄见问，本应告知，但是老朽也是过耳之言，不足凭信的，还是不说吧！”

化愚见廷玉问的话太来得率真，便插口道：“贤弟，火大户全家已无，事不关己，咱们喝杯茶，走他娘的路，管什么闲账？做地方的，能有几个好人，这还用问吗？”

廷玉被他一拦，也就坐下喝茶，绝不再问了。茶经两开之后，化愚给了茶钱，拉了廷玉就走。

出了火家堡，埋怨廷玉道：“小爷真不惯在外面混事，这其中定有别情，你越问得凶，他越不肯讲。方才你如不说是到此访寻火大户，他们以为你是外路过客，或者肯说。如今你明说是亲眷，又是武生打扮，有功名前程的模样，谁不怕多言惹祸？你问得紧，他们自然就疑心得紧，他们还肯说吗？”

廷玉道：“小弟是当局者迷，如今放着他二人知道，不问个明白，却又如何可以报仇呢？”

化愚笑道：“你怎发呆呢？这件事最容易办，咱们只要问到地方家内，将他提起来一拷问，怕他不说出来吗？他一供出来，还有何办不了的事吗？小爷你瞧我的吧！”

廷玉大喜称谢。二人取路回城，到集贤客栈内，开发了挑夫的钱，一面吃了中饭，下午到各处去逛逛，将路道认了认。

晚饭后，化愚对廷玉道：“咱俩更换夜行衣服，由屋上出城，先到火家堡去，将那茶博士问明。到地方家内，将地方一拷问，这件事怕不水落石出吗？”说着，自己先打开衣包，换了衣服，乃是一身全黑的短靠，背插单刀，腰佩百宝囊，足下换了双薄底快靴，光着头。

廷玉忙将包裹打开，也更换了服色。

扎束停当，二人将灯吹灭，闩好房门，轻轻开了窗槅，跳到院内，嗖一声飞身上屋，借着星月之光，由屋上飞也似的直奔城头。这时节，城内人家未寝，下面灯火光亮，照耀甚明。他二人在屋上行走，提起了劲，毫无声息。到了城头，跳下城去。越过护城河，施展夜行术，一会儿，已到火家堡。

到了堡上，直奔到日间那爿茶肆门口，蹿上屋去。

化愚道：“小爷，今日乃是你第一次在半夜行事，这时候还早，你在屋上把风，咱下去瞧。”

廷玉点了点头。化愚轻轻地跳下院落，直奔上房。

原来此时里面的人还未曾睡呢，化愚就窗槅纸孔内向内一瞧，只见茶博士正和媳妇、子女对坐谈心呢。

那女人道：“你去瞧瞧门户，别再像前天来了个偷儿照顾。瞧看过了，也好睡了呢。”

茶博士笑着点头，拿了桌上的亮（俗称灯为亮），由房里出来。化愚忙将身体向暗陬处一蹲。那茶博士并不曾注意，由里面出来，径到后面去照了一照。化愚不敢怠慢，轻轻在后跟随。茶博士刚转过身来，化愚一口气先将茶博士手内的亮吹熄，将背上的单刀拔下，在茶博士眼前一晃。茶博士骇得魂不附体，一跤栽倒在地，口呼："救命!"

化愚低声喝道："嚷，就是一刀!"说着，伸手将茶博士拦腰一夹，嗖一声飞上屋去。

廷玉在前引道，跳出了火家堡。将茶博士按在地下，悄喝道："咱问你，方才日间你和那个老头儿说的火大户被地方诡计所害，你且将这地方的姓名、籍贯、年貌、住处说明，领咱们前去，将他捉住，与你无关。你若不说，着刀!"说着，将刀搁在茶博士的颈子内。

茶博士吓得一身的冷汗，抬头一看，认得是日间在此喝茶的两个武生，手内的刀映着月光，冷森森好不骇人。忙说："两位爷饶命，小人说就是了。"

化愚喝道："快说!"

茶博士道："火大户受的冤屈，乃是买盗扳牵所累。那保正姓曹名正，是本地人，生得一副三角眼儿、黄胡子，住在本堡西头。他门前有棵大松树，门上有只铁环已落去的便是。"

化愚道："你领着咱去，便饶了你。"

说着，解开他的裤带，将他的手背缚了。又用刀割下他的衣角，塞在他嘴内。两个服侍一个，押着他由堡后绕到堡西，一看果有棵大松树。

化愚道："咱将你先委屈在此。"

说着，将茶博士一提，飞身几纵，放在草地里。然后纵回，和廷玉二人飞身蹿进堡后的竹林。由竹林内蹿上了屋，跳到前面一看，果然门上有一个铁环已是跌落。

化愚道："小爷，我给你把风，你进去将曹正捉了出来。"

廷玉应了一声，复又纵上屋去，跳入院内。四面一看，并无灯亮，辨了辨方向，直奔上房而来。听了听，里面并无声息。廷玉想道，莫非里面无人吗？便用手中刀轻轻将窗槅拨开，在百宝囊里取出千里火筒，点着了，向内一照。只见床上帐子放着，床面前放着两双鞋子，乃是一男一女的。廷玉跳将进去，轻轻将帐子一揭，一看男女两个，正睡在一头。那男的正是黄胡子，仇人相见，分外眼红，一手揭了二人身上的薄被，一手揪住曹正的头发，向床下就扯。

曹正惊醒，忙说："朋友，快些放手！"

那女的也醒了，吓得浑身抖战，牙齿在嘴内捉对儿厮杀，要喊一句也喊不出来。说时迟，那时快，廷玉早将个赤条条一丝不挂的曹正扯下床，一手夹住，飞身由窗内到了院内，飞上屋去，跳到外面。

化愚道："得了手吗？"

廷玉道："得了。"说着，将曹正放下，一腿跌翻，伸脚踏住，顺手先赏了他两刀背。

曹正是老公事，哪里敢哼一声？但说："朋友，咱们有话讲话，咱有什么得罪了你们，咱以后补情如何？"

廷玉低声喝道："谁和你讲交情？咱且问你，几年前你因何将火大户害得家破人亡，有甚仇隙，那时因何起意，县尹的名字唤作什么？因何要将关荣一家也带累在内？你从头直说，咱们饶你；如有虚言，立刻送你的狗命！"

曹正哀告道："那不关咱之事。"

于是便将尤进禄赌输，被火大户撵出来，又被尤二混一顿教训，求自己想法，自己也因火、关两家有钱，不肯照应自己，心中含恨。偏那日又受了火大户几句言辞，心中怀愤，因此便应许了尤进禄，到城里见禁卒黑莘定计，嘱大盗洪逊咬扳了火大户。初意不过是将火大户花两文，出出气，却不道知县吴良，他知道火大户是富家，将这件事断得大了，因为连坐，将关家弟兄办了个知情不举。这场官司，打了好些时，方才了事。火、关两家乃是家穷人散，并不曾有人死在牢内。自己当年乃是一念之差，"不过一时之气，如今追悔无及，求爷爷刀下留人，饶咱一条狗命吧！”

廷玉听了，直气得怒发冲冠，咬牙切齿，随又问他吴知县、洪逊以及尤进禄、黑莘的下落。

曹正道：“这却不大明白。黑莘现在城内，仍做禁子呢。爷爷去问他，准得知道。”

廷玉听罢，手起刀落，将曹正挥为两段，先割下头颅，又剖腹取出他的肚肠心肝，割下自己衣襟，包好了揣在怀内。提起他的脑袋，纵上松树，给他挂起。方才挂好，忽见堡上火把照耀，锣声齐鸣，喊声大振，不禁吃了一惊。

正是：

报仇方克枭彼首，野望又闻警锣声。

毕竟何事鸣锣，请阅下文分解。

第六回

访仇人武邑惊邪教
遇义士叶村练民兵

话说廷玉将曹正的首级刚才挂好，猛然间火把照耀，锣声大震。廷玉大吃一惊，忙由树上跳下。

化愚道："快走，人来了！"

二人忙将曹正的尸首一人提了一段，向那堡外塘内一掼，扑通一声，沉将下去。二人急纵出了堡，取路回城去了。

原来这班人乃是那茶博士去勾了来的，他在草田里，手虽缚着，口虽堵着，可是他那双足并不曾受什么拘束。所以他乘着二人去办曹正的事，便拗身立起（一拗字，写得入情入理），一口气飞奔到家。他浑家正在家里惊慌呢，一听门外响动，忙大着胆去开了门，不禁吓了一跳。星月之下，看得清朗，见丈夫浑身泥土，反缚二臂，口中只是哼哼的，张着嘴合不拢来。赶着给他当家的解开了背缚。

茶博士如逢大赦，伸手掏出口中的衣角，舒了口气，方才说出话来。一面将裤子束好，将大略情形说给他浑家听了。他老婆听得，吐出舌头，缩不进去。

当时茶博士去喊了左邻右舍，赶着鸣锣齐人，点起灯球火把，吆吆喝喝，大家含着鬼胎，凑着胆子，向堡西而来。及至到曹保正门口，只见地下一摊血，大众一惊，齐去叫门。正听见里面妇人的哭声，接着有人来开了门。入内一看，曹正的奶奶正在那里哭得像个泪人儿一般。大家问她的情形，曹奶奶说了一遍。茶博士又说了自己的情形，互相惊诧。曹奶奶知道她丈夫绝不会活了，不由得哭得更加厉害。

直闹到天明，方才有人看见松树上挂着曹正的人头，那尸首却不知在何处。这一来，曹奶奶更觉伤心。众人竭力劝住，商量到城里报案，公请那位李老爹写了纸呈文。李老爹拿出作八股文的本领来，写好誊好，已到日中光景，饭后才进城报案。

恰巧知县又不在衙内，出城到乡间踏勘盗案去了。因为事主是个举人，所以知县不得不去。及至知县回衙，已是晚膳过后，索兴等到明日，再到火家堡去验看。先派了差役下去，预备芦棚公案，火家堡自有曹保正的伙计在那里准备伺候。谁知当夜又出了岔事。

看官都是明眼人，不消说得，这岔事当然是出在城里牢头禁子黑莘的家里了。

原来邱、关二人由火家堡连夜回城，到得集贤客栈，天还未亮。二人仍由屋上跳入院内，推开窗槅，跳将进去，点了灯，换过衣服，收拾完毕，天已大亮。二人也不睡觉，便要了早点来吃，换了来时的打扮，先到县衙去看了看，并无动静，知道火家堡还不曾有人到城报案。回身就来到监狱，使了些小费，方才入内。得见那牢头黑莘，黑莘问二人有什么事。

化愚道："咱们到此，为的是咱们有个亲戚，在乡间闯了祸，逃到曲阜，被那里捉住，将要解回本县。所以特地先来拜谒，请你老等他来时，照应照应。"说着，在怀中取出十两银子来，递给黑莘道："些须菲敬，尚希笑纳。"

黑莘只道真有这件事，便搭架子道："这不行，咱这里公事公办呢。"

化愚却借此收科道："既然你老嫌菲薄，咱们停会儿到府上拜望吧！这里不便，停会儿再说吧。"说着，拱手告辞，连那十两银子也不送了。

出得牢门，问了问小禁子，才知牢头家住在监狱西隔壁，土地祠斜对过，那黑漆漆广亮大门里，第三进便是他家，头两进却是爿寿材店。二人打听明白，即刻回店，掩门和衣而卧。

一会儿，日已晌午，小二进来问二人用什么饭菜。二人胡乱说了些牛肉、鸡脯等等。吃过饭，二人到黑莘门口去探了探道，回来推说身体不舒适，掩门而睡。晚上却又酒饭如常。

晚饭后，二人扎束停当，仍照昨日旧例，由窗内跳到院中，翻身上屋，直到黑莘家来。数了数，正是第三进。这时节还早，二人在屋上听了听，下面说话的人声嘈杂，不知说些什么。过了一会儿，只见黑莘掌灯，由里面送出五六个人来，直送到第一进门口，方才回身。复到里面，关好了窗户，接着便听见关房门的声音，那光景仿佛是睡觉了。二人在屋上听得分明。

化愚对廷玉道："你下去，咱给你巡风。"

廷玉道："你在屋上，咱先下去试试。"说着，跳下天井，唤声"黑爷在家吗？"

黑莘正要睡觉，一听有人呼唤，便说："是谁呀？这般时候，还来敲门打户的，咱要睡了！"

廷玉道："便是白天那件事，咱还忘记了一句要紧的话，未曾对你说，所以又回来了。"

黑莘听得是方才之事，只得披衣下床，开了房门，走到堂前，又开了窗户，向外一望，并无一个人影儿。心下正在诧异，忽觉脚下一绊，一跤栽倒在地。正自说："怎么着！"哪知已被人家踏在脚下了。一看好似日间见过的那个探监的，便说："好汉，你托的事，咱给你吩咐手下照应就得了，别开玩笑呀！"

廷玉喝道："狗贼，你当俺是谁？俺特来访问于你，昔日你监中有个大盗，姓洪名逊的，现在到何处去了？快讲！"说着，抽出背上刀，向黑莘一试。

黑莘大吃一惊，忙道："好汉，我……我……说……说，这……这……这……洪……洪逊，他……他已于那年越狱逃走……走了。听说他现在入了白莲教，做了大传头，住在蓟州掌教的闻香教主那里呢。”

廷玉又问：“那赃官吴良呢？”

黑莘想了想道：“他现在升任滋阳太守去了。”

廷玉道：“如此说来，还有个尤进禄呢？”

黑莘摇头道：“什么尤进禄？咱却不知道呢。”

廷玉将刀一试，再问他一遍，他仍回不知。廷玉大怒，手起刀落，可怜黑莘连“哎哟”两字都未能喊得出，即已身首异处了。廷玉顺手一刀，剖开了他的肚皮，也将他的心肝取出，将他的衣服割下，包好揣入怀内，一手提刀，扑奔房内。

黑莘的老婆正坐在床上呢，一见有人提刀进来，叫唤救命，还未曾完全叫得出，廷玉的刀已到，一刀将她刺翻在床上。廷玉见她已死，劈开她房里的箱笼，翻检出两封银子，约有一百余两，揣入怀中。割下一幅帐子，蘸了血，在墙上写道：

我为杀仇人，特到故乡走。
地保与牢头，诛之恨方休。
官吏问谁杀，蓬莱关家后。

写毕之后，回身出房。刚到堂前，对面房间里喵的一声，蹿出一物。廷玉吃了一惊，一看却是只猫，急急出了窗户，在天井里拾起黑莘的脑袋，飞身上屋，同着化愚回店。

化愚道：“你将这劳什子带来干什么？”

廷玉道：“小弟将这人头送到城门口去示众，大哥先下去，咱去去就来。”说着，一溜烟地去了。

化愚下去，仍从窗口入内。

一会儿，一道黑影由屋上下来，即便入内，正是廷玉。化愚大喜。二人忙换了衣服。

化愚道：“小爷，你得了两个人的肚货，放在衣包内，颇不妥当。现在天热，再过一天，准得臭味四溢。”

廷玉道："小弟明日再去祭墓，就此往滋阳县去走走。大哥看是如何？"

化愚道："此言甚当，不过这店账最好天明就算，免得危险。"

廷玉道："那是自然。"

商议已定，各自安歇。心中有事，哪里睡得着？到了天明，即已起身。二人收拾包裹，还了店账，吃了早点，即便起身，急急出城。在城外买了香烛纸锭，取路直奔火家堡火、关两家的坟上来。廷玉摆下心肝等物，哭拜了一番。

化愚恐有人看见，老大的不便，催促他起身。廷玉忙忙含泪焚化纸锭，即刻同着化愚动身，取路向滋阳县进发。

化愚道："小爷，此去滋阳，路途以走武邑为近，如走大路去，要远得多。"

廷玉道："如此可由武邑前往，横竖不能何处均好。一则赃官要杀；二则那大盗洪逊，既为邪教的传头，说不定不在蓟州，却在各处教徒众多的地方走动，也未可知呢。"

化愚道："如此咱们就由武邑走吧。"说着，便向武邑县境走去。

廷玉道："咱还有件事，未曾在故乡打探明白，真是恨事。"

化愚道："小爷何事？"

廷玉道："那狗才尤二混父子，究竟到了何处。咱不得尤进禄的首级，这个仇总算报得不彻底呢。"

化愚道："这又何妨？且到各处去访寻，如访寻不到，仍旧再到蓬莱县去走一遭，总有人知道呢。"

廷玉道："小弟现在思得一计，沿途雇牲口代步，或是乘车。借这个因头，可以向那些赶牲口的谈谈说说，打听打听他们地面上的事。他们的嘴又快，地方上的情形又熟，或者也能打听出些消息来，亦未可知呢。"

化愚道："这个主意甚是，咱们且到了武邑再谈吧！"说着话，二人脚下加快，各展陆地飞行的本领，行走如飞，好不快捷异常。

在路略吃了些饮食，歇了歇脚，仍旧如前地飞奔赶路。到晚，在村店住宿，或寺院栖身，次日，仍是这般。

过了两日，已到武邑县境，沿途人家也是家家户户地供奉白莲教，那光景比巨野县还要厉害。

化愚道：“看上去这里的白莲教比巨野还兴旺呢，咱们既到了是非窠里，可得留神呢。”

廷玉道：“省得。”说着，走着，已到了一处镇市。

这镇集虽小，但是人烟稠密，过往之人甚众。二人问了问人，才知这地名唤作叶村，这地方以姓叶的为多，二人便在这镇上吃中饭。可煞作怪，二人走了几家饭店，都是白莲教开的，不信教的，他们不卖。二人心中奇异，和他们说是过路的，那些饭店里的人越发不理会。

二人只得走出了镇市。忍着饥饿，又走了三五里地，路旁有个酒望子，二人奔到那村酒店里，看了看，只叫得一声苦，原来也是白莲教。二人回身就走。

那店家忙出来唤住道：“客官既走进来，怎么又不吃东西，却是何故呢？”

二人道：“咱们不是教友，你们不卖，所以回身就走，再到第二家去。”

那店家笑道：“咱这里也信教，却没有这种规矩。二位请进来，咱们有的是麦酒牛肉、鸡鸭鱼肉，式式俱全。”

二人听他说卖，便回身入店，拣了副座头坐下。

店家过来揩抹了桌子，放下杯筷，一面问道：“二位用些什么？”

二人道：“不拘什么，只要有现成的，拿来就得了。”

那店家取了两角酒，端了一大盘牛肉、一大盘面来。

二人走得渴了，先喝了两口酒，遂问道：“一般都是白莲教，怎么他们不卖，你们却又卖呢？这岂不是件奇事吗？”

那店家道：“不相干，他们那里和咱们这里虽是同一教，却分作两派呢。”

二人道：“怎么两派？大约也和和尚一般，分什么宗什么宗不成?”

店家笑道:“不是这般讲，咱这里和那里是归两个传头的，那里的传头是尤进禄，咱这里的传头是叶廷珍。论起地名来，却一般都是叶村呢。”

廷玉听说“尤进禄”三字，心中突地一动，忙问道:“尤传头是何处人呢？怎么一个叶村，会有两个传头，这可不明白了。”

店家笑道:“这也是本教的教规，一个地方，不限定一个传头的。至于尤传头的籍贯，听说也是本省人，咱却不大明白呢。”

廷玉道:“咱正因有事，要见见这位尤传头，不知尤传头现住在何处呢?”

店家道:“住在武邑城里本邑会首于宏志家内。那里小会首、大小传头甚众，客官如要见他，可以到那里去访的。”

廷玉也不再问，和化愚两个狼吞虎咽般地吃了一顿，给了钱，二人出店上路。

化愚道:“不知这个姓尤的，可就是小爷的对头不是呢?”

廷玉道:“这也说不定，大约就是他，亦未可知。”

二人走着说着，远远地望见一座城头，越走越近，那城门垛儿却越走越看得清楚，一转眼已到了城边。二人进了城，问到一家客店里住下，一打听，才知这城内上自县尹官员，下至四民人等，无一个不信教。如不是教友，休想立得住脚。二人住的这爿客店也是教友开的，那掌柜的一见二人面容，先吃了一惊，急忙暗暗地着人去报会首，一面自己来招待二人，甚是恭敬。二人不解其故，也一味地和他谦和。

化愚心中一想，这光景定非好意，准是他们教中有什么预备，知道咱二人呢。不然，怎么上次在巨野时，见面怎就呼义士？此处却又和气异常？便低声对廷玉道:“古人说得好:‘币厚言甘，其诱我也。’咱们到此，或者他们有何预备呢，否则何以如此招呼周到呢?”

廷玉道:“便是咱也有些疑心。”

正在低声耳语，那掌柜的却又来问道:“二位之中，不知哪位是关爷？外面有人来找你呢。”

廷玉大惊，暗说，自己到此，并不曾告诉人，怎么有人知道？况且循环簿上，写的乃是假姓名，如何有人知道我姓关？

正在狐疑，化愚却答道：“咱正姓关，因为出门人总得带三分诈，所以必离姓了。不知外面是谁来拜望咱呢？”

掌柜的笑道：“果然不出教友等所料，原来你就是关爷吗？外面有本教的大传头叶廷珍和尤进禄两位，奉着于会首之命，来拜访二位呢。”

廷玉听说“尤进禄”三字，登时心中难受。

化愚却微笑道：“如此说来，请他二位进来相见就得了。”

掌柜的去不多时，引着二人进来。

廷玉、化愚举目一看，见来人分一前一后，前面的那人穿着道装，约有三十五六的年岁；后面那个却戴着文生巾，穿着件崭新的蓝衫，约有三十上下的年纪，那光景很像个儒者，不过领口上斜插着一支红绸花。

化愚忙抱拳相迎，说：“二位请进。”

二人到了房内，四人分宾主坐下。

化愚道：“敢问二位尊姓，何以知在下到此呢？”

那文生打扮的答道：“小可姓叶名廷珍，乃是本邑的诸生。这位姓尤名进禄，原系蓬莱的教友，新近由教主派来，和小可同为叶村的传头。因为二位在村酒店里用饭，有教友到此，报知会首，恰巧这里掌柜的也着人到会首那里报告，所以会首差咱二人来访。”

化愚见他说话率直，不像徐鸿儒托词会什么阴阳，能知过去未来，便道：“咱二人乃是行路过此，理应行客拜坐客，哪有坐客反先拜行客之理？劳驾不当，改日再当回拜。”

二人也逊谢了一番。说话之间，那尤进禄两眼不住地直向二人打量。廷玉也望着尤进禄瞬都不瞬，只因一凝神，那双目的威光直注到尤进禄的脸上。

尤进禄大吃一惊，首先起身告辞道：“咱们停会儿再见吧！”

叶廷珍道：“尤传头，怎么你要先走呢？”

尤进禄道：“咱还有事，有你在此招待，可不是一样吗？”说着，打了个稽首，径向外面去了。

廷玉恨不得将他抓过来，立刻摔死了他，方才称心。

叶廷珍见左右无人，便低声对二人道：“此处耳目众多，谈心不便，停会儿晚间，在此相会。”说罢，也就告辞。

二人也不相留，送将出去，点首而别。

回到房内，化愚对廷玉道：“这光景很奇怪，咱俩的脚程就是神行太保戴爷复活，也未必就追得上咱们，怎么他们却已有人先到城报信呢？”

廷玉道：“这也说不定是他们画符念咒的玩意儿呢。”

化愚道：“那是自然，还消说得吗？”

廷玉道：“方才仇人相见，小弟恨不得将他碎尸万段。停会儿大哥助咱一臂之力，去将姓尤的杀却，方消咱心头之恨呢。”

化愚道：“这个却不妥，依咱之见，方才这姓叶的临去，说停会儿再来，似乎有什么机密事一般。况且会首叫他们来访，怎么未说其故，却只虚敷衍了一会儿，便算完事呢？”

廷玉道：“不论姓叶的来不来，咱今晚一人也要到他们窠子里，探个虚实。如此乘便，就可以动尤进禄的手了。”

化愚道：“小爷休要任性，他们有邪术的，须不是一刀一枪硬碰硬的好和他们较量较量，总以看风色行事为妙。”

廷玉点了点头，也不言语。

一会儿，小二进来问：“爷们用什么酒饭？”

二人随便吩咐下去。

小二搬送进来，二人胡乱吃饱。化愚要解溲，便到后面院子内去。再回房时，却不见了廷玉。一看他用的兵器也不在床上了，这一惊非小，急欲回身去追。刚才出房，恰见一条黑影风也似的钻进房来，只道是廷玉回转，定睛一看，却是那大传头叶廷珍。周身扎靠，坐在床上，低声道：“不可叫唤要紧！”

正是：

方惊同伴失踪去，又诧教友易装来。

化愚这一愣，几乎呆了。

毕竟如何，请阅下文分解。

第七回

正能祛邪仇雠授首
柔以克刚侠义入狱

话说化愚解溲回房，不见了廷玉，估量他定是往白莲教的窠内去了。心下一急，回身就要出房去追，却见一条黑影，矫捷如游龙一般，由房上下来，直钻进房内。回身看时，却见他坐在床上，不是别个，却是那白莲教的大传头叶村的叶廷珍。

化愚大吃一惊，呆立一旁，半晌说不出话来。停了一会儿，低问："叶传头到此何事，有何见教呢？"

叶廷珍道："尊兄也是名教中人，生平作为，小弟已略知一二。不过尊兄的真实姓名，小弟却未曾明白。小弟此来，专为钦佩尊兄们的侠义，特地前来拜访。一则表示小弟的愚诚，二则有件机密事和二位尊兄商量。"说着，将两眼向四面一瞅道："怎么着，还有一位呢？"

化愚听他言辞，知无恶意，便道："叶爷，小弟不瞒你说，咱不是什么关爷，咱是张家口的邱化愚。方才咱那同伴，他才真是姓关呢。如今他出去了，咱正想去追他回来，不料叶爷到此，未曾去追。叶爷既说有机密事，请教何事呢？"

叶廷珍道："说起此事，那就长了。论理，咱不该说；论教规，咱更不应说。此处非讲话之所，咱同你出去如何？"

化愚道："咱同伴回来，看不见我，岂不要两错吗？"

叶廷珍道："不妨，咱和你出去寻他，一路谈说，如寻不着，他定已回来了。横竖总在此相会，怕什么呢?”

化愚道：“好，咱留张条子去。”说着，便找了张白纸，在桌上取过笔，写了几句，说自己出去找你，你如回来，不可再出去，大家在客栈会齐。写毕，丢下笔纸，将砚台压了纸条儿，也不换服装，关上了房门，和叶廷珍二人由窗口跳出，翻身上屋。

化愚道：“叶传头，这时节关爷定是到于会首那里，去找尤传头去了。那地方却在何处，咱和你先去找他如何?”

叶廷珍道：“好，咱领了邱爷去。”说着，便在前引导。

化愚在后尾随，见他的身段活泼，脚步捷速，那光景武功造诣极深。心中暗说，各处都有能人，真是说不尽许多。看上去此人入教，不知是真是假。如今来约我出来，还不知他是何意思呢，大概总无恶意吧。

正在思想，叶廷珍回头低声道：“邱爷，你别疑心，咱有许多的话未说呢。”

化愚道：“咱正要请教呢。”

叶廷珍道：“外人不知，只道白莲教是活神仙，其实并不相干。咱今日如不遇着二位真实的侠义，这泄露教中内情的话，咱绝不说的。”说着话，脚下蹿高纵低，蹿房越脊，好不快速。

二人一前一后，好像流星赶月一般，不一会儿，已到于宏志会首的屋上。

叶廷珍回身对邱化愚道：“邱爷仔细，这屋上有消息呢!”

化愚为人精细，他一路跟在后面，甚是留神。此时听说屋上有消息，脚下便照着叶廷珍的脚迹，逐步行去。叶廷珍领他到屋脊背后坐下。

叶廷珍道：“关爷如来，他在前，咱们在后，也应当到了。”

正说着，只见远远地一缕黑烟直奔到面前。二人对准了一瞧，正是关廷玉。正要招呼，忽然间，下面铃声大振。

叶廷珍大惊，忙说：“关爷中了埋伏。”急拉了化愚，飞身上前，将廷玉一拉，接连几纵，已过了几家房屋，方才放下。

后面化愚也跟踵而来，口中说：“小爷，你真会冒险，怎么一个人不声不响地来了?”

廷玉正要答话，只见那屋上来了几个人，都是一般的打扮，月光之下，看得清楚，都是红布扎额，周身红布短靠，各执一柄宝剑，四面张望。

叶廷珍道：“那面有人上来了，咱们走吧!”拉着邱、关两个，飞也似的向城头上便走。

到了城头上，回身看时，那些人并未曾追来。三人席地而坐。

叶廷珍道：“小弟今日幸逢二位义士，真是千万之幸，此处四望无人，待小弟将衷肠一说，以祛二位的疑虑。”

二人齐说：“请教!”

叶廷珍道：“咱们教中，各地方都有会友，各行各业，差不多都有人信教。近日有教友通信，说二位义士保着一位官儿，由北京到历城县上任，在路上对付了魏忠贤的爪牙，并详细说明二位的年貌。因此巨野徐会首传知阖教教友，各地打听，才知二位是由张家口环龙岭出来的。不久二位路过徐会首庄上，徐会首深知二位绝不会为教中所用，但求二位勿与教中为难，所以临行之时，特向二位要求。那时节，只知一位姓张，意中只猜一位姓邱，万不料有个姓关的在内。”

二人听了恍然道：“怪不徐鸿儒说咱们的姓氏，含混其词呢。”

叶廷珍又道：“接着二位在蓬莱县杀地方、诛禁子，还写下血字，才知是关家之后。别人不惊心，唯有尤进禄格外担忧，所以今日他特向于会首请示，到客栈相访。他虽和关爷多年不见，但是那模样儿却还有些记得。不料一见面，邱爷便冒了个姓关的，他反而生疑，所以急急回去。咱知他定有诡计呢!”

二人道：“听说教中规矩甚严，无论何事，不许向外人言及，怎么叶爷却又不守秘密呢?”

叶廷珍笑道：“那也只好吓吓那些愚昧的教徒，其实有何道理呢?”

二人道："咱俩的脚程总算是快的了，怎么你们教中信息反比咱们走路的还快呢？"

叶廷珍道："这一层更是明显的，咱们教中，无论哪一个头目都会些法术，只要将甲马绑在脚上，作起法来，每日能行千里的路程。更有种鸡毛报，是挨户地往下传，消息灵通，就在这上面呢。"

二人心下恍然，便说："叶爷，你既是国家的诸生，也曾受过皇恩，兼深知诗书，应明礼义，如何读了孔孟之书，却反而投身邪教呢？这却令人难解了。"

叶廷珍叹道："二位知其一，而不知其二。本教的原始，虽然注重法术，但也是劝人向善，忠孝节义亦是本教的宗旨。自古以来，名教中何尝无大奸大恶？万不能因其人不善，遂谓其教不善，况本教也未尝无好人在内。不过清者清，浊者浊罢了。至于说小弟入教，这乃是小弟的苦心。小弟因见教中势力膨胀，深恐贻国家大患，更兼现在朝中，以及各地州郡，无处不是懈弛异常，文恬武嬉，毫无兵备。将来白莲教起事，岂不是势如破竹（按：《纲目》云：时太平久，郡县无兵备，山东故不置重兵。又注云：于宏志等起兵武邑，为诸生叶廷珍所执。此节盖根据正史以演绎者也）？所以小弟入教，以探虚实。果然教中不单注重传教，却暗中有种种的准备。日前掌教闻香教主王森诈称西升，以觇全教人心向背，便是谋反的兆头呢。因此小弟借兴教之名，特在叶村操练民兵，虽都是白莲教，却和本教有些不同，明是帮助，暗地里却是暗防他的呢。"

二人听了，齐赞叶爷深心。遂又问："叶爷的武技，是从何人学习的？"

叶廷珍道："小弟的恩师乃是外号闪电手的雷震，如今他老人家因知川、黔等处土番蠢动，特地到那里云游去了。"

二人偶然触起成龙之言，心中越加敬服，所谓："英雄识英雄，好汉爱好汉。"言无一席，话不多时，三个人早都倾心吐胆，共话衷肠，欢若升平，交同莫逆了。

廷玉述及报仇之事，要请叶廷珍相助。

叶廷珍慨然应允，但说："咱不能破脸，只好在暗地里帮助。"又说："尤进禄很有些法术，若论武功，却是不行。"

三人谈了一会儿，各自分手。叶廷珍出城，径向叶村去了。一条黑影，如腾云一般。

二人赞叹道："果然名家传授，与众不同。"

二人由屋上回到客店，时已夜半，静悄悄毫无人声。化愚在桌上一摸，见那砚台未动，那张白纸条儿仍在，拿来撕去。二人解带宽衣，刚要安歇，忽听得窗外响动。化愚轻轻将窗槅开了，朝外一望，只见月光下立着个长人，足有丈把来长，面如锅底，眼似铜铃，双睛凶光四射，身上一丝不挂，一身的黑肉，手使一柄大斧，挥动如飞，直向窗口奔来。

化愚吃了一惊，忙说："小爷，有鬼！"

廷玉一看，吃了一吓，伸手在百宝囊里掏了块问路石子，觑准了那长人的左眼打去，只听咯的一声，那长人毫不觉痛，吼叫了一声，手使板斧，竟向窗内劈来，正劈在窗口桌上，将一张桌子劈成两半。二人慌了忙，束了束腰，掖起衣服，在床上取了刀。化愚顺手抓起一张凳子，先向窗外一掷，咯的一声，将那长人倒退了几步。

二人一先一后，一齐跳入天井双刀齐下，向那长人砍去。那长人并不招架，一阵狂吼，如牛鸣一般，手使板劈。二人心下奇异，不知他使的是什么招儿。化愚一蹲身，使了个拨草寻蛇式，一刀直向长人的下三路奔去。因为用力猛，只听咔嚓扑通一声响，那长人倒在地下，动也不动了。

二人在月下细瞧，才知这长人乃是木头刻就的，胸口贴张黄纸的符。二人才明白是邪教所为，便想放火烧店，索性大闹一场。

正在此时，忽然屋上一声响，跳下一只猛虎，随后又是一只火鸽，只向二人奔来。二人知是邪术，心中反而镇定，施展出闪展跳纵的本领，和那只猛虎相搏。廷玉一袖箭，将那只火鸽打落在地，原来也是木刻的。心中大怒，怪叫一声，一纵身纵上屋去，觑准了老虎的背脊，使了个夜叉探海，身体向下一沉，一刀向老虎砍去，连肩带背，挥为两段，却原来是个草扎成的。

二人大笑道：“这种玩意儿，要在赛会的时节使用出来，倒好耍子，如今将来吓人，真是太不自量……”

说犹未完，屋上早又响动，跳下几个披头散发的蓬头鬼来，一个个狰狞怪状，各使刀叉棍棒，直向二人扑来。二人背对背地立着，和群鬼厮杀。杀有十几个回合，屋上又来了十余个小鬼，各执弓箭，一声吆喝，那箭如雨点一般射将上来。二人使开了刀，上下翻飞，盘头护顶，如一片瑞雪一般。杀了一会儿，那屋上的和下面的鬼怪愈杀愈多，将二人困在垓心。

正在危急之时，忽然屋上来了一人，披发仗剑，身穿道装，口中念念有词，喝一声“变!”那下面的鬼一齐变成三头六臂，刀枪剑戟，直向二人杀来。二人杀得两臂振痛。

廷玉急了，一声狂叫，一纵上屋，直奔那道装的就是一刀，来势汹汹。那道装的逃让不及，用剑将刀一架，咔嚓二声，一柄剑砍为两段，落在屋上。那人口念“无量佛!”吐出一口气来，直奔廷玉面门。廷玉知是邪术，一个旱地拔葱，早已退后，纵到对面屋上去了。缓了缓气，一纵身，使了个黑虎偷心的招数，飞身直跃过这边屋上，脚未沾屋，那口刀已刺到道装的那人心口。说时迟，那时疾，只听哎呀一声，那人已是栽倒在屋上。

廷玉抽回了刀，又赏了他两下，那人已是劈死。定睛一看，正是仇人尤进禄。心中一喜，勇气陡增，回身将刀乱挥，将那屋上的小鬼如砍瓜切菜一般挥下屋去，自己也随着跃下。此时上面无人作法，那下面的大鬼均已渐渐缩小，转眼之间，一齐变成草人。二人用脚乱踹了一会儿，见无动静，廷玉翻身上屋，取了尤进禄的心肝，割下他的首级，方才下屋回房，点起灯亮。

化愚道：“奇怪得紧，怎么这般响动，店里的人以及旅客一个也不醒，难道说都是死的不成?”

廷玉道：“管他娘，咱们放一把火，烧得他干干净净，岂不是好?”

化愚道："且慢，他们是同教，或者不能起来，亦未可知。一把火烧得精光，固然是好，但恐带累了无辜。如今小爷到此，无意中得着仇人，总算是令先君阴灵保佑。此处教中人太众，好汉难敌双拳，咱们不如即速收拾出城，免得天明以后，生许多枝节，小爷你看好不好？"

廷玉听他言辞有理，忙说"好！"

二人即刻收拾包裹，带了兵器。廷玉背好包裹，一手拎着尤进禄的首级，一手抓着心肝，蹿入天井。化愚跟着出来。

二人方上得屋，只见下面满城灯火齐明，喊声大振，齐嚷："拿呀，拿呀！别给他逃走了呀！"

原来这店中上上下下齐是教友，有同教关系，虽然明明听见，却不出来问话，以为这两个客人定要被神兵杀死的。谁知大出意外，那些行客们住在客栈里，出门人总以少管闲事为妙，况又见那些鬼物，形容可怕，所以也明知不问。及至二人将鬼物对付了之后，店中教友岂肯甘休？急急由后门出去，到各处去报信，所以毫无声息。及至二人上屋要走，满城俱已得信，如潮水般向客栈拥来，捉拿二人。

二人在屋上登高望远，看得逼真，脚下哪敢停留？早已一溜烟飞奔到城头之上。廷玉将尤进禄的头挂在城门垛上，又将那心肝等物抛在河内，喂河内鱼虾。二人使出生平绝技，跳下城去，纵过护城河，飞也似的取路直奔滋阳县进发。

走到天明，化愚道："小爷，咱俩身上均有血污，且到河边去洗洗干净再走。"

廷玉道："大哥言之有理。"说着话，二人到路旁小溪里洗拭干净，解开背的包裹，换了身衣服。收拾完毕，始向前再走，在前面路上村店里打了早尖，歇了歇力，顺便问了问路途，给钱出门，复又上路。

廷玉道："仇人均已得手，所欠的只有贪官吴良、大盗洪逊两个。此去滋阳，倘能将吴良碎尸万段，便可取道前往蓟州了。"

化愚道："咱等小爷事毕，咱要到南边去逛逛，投奔闵大爷去呢。"

廷玉道："别的都好讲，像尤进禄这个狗才，他以前做长工，哪有什么本领？如今入了邪教，陡然会许多法术。那蓟州乃是王森的窠巢，洪逊又是个亡命之徒，想起来定要比尤进禄棘手得多呢。大哥你看对不对？"

化愚道："那是自然。不过邪教的本领总不过是些纸人纸马、木鬼草虎，怕他什么？"

廷玉道："像叶廷珍这般的人，现在总算少的了。"

化愚道："要论他的心胸，却是少有。如说能耐，外面能人很多，也未必就没有像他一般的人呢。"二人说说谈谈，脚下不觉快，已是走了许多路程。

黄昏时分，来到一座县城，地名临皖。二人投到一家招商客店里住下。那店家一见了廷玉，陡然一惊，便说："听客官口音，却是蓬莱人呢。"

廷玉道："正是呀！"

那店家笑道："如此说来，却是同乡了。府上在哪里呢？"

廷玉道："原来掌柜的也是老乡，咱家住在……"

话未说完，化愚早踢了他一脚。

廷玉改口道："咱家住在济南省城呢，虽是蓬莱县籍贯，家中已无有人。掌柜的府上，却住在何处呢？"

店家道："咱家住火家堡，搬到这里来居住，已有多年了。"

廷玉没问他姓名，那店家便回身走了。

化愚道："小爷怎么忘了，行路之人，最不宜和人多说闲话。世界上能有几个真君子？现在外面借名撞骗的也不知有多少呢，一会儿说同乡，再一会儿还要说兼亲，这种人江湖上最多。"

廷玉道："咱看他年纪大了，又真是老乡，所以才和他说话的。大哥怪得咱有理，咱下次不再说就得了。"

化愚道："这店家来得蹊跷，他一见面，就料定你是蓬莱人，那是口音，没甚说的。唯有他说‘火家堡’三字，未免有些奇怪。天下哪有这般巧事？他怎么也是火家堡的人呢？”

廷玉道：“也许他真是火家堡的人，也说不定的。”

正说着，小二送茶水进来，问：“二位爷用什么酒饭？”

化愚道：“随便弄几个可口的菜蔬，打二斤真陈绍，如有汾酒，那是更好。”

小二应了声“是！”刚回身要走，化愚又唤住他道：“小二哥，咱借问一声，你们这爿店，开了有几年了呢？”

小二道：“咱进店才四年，据说这店已开有多年了。”

化愚道：“东家何人呢？”

小二道：“便是方才招呼二位的那人呀！”

化愚道：“他姓甚名谁，是何处人呢？”

小二笑道：“客官问得好奇怪，咱东家是蓬莱县火家堡人，名唤关兴儿，乃系因他主人遭了横祸，逃走出来的。这件事，本地老乡亲无一个不知晓，莫非客人是公门中捕快，到此访案吗？”

他这句话不打紧，可将个关廷玉震得呆了，望着小二，一句话也说不出来。

化愚笑道：“小二哥别多心，咱们是过路的，本不要问，只因你们掌柜的和咱这位同伴是同乡，大家都在外路，遇见了乡亲，总有些照应，所以才借问一声，也好放了心。劳你了！”

小二笑应了个是，即便出房，吩咐厨下去了。

廷玉道：“大哥，天下真有这般巧事，这关兴儿乃是先叔父树功的贴身小厮，却不料在此主仆重逢呢！怪不得方才再三地问咱是哪里人呢，原来还有这么个缘由呢。大哥，你说天下的事，能料得定吗？”

化愚道：“天下巧事正多，比如昨日在武邑，万不料姓叶的却是个有胸心的男子，叶村镇上不卖给咱们吃，那村店里却卖给咱们吃。本是行路，却不道无意中碰着姓尤的，报了仇恨。如今在这里又遇见了这个掌柜的，真比鼓儿词上的事还要斗巧呢……”

话犹未完，突然外面闯进一人，向廷玉纳头便拜，哭唤：“咱的小主呀!”二人看了一惊。

正是：

客邸巧逢几疑梦，故仆谲诈孰个知。

毕竟来者是谁，关、邱二人如何被诈入狱，请阅下文分解。

第八回

表同情侠客夜越狱
骂奸阉文士闹生祠

话说二人正在临皖县城招商客店里闲谈以往之事，巧境迭生，到此又遇旧仆，真是浮生若梦。

话犹未完，忽然由外面闯进一人，望着廷玉纳头便拜，抱着廷玉的腿哭道："咱的小主呀!"

二人吃了一惊，一看，正是方才问话的店家。

廷玉忙说："兴儿，起来!"

兴儿起身拭泪道："小主现在何处，因何到此?"

廷玉知方才之话均已被他听得，知道瞒他不住，遂将以往之事尽量地告诉了他，只将那杀人报仇之事未向他说明。兴儿惊喜万状，听到悲切处，以手拭泪；听到欢乐处，竟至跳起来，及至听到末后，并无什么尤进禄的话，反而生起疑来，自忖道，怎么他方才说在武邑杀了尤进禄，这会儿又没有这件事？心中虽这般想，口中却不便问，只得安慰小主人一顿，吩咐小二到厨房里关照，杀一只鸡，另将那些菜肴弄得道地些。

化愚深恐店中人的嘴不稳，走漏了风声，忙命店家知照，无论何人，不许说有姓关的客人在此。兴儿答应着吩咐下去，心中越发疑惑，便走去和他老婆商量。

原来兴儿的老婆却是在本城娶的补房，她有个哥子，名唤刁作仁，是个屠户，也是白莲教的小传头。这日，刁氏正由娘家回店，刚才进门，听说丈夫的小主人相逢，便咕噜道：“你这老杀材，真是生成的奴婢命，一个不相干的小主人，也值得这样狗颠屁股似的恭维？咱方才在娘家，听见哥哥那里有鸡毛报，说有姓关的在武邑杀了大传头尤进禄呢，知照各教友，如将姓关的捉住，教里重重有赏。”并说：“这姓关的做的人命案子不少了。”

这一咕噜，却将兴儿的心事活动起来。一则他在房外听得什么武邑尤进禄等情，这话是对了；再则他和尤进禄乃是亲戚，尤进禄还是他的表侄呢，尤二混夫妻和他乃是一同由蓬莱出来的，如今也住在店里。

兴儿是个没主意的人，被他老婆一咕噜，心想，不错，好好一个人，在此养富尊荣的倒不好，却要无端地再做人的奴隶，自己这么大的年纪，也太犯不着了。

正在腹中怙惙，不料尤二混在隔壁房中已听着一句“尤进禄被姓关的杀了”，这件事怎么不动心呢？遂即跑过来问道：“贤弟，刚才听弟妇说什么你侄儿已被姓关的杀掉，可是真的吗？”

兴儿还想隐瞒，未曾开口，他老婆已是接口道：“正是呢！进禄已被什么关家后人杀却了。”

尤二混一阵伤心，几乎痛得晕了过去。别看他是个浑人，他却有个浑打算，扑通一声，双膝点地，给他表弟跪下了，口中带哭说道：“贤弟，眼见仇人在此，十指连心个个痛。贤弟，你不给你侄儿报仇吗？你如不答应我，我情愿跪死在你面前不起来了。”

兴儿被他一跪，没了主意，遂说：“表兄起来，咱依你就得了。”

尤二混磕了个响头，方才收泪起来。

兴儿道：“表兄，这件事你可难坏我了，怎么呢？一方面是旧主之后，他家只有这一条根，如绝了他的，未免太无良心了；一方面又是表侄，不报仇又对不住你。咳！这不难坏我吗？”

刁氏在旁插言道：“伯伯的儿子，不就和咱们的儿子一样吗？如今仇人在此，岂可轻轻放过去？什么旧主不旧主呢！”

尤二混道：“贤弟，你如不给你侄儿报仇，咱报官去，如抓不着他，咱和你打官司去。告你得钱买放，知情不举，这个官司咱和你打定了。”

兴儿被他这两句浑话一说，吓得浑身冷汗，忙说：“表兄，咱依你就得了，但有一层，他二人均有本事，练过把式的，咱们如捉他，岂不是难事吗？”

刁氏笑道：“咱去告诉咱哥哥，怕不马上就捉住了他！”

尤二混道：“酒里下点儿东西，立刻就捉住了。”

一句话提醒了兴儿。原来兴儿店中本无此物，只因进禄做了大传头，白莲教里在黑道上走的很多，进禄本来有些邪气，一入了教，便和那在黑道上的朋友有些来往，因此有个专开黑店的主儿，送给他一大包蒙汗药。他得了此药，带了一半出去使用，却留了一半在家。

兴儿不做这买卖，所以用它不着。此时被尤二混嚷出来，应了句俗语：“三个臭皮匠，凑成个诸葛亮。”居然想出这条计策。当时即命二混去取药来，自己拿到灶上去，多多搁些在酒菜内，然后到上房间里，对邱、关二人道：“咱现在因为主人家中的变故，曾在神前发誓，吃了长斋，保佑仇人早死，小主人将来衣锦还乡，荣宗耀祖。一会儿二位爷用饭菜，还请多用点儿，恕老奴不来奉陪呢。”

二人谦逊了几句。正说着，小二已将酒菜用端盘托着，送进房来。兴儿张罗着放了杯箸。小二排了菜碗，乃是四菜一汤。兴儿执壶给二人斟酒。

化愚将酒看了一看，又嗅了一嗅，既无异色，又无异香，方才放心。二人三杯入肚，忽觉天旋地转，心知有异，正欲扑奔兴儿，哪知刚才立起了身，脚下竟不能做主，扑通一声，栽倒在地。

外面尤二混、刁氏等人一拥而入，绳索齐施，将二人捆个结实。随即拿了二人的刀剑、衣包等物，一齐送到县衙。

恰巧知县到省里去了，由当案的刑房师爷，同着二衙等人做主，将两人暂且寄监，刀剑等物存库，容俟邻县文书到来，再为押解前去。或是本县太爷回衙，再行审断处理。

二人到了监内，由禁卒将他二人改上了刑具，手铐足镣，寄在地字号房内。因想二人的小费，使用凉水将二人灌醒。

二人醒来，觉得身骨微痛，动弹不得。睁眼一看，黑洞洞，乌暗暗，只有一盏绿阴阴的小灯。四面一瞧，再看看自身，才知身陷囹圄，手足均不能自由。一看禁卒立在面前，板起副面孔，望着自己，方才想起在客店之事。

廷玉叹道："大哥，果然不出你所料，天下没有真君子。方才万想不到兴儿会使诡计害他的旧主。如今可怎么办?"

化愚笑道："小爷悔什么？既来之则安之就得了。"遂道："禁子哥，你看对不对呢?"

禁子听他的话，也不由好笑，喝道："休得多言，你既这般老练，可懂得规矩不呢?"

化愚笑道："你老不说，咱也知道了。咱只因事出仓促，未曾预备着。如今你既问到此，咱对你说了吧，咱本地没有亲戚朋友，照应是没有人的。但是你老的事，靠山吃山，咱怎好说无有呢？咱对你说了吧，你如要使钱，可到招商客店东家关兴儿那里去要，他如不给，你就对他说，不照应爷们，准得给他点儿苦吃，将他扳牵在内，吃一场官司呢。"

禁子点了点头，笑说："看你不出，你却是个老在行呢!"说着，提了小灯，返闭上门，径自去了。

禁子去后，化愚对廷玉道："小爷别焦急，咱们是什么人，难道这点儿家伙就能够使咱们服帖吗?"

廷玉道："话虽如此，咱们身困在此，却如何办法呢?"

化愚道："停会儿再说。"说着，听了听，谯楼正打二鼓，便道："小爷，咱们越狱就得了。"

廷玉道："这黑洞洞的，一些儿瞧不见，如何走法呢?"

二人正说话，忽听隔壁号房里长叹道："狗强盗，我是读书之人，手无缚鸡之力，又和你对面不识，你怎么将我扳在内中，到此牢狱吃苦呢？我又和你无冤无仇。”

只听一人抗声道：“步爷，你老既到此，少不得要陪咱们坐坐的。咱和你无仇，咱乃是受人之托呢。”

廷玉听得，触动了先人旧恨，登时落下了同情之泪，对化愚道：“大哥，想不到世界上如此黑暗呢，你听听看，隔壁这个人又和先君同一境况呢。”

化愚也不答言，但说：“咱们挣断了铁索，再说别的。”说罢，二人运动内功，说也奇怪，那身间的铁索果然哗啦一声，分为数段。

二人立起身来，下面两脚一崩，上面使了个武松脱铐的招数，只听哗啦咔嚓一阵响，镣铐一齐落在地下。

化愚道：“咱们且借这几件东西，暂作兵器用。”说着，俯身在地下一摸，摸起了铁链、镣铐等物，慢慢地走到号房门前。就缝里向外面一张，外面月光明亮，如同白昼。伸手开门，却开不动，一摸，并无门闩。猛然醒悟，是反扣着的。使劲一抬腿，只听咔嚓一声响，那扇门已自跌落。

二人出了号房，心目一清。哪知这一响，早惊动了个禁子，飞也似的拿了把牛耳泼风刀，奔来察看。二人由黑地出来，月光下纤微悉见，老远地见有人来了，忙向黑暗去处一躲。

那禁子到了号房门前，见门已踢落，连连跺脚道：“怎么好，朋友，你走了吗？”

化愚一纵身，到了他背后，伸手夺了他的刀，一腿将他踢翻。

廷玉早已过来，用铁索将他捆好，撕下他的衣服，要塞在他嘴里。

化愚道：“且慢！”随说：“禁子哥，咱和你无仇，咱不难为你。咱问你一件事，咱们到监里来，是谁送来的？咱们的东西呢，是在客栈里，还是在衙门里？说明了便罢。”

禁子是老公事，他忙说：“好汉饶命！听说好汉们的东西寄在库里呢。到这里来，却是衙门里捕快送来的。”

廷玉见他说完，便将衣服送到他口里，将他放在号房里青石上道："朋友，费心做一次替身吧！"说着出来，将号房门扶起，给他虚掩上了。随即纵身上屋，直奔县衙。

在屋上寻了半天，方才找到县衙的所在。下去找了好久，才找到库房。用刀劈开库门，黑地里摸着两个衣包、两口刀、一口剑，还有别的东西，一齐摔将出来。在月光下细看，认了自己的东西，背在身上，飞身上屋。

廷玉道："咱们乘此先杀兴儿那老奴才好。"

化愚道："此时将交五鼓，快要天明，再去杀人，恐怕已来不及。不如先到监内，救出那个叹气的人来，同到城外，岂不是好？"

廷玉依言。二人又到监内，寻到隔壁那间号房。化愚巡风，廷玉劈门进去，唤声："步爷，咱来救你。"

只听一人应道："在下正是步某，尊兄何人？"

廷玉也不答言，将千里火一照，挥刀斩断他身上的铁索，将他背在身上。看那地上躺着个人，好像半截黑塔似的，身上刑具只有镣铐，并不曾上什么鬼吹箫，知道他就是诬扳姓步的了，便说："狗贼！咱本应杀你，因你和我无仇，暂时饶你。下次如再诬良为盗，定取你的狗命！"说着，一刀砍去，将他的耳朵削下一只来。喝声："给你个记认，免得你再害好人。"说着，回身拔步就走。

出了号房，只听远远的锣声响，知道更夫来了，急急纵身上屋，望下一看，果然是更夫来了。二人不敢怠慢，急急由屋上跳蹿，不辨东西南北，直跳到城头上。廷玉将那姓步的放下，先给他斩去了刑具。此时东方已有些发白。

化愚道："时候不早，咱们先出城要紧。"

廷玉将身上包裹等物交给了化愚，化愚纵身跳下城头。廷玉叫那姓步的伏在自己身上，扣住了手，闭紧了眼睛，然后跳下城去。

化愚道："由上面下来好走，这河却如何渡过呢？"

廷玉道："且沿河走几步，走到那稍狭之处，再行纵过就得了。"说着，运动足力，快捷如飞。

走了一会儿，那河内却停着只大官船。

廷玉喜道："好了，就借着这船的劲，跳过河去吧！"说着，背了姓步的，一垫脚，已纵到船舱的篷板上。略一纵身，已越将过去。

化愚跟在后面，也纵了过来。

只听那船上有人唤道："有贼了！"

二人不敢停留，一口气直跑到对面那片树林内坐下，问姓步的道："步爷，你老是何处人氏呀，因何被那强盗扳牵在内呢？大号作何称呼，府上还有何人呢？"

那姓步的这一夜受那惊涛骇浪，早已吓得个发昏，此时在树林内，遥见林外天色大亮，一阵清风吹来，神志已清。此时见问，不由得含泪道："在下名唤青云，家住本城五里岗，也曾进过学，考取本邑附生。只因家有薄产，被本县知县毛文炳所知，勒令缴捐。在下不从，因此触犯了赃官，买通了在押大盗白福，一口咬定在下是个窝家，因此将在下拿问在监。在下受刑不过，只得苦打成招。昨日禁子对在下说：'公事还是活的，还不曾详上去，如步爷要活，将家产完全抵押变卖，送与本县，便可以无事了。'在下因念一家大小，如因小人而全家饿毙，不如在下一人死在狱中。不料捕快到在下家中，对贱内说知，贱内竟要做主变卖。如今才隔一夜，大概总还未成交呢。二位爷尊姓呀？"

廷玉告诉他二人姓名，随问："五里岗离此多远呢？"

步青云道："过了这座树林，上了山岗，便是五里岗。在下就住在岗子上。"

化愚道："如今事不宜迟，快些回去，搬取细软，和全家老小，投奔到别处避难要紧。稍停恐怕城内就要派人来追了。"

步青云站起身来，一瘸一癫地向前行走，口中连连哎呀。

二人知他是棒疮发作，化愚将包裹等物交给廷玉道："小爷，你照管着，咱去背负了他，走得快些。"

廷玉应了一声。化愚走过去说："步爷，还是咱来背着你吧！"说着，将他背起，一起脚，如飞也似的直向那前面岗子上奔去。一转眼间，已到岗上。

步青云指着，到了自己门口。后面廷玉也跟将上来。

步青云入内，一家悲喜交集，齐向二人罗拜叩谢。

二人急道：“快别闹虚文，且搬取物件快走是正经。”

步青云一家老小眼泪鼻涕，喜笑忧惧地赶着收拾一切，也来不及吃早饭，急急绑上几辆车子。好在家中长工多，七手八脚，一会儿已是完毕。步青云一家老小坐上车子，那小车推起来，咿呀吱咯地直向岗下去了。

二人护送了一程，见后面并无人来追，方才放心，意欲别去。

步青云流泪相挽道：“在下此去，投奔到徽州黟县秦文亮表兄那里去，二位义士，救人救彻，拜烦送到黟县，再请登程如何?”

二人见他那般形容，给他一想，果然是苦，假使路上有差役等追来，咱们不是白救吗？因此慨然允诺，护送一家前往。步青云阖家老小齐在车上作揖道谢。

又走了一程，大众腹中均饿，便在路旁打了早尖，胡乱吃饭，急急动身。当日中饭也是胡乱吃了，急急赶路。直到黄昏后，方才住店。次日一早便走。

如此走了几日，脚下方才放慢些。

那日，到了黟县，找到秦文亮家中。原来秦文亮也是个贡生，他家中很有些家产，为人疏财仗义，极好结交朋友，因此家业中落。话虽这般说，究竟百足之虫，死而不僵，虽然贫困了些，但是豪华气派仍旧不减当年，不过是外强中干罢了。

世人通病，乃是利尽交疏。此时秦文亮虽仍喜交游，怎奈那些朋友知道没甚油水，便也就不甚走来。秦文亮虽然感觉人情淡薄，但因朋友不甚来，却无形中使秦文亮好了许多，开支一省，再一经营，生活上竟稍稍富裕起来。这时节见表弟步青云到来，忙着欢迎入内，询知一切，拜谢了邱、关两位，当晚置酒接风。收拾出两间房屋，让步姓全家住下。收拾了一间书房，请邱、关两位住宿。

次日，廷玉二人要走，秦文亮哪里肯放他二人就去？死命地留住。盘桓了三日，方才设宴饯行，又馈送程仪。二人再三不受，末后推却不得，方才收了一半。收拾完毕，次日动身。步青云领着阖家老小，一齐送到门口，再三申谢。二人拱了拱手，即刻上路，出了黟县。

廷玉道："咱们仍回临皖去，杀了兴儿老奴才，方消心头之恨。"

化愚笑道："小爷，你真糊涂了，此时如到临皖，一则他们那里有备，更兼离武邑太近，未免有白莲教的羽党，又得惹是生非；再则关兴儿等人岂不防咱们去杀他吗？恐怕这时节已逃走无踪，隐避到别处去了。依咱之见，不如即刻改转路途，先到蓟州，或是到滋阳去。先办了这两处的事，再说别的。小爷看是如何呢？"

廷玉听了道："大哥说得不错，咱们先到滋阳县去，找了那赃官再谈。"

二人商量停当，随问了路程，向滋阳县进发。

走了两日，这时节已是春尽夏来，天气甚热。二人在路上走得口干舌燥，汗流遍体。遥望前面有座大丛林，廷玉道："好了，咱们到前面庙里去坐一会儿，凉一凉再走。"

化愚道："好，像这般天热，咱们夜里走，又风凉，又没有人，岂不是好？"说着话，二人的脚程快，早已到了那大丛林一带的红墙。二人走进山门，放下包裹，一屁股坐在那包裹上面。坐了一会儿，身体稍凉，口渴却仍是厉害。

廷玉道："大哥在此坐着，等咱去取水来喝。"说着，立起身，向内就走。绕了两间殿宇，才到了大殿，走上石阶，到了大殿内。只见那旁有个少年人睡在拜垫上，一旁放着纸笔等物，身上衣服甚是褴褛，头上戴着顶破文生巾，那光景是个失魄的读书士子，很像个卖卜测字的先生。一抬头，见那墙上题着几句道：

竖刁作乱齐君灭，寺人揽权汉室亡。
如此生祠庙天下，坐看明社沦夷邦。

后面写着几句道：

东鲁寒士周逸群，过奸阉魏忠贤生祠，感而书此。

呜呼！赐位上公，加九锡，此乃曹操之故事，不图于今日见之，更不图变本加厉，诏建生祠也。夫以寺干政，列代均多倾覆社稷，史册所载，书不胜书，岂仅竖刁十常侍已哉？宋纪童贯，本朝刘瑾，其威权显赫，然尚无魏贼之著也。

嗟吁！明室天下，其竟亡于此竖之手乎？国人盍速兴起，扑杀此獠，以安社稷乎？

予日望之。

廷玉看罢，甚是惊异，别看他穷到这般地步，仍有如此的胸襟胆量，真是奇士。想了一想，绕过大殿，直奔到香积厨下，方才找着一个小道童，问他讨了两大碗水，自己先喝了，然后又讨了两碗，走到前山门内，送与化愚吃了。

化愚喝完水，廷玉接过碗来。刚要送进去，忽然间外面拥进数十个人，各带刀杖棍棒绳索等物。二人吃了一惊。

正是：

始借山门避炎日，忽逢群众又心惊。

毕竟二人如何对付，且看下文分解。

第九回

焚生祠大闹宣家堡
救乡老夜踹夏镇营

话说廷玉刚要送碗入内，忽见外面拥进了许多人，也有道士，也有俗家，手中各执棍棒武器，带着绳索等物。心中一惊，一手按着刀柄，一手将碗拿好。

化愚也由地下爬起，准备和众人厮斗。谁知却又不然，那些人竟一直向内去了。

二人捏了把汗，化愚道：“奇怪，这光景好似捉人一般。”

廷玉猛然省悟道：“原来是到后面去捉那人的。”

化愚忙问：“拿谁？”

廷玉便将那大殿上题诗的东鲁寒士周逸群一说。

化愚道：“如此说来，此人也是个奇士了。虽然带着些狂态，但也是国家的正气。咱们既然在此，岂可袖手旁观？”说着，将包裹背上，提了刀。

廷玉也背上包裹，拿着碗，在前引导，直奔到里面大殿上来。

原来这庙宇本是一个大丛林，这时节神宗驾崩，光宗接位，不久而殇。熹宗接位，正是天启元年，太监魏忠贤任事（按：《明史》此时魏阉尚未入宫，建生祠一事，亦在六年闰月。本书为便于行文，故将此事提前，盖小说家言，不必尽与史实相符也），诏建魏阉生祠。旨到该邑，地方官为急于讨好起见，因此急将这大丛林里的和尚限令改为道士，不从者驱逐出境。一面遵旨安设道士，早夕供奉魏阉的长生禄位牌。

这时节，正将大殿前后改得焕然一新，一切佛像都重加雕塑，修理得甚是华丽。那些道士仿佛御前太监一般，狐假虎威地在四乡骚扰。告到官里去，也是不问。因这一来，那道士们的胆子更大，格外无法无天起来。

不料这日来了这位落魄的文生，在门口一望，是“敕建魏公生祠”六字，他本带着几分书呆子的气质，一见这六字，心中就生了气，手拿纸笔，向内就闯。进得门来，见那尊笑佛望着自己憨笑，大怒道：“咄！你还有这副脸蛋笑呢！”走过去，又见护法韦驼手擎降魔杵立在那神龛之内，不由大怒道：“亏你还站在这里！妖魔和你同居，你都不知驱逐，真是有名无实的东西！”

一直走进去，闯到大殿上，看那佛龛内供着一个大牌位，上写“皇明上公加九锡魏公忠贤长生禄位”，旁写“奉旨敕立”，雕刻得清楚，蓝底金字，格外显明。周逸群一动气，伸手过去，便想将牌位摔下地来。

正要动手，里面有个道士出来，喝令：“快滚！这里也是你这文丐来的地方吗？”

周逸群陡得一计，假意退出，却候那道士走开，复又进去，磨了墨，将笔蘸饱，便向那粉墙上写了几句。不料刚才写完，那道士又走将来了，一见字句，少不得狗仗人势地大喝一声，要周逸群用水洗去。周逸群一气，将他痛骂了一阵，一屁股坐在地下，竟曲肱而枕之地躺下了。

道士受了这个气，如何捺得下？急急入内，邀了众道友，小题大做，又到外面邀了人，一同由前门拥进来，仿佛捉拿江洋大盗一般。到了里面，将那文士捆了个结实。

周逸群反而大笑起来，骂道：“你们这些无耻的王八，这魏忠贤是个市井无赖，目不识丁的奴才，你们好好的人不做，情愿做奴才的奴才，真是无耻之极！”

又说：“这魏贼，欺君贱民，乱臣贼子，人人得而诛之。像这种奸贼，你们还要去巴结他，真是岂有此理，怪不得大明江山要亡在旦夕呢!”说着，又大笑了一阵，大哭了一场。

众人齐齐说:“他定是疯子，和他没甚计较，还是放了他吧!”

正在说话，邱、关二人已由外面进来，一见这种情形，忙问:“何故将他捆绑在地?”

众指墙上的诗句给二人看。

二人齐说:“写得好，骂得不错!”

那道士大怒说:“他是疯子，你两个也疯了不成?”

地下周逸群却接口道:“放你娘的屁，你爹才疯呢！全中国能有几个像咱这般的疯子呢？如都像咱一般疯，嘀嘀！咱们的国，还怕不强吗?”

二人也道:“对呀！你们这班人，难道都是奸党吗，怎这般毫无心肝呢?”

那道士大怒，伸手揸拳，便奔廷玉二人。二人轻轻地一举手，只听扑通一声响，那道士已跌在地下了。

众人一齐大惊。庙内的众道士一齐大吼了一声，直奔二人。二人不慌不忙，轻轻地施展手足，直打得众道士东倒西歪。廷玉一松手，那只碗直向魏忠贤的牌位打去，啪的一声，打个正着，那牌位应声而倒。

众人更加惊惧，齐说:“这是奉旨设立的牌位，你这二人，如此大胆!”

众人正在嚷打助威，邱、关两个已将那些道士都用点穴法打倒在地。众人见不是事，叫了一声，一齐都已星散。

二人也不追赶，却将周逸群的绳索解开，扶他起来。

周逸群连连拱手称谢道:“多蒙二位搭救，感恩匪浅。足见公道自在人心，国事尚有可为呢!”

二人见他带着些酸腐之气，也忍不住好笑，遂问他:“何以到此题诗，惹出这场祸来?”

周逸群道:“咱穷途落魄，四海飘零。走到此地，看见这座生祠，煞是可叹，一个小小的太监，居然要建生祠，还要设一百个道士，在内早夕供香，这还了得吗？一个万岁宫，除朔望之外，地方官尚且不到，一个太监的生祠要如此尊重，国家阴盛阳衰，岂不是个亡国之兆吗？因此咱气极了，想出这个主意来，发一发书生本色的牢骚。谁知这班狗头的道士，居然兴师动众，要和我为难。咱手无缚鸡之力，索性由他们捆起，装出疯癫来，免得到官受辱。如是到官，那不消说得，一条命是无有了。”说着，打了一躬，口称：“深谢二位相救，不然，咱的命可就完了。”

二人道：“这里地名唤作什么，归何处管辖？庙中道士可有什么劣迹没有呢？”

周逸群道：“多得紧，多得紧，这地名唤作宣家堡，归夏镇营管辖，论文治，可就归兖州管呢。”

二人道：“道士们有何劣迹呢？”

周逸群道：“咱在外路听见，说这班道人吃喝嫖赌，式式俱全，往往有些妇女，被他们硬留在这里，有时还到外面去强奸妇女。方才来的那一群人，说不定还是本地的白莲教匪呢。”

一句话提醒了邱、关两个，暗说，照呀！方才那些人，内中很有两个领头上镶着点儿红记号呢！忙说：“周爷，你在此不可久留，恐怕有碍性命，咱们俩送你些路费，赶快动身如何？”

周逸群连连称谢道：“承二位成全，那是万幸了。”

廷玉在身上摸出一锭十两的银子，交给周逸群，着他快走。周逸群告辞出门，急匆匆地去了。

二人踢醒了一个道士，问他们：“这庙里住持是谁，平日所做之事如何？快讲！”

那道士见化愚二人如天神一般，再看众师兄、师弟一齐被踢倒在地，昏沉沉人事不知，哪里还敢说谎？急急将庙中之事，从实说了个透彻，比周逸群所得到的传言还要胜上十倍。

二人大怒，便问他：“那些民间女子，现在何处？”

那道士引着到后面云房里去，开了那套房的门。那房子造得甚好，外面丝毫看不出里面有这一间宽敞的密室。二人到了里面，将那些女子一齐唤将出来，数了数，共计七个。看那样儿，虽不十分秀美，但也还可入目。吩咐她们各携所有，一齐回去。那些女子如逢大赦一般，向二人拜了几拜，福了几福，再三称谢，一齐出庙去了。

二人商量："这庙在此，很是害人，咱们不如将这庙宇毁了，也好给民间除害。"商量已定，便将那道士一拍，登时点了过去，随即走到香积厨中。

廷玉一看那小道士已经不在了，便说："大哥，这里的一个小道士已跑了！"

化愚道："他跑由他跑了吧，咱们办咱们的事，毁庙事小。但是这班道士作恶虽大，未必人人都是坏的，咱们不如将他们放出庙外，再毁他的庙如何？"

廷玉笑道："大哥，你怎发起菩萨心肠来了？方才那道士不说嘛，人人如此，一百名之中，简直无一个好的。如要放了他们，他们胆子还要大呢！"

化愚道："不是这般说，罪首不罪众，这庙里的住持道人偏不在家，如在家，咱们杀了他也就完了。咱们如杀这许多，太狠了呢！"

廷玉道："任凭大哥办吧！"

二人在厨下取了火种，走到云房，先踢醒了方才那个道士，复又问了他一遍。将他带到前面，一个一个地指出来，谁奸过女子，谁偷过东西，末后问他本人，他却自认是奸过一回女子，并不曾犯过二次。二人一笑，拔出刀来，先将他宰了，然后将那凡曾奸过女子的，一齐逐一地将他的势割下，然后将他们一个一个地挟到庙外林里去，踢醒了他们，回身进庙。再将那些偷过东西的，各去掉他们一指，也送到外面树林内去，将他们踢醒。然后再到庙前庙后，放起火来。这时候近黄昏，晓风初起，一会儿，风送火势，火仗风威，刮刮杂杂，竟烧将起来。

二人拔步出林，向前径走。走不多远，便见前面锣声响亮，拥出许多人来，一见二人来到，齐嚷："正是他！"一齐站住，列成队伍。

二人知道是庙里道士的救兵，便纵上前去，问："众位做什么呢?"

那当头一人赤着膊，手提一根三股托天叉，抢上前来道："你两个是何处野种，敢到俺宣家堡上来放肆？不要走，吃我一叉。"说着，一叉向廷玉刺来。

廷玉抽出腰间宝剑，架了过去。化愚纵上前来，抽刀夹攻。

那赤膊的名唤田老九，他是本地宣家堡上的一霸，很有些蛮力，新近入了白莲教，做了个小传头。方才他在堡上，听得人来报告，说魏公祠内来了两个人，如此形状。他心中一动，正是教里传令捉拿的两个仇人，况又在自己地面上做事，坏了自己的威风，因此鸣锣聚众，直向魏公祠来。刚出了宣家堡的街口，忽见烈焰腾空，火鸦乱飞，知道前面庙宇已被火毁，吼了一声，催促伙伴们一齐快走。走不多远，正和邱、关二人撞个正着。

当下众人四下一围，将二人困在垓心。二人一把刀、一口剑，指东杀西，指南杀北，上下左右前后，着着都到。起初觉着这赤膊的家伙有些棘手，后来田老九的气力渐渐衰微，那柄钢叉也渐渐散乱。他虽在白莲教，可是法术一层还未曾学习得精，所以未曾试用。二人见他的气力已尽，刀剑的招数一变，直向田老九逼来。田老九从未经过大敌，如何受得了？早被廷玉一剑刺倒在地。

众人见为首的已死，一齐四散奔逃。二人也不追赶，仍往前进。

此时觉得腹中饥饿。化愚道："方才该在那庙中弄些饭食吃吃，如今到这镇上，一则已晚，无人肯卖；二则这地方咱们闹了这么大的乱事，也不好停留足步呢!"

廷玉道："只好忍耐再说。"说着，二人脚下速力加快，飞也似的过了宣家堡的镇集。直往前走了一个更次，腹中如雷鸣一般。

化愚抬头一看，见那旁有灯光射出林来，不禁大喜道："好了好了，那边有人家呢！咱们好去问他想个法儿，弄些个饮食充饥。"说罢，二人一蹬足，直向那灯光之处奔去。

进了树林，才知那灯光人家乃是个卖豆腐的，这时候正磨着豆腐，预备明日的早市呢。

二人入内，向那磨豆腐的少年唱了个喏，赔了个小心，和他商量，请他弄些现成的饮食来吃。

那少年将二人打扮一看，是行路人模样，又是身有血渍，吃了一惊。又见他俩都有兵器，不敢说个不字，竟一迭连声地应了个有字，随即到厨下取出一碟黄豆芽菜、一盘拌生豆腐，拿了两双筷子，盛上两大碗饭来。

二人吃冷饭冷菜，很觉凉快，所谓饥不择食，吃了一碗，又问："还有吗？"

少年应了声"有！"又去给二人盛了两碗。

二人吃得饱饱的，问他："豆腐浆有没有？"

那少年道："有。"随又去盛了两大碗豆汁来。

二人接过，凉了凉，一口气呷下，如饮琼浆。又请他去再舀一两碗来。

那少年又去舀了两大碗。二人呷下肚去。

化愚在身上摸出一锭银子，约有五两左右，丢在桌上道："这是给大哥的。"说着，道声惊扰，即便拔步出门，二人复又飞奔上路。

那少年得了银子，先惊后喜，忍不住笑将起来道："怪不得方才喜蛛儿落在咱头上呢，原来却有这一注小财气呢！"

二人上路走着，忽觉腹中有些响动，一会儿，疼将起来，那肛门却不住地放连珠价炮。

化愚道："小爷，坏了，咱肚子痛得紧呢！"

廷玉道："咱也痛得很，想是方才这小子使促狭吧！"

化愚道："别冤枉人，这是咱们自己不好，先在日间走得一身汗，却喝了冷水下肚。此刻又一口气吃上两碗冷饭，再加上热豆腐浆，这冷的和热的一冲，怎得不痛呢？自然要痛起来了。"说着话，那下面格外放得凶，腹中也更加疼得厉害。

二人急急走进路旁的树林内，放下背上的包裹，解下腰刀，解开裤子，蹲下去，噼噼啪啪，一顿大解，屙了半天，方才拉清爽。在怀中一摸，无有草纸。

廷玉笑道：“咳！出恭不带草纸，应了古话了。”

化愚笑道：“这是常事，这地下有的是草叶儿，那旁田里还有麻苎的叶儿呢。”说着话，自己先在地下捡了几个草叶儿，自己揩了屁股，站起身，束好裤子。

廷玉也依法炮制，揩了肛门，立起来，收束停当。

化愚笑道：“咱两人方才吃的东西，这一屙，可就要屙空了呢！”

廷玉刚要回言，猛抬头，见前面那株树上吊着一个人，不由得说声“不好！”一连两纵，纵到那大树的面前，纵身上树，将那根带子解下，那吊着的一个人应手落下。好廷玉，真快，他由上面急急地飘身下来，说时迟，那时快，早一翻身，将他接住，放在地下。

这时候，化愚已将包裹等物一齐提着，走将过来，放在地下。二人在月光下一看，见那上吊的却是个白发老者。

廷玉伸手去摸了摸他的心口，还是跳个不住。再扪了扪他的鼻孔，仍有气息出入，不由大喜道：“还活着呢！”

二人坐在地下，等了一会儿，那老者欠了欠身，翻身爬起，一见自己未死，反而痛哭起来。

二人忙上前劝慰道：“老爹，你为何这般伤心，竟要寻死呢？这大的年纪了，有什么事过不去呀？”

老者含泪一想道：“哦！小老儿莫非是二位解救的吗？”

二人道：“正是呢。”

老者大哭道：“二位还是容小老儿死了是正经，此刻不死，停会儿仍旧要死的呀！”

二人急道：“老爹有什么苦处呢？只要说给咱俩知道，咱俩或者能够解救帮助，也未可知呢。”

老者悲声道：“小老儿名唤明竹如，乃是韩庄人氏，送孙女桂英前往临城。不料行到此地，被那夏镇营的守备老爷看见，他硬将咱孙女儿抢了去了。小老儿抢去和他说理，他命手下兵丁将咱赶了出来。二位爷，你们想糟不糟呢？咱如到临城，咱孙女婿问咱讨媳妇，可怎么回他的话呢？咱又无子，又无孙，仅有这一个孙女儿，全赖着孙女婿养老送终。如今被夏镇营的守备抢去，小老儿还有谁肯养呢？小老儿既无人养，还不如早些死了干净。”说罢，又痛哭起来。

二人听罢大怒，齐说：“老爹，你别要哭，有咱二人在此，准还你的孙女儿就是了。”

老者不信道：“哪有这般容易的事呢？”

化愚道：“老爹，你放心，那守备和咱们有交情，咱们去一说，他立刻就得答应呢。”

老者道：“如此，就请二位去说。”说着，爬起身，跪将下去，叩了个响头。

二人连忙拉住，问他夏镇营却在何处。

老者用手一指道：“前面黑压压一片树林过去，便是夏镇。夏镇过去，有一处营房，那地方便是夏镇营了。”

二人听罢，便说：“老爹，你在前面树林内等候，咱俩去去就来。”说罢，背上包裹，佩上刀剑，一纵身形，早已如飞而去。

老者一转眼，已见二人进了前面的树林了，心中大惊，不知这两人是何等之人，便慢慢爬起，出林往前面树林内走去。一会儿，到了那树林之内，坐在一株大树根上，等候二人。等了一会儿，不见动静。又过了一个时辰，远远地见前面火起，火光烛天，人声如雷，心下怙惙，想是走水了。

正在忖想，只见前面两条黑影，一前一后地直向树林内奔来。定睛一看，正是方才的那两个，果然背了自己的孙女儿桂英来了。这一喜，喜得心花大放，即问：“二位怎么去说的？那守备老爷竟肯放将出来，使咱祖孙重逢。”

二人大笑道：“哪有这件事？”于是便将真情一说。

原来二人出了树林，依着明竹如的话，一直到了夏镇营。二人仗着生平艺业，并未更换衣服，掖了掖衣衫，纵身飞上屋去。这地方乃是兵营，营中也有二三百名士卒，前后也有二十余间房屋。二人在屋上踌躇，不知那守备居于何处。

正在迟疑，却听见下面有人行走，忙矮下身形，覆在屋上，为的是月光之下，人影儿恐被人看见。只听那下面行走的人口中自言自语道："半夜三更，还不挺尸，人家不肯，也就罢了，还要使一班娘儿们劝她。这时候自己发火了，却要差咱去提水，真是晦气。"听那口音，却是个女子。定睛一望，原来是个佣妇，手中提着个小提桶。二人大喜，轻轻跳将下去，躲在黑暗之处。

一会儿，那佣妇手提了桶回来。化愚对廷玉道："你在屋上接应，咱跟了她去。"说罢，轻轻地跟在后面。

此时夜深，人已尽睡，跟在后面，穿过了两间房、一个小天井，那佣妇径入房内去了。化愚听了听，房内有女子哭骂的声音，有女子劝说的声音，夹着个男子说："你依了咱，快活得了不得呢！"

这光景定是守备了。遂一纵身上屋，招呼廷玉："去放火烧营，这是调虎离山之计。"

廷玉依言，走到前面草堆上，放起一把火来。原来这草堆，乃是营中马的草料，一时间烈焰腾空，金蛇乱舞。

守备在房内看见火光，忙着吩咐救火，自己刚拔步出房，早有一道白光向颈子上一绕，要让，哪里来得及？早已头落身倒。

化愚忙一钻身，进了房门，一把将明桂英抱起。此时房中女人虽多，一则外面火起，心中胆寒；再则见守备倒地，来人凶猛，早已吓得魂不附体，跌跌爬爬，哪个还敢开口？

化愚出房，走到天井，纵上屋去，将明桂英背起，低声说："别怕，咱们特来救你！"

廷玉看见，忙来保护，由屋上逃走。

正是：

武弁强辱民间女，侠士轻挥肋下刀。

毕竟二人如何救出明桂英，请阅下文分解。

第十回

越船救人失足落水
进庄索仆中伏遭擒

话说邱化愚背了明桂英，只因背上有包裹累赘，不甚便利，跳了两间屋，放将下来。

廷玉道："大哥，怎么了?"

化愚道："没别的，咱背上有包袱，甚不便当。小爷，你给咱背了吧!"说着，由背上脱了下来，交给廷玉，复又背起明桂英，跳纵如飞。

二人由屋上出了夏镇营，奔出夏镇。此时下面人声鼎沸，救火要紧，谁还有心顾到屋上?更兼那些兵，谁也不会登高，即有人看见屋上的黑影儿，听见屋上的声音，那也只好推说不知道，所以二人背了明桂英，安然出险。出了夏镇，直望那树林中跑去。转眼之间，已到林中，放下了明桂英。

明竹如祖孙厮见，那孙女儿还疑是梦，祖孙两个抱头痛哭。定了定神，惊喜交集，方知是二位所救。祖孙跪拜叩谢，二人谦逊还礼，忙催着乘天未明亮，快些动身。

桂英弓鞋足小，竹如年迈血衰，走路均是勉强。二人在旁看着，便说："你祖孙如此慢法，如被夏镇营的人看见，可不是耍的。咱俩分着，各背一个，赶一段路如何?"

祖孙两个闻言，连忙叩谢。二人将包裹分背在他祖孙身上，化愚背了明桂英，廷玉背了明竹如，施展夜行术，真个是足不点地，人去如飞。明家祖孙二人只觉得耳边风响，两旁树木倒退，一阵害怕，竟闭了双目，由他二人急走。

一会儿，天光明亮，二人放下他祖孙两个。

二人睁目一看，已到了一处镇集，地名唤作李集。四人即在这地方打早尖，顺便问到临城的路程。

那店家道："由此到临城，可雇只船，由运粮河进石碣湖，绕过去，只要三天可到。如走旱路，这可远了，要走济南省城，那样绕过去呢。"

邱、关二人问："到滋阳县呢？"

那店家道："如由临城绕过去，也是很近。如由这里抄过夏镇营，四天可到。随你们走吧！"

明家祖孙再三央求邱、关二位，一路同到临城。二人一算日期，相差也没甚远，便说："也好，咱们一同乘船，先到临城吧！"

本来二人这两天也乏了，再兼天热，日间走路太暖，乘船也风凉些，又好歇歇力，因此便托店家去雇了只大号的客船，讲好了价，送到临城，连伙食在内，共一两三钱银子。四人上了船，谢了那店家两贯钱。店家称谢而去。邱、关催促开船。船家拔锚起碇，将船撑开。由河道才进石碣湖去，远远地看见一座山。

廷玉问船家道："那是什么山呀？"

船家道："那名良山。宋朝改名梁山。"

廷玉二人闻言，向那山细瞧。老远地看着，山峰迭起，树木森森，果然十分的雄壮。四人均因夜间劳乏，此时一齐有了倦意，大家在舱里和衣而卧。一觉醒来，已是晌午时分，船家打水给四人洗了脸。

明桂英四面张望。化愚将廷玉一拉，唤到舱外船头上站着。

廷玉道："大哥做什么？"

化愚笑着低声道："那姑娘要小解呢！咱俩在舱里，她怎么便当呢？"

廷玉恍然，笑了一笑。立了一会儿，方才进舱。

明竹如和船家商量，将后舱让给桂英，加他五钱银子，船家也就答应了。

一会儿，开了中饭，四人用罢，撤了下去。当夜夜饭，也是如此。船靠之后，分前后舱住宿。

次日一早，即已开船。当晚，船过了梁山，已离临城不远。船家说：“风顺，明日午刻便可到了。”

四人大喜。

船家又说：“该是四位的福气，如在往日，总要三天多，四天才得到呢。”

当晚，月色清朗，邱、关二人便命船家连夜开船，一则风凉；二则明晨就到，岂不是好吗。

船家笑道：“半夜开船，咱怕客人们疑心，所以未曾开。既恁地说时，咱就开。”说着，吩咐伙计们开船。

走到半夜，来到一处湖汊口上，那里停着一只船。那船上坐着一个大汉，赤膊执刀，威吓一个女子。那女子妈天妈地地哭着，见有船来了，拼命价唤救命。这一声喊，惊动了邱化愚。他正因策划，如廷玉事完，自己便好云游四海，前往南五省，以及云、贵一带一游。

正在盘算，忽听得有人唤救命，赶着趿着鞋子，带了把刀，走出舱门。向对面一望，见一个男子威吓女子，那光景很像个逼奸不从的样子。他一怒，便脱下鞋子，提刀跃将过去。不料自己的船是行动的，这一纵身，明是觑准了对面的船，却不妨船一移动，只听得扑通的一声响，化愚竟落下水去了。这一声水响，惊动了两面船上人，对面船上的大汉一见这边船上人，便说：“王第八的，你们船上的客人投水自尽了！”

这边说：“李老你，你瞎说吧！”

原来两只船都是客船，大家认识，所以两下招呼。先前那面船上女子叫唤救命，这边船上并不是未曾听见，原本知道他夫妻不和，那女子和一个伙计有一手儿，听说此时伙计停歇了，想必这时李七教训他女人，所以毫不介意，明知却不理。不料这位侠骨柔肠的邱化愚，误会了对面的事，奋勇跳过去，竟致失足落水。

当时李七说："王第八的，你船上的客人落了水，谁和你打诨，咱还和你开玩笑吗？"

这边船家听得，方才着慌，这一惊动，早将明家祖孙及关廷玉一齐惊醒。廷玉一听有人落水，爬起不见了化愚，这一急非同小可，急急出舱一看，哪有踪影？不由得哎哟了一声，晕倒在船头上。明家祖孙也着了忙，一面用水来灌醒廷玉，一面却请船家下水去救。

两面船上都有人下去，哪里还有邱化愚的下落？只得各自上船。船家将船停了，来看廷玉。廷玉哭了醒来，左一声大哥，右一声邱爷，哭得好不伤心。想起他在山传艺，及下山告知秘诀，用白粉记号等事，下山后帮同报仇，真是情同骨肉。想一阵，哭一阵，恨不得也投身入水，与波臣为伍。只得在船头上哭拜道："大哥阴灵不远，保佑小弟此去，将心事了却，小弟当赴阴曹，陪侍大哥。"拜罢又哭，晕了过去。

明家祖孙想起邱爷相救之德，也是伤心流泪，痛哭不已。船家被他们哭得没了主意，遭了横祸，含着一肚皮的鬼胎，也在一旁落泪。这一来李老夫妻反而在对面船上不声不响起来，李七暗说惭愧，这个人真死得冤枉。他提了刀，本想跳过船来救人，却不料白操心，自己先饶上了，真也是活该。那妇人也是这般想，万不料自己撒娇撒泼，却无端地送掉人家一条性命呢。莫非是个劫数吗？

这边船上乱到天明，明家祖孙收泪劝廷玉一番，廷玉才住哭。进舱一查，见东西都在，只缺了把刀，心中疑惑，想必他看见什么事，方才提刀追去，否则好端端怎会落水呢？便唤了船家来问。船家虽有些知道，但因省一事，少一事，便推说不知。只听得水响，即刻出来看时，已是落水了。

廷玉问不出所以然来，又明知化愚是自己落水，并非船家相害，因此只得叹气，流泪不问。明家祖孙哪知二人的情愫？只用些普通的话来劝廷玉，一面催船家开船。

天有巳牌时分，船已到岸。明竹如付了船钱，请了廷玉，一同上岸。廷玉望着船长叹了一声，拿了邱爷的包裹，和自己的东西，同他父女，一齐上岸，一路流了许多眼泪。

正走之间，来到一处村庄，那庄院很大，廷玉一面拭泪，一面瞧那庄院。突见护庄河边，有一个老者在那里淘米，不看犹可，一看竟怒发冲冠，忙对明竹如道："咱问你一句话，这庄子唤作什么名字呢？"

明竹如道："这里名唤三里店，因这地方离城只有三里地，关爷问他做什么？"

廷玉将两个包裹一齐交给明竹如道："老爹住城里什么地方？咱停会儿到城里会吧！"

明竹如道："咱住在城里查家胡同，小婿名唤万人忻，颇有些名气。关爷进城一问就得了。"

廷玉道："好，咱进庄去走走。"说着，就要分手。

明竹如听他说要进庄，一把扯住道："关爷且慢，这庄里是不大好去的。"

廷玉道："怎么不好去？"

明竹如道："这里面厉害非常，咱听人说，里面现有白莲教，闻香教主王森的儿子王好贤住在里面。这王好贤法术甚是厉害，又兼武艺精通，他手下有三百名护法传头，一个个都有万夫不当之勇。他本人是白莲教的总会主，据说比什么会首还大呢。关爷你想，去得去不得？"

廷玉笑道："打什么紧？白莲教的法术咱也曾见过呢，咱对你说了吧，咱的旧仆兴儿，乃是咱的仇人，如今他在对岸淘米，仇人相见，分外眼红，岂可因他庄上厉害，便不进去，那还算什么英雄呢？"

明竹如见劝他不住，便只得领着孙女儿去了。

廷玉见他祖孙走了，便一纵身，越过了护庄河，走到兴儿背后，抡刀就斫。可煞作怪，刚才举刀，那兴儿抛了米箩，撒腿就跑。廷玉喝声“哪里走!”仗刀在后紧紧追来。后面越追得快，那兴儿也越走得快，一前一后，追进了庄门。看看追着，却不防足下一软，扑通一声响，廷玉已是跌落下去。方知中了陷阱，忙欲往上蹿跳时，脚下却有绊脚索绊住着。急用刀一割，只听得一阵丁零零，铃声响亮，由近而远，上面一声吆喝，伸下几把挠钩来。廷玉一急，挥刀架开削去，无如上面人多手杂，早被挠钩钩住，拖将上去，捆个结实，直送到里面总会主王好贤的面前去。

好贤看了一看，果然和图形一般无二，便念念有词，画了一道符，贴在廷玉身背心里，并不审问，但吩咐：“送到后面土牢内去，等三日后，他自会化成脓血的。”众人依言抬着，送到后面土牢里去。

书中交代，原来这白莲教的缘起，乃是一个蓟州人王森，这王森善能以神符为人治病。他忽然与一个妖狐有了肉体上关系，那妖狐多年得道，深有根底，她传授王森些妖法，又传给他一种异香，那香味比麝香还强。她临别之时，割下一段尾巴来，赠予王森，那尾巴更香得厉害，凡是有病的，只要闻见她这种香味，立刻可以勿药而愈。因此异想天开，创立白莲教，广招徒党，自号为闻香教主（此均按正史而记）。

起初不过和宋时方腊一般，妖言惑众，借此敛聚钱财。不意徒党愈聚愈众，到了神宗末年，竟有信徒二百余万人，因此起了个谋反的心思。也是当时朝政失修，奸民思叛，外邦又屡次称兵，时势可为，因此立了许多名目，什么会主、会首、传头等等。教规极严，凡是走漏教中消息的，总是死刑。又说，如为教而死，死后得升天庭，果然教中之事，外人无能知之。他又恐教徒的信心不足，因此假托升天，要教徒诵经超度，果然令出如山动，各处风行，毫无不守教令情事。他见事有可为，遂假托奉玉皇大帝旨意，因下界明室当亡，理应教主禅代，特命复活，准备兵事，果然教徒信仰甚坚，一齐暗暗操练，准备起反。

他有几个大徒弟，第一个便是徐鸿儒，第二个乃是于宏志，其余都无他两个出色。他有个儿子，名唤好贤，但凡王森会的法术，他无一不知，更兼为人聪敏，善制各种埋伏消息销器等等，那些机关，精巧无匹，他却故神其说，说是神授，因此他在教中，称为总会主，统驭一切教众。他因临城地方，一面靠梁山水泊，一面近抱犊崮山峰，这地方形势既好，又好与各省呼应，因此禀明教主，派自己到临城三里店来传教，借此经营反叛事业，刚才一年有余。忽然连接教中探报，有邱、关二人，如何打扮，一路行了些什么事，末后一件，乃是杀了武邑于会首部下、叶村大传头尤进禄一事。照教规，教友被人杀死，教众均应设法报仇。

王好贤正在想如何可以报仇，忽又接报告，说关、邱两个在临皖县又做了一番事业，这报告乃是刁作仁传头报来的。王好贤陡然心得一计，立刻自己作法，到临皖去踏勘了一番，回来连夜造了几个关兴儿模样的木人，在庄上行走，或是做事，此乃香饵钓鳌之计。一面通报各处，一律照此法则，拿捉他两个。果然不曾两日，廷玉由庄外走过，见了木人，当是真的，竟不分人物，奋勇追来。那木人在地下是有机关的，你走他也走，你不走他便不动，再如有人将木人砍破，那木人腹中放着许多的弩箭，直射出来，不伤则已，如伤即刻就死，因为都是毒药炼过的。廷玉哪里得知？因此一阵追，竟致跌下陷阱，中了埋伏，被他们捉住。

廷玉到了土牢内，黑洞洞不辨是何所在，比上次在监狱内竟有过之而无不及。不过在监里嗅着的是些臊臭气，听见的是些铁链声，此地嗅着的是土腥气和一股血腥气，听见的却无声息。身上被绳索捆得紧紧的，动弹不得，那背上热烘烘的，如同火烧一般。要想运动内功，将绳索挣脱，哪知刚一凝气，背心里已是疼得打跌，那光景竟同患疽背一般，不禁哎哟了一声，躺在地下，心念，此番追仆落阱，想应命尽于此，追随邱大哥于地下，倒也无所恨。只可恨赃官未杀，大盗未诛，兴儿这老贼又如此作刁，死后当为厉鬼，以食其肉。想到大仇未报，忍不住落下英雄泪来，不由得唤道：“邱大哥，阴灵不远，小弟在此受苦，你快来将小弟带了去吧！”

正在叫唤，猛然间外面一阵响动，似乎有两人行路。廷玉侧耳一听，却听一人说道：“老弟，你瞧咱们会主的本领大不大？这样虎也似的一个男人，他竟不费一点儿力气，将他捉住了。据说他们两个，如今捉住一个，还有一个，却不知到何处去了呢！”

又一个道：“你不听见吗？这娃娃在里面说什么阴灵不远吗？想必那个已是死掉了。”

廷玉听了听，知道他两个是派到这里来看守自己的。再听时，只听一阵响，一个扑通栽倒，一个却哀告道：“好汉饶命，咱实在不知情呀！”

又听一人低喝道：“你说这土牢之内是捉住的关爷不是？”

那人哀告道：“爷爷，正是。”

那人道：“你快将牢门开开，放出了关爷，咱便饶你不死。”

那人道：“爷爷饶命，这土牢除去会主、传头等有职事的人会开以外，无论何人，是开不来的。爷瞧这上面，既没有锁，又没有闩，他们是画符念咒，方才可以开得的。”

只听又是扑通一声，那光景又是栽倒了。

廷玉心中奇怪，不知是谁人到此相杀，便唤外面：“是谁？”

谁知唤了两声，却又无人答应，只得不叫。心疑，莫非是心理作用，耳响不成？不禁又长叹了一声。正没做理会处，忽听门外又响，一个女子声音道：“在这里吗？”

一人应道：“正是呢！”

只听得咕噜咕噜地不知是些什么，念了半天，忽又听得人声鼎沸，咔嚓咔嚓地响，可惜听不清楚。

正在怀疑莫非又是耳鸣，忽然呀的一声，那门已分为两处，门外火光一现，走进一个人来，将廷玉一提，飞也似的出了土牢。廷玉此时背痛更甚，忍不住连呼：“哎呀！”睁眼一看，却见四面红光大起，烟雾腾空。再一看挟着自己的人，不由得大惊道：“大哥阴灵显圣，来援救小弟吗?”

那人只不开口。廷玉心忖，定是化愚显灵了。正在怀疑，猛听前面娇滴滴的声音道:“脚下留神，由此朝东，快走，水来了!”

廷玉一看，远远地只见一个女子，在月光映着那面的火光，半面雪也似白，半面火也似红，那面庞却被烟雾迷着，辨别不出，远远地见她矫捷如飞，手段、姿态极为婀娜罢了。

正在打量，猛听背后唰的一声，接着便是哗啦一声响，滴滴答答地落下地去。回头一看，果然是大水由下而上，复又如瀑布般下来。幸亏走得快，如慢一步，就得被它刷下地去淹死了。再看时，那火势竟被这大水压了下去，心知这是邪法取水。

正在前后观看，那背上痛不可耐，一阵热辣辣的，直入心窝，哎呀了一声，竟自晕了过去。

正是:

大仇未复身已死，长使英雄泪满襟。

毕竟廷玉性命如何，来者是人是鬼，那女子又是何人?如谓化愚遇救，那么，化愚怎样得庆更生，又怎能知道廷玉被捉?其中详细，请读者一猜，是否和下文相同。还有许多惊心骇魄之事，均在下文报告。恕小子放肆，暂时休息了。

正是:

苛政猛于虎，壮士气如虹。
今世虎满目，虹却未之见。
用师子长意，借史吐正气。

第十一回

化险为夷侠士遇救
追踪得讯乡老乞援

话说上回书说到，关廷玉在临城三里店王好贤的土牢之内，被一男一女救出，忽然一阵背痛，晕了过去，究竟生死如何，以及那一男一女是谁，累看官们猜疑了许久，直至如今，这个闷葫芦还未打破，真是罪过。

如今小子乘着余闲，铺纸握笔，紧接前文，将其中究竟向看官们详细报告一番。诸位别忙，请望下瞧吧！

看官，你道这来救廷玉的男女是谁？小子只有一支笔，须写不得两面事，只得放下一面，另叙一面，以明究竟。

却说邱化愚因越船救人，失足落水。其时正值夜潮大涨之时，水势甚急，化愚素未习过水性，一落水中，即便没顶，顺着水势，向下游冲去。化愚口中已是咕噜噜灌进了不少的水，直向腹中灌去。化愚心中着慌，自认必死，哪知命不该绝。正当危急万分之时，已被冲到一处泊船的所在，那里停泊着一只大船，船头上立着个少年男子，正在那里小解，猛可里在月光下，见水中有人，随波逐流而来，不由吃了一惊，呼了声"救人!"即提好裤子，脱下鞋子，踊身跃入水中。说时迟，那时疾，那少年跃入水中，一伸手揪住邱化愚的头发，一手托了他的腰肢，一个猛子，栽到船边，耸身露出水面，将邱化愚放在船上。然后两手轻轻一按船舷，跳将上来。此时船上人早已惊醒，一齐趿着鞋子，走出舱外。

那少年先将邱化愚的双足提起，给他控水，一面命船家烧一碗滚汤来。等到他将邱化愚的水控完，那船家的水已烧开送了来。那少年接在手中，给化愚灌将下去，只听化愚腹中咕噜噜地响了一阵，吐出几口水来。接着便是哎呀了一声，翻身坐起，张眼看见一个少年，遍体潮湿，同着几个船家，立在面前，自己身旁还放着把刀，突然想起适才之事，不由心中恍惚。再看身上的衣服以及头发，都是水淋淋的，好似一只落汤鸡。定了定神，方才明白救人落水之事，估量着这个少年定是下水捞救自己的人，正欲开口相问。那少年见他坐起，心中大喜，已是开言道："朋友，你因何事落水？敢情是乘了贼船，遇着水寇吗？你尊姓呀？"

化愚见问，起身答道："小可姓邱，并非趁了贼船遇着水寇，只因开船夜间，中途见隔船有一汉子威逼一个妇人，那妇人呼唤救命，小可由睡梦中惊醒。因欲救那妇人，提刀出舱，意欲纵将过去，问个青红皂白，不料失足落水。小可不谙水性，因此几葬鱼腹。幸蒙尊驾援救，得全性命，真是再造之德。"说着话站起身来，拱手道谢，便欲躬身下拜。

那少年连忙拦住道："邱爷方才起水，身体尚未复原，休得客气。"随说："邱爷的大号作何称呼，府上何处？此番出门，系单身独行，还是有伴儿的？系由何处往何处呢？"

邱化愚闻言，将那少年上下打量了一番，看他面容端庄，一团正气，不是什么歹人的样子，遂说："小可贱名化愚，小地方乃是张家口。此番同着一位朋友，护送韩庄明竹如祖孙二人，前往临城。在路雇了只船，专载我等四人，前往临城，不意中途遇此岔事。不知此处是何地名，尊驾贵姓大名……"

那人不待化愚说完，便说："邱爷原来是张家口的籍贯，不知尊府可与环龙岭的邱成龙是一家吗？"

化愚愣了一愣，回说："舍下正住在环龙岭，和邱成龙正是一家。"

那少年闻言，不由抱拳带笑说："原来却是邱老英雄的一家，怪不得有此拔刀救人的壮举，真是名下无虚。小可姓孟名继先，乃是河间府人氏。只因此处有一舍亲，小可奉家父之命，特意到此探望。邱爷方才说的明竹如，不知是何等之人？那同伴的令友，却是哪位呢？此处地名查家墩，乃是临城县的地面。由此起岸进城，并没多远，只有三十余里地。小可要访的舍亲也在城内，邱爷既护送明家祖孙到此，不如等到天明，咱们一同进城如何？但不知邱爷可晓得他们在临城的住处不呢？”

邱化愚闻言，不由一愣，暗说惶恐，我与廷玉送明竹如祖孙到此投亲，只知找他的孙女婿，却不曾细问他孙婿的姓名里居，这却如何是好？遂说：“孟爷，小可护送的这位明竹如老丈，原本系中途相遇，并不认识，仅知他本人是韩庄人氏，送他的孙女儿，到此找他的孙女婿。匆促之间，却忘记问他孙女婿的姓氏里居了。”

孟继先笑道：“邱爷不用着急，这位明竹如老丈，也许小可还认识他，亦未可知。如果真是他，那可就巧得紧了。”

邱化愚忍不住立起身问道：“孟爷且说这明竹如老丈是怎生样一个人物，看与小可护送的那位明老丈同也不同。”

孟继先笑道：“邱爷且莫问，容俟天明后入城，便知分晓。”

邱化愚不便再言，只得心中着急，暗想，此时廷玉不知是怎样的情形了。

孟继先此时邀化愚入舱，解开自己的包裹，拿出两身干净衣服，命船家烧了两盆水，送将进来，让邱化愚揩抹了身体，换了衣服，自己也换了。化愚心中甚是过意不去。孟继先又命船家收拾酒食，以备饮啖，先要了壶好茶。

此时东方天色已白。二人对坐着，孟继先又问化愚贵同伴是哪一位。邱化愚深恐说出“关廷玉”三字有许多不便，遂说：“乃是敝友门国柱。”

一会儿，船家进酒饭。孟继先让邱化愚用酒，化愚到此地步，已非客气之时，并适才在水中受了寒气，此时用两三杯酒，也正合配，遂不推辞，二人同饮。饮过数杯，即便用饭。

二人饮食之间，孟继先因化愚说系环龙岭邱家的嫡派，故此探问些武技，并不时略露自己的本领。化愚听他的口气，再留神他的呼吸目光，不由心中着惊，暗说，此人亦系内家，武功造诣极深。听他所言，十八般武器如数家珍，这样的能人，几乎当面错过。因此于答言之中，亦略述邱家的拳棒。两下都是名人传授，约言几句，早已都觉着头头是道，不由大家佩服。

邱化愚见他所言都是内家最上乘功夫，陡然心中一动，想起一位名人来，便说："孟兄，目今有位驰名的剑侠，名唤莫邪将军孟昭的，不知孟兄可曾会过吗?"

孟继先见问，改容道："多蒙推许，那乃系家父，未卜邱爷认识家父吗?"

邱化愚不由着惊，暗说，怪不得他的言谈处处加人一等呢，原来他是孟昭的儿子，家传衣钵，自然与众悬殊了。遂改容致敬道："原来却是令尊大人，小可失敬了。只恨小可无缘，仅闻名而未见其面。适间所问，真是冒昧得紧。"

孟继先道："原来邱爷不曾会过家父，这也难怪，天下闻名未见面的人，也真多得紧。比如邱成龙，小可亦系闻名，却未会过，将来如有机会，也许大家都有会晤的日期，亦未可知呢。"说着话，二人已是用罢酒饭。船家打了面水来，请二位净面，一面收拾了碗箸残肴，揩抹毕后，向后舱去了。

孟继先将包裹打叠停当，将两身潮湿的衣服另外用纸包了，唤船家进来，算清了船价、伙食等账，收拾收拾，便对邱化愚道："咱们上岸吧，趁着这太阳尚未炎酷的时候，咱们赶进城去吧!"说着，便拔步先走了。

邱化愚跟将出舱，在船板上拾起那把刀来，插在腰间，随着孟继先向进城的大路而行。孟继先要使邱化愚佩服自己的本领，特地将足下一紧，呼呼呼足不点地地向前而行。邱化愚在后面看见，焉肯示弱，栽这个跟斗？因此也使足了足力，飞也似的在后相随。二人一前一后，如流星赶月一般，向前施展陆地飞行的技术，三十余里路程，不多时候，便已赶到。孟继先回头一看，见邱化愚随在后面，并不曾落后，心中暗暗敬服。便是化愚心中，也暗赞孟继先好快的脚程。二人到了城门口，方才收住脚，缓步徐行。

此时乡下人挑菜负米，入城赶集的甚多，二人也不暇细看。孟继先在前，邱化愚在后，转弯抹角，穿街入巷，不一会儿，来到条巷一家人家门前。孟继先立住了脚，向那门上的说话，命他入内通报，说河间孟继先要见。

邱化愚将那门口一看，乃是八字墙门，门前安设着一对儿大石狮子，对面照壁墙上砌着“鸿禧”二字。门房内立着个看门的，见孟继先和他说话，问他主人在家否，便说：“在家呢！此时已起来了。”

孟继先命他通报，他便回身入内去了。

邱化愚同孟继先二人走入门房，将那门房内细看。只见两旁各放着一张长而且阔的京漆板凳，那旁还有一顶绿呢大轿，正中高悬着一个大灯笼，上写着“大门”二字。两旁架子上插着好些露布牌，红漆金字，上写着戊午科探花、甲辰科进士、兵部尚书、奉直大夫等等衔名，邱化愚心想，这家人家倒也似仕宦世家呢，但不知究竟是谁。

正在疑猜，只听里面脚步响，方才进去的那个看门的已引着个少年，由里面出来。邱化愚将那来人一看，只见他头戴学士巾，身穿便服，面若敷粉，目如点漆，真可称得起是眉清目秀，齿白唇红，虽不能说他是宋玉复生，定要猜他是潘安转世，不禁暗赞了一声“好个美男子！”只见他向着孟继先抱拳躬身道：“表兄远来，恕小弟未曾远迎，望勿见怪。”

孟继先含笑还礼，边称不敢。

那少年望了邱化愚一眼，便问：“表兄，此位是谁？”

孟继先带笑给两下介绍道：“这是愚兄新结识的一位朋友，张家口环龙岭的邱化愚邱爷。这是舍表弟万人忻。”

介绍毕后，二人各拱了拱手，齐说了句久仰的套话。那门上人早过来接了孟继先的包裹。万人忻将二人向内让，二人谦逊了一番，方才步行入内，穿过了几进房屋，到了里面大厅之上。三人分宾主而坐。

万人忻说："天气炎热，二位远来，请宽宽衣。"

二人正走得汗流满背，得此一言，略微客气，即便起身宽衣。早有万家伺应的小厮过来接着，向旁边衣架上去挂了（有此几句，便觉方才打叠包裹，收拾收拾等句，不是闲文，且照应前文时令也）。万人忻也宽了衣。

小厮献了茶，万人忻问表兄一路情况，又请问了姑父的安。孟继先谢了，然后将行程大概说了。

万人忻又问："二位系在何处相遇的？"

孟继先将夜间之事说了一遍，末后便说："贤弟，令岳祖明老亲翁可曾到此呢？"

万人忻诧怪道："不曾，表兄在路上遇见的吗？"

孟继先笑道："不是，愚兄并不曾见着。"说着，将手指着邱化愚道："是这位邱爷说的，他说护送韩庄明竹如祖孙二人到此投亲。我想明老亲翁乃系韩庄人氏，天下同名同姓之人虽多，但也未必有这样巧的事，故此估量着定然是他，不料却又不然。邱翁，你若要和令友碰面，恐怕竟因此失错了呢！"

邱化愚正要开口，万人忻却已急问道："邱翁，你护送的那位明老丈是怎生模样的一个人物呢？他同行的共有几人呢？"

邱化愚见问，便将明竹如祖孙二人的面貌、年岁的大概说了。

万人忻不待说完，早已面容变色，说："邱翁，据你所言，这二人正是敝亲呢，计算程途，他们也应该到了，怎么还没来呢？"

邱化愚道："也许他们因小可落水之故，在那里打捞搭救，或是敝友疑心被船家暗算，向他要人，起了交涉，故此未能即到，亦未可料。"

孟继先道："此话有理，定系因此耽误，否则绝不会的。"

邱化愚道："由此到他们来船停泊的码头上不知有多少路程，咱想不如前往迎接，迎接不着，便雇只小船去探听探听。如果他们为了我，仍在那里争吵，便可倒因了咱解去误会。不知二位以为如何?”

万人忻道：“邱爷方才到此，喘息未定，且稍待片刻，如果他们还不到，咱们再去也不迟。”

邱化愚道：“不！时候久了，恐怕要另生枝节，似宜早去为妙。”

万人忻听罢此言，正中己意。本来他的内人在船上未到，心中放不下，只因在表兄面前，不欲表示急迫的样子。又因二人才到，未曾吃过一点儿东西，不便启齿相央，故此说稍等一会儿。及见邱爷如此说法，遂望着孟继先道：“表兄以为如何?”

孟继先知他这意，随口应道：“就此迎上前去，也未为不可。一则怕邱爷的同伴闹出岔枝来；二则船上又有弟妇在内，早些去却也很好。”

万人忻见表兄也不推辞，心中大喜，遂命小厮：“快备早点来请二人。”

二人齐说：“刚才船上吃过，此时不饿。”

万人忻见二人均已用过早点，遂命小厮到后槽上牵了四匹马，又命家人套上辆骡车，齐到门外侍候，自己先起身穿长衣。邱、孟二人也穿上长衣，同到门外，车马已备，三人上了马。万人忻命小厮驾着车，自己带牵着马，向前进发。穿街过巷，出得城门，直向泊船的码头上而行。

刚才行得里许，只见对面来了一个老者，乘着一匹驴，后面一辆小车，吱吱咯咯地推着。车上坐着一个年轻女子，青布覆额，低着头。

邱化愚眼快，早就看见，不禁咦了一声，高呼道：“二位，你瞧，那来者不是明老丈吗?”

二人闻言，定睛一看，果然在前骑驴的是明竹如，那后面乘车的，正是他孙女桂英。二人大喜，一齐抛镫下马。后面小厮也停了车。邱爷也下了马，一齐立在路旁，拱手相迎。邱化愚高呼：“明老丈!”孟继先高唤:“太亲翁!”万人忻却呼:“邱祖!”三人的呼声同时出口，早飞到明竹如的耳内。

明竹如此时正念着昨夜邱爷落水，今日关爷入庄，以及见了孙婿，该当如何说法。猛可里听得人声呼唤，张开老眼，抬头一看，见是三人，不由又惊又喜，惊的是邱爷死而复苏，喜的是孙婿来迎。随将两腿一夹，那驴子四足一紧，赶到三人面前。

明竹如下了牲口，正和三人招呼，后面小车已到，一齐停住。万人忻先去招呼他内人换了车子，坐了自己家内带来的骡车，又请明竹如换了坐骑，一面付给那推车的和赶驴的钱，随即三人上马，一同进城。

邱化愚细看明桂英换车之时，车上的包裹等物都是自己和关廷玉的，怎么只见其物，未见其人呢?不由心疑，忍不住问道:“老爹，咱那朋友呢，他往哪儿去了?敢情他昨日见咱落水，他一时情急，也投了河吗?”

明竹如听他口气非常急切，心中万分感动，遂说:“不曾，关爷见邱爷落了水，急得几乎投河，后被小老儿及船上人再三劝住。今日船到岸边，本系和我等同上岸的。只因行至三里店，他看见一个老者在那庄院溪水边淘米，他便将包裹等物交付了老朽。老朽劝他不要进去，他说这老儿名唤兴儿，和他有仇，非去找他不可。故此他进庄，与小老儿分手。想来他不多一会儿便当回来的。”

邱化愚听罢此言，不由面容变色，大吃一惊，暗想，廷玉此去，定然凶多吉少，兴儿的脚程何能及得到咱们，他焉能到此?况他既在庄上，这庄上定然是白莲教的巢穴无疑。廷玉未曾细想，竟自冒险而入，此番定然吃亏无疑。想到此处，忍不住唤声:“老爹，关爷所入的庄院离此约有多远?烦你引我去探听探听如何?”

明竹如道:“离此不到二里地，邱爷要去探听，老汉同去亦可。但关爷亦系能人，谅不至吃人家的亏。老汉想，不如到城内去稍息片刻，如果关爷仍不来，老汉再去探听也不迟。”

化愚听罢，心中虽然着急，但因明竹如所言亦甚有理，未便驳复，只得说：“老爹，与其进城后再要出城，不如就此前往的为妙，岂不省却这往返的路程吗？”

明竹如见他坚执要去探听，不便说不去，一则因他朋友义气，强似手足；二则因他有救护之德，不好推辞，只得点首答应。对万、孟二人道：“你等先行一步，我与邱爷同往三里店去走遭，准定一会儿就来。”

二人闻言，不知他们因何事这样的急迫，但是察言观色，也就估量着有些事故，尤其是孟继先腹中猜疑，邱化愚说他的同伴姓门，明太亲翁又说姓关，他因甚要改名换姓？再则明太亲翁说什么有仇，这其中定有别情在内可知，因此二人并不拦阻。但说：“三里店离城不远，咱们候二位到家吃饭，恕咱们先行，在家恭候。”说着话，邱、明二人已掉转马头，向孟、万二人点了点头，扬鞭策马，向三里店而行。

邱化愚在马上沉思，关廷玉说兴儿与他有仇，这庄上无论是真有兴儿，或是假有兴儿，但他们与兴儿一党，或是白莲教的窠巢，亦未可知。如果所料不差，这兴儿定系诱敌之计，我如前往哨探，或者反而不妙。想到这里，便说：“老爹，您老在三里店庄上，可有甚熟人吗？这三里店庄上是何情形，您老可知其备细吗？”

明竹如道：“庄上乃是白莲教的小教主王好贤的传教之所，本地谁都知道他是闻香教主的儿子，特地派来做总会首的。那庄上老杇有无熟人，这却说不定。因我和教中人向无往来，只好到彼再说。邱爷闻这两句，不知有意见否？”

邱化愚闻听此言，心中一惊，正与自己所料相符，不由在马上发怔，停住了马，说：“老爹慢行，小可有话说。”

明竹如勒住缰绳，说：“邱爷有何事？”

化愚看了看四下，低声对他道：“老爹，实不相瞒，咱们与白莲教素来有些小嫌，皆因关爷的仇人现在均是白莲教的教友，欲报仇，就顾不得教不教，因此得罪了阖教，意欲和咱们过不去。老爹说三里店是教中的巢穴，如此想来，关爷冒险进庄，定已发生危险。小可如去哨探，少不得也要危险，故此小可迟疑，生了一个计较在此。如果老爹和庄上的人相熟，便可探问消息，如果无人认识，只得小可自去冒险。”

明竹如道：“如此说来，邱爷是欲老汉去打探一番，以免亲往危险。这件事我却办得了，那庄上我虽未必有熟人，但我是常到本地来的，此地方言却也说得很流利。冒充个本地人，入庄探听，谅也不致要紧。一则老汉的年龄已大，他庄上之人不疑心；再则口音与本地人相似，他们绝不猜我是外方人。邱爷不如先进城去，咱们在万家相晤。如是关爷没甚岔事，咱便和他同来；万一他遇了险，咱即刻回来报信。”

邱化愚拱手道：“如此偏劳老爹了，小可先进城去等候就是。”

明竹如道：“好，准这么办就是。”说罢，二人分手。

邱化愚回身策马进城，明竹如马上加鞭，赶向三里店而来，一里多远，转眼已到。明竹如下了马，牵着缰绳，缓步徐行。正欲过那护庄河，猛可里只听得对面有人高呼道：“明老爹，久违了，您老这向精神健旺，竟发了福了。”

明竹如吃了一惊，抬头看时，不由大喜，认识他是本地人赵镜人，是做阴阳先生生意的，曾给万人忻家端相过好几处阴宅，又在万人忻家中处过馆，故此彼此相善。此时相遇，真是喜出望外，遂说：“赵先生，老朽托福罢了，哪里会健旺？承人家情，都说老朽福还好。老爷今日系甚风吹得到此，请到寒舍去坐如何？”

明竹如信口道：“老朽因欲往抱犊崮山下去，找一家佃户，给舍孙婿家中催租。不料多时未走这条路，走到此处，陡然迷惑起来，因此下马，意欲进庄，探问路径。恰巧遇着赵先生，不知先生可识此路径吗？”

赵镜人道：“由此往抱犊崮，不知老爹系欲往山左山右、山前山后呢？虽然远远看得见，但是走将去，却很远呢。”

明竹如想了想道：“系往山左脚下，宋家集去。”

赵镜人道：“如往山左，此去却是顺路，由此向西南，一直走去，到三岔路口，再问人便可到了。反正时候还早，虽然到了彼处，今日总来不及回头。又没甚要紧事，老爹何不到寒舍去坐一会儿？喝杯茶，用点儿点心去。”

明竹如谢道：“多承吧，老汉回头来时，再当造府奉拜，叨扰盛情。此时却不敢打搅。”说着，便道别移步向西南方而行。

走了两步，又回头唤道：“赵先生，如您此时有暇，意欲烦您送老朽一程，前往三岔路口，免得再问人。不知先生有空闲吗？”

赵镜人正说着：“恕不远送，回来在舍恭候。”忽见此问，遂说：“此时无暇，不能奉陪。”

明竹如道：“有何贵忙？”

赵镜人道：“今日总会首捉获一名专与本教作对之人，囚在土牢之内，怕的他同党到此闹事，曾传过令，凡本庄教友，在此三日之内，不许擅离，听候调遣。故此无暇，不能奉陪，如或伴送一程，恰巧总会首传令齐人，岂不有罪？只得请老爹原谅。”

明竹如闻言，不由吃惊。但是面上不便露出，遂说：“原来恁地，先生既然有事，老朽不敢相劳，改日再见吧！”说着话，摆手而别。牵着马，穿过了庄上，马向西南方而行。打了个大宽转，远远地绕了个大圈子，绕将回来，策马疾行，回进城中。到得查家胡同万人忻家中，已是未申之交。

门上的见是主人的太丈人来了，连忙望内报。里面得讯，大家起身迎接时，明竹如已到了里面。邱化愚见他一人独来，面上形色仓皇，早就吃惊。

明竹如到得厅上，未曾开言，即说：“邱爷，不好了！”

正是：

甫庆己身更生得，又惊良友虎穴眠。

未知邱化愚如何营救关廷玉，请阅下文分解。

第十二回

闺中话旧侠女抱不平
虎穴救人良朋奋群勇

话说明竹如走进客厅，即说："邱爷，不好了！"他这话方才出口，不但邱化愚大惊失色，即使孟继先、万人忻二人，也都心中一跳，齐问怎样。

明竹如将方才遇见赵镜人和他所说的话，说了个备细。三人一齐着急，尤其是邱化愚急得更厉害。

明竹如道："邱爷且莫急，据赵镜人的口气，关爷的性命尚然无忧，有您这样的本领，还怕救不出来吗？"

邱化愚着急道："老爹有所不知，关爷的本领不在小可之下，如今他既被捉，可知庄上定有能人。小可此时孤立无援，真所谓孤掌难鸣。"

众人正在说话，有个小厮来请问可好开饭。万人忻点了点头。那小厮传话下去。不一会儿，已是排设齐全。万人忻请四人入席，首席推邱化愚首位，邱化愚让明竹如首座。

明竹如道："在敝亲家中，老汉乃是半个头的主人，岂可有僭？自应请邱爷上座。"

孟继先也这般说。邱化愚推辞不得，只得就了首位，其余明、孟、万依次叙座。此时万人忻已问过邱、孟二人在路相遇的情形，又问过邱化愚怎么得和家岳祖碰见的因果。邱化愚将在夏镇营相救，获送出险的事说了备细。孟继先又将入水救援的事说过，故此万人忻明白前事，很感激邱化愚乃是救援自己内眷的恩公，正在说感谢时，明竹如已到。此时闻听关廷玉遇险，心下亦万分不安。便是孟继先，也觉无有情绪。那明竹如原是不安。四个人虽已入席，皆因心中不乐，虽有玉液金波，美味珍馐，实在饮食不下。勉饮数杯闷酒，即唤盛饭。

孟继先手擎饭碗，陡然想起一事，问邱化愚道："邱爷，昨夜今早，您不是对小弟说贵友姓门吗，怎么这会儿又变作姓关呢，难道这其中有何隐情吗?"

邱化愚到了此时，料想隐瞒不住，遂说："孟兄有所不知，只因敝友此番出外，乃系为了他先人之仇，一路行来，颇得到几个仇人。只是仇人入了白莲教的很多，故此教中人颇与他有些报复作用。"于是将廷玉当年如何投师，如何下山报仇，直到如今，大仇尚未报完，以及此番在临皖夏镇等处之事，说了个详细。说得众人咂舌，一齐赞叹关廷玉的孝勇、邱爷的侠义。说着说着，已是草草吃毕，众人散了座。

邱化愚道："如今关爷身困三里店，不知众位有无良法可以救他。"

万人忻、明竹如二人齐声道："论情，关爷是咱们的恩公，理应前往营救。怎奈讲交情吧，咱们和那王好贤本无来往，且不相识；讲动武吧，咱们手无缚鸡之力；讲动官吧，怎奈本地官厅亦系教友，如非教友，本处也难立足。三件都不行，咱们真可称是心有余而力不足。邱爷，您可有什么能救之计没有呢?"

邱化愚闻言，心中甚觉不乐，但亦知系他们的实情，却也难怪。只背叉着两手，低着头，在那客厅上踱来踱去，沉吟不语。

孟继先见他这般坐立不安的神情，早将一颗行侠作义的热心打动，说："邱兄不必着急，白莲教的法术，小弟亦粗知大略，只好哄骗愚人，亦谓不值识者一笑。停会儿小弟与您同去走遭，也许能将关爷救护出来，亦未可知呢。"

邱化愚闻言大喜，登时将满面愁云消去了一半，拱手道："如蒙援助，感激万分。”

孟继先连忙回礼。此时万人忻却向二人招呼道：“二位请稍会片刻，小弟到里面去有些事，一会儿便来。”

二人齐声道：“请自便。”

万人忻转入屏门背后，折足到后面上房内。明桂英正在房中收拾一切，一见丈夫进来，说：“你不在外面招呼他们，进来做甚？”

万人忻笑道：“我进来看看你，在这里做些什么呢？”

明桂英道：“我祖父来了吗？”

万人忻道：“来了，已用过饭了。”

明桂英道：“关、邱二位同来吗？”

万人忻啧了一声道：“邱爷是来了，关爷却在三里店吃了亏了。”

明桂英闻言大惊道：“怎么着？”

万人忻道：“他被庄上的总会首王好贤捉住了，据说被囚在庄上，此时生死未明呢。我表兄已经自告奋勇，在今晚同邱爷同去救获关爷出险呢！”

正说着话，忽然房外脚步响，门帘一掀，走进一个女子来，唤了一声：“大哥、大嫂！”

夫妻二人回头一看，乃是表妹盖兰芳，连忙回称：“妹妹请坐！”

万人忻不便再在房中，但说了声：“请坐！”即出房仍向前面去了。

书中交代，孟继先和万人忻乃是姑表兄弟，这盖兰芳呢？却和他是姨表。本来孟家住在直隶河间，怎会和他家订婚？即如明家与万家，亦相隔甚远，怎会结亲呢？这其中却有个缘故。

当日万人忻的先人在世，本系现任的知府，在河间任上，家眷亦在任所，故此得与孟家结亲。论起孟家来，亦系河间的世家，不过是武职罢了。后来万家又做过一任兖州知府，明竹如在韩庄本有文名，可惜屡试不第，被万家得知，聘为幕宾，因此得与明家订为婚姻。这盖家呢，却系临城本地人，盖兰芳的父亲，和万人忻的父亲，同娶本城名士喻国梁的女儿为室，两家乃系连襟至亲。万人忻的父亲是做的文官，仍理先人之业；盖兰芳的父亲却自幼即喜练武，曾中过武举。当年襟兄弟非常知己，故此两家住宅竟是毗连在一起，不过仅隔一道院墙。但在后面院子内，却开有便门可通，故此两家竟如一家一般。

盖兰芳的父亲在日，仅生了这么一个女儿，因此将兰芳爱同拱璧，视若掌珠，并不将她当个女儿看待，竟将她当个男儿看承，遂将生平武技逐日教给了女儿。喻夫人生恐女儿练武，失去女儿家幽静的本分，故此又在闺中教授她文墨，以及刺绣女红等事。父母均加紧地督教，因此盖兰芳秉承家学，竟成了个文武全才的女子。兰芳到了十五岁上，出落得格外妩媚，真个是芙蓉如面柳如腰，秋水为神玉作骨，大有螓首蛾眉，巧笑倩兮，美目盼兮的资格。因此父母爱重，更加一番。

那年时疫流行，盖兰芳的父亲染疫而亡，喻夫人丧痛之余，几欲自裁，单赖仆妇救护得免，终以舍不下爱女，忍痛偷生。即在这年，万人忻便迎娶明桂英为妻，这一边喜气盈门，更形容得那边凄惶万状。

哪知过了一年，万人忻的父亲亦染病而亡，这年已是脱孝，守制期终，故此明竹如迎接孙女回家，住了娘家。原订日期，万家着人到韩庄迎接，只因老人家怕孙女婿寂寞，在家不惯，特于期前亲自送回。原本雇有车辆代步，并有衣服物件，以及土仪等等。不料行及夏镇营，出了那件岔事。本赖岳、关二位，得庆祖孙无恙，可是东西完全失落了。

此番雇船到了临城，上岸与关廷玉分手之后，明竹如怕孙女儿弓鞋足小，行走不便，再则妇女们不便抛头露面，况又有关、邱二人的东西，遂于路上雇了骡车及牲口，二人乘着，向城进发，这乃是前文之事。

明桂英回到家中，见过婆婆之后，即便回房收拾一切，因衣物在路失去，又有多日不在家，不得不顺理顺理。这时节早有丫头到隔壁去说了。

盖兰芳听得表嫂回来，遂走过来相探。原本她二人在闺中本来相得，虽是表姑嫂，却胜过亲姊妹。此时见了面，各问了好。

明桂英道："愚姊回来，尚未到府请姨母的安，却反劳贤妹先过来了，真是罪过。等一会儿，洗过了澡，换过衣服，便和妹妹同到隔壁去。"

盖兰芳道："别客气，请安是不敢当的，这两日我母亲因受了暑，有些不大适意，不然，倒要同我一同过来了，正想你得很。且先同我到隔壁去，然后再回来洗澡不迟。"说着，站起身来，不由分说，拉了明桂英就走。明桂英只得跟着她出房，吩咐仆妇们，房里东西不要乱动。

二人手挽手，才到后面院子里，穿过便门，便到隔壁来了。到了上房，喻夫人正靠在藤椅上，旁边一个丫头在那里捶腿。明桂英向着姨婆请了安，又问了近日身体好些不。喻夫人称了谢，命二人坐了。丫头献上茶，然后问她回去后，一切经过情形。明桂英先谢问，又将回去后详情说了。末后说到来的时节，在夏镇营几乎受辱，以至此时关廷玉被困在三里店事略说了。

喻夫人不胜叹息，说："也是你的造化，幸遇好人，故得逢凶化吉。如不遇着二位义士，几乎你我不能见面了，真是险极了。"

明桂英又将二人救自己出险时登高纵船的情形说了，说："二人登高如履平地，来去如飞。"末后又叹息关廷玉存亡莫卜。

喻夫人叹道："如果姓关的死在庄中，好人不得好死，真是天公没生眼睛了。"

她二人一问一答，却将个兰芳小姐心坎打动，一则她听说夏镇营之事，心中深恨那守备侮辱女子，深致邱、关二人的侠义行为；二则羡慕邱、关二人的本领，叹息行侠作义之人偏被歹人诱困，因此一颗芳心竟自抱了不平，忍不住开言道："姊姊，姓关的既是你的恩人，就该催大哥赶紧想法搭救才是。"

明桂英道："他方才进房，对我说邱爷和孟继先表兄已商量着今晚去救。本来那地方是个是非窝儿，我祖父曾劝阻关爷别进庄，他说淘米的老头儿是他的仇人，不能当面错过，见仇不报。因此闯将进去，才被困住。”

喻夫人叹息道：“大约也是个劫数。”

盖兰芳道：“停会儿我也去看看热闹，看他们怎样救法。”

喻夫人吃了一惊道：“我的儿，你说得好轻松话，那救人是什么事，居然也是好玩的事吗？”

盖兰芳笑道：“有什么要紧，我又不去帮他们动手。如要是别的教门，什么法术，我还怕他，若论白莲教的法术，我也还知道一二。不过是那么回事，算不得什么。”

喻夫人、明桂英大惊道：“怎么你会知道白莲教的法术呢？”

盖兰芳笑道：“母亲，想你老湖涂了，怎么不多时的事，便已忘却了？去年在我们家帮佣的那个冯妈，她不就是白莲教教徒吗？她不常说闻香教主的法力无边、德配天地吗？不又说她本人也是教中的女会首吗？只因奉教主之命，到各地劝化信女入教吗？当时她被我逐日嬲着，要她传授法术，她不是被我强迫着传授我些搬运法，以及各种咒语吗？她不是再三嘱咐，叫我不可向人说吗？因为私将法术传给教外，按教规罚办极重，一旦播扬开去，颇不佳妙吗？故此我从未向外人说过。但是你老人家不是已久知道的吗？有一次，我念了个咒语，将你的房间开了后，又念咒语关了，你老人家不是说奇怪的吗？怎会忘却了呢？”

几句话提醒了她母亲，禁不住道：“哎呀，果然不差，是有这么回事的。当时我只知道是什么闻香教，却不晓得什么白莲教，怪不得冯妈今年不肯再在我家做呢，原来还有这么个原因在内呢。”随又转口道：“但是她传授你的本事，谅来不过是些皮毛，如果她将真价实货的本领教了你，她自己岂不连自卫也不行了吗？依我看，停会儿，你还是不去看是正经。”

盖兰芳低头不语。明桂英坐了一会儿，告别回去。盖兰芳起身相送，直到后院便门口，方才回去。

明桂英回到自己房中，仍旧收拾一切，吩咐仆妇取水及澡盆来，关了房门，沐浴更衣，复又梳洗整容，香施朱粉之后，万人忻又由前面进来了。

此时已到掌灯时分，明桂英问他邱、孟二位何时去救，万人忻说："早呢，他们总要等晚饭后才去，我已嘱令厨房，准备酒席，等他们回来之后，贺功夜饭，顺便乘凉。"

正说着话，忽然门窗一掀，盖兰芳又走了来。二人回头一看，只见她已换了方才的装束，此时头上的首饰珠翠均已卸下，收拾得十分利落，头发用青布包着，身上衣服都是紧靠，腰间佩着一口宝剑、一只百宝囊，脚下弓鞋已易，换了双尖头小靴。

二人大惊，齐说："贤妹为何打扮了这般的装束，像戏台扮戏的武旦做什么？"

盖兰芳笑道："我说去看邱、孟二位去救姓关的，我母亲不许，故此私自换了这副装束，前去看个热闹，也许可以暗助一臂之力。"

二人大惊，齐说："这是什么事，你也可以去冒险的？姨母一人在家，如何放心得下？老人家既不许你去，你何必拗强呢？"

盖兰芳笑道："不打紧，这些小事，怕些什么？我去又不杀人，不过到那里见识见识。我素常听得冯妈说，三里店庄上，不但王好贤的法术大，就是那机关销器，也很可观呢。不是我夸口，如果今晚我不去帮忙，邱、孟二人的本领纵大，也难讨便宜。要想救出人来，那是更难了。不信，咱们试试瞧吧！"

二人见她这般说，知道劝不下来，且本知她的武功烂熟，做事精细，谅也不致吃亏，遂说："贤妹是明白人，今晚如果真去，需要看事行事。"

盖兰芳笑道："这个我自理会得。"说着，径出房去了。

万人忻道："表妹毕竟年幼，脱不了些孩子气，这种危险的事，她一个女儿家，也要去看个热闹。没别的，这都是姨父在日，过于娇惯的毛病。"

明桂英道："这也未必尽然，所谓艺高人胆大，她平时和我说起来，她总是以红衣女、聂隐娘等一班人物自况，可见她自负，却也不凡呢。”

万人忻道：“你们女人家，好比做官的，都是官官相护。”说着，不由笑将起来。

明桂英笑道：“你别老在这里了，有什么话停会儿也好谈（趣哉）。这时候将邱、孟二位，及我祖父都抛在客厅上，被人家说起来，可好听吗？快别在这里腻烦了。”

万人忻笑道：“有什么要紧？大不了说我陪伴内人罢了。”说着，含笑向外面走去。

到了前面厅上，邱、孟二人正商量着此去如何着手，孟继先道：“此地小弟常来，三里店一带地方却也认识，那庄上的路我是很熟悉的，但是定法不是法，且等到了那里再说。”

正说着，万人忻已转出了屏风，说：“二位什么时候去？这时节可要用些什么食物充饥吗？”

二人道：“方才吃的酒饭，此时还不觉饿，但如要吃呢，却也好吃了。”

万人忻道：“如此即用夜饭如何？”

二人道：“好！”

万人忻即命小厮传言厨房开饭。

明竹如道：“我方才吃的，此时不饿，你们请用。”

万人忻道：“老人家既不吃饭，停会儿炖些稀饭再吃如何？”

明竹如道：“那还可以。”

说着话，邱、孟二人问万人忻道：“咱们的包裹呢？”

万人忻道：“已经为二位整备了卧房，东西都放在那里。”

二人道：“停会儿吃过晚饭，咱俩要换装束，故此相问。”

说着话，厨房已来收拾桌子，开下饭菜。万人忻命他带稀饭来。那厨房应了声是，回身去了。万人忻让三人入座，仍依着方才的次序坐了。邱、孟二人也不客气，略吃了两碗饭，便起身离席。小厮送上面汤，二人揩抹了嘴脸，便问万人忻卧房在哪里。

万人忻亲伴二人到厅后外书房内。二人将身上衣服脱下，换了夜行衣靠，带上应用物件，对万人忻道：“此去无论成与不成，务望严守秘密，怕的是该教耳目众多，一露风声，为害不小。”

万人忻点头答应，低声将盖兰芳表妹亦去探险的事说了，请二人留意，两下照应。

二人出得书房，到了天井内，说声：“停会儿见。”只见两人身子一扭，已是上了屋檐，转眼之间，即已不见。

万人忻暗暗赞叹，二人的本领，实不愧为豪侠。回身到了客厅上，张罗着他太岳丈用了稀饭，便说：“您老人家的卧房，已布置在内书房，如已困顿，可即去安歇。”

明竹如心中惦念着关廷玉的事，说：“我等他们回来了才睡，此时并不觉困。”

万人忻道：“老人家不比年轻人，不能勉强的。此时先去睡一会儿，等他们回来时，我再来请你便是。”

明竹如点了点头，说：“我稍坐坐，便去安歇。你如有事，可即去吧，不要招待我了。”

万人忻答应了一声，向后面去了，少不得夫妻俩叙谈叙谈，不必尽表。

且说邱、孟二人上得屋去，因下有灯光，上有月色，行走时颇存戒心，脚下不敢稍缓，展开足步，如飞相似，一会儿，已到城头。二人由僻静处跳下城垣，越过护城河，认定方向，直向三里店庄上而来。转眼之间，已到了三里店庄左。

孟继先停了足步，对邱化愚道：“这地方便是三里店，你我绕到他庄后去。”

说着，在前引导，邱化愚在后相随。才到庄后，乃是一片竹林，隔着一道清水溪，汩汩水声不绝。

孟继先轻声道：“听说庄上颇有机关，脚下务要留神。”

说着，已使了个燕子穿帘，直飞了过去。邱化愚也接着嗖的一声，跟了过去。穿进了竹林，二人方才驻足，猛可里听得嗖的一声，一条黑影也穿进了竹林。只听得竹枝一阵响，已是不见影形。

邱化愚赞道：“好快的身法！”

孟继先道：“莫非就是盖兰芳表妹吧！如是敌人，见了我们在此，岂有不来动手之理？”

邱化愚道：“也说不定。咱俩不管他是谁，且到庄里去哨探一番。”

孟继先道：“好！咱们分两头前往，大家准定仍旧在此相晤，报告一切，再定救援方法。”

邱化愚点了点头，二人分手，一个向东，一个向西，纵上墙垣，蹿房越脊，蹑足潜踪，蛇行鹤伏地向前而行。

正是：

欲求虎子入虎穴，为救良友尽良知。

毕竟二人如何救关廷玉出险，请阅下文分解。

第十三回

小剑客演说白莲教
大名士市恩红柳村

话分两头，却说邱化愚蹿上屋去，向前而行，留心向下一看，只见下面人声杂沓，来往之人甚多，灯光闪烁，那光景下面防守甚严。竟自无从下手，只得再向僻静处走去。

走了几步，猛听下面有人说话，向下一瞧，乃是两个庄汉模样的人，在下面行路，口中叽咕着："今日这个差使，又是件苦差，差咱们哥俩儿到土牢去看守牢门。其实这也是多防的，像那个牢门，谁也开不了，还怕什么外人？"

一个道："真也可恼，像前日到各教友家中去传信，并收取香资，那件好差事，便临到老王，偏不派到咱们。像这种苦差，冷清清坐上一夜，便差到咱们，真是各人的造化不同。"

邱化愚在屋上尾着二人，听他俩所言，不由心动，暗说，他二人去看守牢门，可知这庄上还有什么水牢、土牢呢。关廷玉也许被困在那里，亦未可知呢。咱且跟了去，看是如何。遂在屋上紧紧随定二人，转弯抹角，一会儿，已到土牢门外。

那二人向那门外青石上坐下，一个便说："老弟，你看咱们会主的本领大不大？像这样虎也似的汉子，他竟不费一点儿气力，将他捉住了。据说他们共计两个，如何捉住一个？还有一个，却不知到何处去了呢？"

又一个说："你不听见吗？这娃娃在里面说什么阴灵不远吗？想

必那个已是死掉了。”

邱化愚伏在土牢屋上，听得明白，估定这土牢内困着的定系廷玉无疑，遂将背上单刀拔在手内，一个筋斗，翻到青波石后，一刀先砍翻了一个。

那一个见有人来，站起身来想逃，可怜腿吓软了，竟遍体打战，走不起来，早被邱化愚一手揪住，按翻在地，将刀锋向他头颈内一试，说：“嚷，便是一刀。”

那庄汉哀告饶命。

化愚低喝道：“这土牢之内，是捉住的关爷不是？”

那庄汉哀告道：“关爷正是。”

化愚喝令打开土牢的门。

那庄汉哀求饶命，说：“牢门并无锁闩，只有会主、传头等有职事的人会开此门，此外均不能开。爷瞧这门上既无闩，又无锁，除去画符念咒，是开不来的。”

化愚看了看，果然不差，顺手一刀，又将这一个也杀了。一连两脚，将两个尸首踢在一边，便想走去推门。深恐门上有机关，脚下有消息，不敢鲁莽，遂用刀先向脚下一试。

正在此时，猛听得屋上有人扑哧一笑，化愚吃了一惊，向上一望，却是一个女子立在上面，虽然不认识，却估定她是盖兰芳。正要和她说话，她却回身跑了。

化愚也纵身上屋，在后跟进。那女子好身法，竟如射箭般向后面竹林内跑去。化愚心疑，又恐她不是盖兰芳，引自己到有埋伏的处所去，意欲停步不进。但一想那牢门的开法，却又想到这女子果真是教中之人，有此身手，定是有职事的人，不去管他，如能捉得住她，也许开得了门。因这一想，胆子竟陡壮数倍，脚力不由得速率顿加，不顾危险，追进了竹林。

那女子却回转身来，轻启樱唇，说：“来者可是邱爷，还是孟爷呢？”

邱化愚方知她果是盖兰芳，应声道：“小可正是邱化愚，小姐敢情是盖小姐吗?”

盖兰芳道:“然也，还有孟爷呢，他往哪儿去了?”

化愚说:“他向西首里去哨探去了，本约定在此相会。”

正说着，只见一条黑影，像一缕黑烟，向竹林奔来。二人一击掌，那黑影已到了面前，正是孟继先。

三人见了面，孟继先道:“小弟已哨探着消息，关爷系困土牢之内。”

化愚道:“小弟已到土牢外去过，可惜那门难开。”随将上项事情说了。

孟继先道:“怎么办呢?”

盖兰芳笑道:“不要紧，有我呢!那门别人不会开，我却会开。不过有一层，我去开门，谁入内去救关爷出来呢?”

邱化愚道:“那自然是我的事了。”

盖兰芳道:“如此说，甚好，孟爷可奔到他庄中放上一把火，烧将起来，便奔到东首去接应我们，方好安然进城。”

孟继先点了点头，回身就走。这里二人也就飞身出林，仍由原路奔到土牢外面。

邱化愚住了脚，便点千里火。盖兰芳便手指土牢的两扇石门，画着符，念着咒。念了两遍，说也奇怪，那门呀的一声，忽然两下分开。

盖兰芳说:“邱爷，请进去救人，我在屋上巡风。”说着，一跺足，已上了屋。

邱化愚将千里火筒向内一照，将身向内一跃，提了廷玉，向外一纵，飞身上屋，挟着廷玉就走。

这时候已是四处火起，刮刮杂杂地烧得火鸦四飞，金蛇乱舞。盖兰芳在前，邱化愚在后，蹿高纵低，向前飞奔。走到屋角上，盖兰芳唤了声:“由此朝东，脚下留神，快走，水来了!”

正走之间，猛听后面唰的一声，接着便是哗啦一声响，滴滴答答地落将下去。回头看时，果然是大水由下而上，复又如瀑布般落下来。幸而走得快，如慢一步，准得被那大水刷下地去。

哪知他这一凝神，脚下虽不曾慢，可是手臂挟着廷玉，用的劲却使大了些。那廷玉正在背痛难忍，被他这一使劲，无形之中，只觉得一阵热辣辣地直透心窝，禁不住哎呀了一声，晕了过去。邱化愚一慌，几乎乱了主意，停步放下。

盖兰芳回头唤道："不要紧，这地方岂可停足？快走！"

邱化愚挟着廷玉，只得跟着她足不点屋瓦地飞奔。一会儿，出得庄外，纵过了护庄河，孟继先已是迎面接住，说："救出来了吗？"

盖兰芳道："前面有座树林，咱们且到那林内去歇息，将关爷救醒转来再说。"说着，展开足步，飞奔到前面树林之内。邱、孟二人尾随而入。

三人席地而坐，邱化愚放下了廷玉，割断了绳索，唤了声："小爷！"不见答应，摸了摸他的胸口，却还是热乎乎的。

盖兰芳道："这不碍事，左不过是点了穴，或是用什么符法治住了，等一会儿，他自然会醒来的。"

邱、孟二人将廷玉面容细看，并不是被点了穴和受了伤，面孔上通红生火，那光景是中了什么妖法。正不解所以，忽然见关廷玉睡在地下翻身，哎呀一声，张开双目，望了三人一眼。

三人大喜，齐说："关爷醒了吗，你身上受了什么伤？"

廷玉望着化愚道："大哥，你莫非阴灵显圣吗？"

一句话说得三人都笑起来。邱化愚将落水遇救，此时特地来救他的话说了个大略。廷玉方才明白，说："承蒙三位救援，小可终身难报。我此时并没受伤，只在背心上被那庄上的什么会主画了道符，贴在背心上，故此心坎中痛得难受。"

盖兰芳道："如此说来，邱爷便给他揭去那道符，便没事了。"

邱化愚依言揭起关廷玉的短衫，伸手揭了那道符，扯得粉碎，果然关廷玉立刻定了痛。过了一会儿，翻身坐起。

三人忙问："此时如何，已不痛吗？"

廷玉道："不痛了。"

盖兰芳道："如此，咱们走吧！时候久了，城里人不放心。且恐庄上人追着了不便。"说着，便起身拍了拍尘灰先走。

郑、邱、孟三人起身后随，出得林外，看了看三里店庄上，已是火灭烟消，齐说："邪术取水灭火，却也厉害得紧。"

三人说着话，足下一紧，三里路程，转眼已到。越过护城河，纵上城墙，由屋上径回万人忻的屋内。

盖兰芳道："三位由此下去，我却回去了。"说着，一扭身躯，已纵到隔壁屋上，再一矮身躯，已飞身下去了。

三人齐赞："好身手，不减须眉男子。"

三人跳下天井。客厅上等候的两个小厮正在那里打盹，一听声响，吃了一惊，吓得站起身来，张开眼睛，说："列位爷来了吗？恭喜呀恭喜！"一个便向里报，一个却传言厨房，将酒菜端整了来。

万人忻在里面得了信，赶紧穿着鞋子，踢踏踢踏地走将出来，向着三人奉揖道喜。邱化愚给关、万二人引见了，万人忻邀三人入席，三人也不客气，随便坐了。万人忻亲给三人斟酒，为三人道贺压惊，并问此去情形。

孟继先将入庄情形说了。万人忻听说盖兰芳回来了，心下亦安慰了许多。

邱化愚问廷玉昨夜自己落水后如何情况，关廷玉亦将详情说了，说到看见兴儿在彼淘米，自己追赶，中了陷坑，方才被捉的话，不由咬牙痛恨道："兴儿这老贼，咱不将他捉住，碎尸万段，不能算是报仇泄恨。"

邱化愚笑道："贤弟如何这般懵懂？这兴儿分明是假的，你想兴儿的足力能及得上你吗？你在他后面追，他竟能在前面跑得快。幸而你不曾砍着他，如砍着他，说不得，贤弟，你还得带伤呢。这乃是机关销器，环龙岭上，咱们家中，贤弟也曾见过许多，怎么竟会上这个当？况且兴儿也断不会跑到这里来，一则他脚程无有咱们快，二则也没有这么巧。贤弟想，对不对呢？"

一番话说得廷玉点头佩服道："毕竟大哥年长些，见得到，想得透。小弟真可称是当局者迷。”

邱化愚道：“说也奇怪，各地白莲教盛行，怎么官厅并不禁止，反而任其猖獗？真要弄出大事来，方才设法，那岂不是临渴掘井吗？”

万人忻笑道：“官厅大半是信教的，哪有设法禁止之理呢？”

孟继先道：“邱、关二兄所走各地，也算是见着白莲教不少了，但此处还不算得什么，小弟曾到过苏州，那地方教友的势力才真算得大。大传头名唤洪逊，但他一个人便已厉害非凡，第一层，他是杀人不眨眼的魔君，凶名素著；二则他手下的教友均是绿林老弟兄，一个个能够飞墙走壁，马步战均很熟练。更有一班女教友，归一个什么女会主管领，那女会主生性奇特，选着百名精壮的美男子，做自己的护卫，其事实不堪闻问。她手下管领的一班女教友，也都是武功娴熟的居多。至于在巨野的徐鸿儒、武邑的于宏志、本地的王好贤等人，均系其中的杰出人才，将来为祸，定然不小。颇闻他们教中的组织，教主以下，分设总会主、会首、传头等名目，他们系仿汉时黄巾贼的办法，分天下为若干方，大方竟至数州郡，小方亦有一县。大方教友多至数十万，小方亦有数万余。如今总机关在苏州，分机关却在本地，其余发号施令之处，有独断独行的资格的，只有巨野、武邑二处。小弟此番由河间出来，乃系绕路而行，沿途听得教友宣传，现令教主复活，不久即将受天命禅位。又闻他们教中有职事的教友，比如朝廷的设官一般无异的。”

邱、关二人闻言，齐说：“孟兄所言不差，他们组织方法颇为严密，尤其是消息灵通，令人佩服。”于是将巨野、武邑的事说了，末又问：“孟兄既常在外面闯道儿，可曾知教中大传头洪逊底细吗？”

孟继先擎着酒杯，呷了一口道：“小弟前在苏州，见有一个道装打扮的人，生得形容可怕，在那里指挥教众，神气活现，一打听，才知是大传头洪逊。如今听说已升为寿州会首了。二位莫非与他相识吗？”

关廷玉正要开口，邱化愚早已应声道：“不，我不过闻得人言，说洪逊是绿林出身，武艺甚好，故此问及。”

孟继先道：“这洪逊在教中，确要算是个顶尖儿呢，他的武功如何，我虽不曾见过，但曾见过他行路的姿态，腿足矫健，目光如电，精神饱满，即此已足知他是个有功夫的人。”

二人听了，点头不语。

万人忻道：“三位单说话，不用酒菜，咱们今日须吃个不醉不休，反正放了杯筷，即要去寝。咱这席水酒，却是半给三位贺功，半给三位接风。请!”说着举杯。三人齐称谢，主客干了，照杯。万人忻又给三人斟酒。

孟继先道：“咱们今晚闹了他们的村庄，这时候定已侦骑四出，表弟明日切不可走漏消息，自惹其祸。咱们在这里亦不能久居，怕的是被瞧出破绽。依我之见，如须离开此处，还得设法改装。如果仍旧这样打扮，邱、关二兄行路恐十分不便呢。”

邱化愚道：“小弟也这么想，要走明日就走，否则索兴多耽搁几日再走，让他们冷淡些，方才能行。否则诸端不便。”

万人忻听了，笑说：“三位休忧，咱虽是个文人，本地却小有名气，他们现在正想大举，要收买人心，如将我对付了，说不得这一种声名传出后，他们教中所受的影响定然很大。如果他们真要和我作对，我再远而避之，也不为晚。”

孟继先道：“不要，他们果真和你作对，凭你怎样有名气，他也顾不得许多了。”

万人忻道：“我家下的男女仆人都是很忠实的，绝不会泄露消息。外人不得知，咱们有何要紧?”

孟继先沉吟道：“贤弟过些时，不如推说出外探亲，带领全家人口，向舍间一走。那地方一则没这么许多教友，二则有家严在舍，教中人谁也不敢正眼相觑，贤弟即此可以脱离是非窝。你看如何?”

万人忻应声道：“好，就是打搅尊府，于心不安。且过些时再说吧!”

孟继先见他不愿去，也不便勉强，但说：“贤弟自己酌量了看。”

当时饮毕后，各用了些稀饭，散座后，万人忻张罗着三人安寝，然后自己入内。次晨起身，大家在客厅上相见。邱、关二人告别欲行，万人忻再三相留，盘桓了一日。

当晚，邱、关二人相商，在此耽延日期，其事尚小，连累了人家，其事反大。因此对万人忻说了，作别动身，准定夜行，以避耳目。又向孟继先作别。

孟继先道："二位此去，系往何处？"

邱化愚道："此去先往滋阳，再到苏州。"

孟继先道："小弟在此尚有小事勾留，不久亦当回去，将来再见吧！"

邱、关二人向孟继先道谢救援之德，并向明竹如告别，又请万人忻代向盖兰芳表示谢忱。明竹如向二人申谢前情，万人忻亦说了些盛谢的话，并到后面去，取了百两程仪，致送二人。二人再三不肯领受，怎禁得万人忻再四不肯，二人只得收了，同到外书房，将包裹打好。邱化愚交代了孟继先的衣服，然后出到前厅，向明、万、孟拱了拱手，说声再见，一跺足，已上了屋，认了方向，直向城垣而行。

到了城头之上，关廷玉陡然说声："不好！"登时停了足步。

邱化愚忙问他系为了何事。

廷玉道："大哥，咱昨日由船上登岸，各样东西都曾带上了岸，单单将师父传授给咱们的一柄宝剑忘却了丢在船上，未曾带上岸，如何是好？"

邱化愚闻言，也不由一怔说："这可怎么好？那剑乃无价之宝，有斩铁如泥、吹毛不过的厉害，如失落了，将来如何去见他老人家呢？这可怎么好？"

关廷玉想了想道："那船家却也是规矩人，谅不至于吞没咱们这口剑。但不知他那只船还靠在那码头边不在了？"

化愚道："反正不远，咱们且去看看，如是不在，咱们也只好认晦气。"说着，二人跳下城去，越过了河，向码头而行。

经过三里店，怕被庄上人看见，脚下加紧，风驰电掣般走了过去。赶到河岸边，借着月色，定睛细看。只见一顺停泊着十来只船，依次看去，果然有昨日乘来的那只船在内。二人大喜，嗖一声纵上了船。那船身连晃了两晃，早将船上的人惊醒，齐嚷："有贼!"

二人应声道："王老八，不是贼，是咱们呀!"

那船家出舱一望，大吃一惊，说声："有鬼!"缩了进去。

二人笑道："船家别惊，咱俩是人，不是鬼。此时特地找来，向你要东西的。"

那船家定了定神，才敢出舱，说："二位爷，几乎唬死了人，这会儿赶来，有什么事呢?"

二人道："没别的，昨日上岸时，丢下了一口家传的宝剑在舱内。本拟明日白天里来，又恐你们明天开了追不上，故此这时节追了来，惊吵了你了，不要怪见呀!"

船家道："巧得很，要在往日，咱们的船早就开了，此番因有人雇船装货，今日上了一半货，明日装定了即开。剑是有一口的，收在后舱里呢，容我去取了来。"说着，回身去取宝剑。

二人大悦。

船家取了剑来，关廷玉抽出鞘来看了，果是自己之物，不由心花大放，佩在腰间，伸手在腰间摸出一锭小银子，约有一两许重，递给船家道："这是给你的酒钱，咱们在此少了你的觉，改日如动身，凑巧再候你的船。对不起，失陪。"说着，一使劲，已飞身上岸。化愚也跟着离船。

那船家"多承"二字还未曾出口，二人已如流星般去得远了，不由赞叹不已，说声："好运气，这一两多银子，真是白得的。"说着，回身进舱，复去睡了。

隔壁船上的人起初听说是贼，正要出来，后来听见说话声音，知系客家上船有事，故此未曾多问。表过不提。

且说二人上得岸来，飞也似的绕过三里店，直往滋阳的路上进发。走到天明时分，二人停步缓行，在路旁一家吃食店里打了早尖，问了问人，才知这地方名唤万字屯，离滋阳还有不少的路程。二人吃毕上路，又向前进。走到正午时候，腹中已饿。又值两夜辛苦，不禁有些疲倦，遂在路旁村店里吃了碗便饭，喝了些茶，歇了歇足，往前又行。来到一处大村庄上，那村庄上人烟稠密，住家的人家足有数千百家，那店铺也有不少，差不多什么东西都有得卖，客栈也有两三家。

二人走得倦了，走到这里，留神看那庄上，并没供奉小神、信奉白莲教的，心中大喜，遂投一家客栈住下。二人拣了一间上房，胡乱要了些酒食吃了，洗了手面，净了脚，关了房门，便上床安歇。只因疲倦已极，才上床即已酣睡如泥。一觉醒来，已是半夜，二人腹中觉着饿，可是这村店之中，半夜里万籁俱寂，哪里还有人听候使唤呢？只得挨着饿，闭眼再睡。

到了天明，二人起身，小二送进茶水来。二人梳洗毕后，命那小二取点心来吃，无非馒首、饽饽之类。二人一面吃，那小二进来收拾面水。

邱化愚问小二："这里地名唤作什么？"

那小二说："地名唤作红柳村。"

正在问话，忽听街坊上人声喧杂，二人齐说："外面有什么事？"

小二笑道："没什么。"

正是：

蚩蚩者诋易欺侮，赳赳之士难隐瞒。

不知外面究因何事喧阗，请阅下文分解。

第十四回

店小二信口开河
大侠义夜探贼窟

话说邱、关二人住在红柳村的客栈内，听得外面人声嘈杂，正在那里问小二，外面因何喧哗。

那小二含笑回说："没什么。"径自取了面水，向外面去了。

化愚道："这时候就是乡下人上街赶集，也不致如此喧阗，想必另有事故。"

关廷玉说："大哥，咱们到门外去张张，看是为何。"

化愚道："好，咱们去看看。"

说着，二人起身，出了上房，反手带上了门，走到店门口，向街上一瞧，只见乌压压挤塞了道路，人声杂沓，那光景好似相打。

化愚说："贤弟，你站着别走开，咱到人堆里去看个究竟。"

说罢，走到人堆外，向内一挤。化愚力大，两手一分，已开了条道路。化愚挤到里面，才知并非相打，原来里面有十余个人，穿着一样的服式，站立在当中，手中拿着一张一张的字条儿，向着众人依次发放。这围的人，男男女女，老老少少，大都是些穷人，口中嚷着："俺还没领着呢！"

化愚看在眼内，方知这些人是做好事的，没甚可看，遂回身缩了出来。到了客栈门口，廷玉道："大哥，你看着了没有？"

化愚道："怪不得人声浩浩，乃系有人放账，做功德善举，故此大家争着领取。"

廷玉道："咱方才问人，也是这般说。据说是本村的一位大名士，乐善好施，每年分四季，散放米票、钱票，每人领取米一斗、钱一贯，今日乃是夏季散放之期，故此十分热闹。"

化愚听了，不禁叹道："难得有这样的大名士，真可称得起是位慈善家了。"

正说着，忽然背后有人哧的一声笑将起来，口中叽咕道："名士虽是名士，可惜就是太大了些。慈善固然慈善，可惜太慈善了。"

二人回头一看，不是别人，正是方才的那个小二。

化愚忙说："小二哥，你叽咕些什么？"

那小二笑道："没什么，我自己和自己说话呀！"

化愚见他不说，心下生疑，便问站在门口看闲的人道："这位行好事的，家住本村何处呢，他姓什么呀？"

旁人道："他姓缪，住在本村那四围花墙，门前有石狮子的，就是他家，他是这方圆数百里之内的第一个财主，又是这滋阳府属几县的第一个大名士，无人不知。"

化愚闻言，便说："我等初到贵地，故此不知，请问此人名唤什么呢？"

那人道："他的名字唤作缪仁，表字嘉礼。"

化愚听见"缪仁"二字，陡地心中一动，不再开言。在门口卖了会儿呆，那些领票的老幼男女已陆续散去，那乡下人上街赶集的，却又川流不息走将来。正在卖呆，猛可里街坊上来了一人，那人举步如飞，目光如电，低着头由东往西。忽又有一人，穿着方才散放钱米票的服式，在后追呼道："白教师，咱们喝三杯去。"

那人回头一望，化愚看见，吃了一惊，忙将廷玉衣裳一扯，回身走入店内，径入上房，对廷玉道："方才的这个人，你可曾看见吗？"

廷玉道："怎么不看见？他不是那个在临皖县诬陷步青云的白福吗？"

化愚道："方才他迎面走来，我却未曾注意。及至他回转头来，我看他装着只假耳朵，又听有人唤他作白教师，方才想起。不知他可曾看见了咱们没有。”

廷玉道：“他怎么不看见？大哥为何这等慎重，难道还怕他不成？”

化愚道：“贤弟有所不知，自古冤家路窄，他在牢中被咱们割去了他的耳朵，他焉有不衔恨咱们之理？今日在此相遇，难保他不生诡计，前来相寻。更有一层，那唤他的人便是方才放赈的，他既和他认识，白福定是住在此地，或者竟是缪仁家中的教师，亦未可知。讲到这缪仁，可又触动咱的心事了。往年咱在家，常跟着老爷到各处去闯，在江湖上听说有个大贼，住在红柳村，名唤缪仁，不料却在此处。当年老爹曾说：‘他如碰在老夫手内，定叫他死无葬身之处。’如今咱们在此相遇，不去找他，就怕他还要来寻咱们。因为白福回去，向他一说，他必要来寻咱们报仇。那白福的本领，咱们是对付得了的，这缪仁尚未见过，他既是独脚大盗，专做种种不法的事业，既称为大盗，本领必很可以。他既在此处乐善好施，结交贫民，复又交游官府，根基自然很深。他家中能人绝不止白福一人，可以断定的。你我到此是非窝，还是快走为妙，万不可在此。”

廷玉道：“大哥不必担忧，他既做独脚强盗，绝不会在本人地面上和人过不去的。况且那白福能不能认识咱们，尚未可知，又何必慌张失致呢？反正今晚咱们就要上路，还管他什么呢？”

化愚道：“咱们要走，今晚也不能走，如走就此刻走，否则过上一天再行。”

廷玉道：“这却为何？”

化愚道：“今晚如走，他如派人来相寻，或有人埋伏着，岂不遇个正着？”

廷玉听了沉吟道：“他既号称淫贼，谅也有些惊人的本领。咱们不如今日不走，等候他一天，看他来不来，不来咱们再走。”

二人正在低声悄语，忽见小二走将进来，说：“二位爷，可要泡茶吗？”

化愚点了点头。那小二拿了茶壶，退将出去。

化愚对廷玉道："咱们既不走，索兴到他家中去哨探哨探，看看是何景况。"

廷玉道："不必，咱们的正事尚未办完，他来找咱们，那是无法。他不来找咱们，咱们岂可去寻他？"

正说着，小二已泡了茶进来。

化愚陡然心生一计，将小二唤住道："小二哥，咱问你句话，方才你说'大名士可惜太大了些，慈善家太慈善了'，这两句话，是何意思呢？"

那小二赖道："我不曾说，客人莫非听错？"

化愚笑道："咱们是外方人，你就告诉咱们，也没要紧。你何必赖呢？"

小二也笑道："没什么。"化愚笑道："咱在外路，听说姓缪的是个伪君子、假道学的人。及至到了此处，又见他大行好事，正在疑惑，不料又听见你那两句话，实在不明白，故此问问，你却又不肯说，却是何故？"

那小二听他说姓缪的是伪君子，不由问道："爷既听人说他是个歹人，但是他有何不好呢？"

化愚笑道："咱听人言，他最坏的毛病，就是离奇，可对吗？"

小二拍手道："着着着，爷既已知道，怎么还要问我呢？"

化愚道："咱在外路，只听见人说，却不知他怎样的坏法，你能告诉咱们一些，长长见识吗？"

那小二望了望外面，含笑低言道："爷们是外方人，如是本地人，便打死我，我也不敢说。这缪仁生性奇特，并且做没本钱的买卖。他平时在本地极有善人的名誉，可是他在背地里却无所不为，凡人所不敢为的他都做得出，凡人说不出的他都说得出。他家中有的是歌童舞女，日夜笙箫，朝朝暮暮，既舞且歌，真个是：

繁华绮丽人罕见，宴乐无度世所稀。

可是他在本地，表面上完全是个大慈善家，放赈呀，给药呀，施村呀，散米粟呀，给钱票呀，专门地做好事。况且他又是个员外郎，本地的董事，谁敢牙缝内哼出半个不字呢？”

二人听了他这番话，不由笑道：“在前咱们听人说缪姓的是个伪君子，如今听你这番说话，可是更信而有征了。但不知小二哥，你何以得知其事呢？”

小二笑道：“本来这些事俺也不知，只因他家中有个小厮，名叫胡述，他和俺很要好，是他告诉俺，俺才得知道呢。二位爷，说句总话，叫作说不得。”

二人道：“听说他在外面，专一做大案子，乃是个千里独行独脚大盗，不知他果真是如此的，还是有伙伴的？”

小二见问，一想这不对了，设或这两位是吃公门饭的，到此住下私访，却怎好？因此颇悔失言，遂转口道：“这乃是那小厮告诉我如此情形，我方能明白，这便是我晓得的。其余的事，那小厮且不知，我更不晓得了。”

邱、关二人听了这番话，不由咂舌称奇，真是闻所未闻，暗说，好混账的王八羔子。正要再往下问，忽然门外脚步响，有人唤：“小二哥，快来，外面有人找你呢！”

那小二闻言，口中应着，径向外面去了。

邱化遇对廷玉道：“贤弟，天下的事真是无奇不有，这狗才在此，如照方才所闻，他不知已害了多少人，你想可恶不可恶？”

廷玉道：“也许是小二信口开河，天下哪有这等奇事？”

化愚道：“不管他，咱们今天去哨探哨探，如果他真有这件事，说不得咱便多多事，将他杀却，为地方上除一大害，也可算是为师尊效劳，免得他老人家费力，你看如何？”

关廷玉方才本不愿多事，只因听见这番话，不由丹田火起，怒上心来，说：“大哥所言不差，咱们今日且去访他一访，以明究竟。”

正说着，那小二又进来了，问：“二位爷，中饭将好，二位用什么酒菜？好早些下锅，免得临时局促。”

化愚道：“你将那上好的饭菜备来，咱们照账给钱就是。酒却不用。”

小二应了，回身出去。

廷玉道：“大哥怎么戒酒了？”

化愚道：“人心难测，他方才说了许多闲话，焉知他不追悔？咱们在临皖的事，不就是面镜子吗？”

廷玉暗说，大哥好细心。二人清坐了一会儿，小二送进饭菜来，乃是清炖鸭汤、红烧肉、炒虾仁、醋溜鱼，共计四样菜，摆在桌上。小二给二人盛了饭，回身自去。

二人吃过饭，小二送面水进来，收拾桌子，说：“二位爷，今日还走吗？”

二人道：“今日觉得怪困乏的，不走了，明日再说吧！”

小二笑道：“咱们柜上说，如二位不走，须请存账，因二位并不曾带行李。”

二人闻言生气，说：“小二哥，你去回复你们柜上，如咱俩走了，绝不少他一文。既怕咱们少钱，怎么昨日来时，不向咱们要钱存账呢？”

小二笑着赔话道：“这不关咱们的事，只因本地规矩如此，请爷们不要动气，咱去说就是了。”说着，收拾已毕，回声去了。

化愚道：“这柜上好不厉害，今日见咱们不走，未曾付钱，他便来催了，论规矩各处皆是如此。但他不应该昨日不问，今日反来催迫，好似下逐客令似的。”

廷玉道：“停会儿他再来催时，咱们便算给他，出门人何必和人生气？但须申斥他几句就是了。”

二人说着，那小二又进来了，说：“二位爷，咱们柜上说，不是不放心爷们，既是爷们明日走时，明日再付也不妨，请二位别生气。”说着，拿壶出外泡茶，送将进来，自行退出。

二人不由又好笑起来，遂在房中清坐了一会儿，喝了两口茶。

化愚将门掩上了，对廷玉道：“咱们躺一会儿吧，停会儿吃晚饭时，再起不迟。”

廷玉道：“如何睡得着？闭目打一会儿坐，运气养神吧！”

化愚道：“好！咱俩各行各事。”说着，便倒向床上去了。

廷玉坐在一旁椅子上，盘膝而坐，坐将下来，细想，此去滋阳，已没多远，如到滋阳得了手，便可折转寿州，苏州竟可不去了。但不知兴儿那老贼现在究竟在何处，日后如是撞着，定然将他剁成肉泥。再想到此番被王好贤捉住，如非盖兰芳相救，断难出险，此恩如何报法呢？连谢都未谢着，这也是件缺憾的事。正在胡思乱想，忽然想起自己将来之事，报仇完毕，该当如何了结？论买卖既不谙行，论家财更难温饱，那做官做宰，更是危险，长此下去，将如何是好？想到此处，竟无有生计妙法。再一想，可就更烦了，生计且难维持，又何谈婚娶之事？如不聘娶，关氏岂不绝后？如是要娶，岂非难之又难？想到这里，竟烦躁异常，不由自警道：“啐！原本系闭目养神，怎反劳起神来了，快休如此。”于此打断了念头，举行呼吸法，坐了一会儿，运动内功罡气，吐纳良久，觉得精神饱足，身体愉快。

睁眼一看，忽见天已将昏，知道时候不早，看了看化愚，只见他鼾声大作，正自睡得沉沉的，遂起身去开了门，唤小二进来，重泡了茶，问了问他什么时分。

小二道：“此时已酉牌时候了。”

廷玉道：“停会儿夜饭，也照白天的样子，不必减换，时候早些也不妨。”

小二道：“晓得。”随即走去。

廷玉心想，在此清坐，不如到街上去探探道。方才要起身，忽然化愚翻身，爬将起来，说：“贤弟，什么时候了？”

廷玉告诉了他。化愚起身下床，唤小二取水来洗了脸。

廷玉道：“咱们到街上去逛逛如何？”

化愚道：“时候已不早，反正一个乡镇上，有什么好玩的？明日白天去逛吧!”

小二去后，化愚笑道：“小爷，你怎又忘了？这里的店账尚未付，两人一同出去，那柜上岂不又要说闲言吗？咱知你的意思，是要到外面去探探道儿。但是那地方可不用去，一则他那门口的形式我已听人说过；再则如去哨探，偏巧竟遇着什么人，反而败事；且有一层，这村上并无一个教友，也不知是不是诈，咱们宜乎小心，不可大意。”

廷玉道：“教友也不要紧。”

正说着，小二已送了晚饭进来。

化愚道：“怎这般早法?”

廷玉道：“咱方才知照过他，时候迟早也不妨，故此他即端整了送来呢。”

化愚道：“小二，你们这里离滋阳还有多远?”

小二想了想道：“此地虽归它管，可是离它还远呢，大约还有二三百里地。爷们到滋阳去吗?”

化愚点头道：“正是呢，咱有个兄弟，在滋阳开店，近来因账务上的事，和人打官司，故此咱要去查考查考，故此问问你，还有多少路。”

小二回身走后，廷玉道：“咱们明晚动身，后日可到。”

化愚道：“那还不是看事行事？也许今晚便动身呢!”

二人吃完了饭，揩抹了嘴脸，小二进来收捡。化愚在身上摸出锭十两重的银子，命他：“到柜上去算账，连明日的房钱都算上，吃不吃再算，多下来的，找回来给我。”

小二接了银子，到柜上去结了账，拿将回来，收拾了碗盏，回身去了。二人将门闩上，坐在房里，吹灭了灯。

过了一会儿，谯楼已起了更，二人带了应用物件，轻轻开了窗子，逃将出去，复又带上，飞身上屋，向那村庄深处，房屋较高的地方走去。正走之间，来到一处，下面这家人家，前后房屋甚多，而且墙头上密排着鸡爪钉。

化愚对廷玉道："莫非就是这家人家？"

二人移转身躯，奔到这房屋前面去看，果然门口有一对儿石狮子，黑漆大门，满钉着钉，四围果然都是花墙。

化愚道："对了，正是这里。"

二人遂又回身到里房屋深处来。走过了几进，来到一处高楼，窗内现出灯光。二人伏在对面屋上，向内一看，只见里面坐着几个年轻女子，面容惨淡，黄疲不堪，都在那里怨天恨地。

二人立起身来，飞身到对面屋上去伏着细听。只听一个道："咳！今日跳，明日舞，朝也唱，暮也歌，只管那厮笙歌悦耳，丝竹陶情，也不问人家辛苦不辛苦，咱们到此地来已多年了，想当年，咱们未曾唱得倒嗓，舞得身体病了的时候，还不是和她们一样地受那厮优待吗？到如今嗓子倒了，唱不来了，身体病了，舞不来了，弄得不死不活，派咱们在这冷清清的地方，一个个泪眼相看，哼声不绝，好不难受呀！"

又一个道："姐姐别说了，楼下脚步响，怕的那老虔婆又要来了，如被她听见，可又有得苦吃。"

一个道："哼！我真不懂，咱们这许多人，难道竟对付不过一个老娼妇吗？果真她来时，咱们先对付了她，方好出这口恶气。"

她这话一出口，大众齐声赞成。

话犹未毕，忽听得楼梯一阵响动，一个老声腔的骂道："你们敢在背后骂老娘，看老娘不撕你们的嘴巴。"

接着便听见楼板上一阵乱响，那老声腔骂道："好小妇养的，竟敢和老娘动手，看老娘不捶你！"说着话，只听得响声大作，那老声腔竟喊出声"救命"来了。

二人在屋上听得清楚，知道下面是众女子合力对付一个老妪，想也是平素不善，应受的报施，遂又站起身来，蹿到对过屋上原处去伏着。

只见众女子闷声不响，一齐动手，将一个老妪按倒在楼板上，一个按住她的嘴，一个骑在她身上，四个分按了她的手足。骑在她身上的那个双拳如擂鼓也似的向那老妪前胸拼命价捶，那老妪痛极了，气不透，手足动弹不得，极力挣扎了一会儿，竟死过去了。

众女子见闯了祸，齐说："咱们反正走不了，不如死了干净，还是跳楼死了吧！"说着，一齐走向窗前。

二人看见，知道众女子是要自尽了，忍不住一个燕子穿帘，直向对面楼窗内飞去。

正是：

作法自毙君入瓮，报施循环原不差。

毕竟二人飞入窗中，有何事故，请看下文分解。

第十五回

未亡人伤心潜堕泪
真孝子矢志刺缙绅

话说二人见众女子要跳楼自尽，不由一惊，陡生急智，一齐飞身蹿入对面楼窗之内，说了声：“吾神来也，尔等不必惊慌，吾等特来相救。”说着，一手挟着一个，嗖一声飞上对面屋上，飞也似的连蹿带纵，纵到花墙上，跳将下去，然后放下，说：“尔等在此稍坐，吾神再去救彼等去。”说着，翻身纵上墙头，仍由原路纵到楼窗内，将那三个女子也如法炮制地救了出来，一齐放在地下。

二人对众女子道：“尔等家住外方，此时要走，颇为不便，可暂时在树林内坐一夜，等吾神去将缪贼捉了，再打发尔等动身。吾神去也。”说罢，二人又上墙头。

众女子一齐跪下朝天叩谢。

二人在屋上信步行去，不知缪仁是怎生样一个人物，而且住在何处，全无头绪。欲待回身去问那些女子，又恐露出了本相。正在为难，陡见迎面屋上，一条黑影子向着自己奔来。二人急拔刀剑在手，迎上前去。

那人到了面前，二人定睛一看，认识他正是白福。白福一见二人，喝声：“来得好！咱正要去寻你报仇，你等却自来送死。”说着，已一刀砍来。

二人不敢恋战，回身就走，引得白福追来。化愚回身使了个顽蛇吐芯的招式，向白福刺去。白福避让，已来不及，被化愚刺倒在屋上。廷玉跳过来，一刀结果了他的性命。

二人复又向房屋深处行去，只见下面有人行路。二人向下一看，乃是个中年男子，手拿一根藤条，向前行走。

化愚对廷玉道：“小爷给咱巡风，咱下去将那男子捉了来，问他缪仁的下落。”

廷玉点头。

化愚跳下屋去，追在那人背后，一伸手，将那人攀了个仰巴叉，倒在地下。化愚将刀一亮，低声喝道：“嚷，就是一刀。”

那人却也是老公事，一见夜行人到来，说：“朋友，咱们是线上的，敢情尊驾短少盘川吗？咱东家极爱朋友，要多少即有多少。”

化愚听了，又好笑，又好气，随说：“你却也是个合字。朋友，你既是知趣的，咱不难为你，咱问你的话，你得实说。你东家所作所为，你可全知？讲！”

那人道：“有的知道，有的不知。”

化愚道：“你主人每尝宴乐无度，可是真的？”

那人道：“那是常事。”

化愚道：“此刻你主人到哪里去了？咱要找他有事。”

那人道：“他此刻在后院王寡妇那里，饮酒作乐。因为徐妈取好茶无有回信，特命我取藤条去催，如有女子阻挠，即用此物鞭打。”

化愚大怒，手起刀落，那人已身首异处。飞身上屋，对廷玉道：“小爷随我来！”说着，在前引导，向后院而行。蹿房越脊，一会儿，已到后院屋上。

化愚对廷玉道：“缪仁在这院内，你在屋上巡风，咱到下面去哨探哨探，看他在哪一处。”说罢话，身子已如风飘落叶般直飞下去，轻移足步，向那有灯光之处奔去。

这时天热，那有灯光之处窗槅洞开。化愚站在天井内暗处，已是看见屋内。原来那屋内乃是间卧房，房内铺陈得很为雅洁。化愚不看犹可，一看之后，不由大吃一惊。只见里面坐着个三十余岁的女子，一旁站着个十一二岁的童子，床上却横着个尸身，那雪白的帐子上，满染着红血，斑斑点点，实是可怕。

那女子泪流满面，向着童子道："你将他杀了事小，可是这个乱子却闯大了，这屋左右前后都是他缪家的人，你便插翅也飞不出去。我死不足惜，可是你这小小年纪，也死在这里，岂不绝了王氏一脉？"说着，竟恸哭起来。

那童子却昂然道："母亲，你何必悲伤？生死均有定数，咱如死在此地，不强似将来被人笑话吗？"化愚听得此言，再看了那房中情形，究不知这席上睡着的是不是缪仁。如果是他，这小小童子，何能刺死他呢？如不是他，这女子怎又说王氏绝了根株呢？这不更糊涂了吗？

慢着，这是怎么回事？不但当时邱化愚要糊涂，便是看官们，脑筋里恐也未必明白。小子在此时，须得向看官们补叙一番，以清眉目。

却说上文所说的缪仁，正是挺在这床上的尸身。他缘何被刺在此呢？说起来可就长了。

原来这缪仁不但武功甚好，便是文才也很可以。他本是世家子弟，只因生性放荡，喜好交游，挥霍起来，千金不吝。在少时因调戏良家女子，吃过一次亏，他便记恨在心，知道这文绉绉的书生，断难逾东墙而搂处子，如要达到偷香窃玉的目的，就非得有飞墙走壁的本领。因此访求名师，专心习学，不到几年，居然练成了蹿高纵低的功夫，而且造诣很深。平时在家，仍旧文绉绉的，毫无武夫的气习，只因平时挥霍太甚，家中遗产渐渐无存。他因此改了念头，到异乡外地，做一番无本钱的买卖。初时无非杀富，以供自己挥霍，后来做油了手，竟至取之不尽、用之不竭起来。也曾在外路遇见大户人家护院的，和镖局的镖师，哪知竟未曾占过下风，因此胆子更壮。

如此时日稍久，他竟成了个富有之家，有的是钱，便捐了个员外郎，候补同知，借此便与官厅往来，在乡间又广行好事，博爱济众，因此本地人都只知他是个大名士、大富翁、大慈善家，却不知道他是个独行强盗。至于他夜入人家，奸污妇女的事，那可就不消说得，大半和劫案同时发生。有种人家，体面攸关，虽然被污，只得忍辱；有种人家，竟因此自尽；尽有被缪仁强奸后，杀死灭口的，那是更多；更有种迷信的人家，反疑惑是什么狐仙前来交媾，不敢声张，以免得罪了妖怪，诸如此类，不一而足。

缪仁如此行为，已是可恶之极，哪知偏有助纣为虐的，便是个方外之士，说有什么长生不老之方，乃是奇异方术，说什么黄帝御百女而飞升，这便是个明证。这话正中缪仁的心意，一则可以纵欲，二则可以成仙，他又岂有不乐为之理？于是求那方士，传授秘方。那方士只图财帛，还管什么天良？遂将些没天理、丧心病狂、放纵兽欲的一切邪术方法传给了缪仁。缪仁恐他是方士欺人，特地将他留住，逐一试验之后，果然着有奇效，方才将那方士放走。事后缪仁想起，这方士怀着异方，到处传人，如讲到坏处，岂不要误尽苍生、害死青年？如讲到好处，世界上活神仙岂不要满坑满谷？如此左道旁门之士，留在世间，终非善局，不如将他除去，以绝祸源。于是追上那个方士，数其罪状，而后诛之(此作者为现世卖淫书、淫画、淫药者说法也)。他虽知不是好事，但被那欲念所蒙，竟按部就班，依方行事，强污民女，以纵兽欲的事，遂至层出不穷，江湖之上却也有名。终因他本领高强，作案又都在外路，故此不能破案。

那年，他村上有个王渠，乃是个落第的秀才，写得一手好字，作得一笔好八股文章，学问很好，可惜就是很贫。缪仁那日乘马，领着两个小厮，到村外去游春，恰巧从王渠家门口走过，也是合当有事，王渠的妻子正挽着个四岁的小孩儿，由娘家回来。缪仁瞥眼看见，不由啧啧地赞了两声。马行甚速，已走将过去。缪仁忍不住在马上回转头来，望了几眼，连说："好个美貌姣娘！"便问小厮："这女子是哪家的？"

那两个小厮中有个认识王渠的，便说："这妇人乃是本村王渠的女人，员外问她，敢情是……"

话还未曾出口，缪仁即瞪了他个白眼道：“多说些什么?”

于是策马而行。到村外去游了一转，回到家中，甚是恋恋不舍。想了半天，只因兔子不吃窝边草，自己在本村上，不能露出本相，遂想出一条计来，对那小厮道：“你去到王渠家中，访问王渠，看他今年有了馆没有，如是有了，你可说请他到咱们家来，请他写副对联呢；如是未曾有馆，就说咱们家缺一位西宾，意欲请他来担任。”

那小厮应命，起身下了台阶。

缪仁又将他唤回来道：“且慢！我问你句话，你和王渠相识有几年了？他家中有些什么人，他妻子是娶的哪家的，本地有几家亲戚，你可知道吗?”

那小厮回身进来，回说：“员外，王渠与咱相识已非一日，他家中咱是常去的，他左近没有什么至亲。他妻子是娶的东村刘家的，刘家现在只有一个老头儿，今年已六十多岁。王渠家中也没甚人，就是一妻一子。”

缪仁大喜道：“你去，如办得好，我赏你二百两银子。”

那小厮领了言语，心花怒放，如奉圣旨般走到王渠家中，正值王渠夫妻在家。

原来这日，刘老丈带了信来，说在家发劳倦，故此刘氏回家省亲。此时夫妇在家，正谈论刘老丈的病况，忽见那小厮进来，便起身让座。刘氏却避向房内去了。

王渠问那小厮：“有何事到此?”

那小厮道：“王相公，我到此地，有一事相问，因为咱们东家目下要延聘一位西席，没有找得到人。是我多了句话，说本村王相公的才高八斗、文墨精通，如得请来担任此席，定可胜任，因此东家命我来相问。如果王相公今年还没有馆，便请到咱们家去屈就此席，不知王相公意下如何?”

王渠听罢此言，说：“你且坐一会儿，容我商量商量看。”便走到房内，和刘氏相商。

刘氏道："这事有些蹊跷，缪家是本村有名之人，向与咱们没有来往，怎么今日凭了一个小厮之言，便来相请？况且他家中断不会缺少西席。依我看，以回绝了他为是。"

他夫妻商量的话，那小厮在堂前侧耳细听，早已听得清楚。一见王渠出来，不等他开口，即说："王相公，还有件事我却忘记了。咱们东家有副对联，说要相烦王相公大笔一挥。王相公如不愿屈就西席，命我央恳王相公同到咱们家去，写这一副对联。"

王渠道："并非王某推托，只因今年已答应了人家，不能再就贵东的教，只得作罢。至于写这副对联，小可今日无暇，只好改日再写。如是等得要，就请你去拿了来，小可在家写了交付你带去；如不要紧的，不妨丢下，改日写好再行奉上如何？"

那小厮道："原讲的是为了要紧，因为大后日是本府太爷的生日，这副对联就得赶紧写好送去，一时找不着人，才来央求王相公。你有何事，写副对联耽搁不了多少时候，不要紧的。"说着，竟扯了王渠就走。

王渠道："别扯，委实有事，不得空闲。"

那小厮见他不肯去，心中可就真急了，自己在主人面前揽的这个差使，他不去不要紧，那二百两的纹银，可就无有了，还得受主人的褒贬。因这一急，便婉转恳求道："王相公，你不肯去是小，可是害了我了！"

王渠道："怎么害了你呢？"

小厮道："你不去，咱主人必要怪咱不会说话，是个没用的东西，请个人也请不来，岂不是害了我吗？"

王渠被他一说，心却软了，暗说，缪仁是本村的有名之人，如一定不去，得罪了他，却也不是事。不如去一次，总算给他个面子。果真不佳，咱便回来搬家，离了这地方也就无事了。想罢，便说："我委实有事，你既这样说，如一定不去，便使你难以回话。如今碍着情面，抽空同你去一次。你在前请吧！"

遂回头关照娘子门户，即跟着小厮直到缪家而来。到得里面，缪仁降阶迎接，邀请上座。说了不少的睦慕情殷的话，然后提说西宾及对联两事。王渠婉谢不就西宾，但是对联一层，也请立刻就写，因舍下有事。

缪仁即命人取对联，又命人磨墨，一面谢了他挥毫之情，又命人安排酒席，邀王相公入席共饮。

王渠辞谢。

缪仁道："尊兄何必客气？反正磨墨也有一会儿，小酌三杯，有何要紧？"

王渠坚却不过，只得坐下，心中深恐酒中有弊，不敢就饮。只靠了靠杯，便放在桌上。

缪仁却若无其事地一口干了，便给王渠斟酒，自己也筛了，说声："请！"要和王渠照杯。

王渠见他自己饮了，方才放心，遂干了一杯。缪仁也干了，随又筛上。如此一连三杯，王渠推说量窄，不肯再饮。

凑巧墨已磨好，他便起身离座，到那旁案前，提起羊毫笔，蘸饱了墨，在那绫锦洒金的红对联上写了一副祝寿的对联，乃是抄的成文，书了上下款。放下笔来，说了声："献丑！"即便告辞。

缪仁看了看字迹，即赞不绝口，说："真个压倒王右军，气死颜鲁公。"

王渠连说："过奖！"即拱手道别。

缪仁略一相留，即便送出。

王渠回到家中，将情形对刘氏说了。刘氏见没甚事，心中也觉稍宽。哪知这日晚间，王渠不知如何，异常难受，坐也不是，立也不是，躺在床上，翻来覆去，老睡不着。刘氏问他怎么了，王渠道："我也不知这会儿怎么这样难受。"

正是：

怪厥身躯难受甚，只缘贪杯饮醇醪。

当时王渠在床上，安眠不得，爬起卧倒，只不自知。待至天色微明，好容易方才睡稳。

看官都是明公，不待交代，已知王渠饮了缪仁的藏春酒了。原本他这酒，比那三鞭五鞭的酒还要厉害，吃下肚去，当时并不发作，须到夜间，方才见效，而且奇痒难受，故此王渠当时并不觉得，回家睡觉，方才如此。

当夜夫妇二人免不得要上了他的诡谲算计，因此王渠甚觉疲困。刘氏更觉体软，略事整理，已是天明。刘氏起来，梳洗未毕，即见昨日来的那个小厮送了两瓶酒、两包点心来，只称："咱们主人昨日请王相公写了字，不曾谢着，心下甚是过意不去。今日特地命我送这点儿东西来，不成个意思，不过聊表寸心。"

刘氏欲待不收，又怕黄了人，只得收了一瓶酒、一盒点心，再三道谢。打发那小厮去后，梳洗方毕，王渠起身。刘氏见了，不由吃了一惊。

原来这一夜工夫，王渠竟瘦了一层，像似害了场重病似的。刘氏怎得不惊呢？当时王渠梳洗，刘氏到房里给小孩儿穿着衣服。王渠因一夜辛苦，此刻饿了，一见桌上点心，不曾细问，取来就吃。哪知这点心乃是冰雪酥，表面上看不出他有弊，暗地里那里面夹着巴豆霜，王渠哪能知道？吃了几个，方才住口。

刘氏给小孩儿穿好，出来烧煮早饭，尚未烧好，王渠已觉着腹中绞痛，一阵阵痛得打跌。赶着扯开裤子，向便桶上一坐，竟扑扑扑地泻个不住，直泻了一便桶，方才止住。王渠勉强站起，揩了肛门，便到床上去躺下。哪知这一来，可怜他：

昂藏七尺成何用，满腹诗书一旦丢。

未知王渠性命如何，请看下文分解。

第十六回

救孝子火焚红柳村
受桎梏被囚滋阳府

话说王渠睡在床上，腹中仍然绞痛，心疑是乐极生悲，受了寒凉，得了伤寒之症。即唤刘氏进房，对她说了。

刘氏见丈夫陡然神色大变，直吓得头顶上真魂出窍，赶着到街上生药铺内去，买了些花椒，又到南货铺里，买了些红糖，又到水货店里，买了块生姜，三脚两步，走将回来，煎汤给王渠吃了。哪知王渠吃将下去，并不见好。本来他的身体亏弱，怎禁得起昨夜一夜的辛勤？清晨一早即得了水泻，元气大伤，精神全损，区区红糖、花椒，有何益处？不多一刻，王渠睡在床上，复又哎呀哎呀地呼痛，只得又下床解溲。

刘氏在旁望着，心中慌张，不知如何是好，但问怎么了。

王渠坐在便桶上，捧着肚子哼道："腹中觉着欲泻，但又生疼，这光景很像个危险的绝症。你赶快给我找大夫去。"

刘氏闻言，心中慌迫，赶着跑出去请大夫，也不及察看灶间，即向本村有名的内外科孟繁锦家中来。走进门便问："孟先生在家吗？"

里面有人答应道："不在家，今日一早就有本村缪员外家的急诊，请将去了。"

刘氏听了，急得头上出汗，说："怎么好呢？"便说："如孟先生回来，就说本村王渠王相公有要紧急症，务请随即就来，相烦转言。”

里面答应晓得。

刘氏慌忙走回，可怜她这一早小脚伶仃，奔波两次，点水尚未进口。回到家中，只见王渠又已睡在床上。此时睡在床上的小孩儿已是醒转，见他妈妈回来，便呼着要起。

刘氏应着，走到床前，先问王渠："此刻觉得怎样？"

王渠呻吟道："此刻似觉痛得好些。"

刘氏心下稍宽，双手抱了孩子，给他穿衣服。那孩子名唤大有，因生他那年，红柳村一带丰收，故此王渠给他取名，用了这两个字。兼以暗合易卦。当时大有穿衣下床，刘氏给他洗了脸。

大有道："爹爹怎不起来呢？"

刘氏告诉他："你爹有病了。"

大有不高兴道："咱今日无人抱咱到村外逛去了。"

刘氏哄他道："明日你爹好了，就要抱你到外面逛去的。"

大有道："妈妈，咱要吃早饭呢！"

刘氏答应着，走去灶上开锅盛粥。哪知方才并未曾烧好，即进房服侍丈夫，此刻还是半生不熟。刘氏只得又重行烧煮，烧好了，盛了两碗，到外面客堂里来，一碗给大有吃，一碗自己胡乱吃了。

过了半天，门外走进一人，背着药箱，戴着副老花眼镜。

刘氏认识他是孟繁锦，便起身招呼道："孟先生，劳您驾了！"

孟繁锦道："不要紧，别客气。"说着，卸下药箱，说："大嫂，请领咱去看王相公。"

刘氏在前引导，孟繁锦到了床前，唤了声："王相公。"

王渠翻转身来，向着孟繁锦点首道："孟先生，请坐呀！"

孟繁锦一屁股坐在床沿上，命刘氏取过几本旧书来，放在床上，命王渠将手伸出来，按了按脉，又命王渠伸出舌头来一看。

刘氏问道："孟先生，拙夫这个病，不要紧吧？"

孟繁锦叹息道："大嫂，王相公这个病已成了个绝症了，他这病是色情狂，受了凉，因此成为夹阴伤寒，但又寒而不透。照他舌苔看，完全受了寒气；照他脉说，竟是大亏；照他面色看，精神已散，这个病是难治的。我说的这病原对不对?”

刘氏闻言，又急又羞，不由面红耳赤，说:“孟先生，总求您开张方子。”

孟繁锦道:“这方子不能开，吃药也是白吃。我看大嫂还是准备后事的好。”说着，起身欲行。

刘氏忍不住痛哭，要求孟繁锦开方子。

孟繁锦想了想，这方子万开不得，即此刻救活了他，那方面才是要生别计的；如救不活，枉然坏了自己声名，遂说:“大嫂，委实这个病我治不好，开方子丝毫无益，不如另请高明吧!”说罢，竟不由分说，走出房门，背了药箱去了。

这里王渠夫妇一齐呆如木鸡。过了半天，不觉哭将出来。

王渠道:“娘子，哭亦无益，不如不哭，我的病，只好听天由命。如果真不得好，娘子，你务要给我抚养孤儿成人，以存王氏一脉，我死在九泉，亦感大德。”说罢，流泪不止。

刘氏道:“相公不要担忧，吉人自有天相。万一不幸，为妻的总当尽心护持就是。”说罢，忍不住呜咽起来。

大有在外面听得里面哭，不知道什么事，跑了来望着，半晌无言。见父母皆哭，也不由哇的一声大哭起来。刘氏方要收泪，被这一哭，格外引得伤心，手携大有，走到堂前，号哭了一会儿。又恐勾引病人伤心，方才忍泪停止。正起身取手巾拭泪，忽然外面走进一人，说是东村来的，特来送信。刘老爹于今晨病重死了。

刘氏闻听此言，恍如晴天霹雳，震得呆了半天，忍不住又放声吁天呼地地痛哭起来。

那来人道:“大嫂休哭，老爹身后之事尚未办好，专等大嫂前往料理呢。”

刘氏闻言，更加伤心。

王渠在房中早已听见，说:“娘子不必悲伤，岳父已死，你应当回去奔丧。可乘此早些回去，停会儿再请人送你回来就是。”

刘氏到此关头，真是酸甜苦辣，一时齐到心头，只得口中答应，先打发来人回去，转身入房，问王渠可要吃什么。

王渠摇摇头。

刘氏说：“你安歇一会儿，我去去就来。”

说罢，走到外面，令大有到房内去，不可到外面走动。又走到紧邻家中，托了邻舍李奶奶照应门口，方才赶着跑回娘家，料理丧事。草草完毕入殓之后，即便回来。回到家中，已是傍晚，谢了李奶奶。李奶奶自去。

走进房看王渠时，王渠已只有呻吟的分儿了。问他两声，也不言语，过了半晌才说：“娘子，我如今已经明白，这条命是断送在缪仁的手上。我死之后，你得给我报仇。但是……但是我那大有儿呢……咳！娘子，你须酌量了看吧！”

说罢，竟含泪不语，两眼望着刘氏。

大有见他妈妈回来了，嚷着要吃。

刘氏这一日，也真忙得手忙脚乱，不曾稍有闲暇，连饭也不曾吃，也毫不觉饿。这时听了王渠的那番话，正如小刀剜心，痛入骨髓。忽被大有要吃，将一腔心血嚷得定住，含着眼泪凄声道：“我的儿，你别吵，妈妈去烧去。”说着，便去点了灯，走到厨下，将早晨的粥烧热了，盛了两碗，一碗给大有，一碗自用，并问王渠要吃什么。

王渠此时已自知难保，说话已到了气若游丝的地步，勉强说了声：“娘子，我不要吃，你和孩子吃了吧！”

刘氏勉强吃了些粥，大有却嚷着要添。刘氏又去给他添盛了半碗，心下伤悲，百无聊赖。到得房中，给大有吃了。大有吃毕，伸了两只既白又嫩的小手，向着刘氏要抱。刘氏见此情形，不由一阵心酸，落下泪来。俯身将大有抱起，吻了一吻，说：“我的儿，你要睡了吗？”

大有应道：“妈妈，我困了。”

原本小孩子的习惯如此，不足为异的。当时刘氏将大有抱着，轻轻用手拍着，一会儿，大有已入睡乡。刘氏将他放在王渠脚边，过来望王渠时，王渠已哼哼不绝地睡着了。

刘氏见没甚事，遂到外面去关了门，照了照前后门户，回到房中，收拾收拾，和衣而卧。到半夜醒来，问了问王渠要不要茶水。王渠不要。

次早，刘氏起来，王渠的病势已渐渐加重。乡村地方，知医的人少，如要延请名医，非得进城不可。总共不过一个人，又是年轻妇女，抛头露面的不便，家内又要服侍大人小孩儿，走不开。没奈何，只得请人到滋阳城内去请大夫。这地方离城太远，往来至少也得三四日，王渠虽不是得的什么急症，但是病势却因这一延缓，反凶险得多了。及至那城内大夫来时，把了脉，问过病原，又问曾吃过谁的药。及至听得孟繁锦不肯开方子的话，不由腹中思量想道，这孟繁锦也是位名医，他既不肯开方子，可知这病是很危险的了（医家之误人也如此，可慨），遂说："大嫂，此症甚险，在前两日已是难救。如今又隔了些时，病已沉重，非药石所可治。"

刘氏闻言，吓得胆战心惊，忙说："无论如何，总请先生开张方子。"

那大夫说："方子我是开一张，且服一帖试试看。如是好些，再来请我；如不见效，还是另请高明吧！"说罢，便走到书案前，磨墨铺纸，写了张方子，在药箱内给他配了药，交给刘氏。

刘氏问他多少钱。那大夫算了算，出诊五百文，远道加倍，连同药钱，总共一千四百多文钱。刘氏闻言，伸了伸舌头，家中现钱不多，走向隔壁李家去借了些来，凑齐了，打发那大夫去后，不由暗叹道："穷人生不得病，请个大夫，购帖药，便得这许多钱（然则以视今日名医之医例及药价，如何）。"

当时将这帖药煎好，给王渠吃下。到了明早，王渠的病并不曾稍好，仍是这样。依刘氏还要想法，另请别的名医。

王渠却哼哼地在床上道："娘子，不必再请大夫……我这病总在早晚……"说到这里，气咽住了。停了停，又继续说道："娘子，我前日和你说的话，记得吗？”

刘氏见问，忍不住泪流满腮，呜咽道：“记得。”

王渠笑答道：“只要记得就是了。”说罢，翻身向里床去睡了。

如此又过了几日，王渠竟病殁在床。

刘氏痛不欲生，几番哭得死去活来。邻舍再三相劝，刘氏才止住了哭，办理后事。没奈何只得将家用什物变卖，并将房屋典押出去，方才有钱料理一切。

安葬以后，刘氏戴着两重孝。抚养孤儿，全凭着十个指头，给人家做些生活度日。

那日，忽然来了一个中年妇人，说她家中有两件衣服要做，请刘氏就去，裁好了带回来做，或是在她家中做，均可以自便。

刘氏虽与那妇人不相识，但因她系女流，却也不曾疑心她有诈，遂领了大有，带了裁尺、剪刀，跟着那妇人走去。走到一处门前，乃是一个耳门。那妇人用手扣门，里面有人答应，门呀的一声开了。

刘氏一见大惊。原来那开门的不是别人，却是那日来请王渠写对联，次日送点心来的缪府小厮。心中一恨，几乎落下泪来。但因念亡夫之言，要给他抚养孤儿成人，并给他报仇，故此勉强耐住，只作不认得，跟着那妇人，一脚走将进去。穿过了一进屋宇，走到一进精幽的房子里。那妇人便停了步，嘻嘻笑道：“王大嫂，请坐！这里便是了。”

刘氏心中早就明白，存心要等缪仁来了，给他个誓不两立。有的是剪刀，便可立刻送他的命。因此毫不推辞，将身坐下，但说：“快将衣服拿出来裁，我还要回去有事呢！”

那妇人笑着，倒了杯茶过来，送在刘氏面前道：“大嫂稍等一等，我去去就来。”说着，便抽身走了。

刘氏看着大有，不由心酸，暗想，欲全名节，非此时自尽不可。但是这小小孩儿，如何是好呢？想到此，不由泪如雨下，手擎茶杯，呷了一口，放在桌上，用袖口拭泪。看了看四面无人，暗说，何不乘此逃走？想定主意，站起身来，哪知方才站起，陡然一阵昏眩，头重脚轻，倒在地下。

大有大哭。

及至醒来时，却睡在床上，浑身衣服全无，身上压着个男子，床里却睡着大有。

那男子一见刘氏醒来，竟口也不开，狂荡起来。刘氏欲待撑拒，可煞作怪，毫无气力，只得由他轻狂。

那男子浪到情极之际，说："大嫂，好吗？你认得我吗？"

刘氏到此地位，也真叫无可如何了，情知他是缪仁，便说："缪仁，你断送了我丈夫的性命，这时候又轻薄我孀居的名节，亏你还问得出这许多禽兽话来。"

那男子嘻嘻笑道："好人，你竟知道是缪员外，可知亦是久有此意的了（呜呼！此一段文字，鬼蜮直现纸上，何其神也。然而为渲染孝子，故特写出此不堪状况，以明因果之非虚，而戒世之好淫者）。"

刘氏闻言，恨不得一口咬死他，方才遂心。但一转念间，忽然打定主意，报仇事小，抚孤事大。如今我已失节，倒不如哄得他言听计从，我好抚孤成人，报仇未晚。想定主张，遂在枕头上微笑点头（呜呼！此笑也，真若笑矣。问读者识得此笑字否）。

话休繁叙，由此以后，刘氏哄骗着缪仁，假意朝夜殷勤。那缪仁却也十分宠爱刘氏。要在往日，缪仁总是采阴补阳，将一个如花似玉的女子活活地弄死。偏生他对于刘氏，百般温存，万分怜惜，从来不曾伤犯过。不但不曾伤犯，而且连恶言也不曾出过，因此刘氏竟得无事，身体不致大伤。缪仁因母及子，故此也很喜欢大有。

如此几年，大有渐渐地大了。缪仁竟将刘氏当作自己的外室，大有是自己的儿子，再也不存防他母子报复的念头，因此暇时常教给大有些字墨，并传授他些武艺。大有又聪敏异常，一教便会，一会便熟，故此缪仁格外喜欢他。

起初，大有也弄不清缪仁是杀父的仇人，因常见他娘背人落泪，短叹长吁，再三相问，刘氏方才将前后情形告诉了他。并说："此刻外面人定要说姓缪的慷慨好义，留养孤儿寡妇，其实他已坏人名节。”末后又劝诫大有：“务要专心学习，俟成人之后，再行报仇，不可轻躁从事。”说着，泪下如雨，母子相向而泣。

由此以后，大有方才明白，对于文武两项，格外认真地习学。如此又是数年，大有已到了十二岁，文武两项，均已不在人下。缪仁常说他青胜于蓝，大有因此存心刺杀他，为父报仇，为母雪耻。存心已久，苦无下手机会。

那时正交夏令，缪仁在前边着老妈取好茶未曾回话，等不及，自己先到后面刘氏房中来，又着人去催，自己便躺在床上。只因这几日与新劫来的几名妓女歌舞侑酒，飞觞醉月，吃得太多了，已是大醉，故此躺在床上，竟沉沉地睡着了。大有由房外进来，一见缪仁睡着，四面无人，只有母亲在房，心中大喜，意欲乘此下手，剪除仇敌。刘氏此时深恐他飞蛾投火，打草惊蛇，无如劝阻不得，只得帮着他动手。大有轻轻走到缪仁面前，用点穴法先将他的穴道点了，然后回身出房，找了把攮子来，三脚两步，跨进房中，使足了生平气力，一刀向那缪仁咽喉戳去。可叹缪仁奸险了一世，临死之时，连个哎呀都不曾喊得出，即已向枉死城去了。

大有一攮子戳穿了他的喉咙，怕他不死，又连连在他心口戳了五个透明的窟窿（心险之人看样），方才住手，看了看，反而手软了。

刘氏道：“我的儿，你虽将仇人杀了，但是这地方前后左右都是缪家的人，如何得能脱身？”

大有道：“只要报得仇，不强似在世上做肮脏的人吗？”

母子正在说话，不妨屋上的邱、孟二人已是听得。邱化愚轻轻使了个夜叉探海，由上而下，穿进房中，将刀一亮，说：“你二人因何杀人，快吐实情，饶你不死。”

刘氏母子只道是缪家的人到来相救，还说：“强盗，你与缪仁一党，既来杀我母子，我母子如怕死，还杀人吗？我母子杀人报仇，你与缪贼一党，岂有不知之理，还来问我做甚？要杀就杀，何必多言？”

化愚闻言大诧，遂说：“咱与缪仁对面不识，怎么说是同党？你二人既是杀人报仇，因何报仇之后，还不快走，难道等死吗？咱在屋上，听你们言语，知道系恐逃不出去，但咱既到此，只要你们将情由说出，总可拔刀相助。”

刘氏闻言，将化愚上下看了看，再听他口音，不像缪家的人，因缪家的人，所穿衣服均是一律，故此可以相信他是路过的夜行人，遂含羞将前情说了。

化愚叹息，将手一击，关廷玉在屋上应声跳下，走将进来。

化愚道：“小爷，你方才听得了吗？”

廷玉点了点头。

化愚道：“咱们做事做彻，索兴将他母子救将出去，放把火，将这屋宇毁了，反正这屋内没甚好人，烧死了也不算屈死。你看如何？”

廷玉道：“大哥说的是。”

遂一手夹了大有，由窗口纵到天井内，飞身上屋。

化愚命刘氏伏在自己背上，两手把紧，也由窗口纵到天井，然后纵上屋去。廷玉在前，化愚在后，将母子二人送到前面树林内，和那七个女子聚在一处。

化愚道：“你等如认得路，快由此先行逃走，最好在左近人家躲一躲，因恐被他家恶奴看见，不大稳便。”

众人中只有刘氏是在本村住家的，认识路径，因此便引了众女子，携着大有，同往树林过去一所尼庵内去躲避。因那庵中的住持尼和刘氏是相熟的，故此好去投奔，后来刘氏即在庵中削发为尼，忏悔既往，下文自有交代，暂且按下。

且说邱、孟二人回身重上花墙，化愚道：“放火烧房屋，咱们给他个四面都放，烧他个干干净净。你往东南，咱往西北。”说着，二人分手。

不一会儿，缪宅前后左右一齐烈焰腾空，偏巧此时风神施威，一时间如虎啸一般，风助火势，火仗风威，不多时候，已将缪宅烧成一片焦土。内中的男男女女烧死不计其数。村上的人，家家户户齐来救火，无如火势太大，怎么救得下？只得看着它烧完了事。

次日，自有地保到官厅报案，官样文章，不必叙表。

且说当夜邱、关二人回到客栈房内，换去了身上衣服，伏枕而卧。次日起来，命小二算了账，假意问他夜间什么地方走水，那般喧闹。小二告诉他俩是缪仁家内。

二人同声叹道："大善士怎会被烧？真也是劫数难逃了。"

小二笑着出去。

二人收拾收拾，打了早尖，即行上路。二人脚程快，二三百里地，下午已是赶到。方才进得城门，突然迎面来了几名公差，将手中铁索一抖，说了声："拿！"将二人套了便走。二人大惊。

正是：

未刃仇雠报隐恨，却逢铁索锁英雄。

未知二人因何被捉，请阅下文分解。

第十七回

探府衙怒诛主仆
闹监狱错杀人妖

话说二人方走进滋阳府城门，突被迎面来的几名公差，一抖铁索锁了。二人大惊，齐说：“各位上差，咱俩犯了何罪？外乡人由此经过，怎么将咱们捉了呢？快放了，别错捉了人！”

众公差笑道：“咱们奉公差遣。邱、关二位爷，休得着急，咱们哥们儿从未错捉人，今日怎么会错呢？你二位到了衙门，自然会明白的。本来二位自己做的事也太多，行路的、信教的，谁不知有你们两位爷的大名？如今又在红柳村犯了事，怎还说拿错了呢？”

二人闻言，心内惊诧。吴良怎么得知咱们到此，预先派人在城门边迎捉咱俩呢？遂说：“上差，你等既识得咱俩的行藏，不用讲了，跟你同去见那赃官去。”

众差笑着，竖起大拇指来道：“对！这才真称得起是好汉朋友。”说着话，前后簇拥着二人，向前而行。

正往前走，迎面却来了两骑马，那马上坐着一老一少，穿着都很豪华，像是个现任军官的模样儿，和这一行人正擦肩而过。邱、关二人一眼看见，认出他二人正是邱成龙父子，心中大喜，本想请见，无如马快，两骑马已过去了。奈本人被一班公差押着，一招呼怕害了好人，只得向前而行，随公差来到府衙，暂押在班房里，有那捕快头儿，入内报知本官。吴良吩咐将邱、关二人带上堂来，自己立刻升堂。

邱、关二人到了堂上，立而不跪。廷玉看见仇人，不由眼红，喝了声：“赃官！你小爷什么地方不访到？才知你这厮在此，特意前来相寻，偏偏你先令手下，在城门口相候。好！小爷既已到此，少不得立刻追你的狗命。”说着，便要挣断铁链，扑奔吴良。哪知吴良在公座上，将手一指，口中不知念些什么，关廷玉四肢无力，挣扎不来，暗诧奇事。看那化愚时，也是如此软弱。

吴良笑喝道：“这两名江洋大盗，不法已极，胆敢辱骂官长，咆哮公堂。来人！给我每人重责百下，钉镣收监，将所有衣包刀剑存库，俟详文上去，再行定夺。”

差役一声答应，将两人按倒在地，脱下裤子，一五一十地重打了百下，直打得二人皮开肉绽，血流如注。要在往日，二人只要挺一挺刑，运动硬功，别说不在乎，就是那毛竹板子至少也得断折几根，皂役们的手至少也得震破虎口，这一日也不知如何，竟会昏昏迷迷，平生的技艺都一齐使不来了。二人心中明白，赃官定是用什么邪术治住了，故此只得由他摆布。二人正在想，早有公差过来，给二人整理了裤子，定了镣铐，上了鬼吹箫。

吴良唤那公差上去，附耳说了几句。公差应命下来，带了二人，出衙向监狱而行。

廷玉对化愚道：“大哥，奇怪，怎么今日栽跟斗了？”

化愚道：“小爷，多说什么？”

二人正在说话，猛抬头，恰见对面站着一人，武生打扮，望着二人，那目光瞬也不瞬。二人看见，不由大喜，陡然平添了精神。

原来那立着的武生，并非别人，乃是邱德昌大爷。当时两下会意，各不开口。

公差押着二人，直往监狱，背后跟了不少看闲的，直跟到牢门口方散。

看官，吴良怎么能知道邱、关二人到滋阳府来，预先派人捉拿呢？邱成龙父子怎又这时候走到滋阳呢？这话说来可就长了。

原来吴良自从由蓬莱县升任滋阳知府之后，他一面派人入朝，与魏忠贤联络，拜在他门下，在滋阳城内启建生祠，一面与地方上绅商联络，故此他上及朝中，下至本地，感情上尚无大碍。所以这许多年月，虽是贪赃枉法，并不曾因此受人攻击。

及任期满后，调任他往，他又受属吏怂恿，信奉了白莲教。教中因他是位四品知府，特意给他名号，为滋阳一郡的会主。他手下教友也有数万，在前滋阳地方，信教之人也和别处一般，供奉白衣神像。及至连接教友的鸡毛报，有邱、关二人，如何年貌、籍贯，沿途做了些什么事，他便心生一计，传令本郡教友，不许供奉神像，表面上务要和平常人一样，以免邱、关二人到了辖境生疑，藏头露尾地不敢公然行走，反而捉获不得。

及至王好贤庄上闹了事之后，消息传到滋阳，吴良计算他们沿路的行程，估定他们定系到滋阳来找自己报仇，因此密令教友戒备，故此二人走到滋阳境内，始终未曾看见有信奉白莲教的人。

当二人住在红柳村客栈内时，已有教友飞报到滋阳城内。吴良得讯，便写了二人的形状，密令公差，到四门等候，如见有这般模样的两个人进城，务必捉住，不可放了。一面又暗命教友，沿途打听。及至红柳村缪仁住宅被焚，便有教友缚了甲马，连夜入城报告。吴良大喜，立令在四城候拿的公差，格外注意。故此二人一进城内，即被捉住。

起初二人的意思，无非欲借着公差的力，将自己带到府衙，免得再寻向府衙地点；再则廷玉本人亦不认得吴良是怎生一个人物，欲借着公差之力，先到堂上去认认吴良的面貌，故此并不抵抗。如果二人在城门口抵抗一下，别说几名公差，就是千百名士卒，也奈何他俩不得。当时二人再也料想不到，吴良竟做了白莲教的会主，也能使用邪术，故此二人被他制住。

再讲到邱成龙父子缘何到此，那也不过是事出偶然，适有凑巧罢了。上文说过，邱化愚在往年，曾听成龙说过，有缪仁淫贼的一件事。此番邱成龙父子出来，找寻缪仁，为民除暴，虽不是他出外的主要原因，却也要算是他出外之目的。原本他领着儿子出来，乃系因一件心事未完，老人家既已闭门谢客，又有何心事呢？只因他生有子女，婚嫁二事，尚未办完，所谓尚无交代。在前几年，他一因子女的学业未成，未便男婚女嫁；二因择婚太苛，高不成，低不就，因此延误下来。及至打发化愚、廷玉去后，他逐日在家无事，惦记着子女婚姻，以及化愚、廷玉二人，一系世仆之后，一系孝子，如这两人不完成一份人家，将来定都绝后。故此他于四月间，带了德昌，由环龙岭出来。老人家是久闯江湖之人，一路上多有故交招待，东也住几日，西也要两天，因此竟耽延许多时日。

在路上听得人言，白莲教怎样的兴盛，以及江湖上一切新奇的勾当，什么绑票、剥狗、念秧等事，他都听得够了。这内中有两件事是他最听不入耳，一件是缪仁，他在本乡充名士、善人，却在外方做贼、奸掠女子，无人揭穿他的假面具。被他害死了不少的人，反有许多人说他是大善士。一件便是江南盱眙县静修庵中的女尼妙莲，她原本系浙江的女匪，本领高强，只因生得姿容绝世，妖娆风流，生性奇淫，曾一度自愿在扬州、南京等处妓院内为妓，操皮肉生涯，迷惑死了不少的汉子。后被一个大老的公子嫖院，曲院深深，久藏不归，被大老侦察得实，亲率兵弁，到院中将公子唤归，立刻将妓院解散，驱逐出境。自此后，妙莲遂北往京都，在路上入了白莲教，做了女会首。她学得了些邪术，专能治病，只因她生性好淫，遂借此吸引青年。后来闻香教主派她到各处传教，她一想要使得人不疑，只有削发为尼，因此她便出了家，在皖北一带传教，占住了盱眙的静修庵，日间施术给人治病，夜间便招引青年，干些下贱之事，外间不知道的，还称她是活菩萨。

邱成龙对于这两个淫贼，痛恨异常，因此一路向南行来，顺便访寻有无可婚可嫁之人。这日，父子行到滋阳，原本穿城而过，将出城门，迎面陡遇化愚、廷玉二人被捉，因此心疑。他二人自下山之后，或在外违背师训，做了些不端之事，因此被捉。故此出得城门，即停住了马，住了客店，命德昌到城内去打听，看二人所犯何罪。

德昌奉命入城，问了问人，才知二人解到府衙。赶到府衙，恰巧二人已被打收监，押将出来。德昌心想，奉命打听，这却如何打听呢？一想有了，遂将衣衫一整，远远跟着，望着他们进了牢门，遂站在那里等候了一会儿。只见公差由里面出来，德昌大喜，走上去拱手道："上差请了！"

那公差一怔，将德昌一打量，见他衣冠楚楚，不是常人，也就还礼，说："爷贵姓呀？找下役有何事呢？"

德昌带笑道："请借步说话。"

那公差跟了德昌，走进一爿茶坊，拣了副僻静座头坐下。茶博士过来泡了茶，打水给二人揩了面。

公差又问道："爷贵姓？有何事见教呢？"

德昌信口回了他个姓，便说："上差贵姓？"

公差回说："不敢，下役名唤周勤。"

德昌两眼四下望了望，然后道："在下今日有些小事，奉问上差。"说着，在肚兜内取出一锭十两来重的银子，双手递给公差道："您请先收了，在下方好说话。"

周勤推辞道："无功不受禄，小役怎好收这注财帛？请爷收回，别给人看见了当话把儿。"

德昌含笑再送过去，便说："上差，在下有事相烦，如上差不收，是嫌菲了。"

周勤方才接受，说："下役权领，不知有何差遣，用着下役之处？"

德昌笑道："不为别的，只因方才上差解押进监的两名犯人，不知他二人是犯的什么罪，现已审过几堂，可曾定了罪吗？"

周勤将德昌望了一眼，说："这两人所犯的罪大呢，敢情你和他是一起的吗？"

德昌闻言，倒抽了一口冷气，忙笑道："不是，因这二人中有位姓邱的，是个好汉，实不相瞒，在下虽中过武生，本领实在可笑。前年在下上济南省城去赴试，在路遇着强寇，性命几乎不保，幸亏他救了在下的命。今日在下到此投亲，偶然见他受罪，想起他的前情，是以不忍，故而动问。如果他犯的小罪，在下情愿花钱给他运动；如是犯了死罪，也情愿花钱，给他将案子做活了，救他一命，以报前情。上差别误会呀！”

周勤听了，暗想，穷攻书，富学武，原是常事，看他这身衣服，已可知他是个公子哥儿，遂摇头道：“他俩所犯的案，实系死罪，虽只审过一堂，尚未定谳，但是要想活，那是万万不能的。因他二人一路做了许多血案，连杀了蓬莱知县、夏镇守备，爷请想，杀官如同造反，他俩这罪还活得了吗？况他俩在本府治下红柳村，又杀了缪仁员外全家，放火烧了住宅。幸亏本府大老爷的神机妙算，估定了他俩要到城里来捣乱，特地四面派人把守，严密捉拿，果然拿个正着。他俩到了堂上，还想挣扎，要扑奔知府，被知府用神术制住，因此命将二人寄监，俟详文回批到来定夺。照此看去，竟要不等他俩的招供，即给他俩定罪呢。”

德昌听了这番话，方才明白，说：“上差，这也是他二人太藐视国法的缘故，在下却不知有这些内情。照此说来，定是死罪了，除非逢着大赦，或有一线生机。但是想用钱买命，恐已难得很了，既已没希望，在下就要想法，也没有用。有劳上差，咱们再见吧！”说着，立起身来，给了茶钱。

周勤也起了身，说：“爷住在哪里？也许有好消息时，下役即来报知。”

德昌信口告诉他一个地名，已走出了茶坊，向周勤拱手道别。料定周勤定系向府衙而行，自己却向那面走去，脚下放快，速转了两个弯，问了问人，绕圈子出城，回到客店，将情形对他父亲说了。

成龙听说杀了缪仁全家，心下大快，说：“二人并未违背训诫，却也可喜。他二人既无口供，即被责收监，这定是知府受贿，否则定是知府和他俩有仇。”

德昌道：“这也说不定，他如无仇，怎能料定他俩必然到此呢？”

成龙拂了拂须道：“着着着，这知府定是和他俩有仇，不然怎能预知二人必来呢?”

当时父子二人研究多时，商量今夜往府衙去哨探详情，并往监中探视，方好设法营救。当晚，二人闩好房门，换了衣服，带上应用物件，轻轻开了窗户，飞身出外，反扣了窗，纵上屋去，径向府衙奔去。蹿房越脊，转眼已到府衙。二人在前后室巡视了一周，然后向后面有灯光的地方奔去。二人到了那里，向下一看，只见窗槅关得紧紧的，听了听，里面却有男女欢笑之声。成龙命德昌巡风，自己一弯腰，使了个夜叉探海，两脚向屋檐上一钩，倒挂下去。将眼向窗缝内一张，只见里面对坐着一男一女，饮酒谈笑。那男的是个仆人打扮，女的颇似个姨太太模样，那光景不消说得，竟有些谑浪笑傲，谈吐风生。成龙看在眼内，不由唾了一口，暗说，这是个什么情景？起了一想，心中大怒，轻轻将身体飘落下去，亮出刀来，正想朝里便闯，猛听得里面说道：“太太，不知老爷此去，有几天耽搁?”

那妇人道：“他有几天耽搁呢？据他临行时所说，他须等今日提着的那件公事办完了，方才能够回来呢。”

那男子闻言大喜，不由哧哧笑道：“真的吗?”

那妇人道：“谁哄你不成?”

那男子念佛道：“你我好造化也，但愿他老在外面不回来。”

那妇人笑道：“痴小子，喝酒吧！别净说痴话，被人听见了呀，快住口吧!”

成龙听了，暗说，原来知府办化愚等的案子，出门去了，故此他的内眷和仆养私通，这也是赃官的报应，向窗缝内一张。

正是：

最是不堪寓目处，传杯换盏笑不休。

只见两个无廉耻的男女，正在里面有谈有说的，邱成龙耳闻目见，禁不住心头火起，喝了声：“狗男女，做得好事!”一刀劈开了窗槅，托地跳将进去。两个吃喝的男女欲想逃走，无如吓得呆了，坐在那椅上，行走不来，早被邱成龙一刀挥去，两颗人头落下。

邱成龙杀了这两个人，不由啐了一口唾，仍由窗内跳将出去，纵身上屋，对德昌道："这狗官不在衙中，你我且到监牢内去走遭。"

德昌道："好！"说着，在前引路，向监狱而行。

不一会儿，到了监狱房上，二人坐下，凝神听了听，下面人声寂然，更锣亦不见响。

德昌道："父亲怎得知狗官不在衙中呢？"

成龙将看见主仆俩的事说了，末后说："这狗官既家教不严，帷薄不修，即此推想，可知他的品行恶劣了。他这样地胡作非为，可知定是个赃官，他既是个赃官，咱们便杀了他，也不为过。"

二人正在议论，猛然见对面屋上来了一条黑影，其行如飞，直向这里奔来。二人见了，吃了一惊，便想伏身躲避，哪知来人已是看见，一扬手，已是一镖打来。成龙将手一接，二镖又到，德昌赶着伸手接住。父子一齐大怒，纵身过去，两口刀一齐向那人便砍。那人举刀相迎，叮叮当当，战了三五个回合，那人卖个破绽，托地跳出圈子，一连几纵，竟不见了。二人齐说："好身段，本领实是可以。"也不去追赶，蹲在屋上等候。等了一会儿，并不见来。

成龙道："德昌，你在此巡风，留心提防那厮再来，咱下去看看，他二人究在何处。"说罢，轻轻跳下，向那有灯亮的地方走去。

走到那里一看，却原来是狱神庙，神前点着盏油灯。成龙在那里探望了一会儿，并没见半个人影，回身走去。遥见对面房内亦有绿阴阴的灯光，走将过去，舐破窗槅纸，向内一看，不由气得他发昏。原来地下躺着二人，并头而卧，呼呼地睡着。

成龙唾了一口道："晦气，今日怎么偏碰见这许多？这想必是禁子和在押的妇女苟且了。"

看官，侠客最恨的是个"淫"字，有规律叫他见奸必杀。当时邱成龙看见这般形容，不由七窍生烟，将手一推窗，那窗是反扣着的，竟应手而开。成龙走进去，一刀将两个人头砍下，骂了声："狗男女！”

回身刚要走出，忽然外面有人冷笑道：“错杀了人了，这里面是奸夫淫妇吗？”

成龙大吃一惊。正是：

侠士轻挥手中刃，奸邪滚落颈上头。

未知这躲在外面的人是谁，请看下文分解。

第十八回

奇峰迭起咄咄称怪事
仙乩示判啧啧叹异闻

话说邱成龙刚欲反身走出，忽然外面有人冷笑道杀错了人。心中一惊，将那出声之处一看，哪里有半个人影？追出去看时，并没有人。暗说，奇怪，怎会只闻其声，不见其人，莫非这监中有冤鬼不成？遂将身飞上屋去。德昌迎着，问怎么样。

邱成龙说："你看见有人上来吗？"

德昌说："不曾。"

成龙道："这就奇极了。"于是将方才所见所为所闻之事说了。

德昌道："莫非便是方才的那个黑影子，躲在一旁，故意卖弄本领？待我下去看看，如寻着他，定要问他个明白。"

说着，将身跳下，四面看了看，见没有人，便跨进窗内。忽见一人立在尸首面前叹道："人妖，你死也罢了，就是可惜被人家疑心你是奸夫淫妇，岂不冤枉吗？"

德昌见了，不由火起，喝了声："着刀！"一刀向那人砍去。

那人连忙闪过，说："慢来！你们错杀了人，还不许人家说话吗？你细看看，这睡着的死尸，是个什么东西呢？"

德昌住手，定睛向地下一看，不由也说了声："奇怪！"

将手掌一拍，成龙由上面跳下来，一见那人在内立着，便说："小辈，你敢在暗中戏弄老夫？看刀！"说着，跃将过去，向那人嗖嗖嗖一连几刀。那人并不还手，一味地晃闪腾挪地让了过去，口中说："老前辈，多有冒犯，恕小子鲁莽则个。"

成龙见他不回手，也只得收住刀，喝问："小辈姓名？"

那人打躬到地道："小子河间孟继先，到此探监，访寻邱、关二兄的下落。却不料逢着老前辈，是小子一时不察，误作敌人，故此发了两镖。不料均被二位接去，小子方知遇见能人，一经交手，小子便知难敌，故此逃出圈外，非敢有意戏侮。但不知老前辈尊姓，所为何事，到此相探？"

邱成龙道："原来是河间孟家的后人，怪不得有如此本领，可敬可敬！老夫名唤邱成龙，这是小儿德昌，也系因了他二人被关在此，故而到此哨探。但不知孟昭与你，作何称呼？"

孟继先道："那是家父。老前辈原来是邱老英雄，小子多有得罪，望乞包涵。"说着，又是一躬。

邱成龙道："你方才笑我错杀了人，却是何故？"

孟继先将手指着地下道："老前辈请看，便知分晓。"

成龙定睛细看，不由说了声："惭愧，原来果真错杀了！"

只见那死尸躺在血泊子里，乃是两头人。

看官，你道怎样的双头？原来那尸首生得奇怪，下面生了四只脚，上面却生两头四手，中间胸部连生在一处。旧说部上所说的三头六臂，奇移到此处来称作两头四臂，不过多了两条腿罢了。追本穷源，细论起来，也没甚稀奇，这不过是个双生的胎，衣胞连在一起，故此长在一处，成了这样的一个怪胎（按：此等形式之人，上海某游戏场，曾到过一次，陈列任人参观。见者初诧为奇，后经细想，方悟其理，实系孪生不完全之故）。

当时他父母生下之后，本欲弃于山涧，被一个好奇的人抱了去，抚养成人，转卖给一个玩把戏的。那变戏法的带了这两头人，走遍各地，做个幌子，给人家乱看，他便收钱，几文一看，因此他很赚了些钱。

他到了滋阳，也照例摆场子，却被人报知吴良，吴良听了不信，命差役唤了来，亲身过目。一见之后，本想即放，忽然生了一计，要想那变戏法的用钱来赎，当时说：“这是个人妖，不能在外面妖言惑众。”

将这两头人寄了监，却也不曾难为他，将他收在狱神庙对面的空房内，一面却暗令公差，示意给那玩把戏的，要他孝敬几文，赎了回去。那玩把戏的心想，这两头人已赚钱不少，不如乘此丢了他，免得下次到外府州县，又被这样罚办，反而弄成亏本。因此敷衍了那所来的差人几句，说：“准定明后日筹到款来赎。”哪知他却于这日晚间，收拾收拾，起身走了。吴良本要追查，只因捉住邱、关两个，因此不及缉捕那玩把戏的到案，将两头人仍旧寄在监中。却不料这日夜间，被邱成龙看见，以为他是男女交合，怒从心起，挥为两段，故此孟继先笑他杀错了。

当时邱成龙见果真杀错了，方才明白，说：“不料却砍错了人。”正在说话，猛听得远远有更锣声音，忙住口不言。

三人一齐出外，向屋上一纵，伏在瓦上，远远望见灯笼亮光，两个更夫，一个敲锣，一个打着灯笼，敲着梆子，当当剁剁，一路敲着走着。走到面前，只听敲锣的道：“老兄弟，咱们看看那人妖去。”

那敲梆子的道：“咱们这位知府老爷也真会找钱，一个变戏法的，也想找他几文，真未免太难了。”

敲锣的道：“咱们二人干这苦差，简直可取个诨号，叫作夜游神呢。”

敲梆子的道：“不要神不神，今日咱们总算好运气，如是将那杀人放火的两名大盗收在这监里，怕不有他的同党到此哨探吗?”

二人说着，走着，敲着，已走近了那两扇窗子，说：“想是风大了，将这窗子都给吹开了呢!”

说着，已到了里面。灯笼一照，不由哎呀了一声，掉转身来飞跑。锣也弃了，灯笼也丢了。

一个说：“老兄弟慢走，等等我。”

一个说：“了不得！莫非人妖在那里玩把戏，实行杀头栽爪（江湖戏法之一种)?”

二人正往前跑，忽然迎面从空中跃下一人，拦住去路道：“往哪里走？俺夜游神在此!”

二人大惊，跪在地下求神圣饶命。背后早来了两人，一个服侍一个，揪在手中，各将手中刀一亮，喝声：“嚷，便吃一刀。”

更夫是何等人，早已明白，遂说：“好汉饶命。”

二人道：“你们说出今日收进监来的邱、关二位好汉，现在哪一号监内，便饶你不死。否则，立刻取你等狗命!”说着，将刀一试。

二人齐声哀告道：“爷爷饶命! 邱、关二人收监，咱俩实不知情。”

二人大怒，一举手，每人赏了他一刀背。两名更夫被打，只得招道：“邱、关二人收监，当时送来，乃是故意招摇，并不曾真放在此。不到两个时辰，即由原差来，提解出去，据说另外囚禁，不知现在究竟囚禁在何处。此乃实话，并无虚言。”

二人闻言不信，又每人再赏了一刀背，问他究竟在何处。更夫仍照原供，并不改口。二人大怒，一刀一个，一齐杀了。

三人飞身上屋，坐在屋脊上商量道：“这里竟探不出消息，如何是好?”

邱成龙道：“老夫想来，方才二名更夫的话却也不错，他俩绝不会在此囚禁的了。”

德昌道：“如此说来，却囚于何处呢?”

孟继先道：“不在此处，也许在府衙内，亦未可知。”

邱成龙道：“不! 府衙内咱们父子已经去过，不但他俩没有，并连知府也不在，岂不是件奇事吗?”

孟继先道：“难道他已将二人押解上省，好在中途害了不成?”

邱成龙听了，不由提醒说：“对，也许竟是这样的。”

邱德昌道：“既然如此，咱们老在这里做什么呢?”

孟继先道：“二位住在何处？咱明早来会，再想别法。”

邱成龙告诉了他住址处，说罢，两下分手。

父子二人回到客店里，轻轻推窗而入，脱去衣服，上床安歇。成龙想了半天，愈想愈像，那狗官不在，他女人说他要将此事办好了才回，可知是他本人押解着，动身走了。他们既走，咱们在此图谋，岂不落空吗？当时想着，不由得竟睡着了。

次日天明起来，父子梳洗方毕，店家来报，说："外面有个考武的武相公，到此相访。"

二人知是孟继先来了，便走出迎接。到房内坐下。

邱成龙道："贤契起得好早，可曾用过点心吗？"

孟继先道："方才吃过，敢情二位还没用？"

二人说："还没吃呢！"

孟继先道："咱想邱、关二兄此刻定已押解上路，否则总不会这般巧法的。老前辈，你看对不对？"

邱成龙道："贤契之言有理，老夫也这般想，不知贤契有何高见吗？"

孟继先道："小子曾闻得人言，本地知府吴良也是白莲教教友，大约他用什么邪法，将二人制住，故此二人吃了亏。依咱想来，如果吴良真将二人押解启行，此时谅去也不远，凭咱们这两条腿，还愁赶不上吗？但不知他向哪条路上去了罢了。老前辈，咱在江湖上曾听得人言，本城有个松风道人，他善能扶鸾之术，解答疑难，如利刀劈柴，迎刃而解。不知老前辈可曾听见吗？"

邱成龙略想了一想，说："不错，本城有一个松风道人，确乎擅长扶乩，无如他的价钱太大，故此往求他的人渐少。据说灵是灵得很的，左不过也是种邪术罢了。贤契问他，有何事故？"

孟继先道："价贵不妨，只要他灵而且准就是了。小子因邱、关二人均不知何往，故此想着，意欲去扶乩，解决此事。"

邱成龙道："扶乩这件事，无非骗人家几文，偶尔有灵的，那也不过是巧合，有何道理？"

德昌道："反正咱们没甚事，且走到那里去看看。如果真灵，咱们不妨问问；如是不灵，咱们再打别的主意。父亲何必反对呢？"

邱成龙点头道："咱们吃过点心后，同去看看便了。"说着话，店家送了二人的早饭来了。

父子二人吃饱后，同着孟继先，三人一同逛向松风道人家内。正值道人在那里给人家画符治病，一见有三位贵客到来，连忙招呼请坐。童子献上茶来。

松风道人给那病人治过病后，回身来请问三位贵姓。三人信口造了个姓，回答了他。

道人问："三位驾临，有何贵事？"

邱成龙答道："久仰道长精擅扶鸾之术，特意到来，请求乩判，解决疑团。"

道人道："原来如此，请随贫道进来。"说着，在前引路，穿过了一间屋宇，来到一个小天井内。那旁有个月牙门，立有块横匾，上镌着"吕祖乩坛"四字。道人引三人走进月牙门，里面有一进一顺三间的房屋，天井内种着几株松柏，高可参天，遮住日光，地下满铺着绿草，两面花台上栽着些新奇花草，正中有一口小池，池中栽着荷花。

道人引三人走到檐下，三人抬头看时，上面也竖着块横匾，红地金字，写着"至诚前知"，两旁悬木刻的对联，字数太多，不及细看。跟着道人走进乩坛，只见上面供着吕祖神像，供桌上供着各品仙菜，两旁设着纸墨笔砚，中间安设着一只沙盘。在那沙盘上面，由梁上悬空系下一支木笔，倒挂在盘内，里面鸦雀无声，异常幽寂。三人到了里面，只觉得香烟缭绕而已。

道人道："三位来此，可曾带得香烛来吗？"

三人回说："不曾。"

道人道："咱们这里也有，请三位自己去买。"

三人顺着他的手势，向内一看，只见里面一间房内，布置着一个小柜台，满挂着元宝蜡烛。三人走进去，便有个小道士在那里招呼。三人买了香烟、纸锭、元宝，回身再到乩坛。

道人问："三位是哪一位焚香？"

邱成龙应了。

道人请成龙先沐了手，然后点烛焚香叩首礼拜，默说了心事，然后道人跪下去，念了请乩仙的咒语，打了稽首，连念连叩，看一看香烟，说了声："仙驾来也!"站起身来，又命邱成龙叩头，默默祷告了一切，爬起身来。

三人看时，说也奇怪，只见那香烟笼罩，聚而不散，结成如华盖般大小。在那香炉顶上，道人将那旁的罄击了一下，这旁房中走出两名小道士来，飞也似的跑到供桌旁边，一边一个坐下，拿了笔，按着纸，登时只见那悬宕着的乩笔，在那沙盘内动将起来。愈动愈速，像是有人握着的般。动了一会儿，忽然慢了。道人又命成龙叩头。

成龙叩罢起身，只见那乩笔又动。

道人走近案旁，凝神注目，看着沙盘内，唤道："写!"

那两个小道士应了声是，于是乩笔动着，道人说着，小道士写着。

一会儿，乩笔不动。道人道："完了。"随命成龙叩头，自己又去叩了头，念了退仙咒语，起身到小道士手中，接过乩判，看了一遍，递给邱成龙道："请看。"

成龙接在手内，与德昌、继先二人看上面时，写着：

哈哈，妙中妙，玄中玄，家住蓬莱几千年，先有吾神后有天，不知哪个在以先，吾神乃常胜老人是也。

今请吾神临坛，有何事故?

呵！乃系为了孝子世仆口天等不在，故来求吾神指示，念你等侠义可风，说偈一首，指你等一条明路。偈曰：

槛车困山虎，登程往齐宫，口天人不在，匿迹居梵宫，进车须子皿，寻梵赖邱爷。尔等须着意，破获三日中。速速速，莫从容，清净佛地血染红。

哈哈！吾神去也。

邱成龙等三人看了乩判，一齐大惊，暗说，竟被他直说出来了。遂收了乩判，复由道人引导出坛，仍到前进屋内。邱成龙付给道人香资，约有一两银子，道人称谢收了。

三人一同回到客栈。邱成龙道：“说是无神却有神，咱方才祷告的话，乃系默祷，他竟能直写出来，岂不是件异事？怪不得各处人士深信乩仙，什么灵坛各处均有呢。”

孟继先道：“这内中制度，老前辈久在江湖，可知其详吗？”

邱成龙道：“那也不过知其大略而已，乩坛扶乩，扶法各有不同，有悬笔如方才这样的；有须左右二人把持着一个栲栳圈儿，圈儿上缚着支乩笔，借人的力的。这执笔的名为坛弟子，那口中念出字来的，也称作坛弟子。初次入坛，誓愿做坛弟子，须先报名，由主坛的向神请示，得了许准之后，方才可以实习。诸如像卖香烛的，也是一种。总而言之，他们的骗钱法术甚多，比如托言仙判，派某弟子捐款若干，修建坛屋，又托词到某处放账，弟子须捐多少，并可借此向各处募捐。至于他们的详情，老夫因向不与他们来往，而且彼道中人，相识甚少，故此不能全知。以上说话，也还是拾的别人唾余呢。”

孟继先道：“他这临坛的乃是常胜老人，为何却又写吕祖灵坛？真不可解。”

邱成龙道：“不！这好有一比，比如僧寺，吕祖是本庙的住持，常胜老人却是外来的客师；又如唱戏的，吕祖是班府，常胜老人是个客串。”随又转口道：“这些闲言且不说，咱们且将他这乩语研究研究，别空谈误了正事。”

德昌听说，便在怀中掏出乩判来，放在桌上，三人仔细参详。

成龙道：“照乩语看来，化愚、廷玉二人已是押解起身，不在此处，要烦孟贤契去追赶，方可救回。至于地点，却说往齐宫，依此推想，是押解往济南省城去了。又说速速速，三日中，可知期限甚迫，过期就很危险。这一层，是要请孟贤契即刻动身的了。”

孟继先道：“那是自然，但是要寻口天儿，却要老前辈费心呢。照乩语所言，梵宫二字，难道说吴良躲在什么庙里不成？又说清净佛地血染红，大约还有一番杀伐呢。”

成龙道：“乩语甚明，已无可研究。咱们两下就此各办各事吧！但回来之时，咱们两下在何处会面呢?”

孟继先道：“咱如救得邱、关二兄，总得回到此处，与老前辈会合，一则他们有些什么东西，放在何处，只有他们自己知道；二则没有一定地方，恐怕失错了，大家会不着。此去离城五里，有个东岳庙，庙内老道名唤清心，和咱相识。他原也系绿林中朋友，洗手出家，咱们大家不论谁得了手，谁先在那里等就得了，不到不散。即以第四日起，至第五日为期，至迟不得过第六日，如何?”

邱成龙喜道：“既有这去处，那是好极了，咱们准定这样办就是。”说着，便唤小二进来，命他张罗开饭。

孟继先因要赶路，慌忙吃饱，揩抹了嘴脸，即作别动身，向往济南省城的大路上追去。

邱家父子饭后锁上房门，同行出了客栈，信步向城内而行。大街小巷，凡有寺院庙宇之处，均去探过，托言随喜，各处走遍。直至晚间，毫无影响，只得回店。

次日，再去访各寺，仍是如此。

到了第三日，父子心中均急。

正是：

清净梵宇几寻遍，并无影响供猜疑。

未知父子二人究竟寻着吴良否，请看下文分解。

第十九回

探尼庵获仇诛令尹
追囚车救友出牢笼

话说邱成龙、邱德昌父子二人，在滋阳城内各大小寺院，以随喜为名，多方探听，访寻吴良的下落。一连两日，消息毫无。到了第三日，父子又出外去访，心中不免着急。

德昌道："似这等乱寻，恐难成功。倒不如分头办事，晚间在客栈会齐。"

邱成龙道："怎样分头办事？"

德昌道："爹爹向城外，我即向城内，分开来找寻，岂不省力些？"

邱成龙笑道："这小小一座城，内外能有几个庙，也值得如此分开吗？城内之庙，咱们前、昨两日也都走遍了。今日且不必依乩语，先到府衙门前去走一遭，如单找寺院，焉知灵不灵呢？"

说着话，二人向府衙而行。到得门前，只见门前冷落车马稀，并不像升堂问事的样子。看了看，见没头绪，遂一直走过，向前面而行。

正走之间，德昌偶要小解，便在那巷口解溲。陡见一人由巷口走过，穿着便衣，认识他是公差周勤，陡然心生一计，赶忙提好裤子，走出巷口，轻轻对成龙说了。成龙父子遂紧紧随在那周勤后面，转弯抹角。只见他绕进一条小巷内去了。

二人跟在后面，到巷口一看，不由喜出望外。原来是条绝巷，那巷内有家人家，乃是个月牙门。周勤推门进去了。二人将那门一看，只见门上有行小字：“普济庵后门。”二人大喜，回身退出巷外。

成龙道：“咱俩这两日什么地方不走到？偏不曾留意到这地方来，真也是活该。它这后门在此，不知它的前门却在何处？”

遂回转身来，相度形势，然后二人绕大宽转，到前面一条巷内，果然有一个普济庵。

二人道：“咦！咱们昨日不是走这里的吗？怎么会不看见呢？”

原来那墙壁颜色也和后门一样，不曾粉刷红土，故此二人昨日由此经过，竟不曾留意，没看得出来。当时二人细细地看了看门外的情形，见那庙门关着，二人推了推门，哪知里面却闩着呢。

德昌道：“打门入内，咱恐不便，怕的周勤看见，认得咱的形容，生了疑心。爹爹，你老人家一人进去吧，我先回客店里去了。”

成龙道：“不要，你可在左近等候，反正咱一刻就出来的。”

二人正在低声悄语，忽听里面拔了门闩，呀的一声，两扇门竟开了。走出一个少年尼姑来，里面一个少年尼姑相送，说：“师兄有空，可常来走走。”说着一笑。那尼姑也含笑应了。

成龙看在眼内，只见这两个尼姑，好俊俏的眉眼面庞，一个身穿浅玉色夏布的法衣，一个身穿洁白夏布的法衣，由面前走过。一阵阵透着香气，不由暗赞一声：“好异香！”遂使了个眼色，同着德昌走向那头巷口去了。

德昌问道：“爹爹怎反不进去了？”

成龙道：“进去反而不便，不进去倒也罢了。依咱方才本想进去，说是请她们念灶经，再一想，可不对了，一则咱们的口音和她们有些不同，二则她问咱们请的是哪一个姑子，或是问咱们住在哪里。这两层还是小事，最坏的是怕打草惊蛇，她这一出来，咱可估定了，吴良定系在这庵里住着呢。一则公差由后门出入，是个老大的证据；再则这两个姑子一齐都打扮着，透着妖淫气象，尤其是她们那一笑，含着不少的媚气，真是妖死了人。如要没有那四足裤的把戏，还说不定他是定然在此。如今这一想，竟可以千真万确了，还要进去干什么呢?"

德昌道:"如此说来,咱们今晚行事吗?"

成龙笑道:"那是自然,咱俩准要照顾他的。"

德昌道:"却也奇怪,监狱里死了三个,府衙里死了两个,事情不可谓不大,怎么外面竟鸦雀无声,而且并不严密搜查旅客、检点行人,岂不是糊涂?"

成龙笑道:"这也难怪,一面是颜面攸关,不便张扬;一面呢,又明知病源,难以检查,如果搜查,是明明地表示本人在城里呢,岂不成了个办事不机密吗?"

父子说着走着,已出了巷口,走到大街,遂住口不谈,径回店中。

到了旅舍房间内,成龙道:"今日为父到庵内去,你给为父巡风,办完了事,即到此住宿。明日便可到东岳庙去,会齐他们三人,再作道理。"

德昌应了。当日晚间,二人仍照上次到府衙去的老例,飞身上屋,径奔普济庵。到了普济庵,向下面一看,只叫得一声苦。原来下面灯烛辉煌,一班尼姑正在那里念经做道场,还有班带发修行的优婆夷,也在那里如穿花蛱蝶相似,手执灯笼,口宣佛号,川流不息地走来走去。绕着那正中的佛像,好似砌了堵围墙,又好似点了盏走马灯。二人看够多时,见那各人手中的灯笼上,写着"庚申"二字,方知她们在那里做庚申会,但并不见有半个男子的踪迹。

成龙对德昌道:"这可怎么办?她们做庚申会,照例要闹到天亮,争着上早香,点着头炷香的,神必降福。如真闹到天明,咱们岂不白劳一夜吗?"

德昌道:"不!这地方不对,想来或许另有地方。爹爹不看见吗?那里还有天井,透露着一缕灯光,况且白天所见的那个姑子,这里面并没有呀!"

成龙闻言,定睛一看,果然没有白天里的那个姑子在内,遂说:"不错,咱们且向那面再去看看。"说着,便一齐移动,向那面天井有灯光的地方而来。

到了那里，二人俯身在屋上，向下净瞧，并无人影。成龙将身躯一长，一个金龙戏水式，向下倒挂下去，向那窗缝内一瞧。只见里面有一个光头姑子，忸忸怩怩地坐在里面，同一个中年男子对坐着谈心。二人看在眼内，不由打了个恶心，暗说，这人莫非便是那个狗官？果真是他，那也真是活该，他在这里住着，做梦也不曾想着他自己的老婆给他将头巾下了绿染缸，真是先贤说的话不错，叫作："童仆忌姣美，婢妾戒华妆。"又道是："见色而起淫心者，报在妻女。"这几句话真有至理。

正在暗想，却见里面二人动手动脚，有说有笑，一个说："下官在此耽搁着，真可称为神不知，鬼不觉。"

一个说："你别说了！"

成龙在窗隙内看了多时，按不住火高千丈，喝声："狗男女！"两脚一松，身已落下，一刀劈开窗户，纵将进去。

吴良听见声响，吃了一惊，连忙爬起身来，拔脚要走。无如两足麻木，要想走已来不及，早被邱成龙一把揪住头发，掩翻在地，一刀砍去，将那姑子连人带凳扑哧咔嚓一声响，分为两下。然后将刀指着吴良道："你这不要脸的东西，叫什么名字？从实招来！"

吴良此时眼见他杀了心上人，早唬得魂飞魄散，竟将那白莲教的邪法齐都忘却了，但说饶命，别的话竟一句也说不出来。

成龙笑道："你这狗才，究竟是谁？讲！"说着，将刀一试。

吴良此时略定了定神，应声道："本府乃是本城知府吴大老爷的便是。你今到此，想是意欲奸淫尼姑，却不料被我先得，因此怀恨吗？但是杀官情同造反，你须仔细你的脑袋。如放了本府，本府绝不追究。"

成龙闻言大怒，喝声："赃官！满口胡言，在你邱老太爷面前，也敢自称本府吗？"说着，便是一刀背，打得吴良哎呀直滚。

成龙喝道："赃官，你将邱化愚、关廷玉两位英雄囚于何处？快放出了，万事全休，如不然，老夫活活剐死你这淫贼。"

吴良闻言，方知他是邱、关二人的一党，遂说：“他两个乃是要犯，如今已押解上省。你今日威逼官府，意欲怎样？”说着，便将手指着成龙，口中念起咒语，欲想制住成龙。

成龙大怒，一刀削去，将吴良的手指削掉两根。有道是十指连心，他这一来，竟痛晕在地。成龙手起刀落，将他挥为两段。

回身出外，方欲上屋，德昌已跳将下来，说：“风紧，前后左右的灯火俱已亮如白昼，咱们快走要紧。”

成龙笑道：“没什么，他们不来捉，倒也罢了。如来捉，咱今日索兴闹他一闹，你可上屋去，到那边做道场的所在，先吓走了那些女人。但同是尼姑，都不可轻易放过，因这地方的尼姑，定然没有好人。万恶淫为首，不杀不成功。”

德昌领命，飞身上屋。成龙却回身入内，向那暗陬之处行去。乃是个小月牙门，将刀一点那门，推将进去，看见灯光。原来却是在一张大床的背后，那上放着一堆衣服，床前还放着一只大水盆，盆内满放着水。心中忖念：不知是哪一个刚才在这里洗澡的？

绕过了大床，四面一望，见这房间内布置得十分精美，一切应用物件，均系上等木器，尤其是有一种花香脂气，触人鼻观，格外显出这房中是一间特别的秘密所在了。

成龙看了一番，心中生气，伸手在桌上取过蜡烛，向那窗槅纸上一点。这时天热，干燥异常，登时噼噼啪啪烧将起来。成龙穿过这间卧房，到了前面，乃一观音堂，供着白衣大士的佛像。正要仔细观看，却见外面人声鼎沸，纷纷乱窜。成龙大喝一声，跳将出去，但凡看见光头，就赏她一刀，杀了个落花流水。

正在此时，猛听得外面鼓角齐鸣，锣声不绝。德昌在屋上连连击掌，随即纵身上屋，向外面一看，只见前后左右，大街小巷的路上，挤满了兵马，一齐嚷说：“拿呀！”

成龙看了，禁不住好笑，对德昌道：“这不是吓鬼吗？净嚷着拿，能拿谁呢？我的儿，咱们出城去吧。”

说着，早就起身，父子二人，施展飞檐走壁之能，顷刻之间，来到了城外。到了客店，推窗进房，换去衣服，登床便睡。

一觉醒来，天光大亮，二人起身，梳洗毕后，便命小二送点心来吃。用罢早点，二人收拾收拾，到账房结了账，即刻牵马出店，向东岳庙而行。五里地，一转眼已到。二人下马，在庙外树上拴了马，到了庙内，一问那立在门口的香火道人："你们当家的清心道者在家吗?"

那香火看了二人一眼，说："二位敢情是姓邱的吗?"

二人点了点头。

那香火道："在家呢!"

说着，遂引二人入内。绕过大殿，走进后面雪轩内。只见里面坐着位老道，年有五十开外，手拿着柄大芭蕉扇，在那里取风纳凉。一见二人进来，连忙起身迎接，向二人打稽首道："不知二位驾到，未曾远迎，请勿见罪。"

二人也连忙谦逊，放下物件，两下分宾主而坐，又各说了些久仰的客套话，道童献上茶来。成龙便问："道长，有位孟继先，可曾来过吗?"

清心道："便是那莫邪将军孟昭的儿子吗？他来过了，还同着两个朋友来的呢。昨日傍晚出去，说是今日准回，并说贤乔梓总在这两日准到。故此贫道命香火在山门口守候，果然二位今日便到了。"

成龙见说孟继先三人同来，心中一块石头已放了下去，猜量他们昨晚出去，定系到城内取什么物件去了。且等等，看他们今日何时回来。

清心命道童将二人的包裹物件收到后面客舍内去，又命道童到门外牵那两匹马，到后槽上喂料。

二人喝了口茶，正要问道长俗家姓氏、籍贯，还未出口，只听一阵脚步响，外面走进三人，为首的乃是孟继先，第二个乃是邱化愚，第三个却是关廷玉。二人面貌消瘦得多了，每人背上均背着个包裹。到了里面，放下包裹，先和清心厮见了，然后向成龙叩头请安。

成龙大喜，还了半礼。清心命道童到厨房内，吩咐办一桌素斋。道童答应去了。

孟继先听见他吩咐，忍不住问道："道长现在改吃素了吗？"

清心笑道："并非改了习气，因现在天热，鸡鸭鱼肉，吃下去恐不受用，兼之各位都是富贵中人，平常吃惯了珍馐美味，素肴是难得吃的，故此命备素菜，给各位换换胃口。"

孟继先方才明白。当日中饭，大家便在云轩内吃了，中饭用后，孟继先同着化愚、廷玉，引着邱家父子，同到后面客舍内去，以免清心在云轩内会客不便。五人到了里面，成龙将那客舍细看，铺陈得很是雅洁，一顺五间平房，中间一间客座，两旁两间均是卧房，每间房内安设着三张床，帐被均全。暗说，这道长广交，你看他预备这许多卧床招待朋友，可知他的交游广阔啊！

看了一番，五人齐在客座内就了座。早有道童托着两大壶茶，由前面进来，给各人筛了茶，将茶壶放下，回身仍向前面去了。

成龙见前后无有外人，便问化愚、廷玉两个，因何被捉，如何脱险，别后这许多时，办了些什么事。二人将别后情形，由初次在杨柳青救汪文言起，至现在被捉遇救始末详细禀知。成龙父子方知二人与孟继先相识之因，以及此次被捉被救的详情，不由大喜，拱手向孟继先道谢。孟继先连连谦逊。

看官看到此处，必然有两事急欲在下交代。第一件便是孟继先何以得知邱、关二人被捉，亲去探监，又何以偏巧也在这时候赶到滋阳府来？第二件便是孟继先去追囚车，究竟在何处赶上？怎样得救回来，又如何再往滋阳城内取回包裹物件？这两件事不曾交代，未免使看官们不明白。

在下乘着他们闲谈的当儿，抽空将这两事交代交代。

原本孟继先住在万人忻家中，暂时不走。本来他没甚事，不过他心细，怕的王好贤得了风声，来找万人忻算账，万人忻必要吃亏，故此他暂时住着，听候信息。住了两日，不见动静，方放了心。自古惺惺惜惺惺，好汉爱好汉，他因念关廷玉的孝义、邱化愚的侠义，一切行为，都可崇拜，因此心中敬佩到十二分。欲想赶上二人，帮着他二人将仇报了，然后回家省亲。省亲后，再到长沙去访化愚，顺便见一见那闵绍骞。故此向万人忻告别，说明要追赶邱、关之意。不料他这话才出口，万人忻便击掌道："表兄，真是巧极了，好极了。"

孟继先不知他所说何事，便问他怎么讲。

万人忻笑道："没别的，昨晚姨母过来，和家母说了，家母又对小弟说了，说是盖兰芳表妹婚姻的事，老是高不成，低不就。现在她父亲亡故，这字人出阁的事，竟耽延下了。闻得那姓关的一则系世家之后，二则武技可取，尤其是个孝子，在现在要算得百不得一的了。至于讲到人品，也还俊秀，他又未曾成家。姨母之意，欲令小弟为媒，将兰芳表妹许配给他，并欲赘在家中。小弟颇为赞成，无如他俩已动了身，虽然后会有期，岂不耽误时日？如今表兄追赶前去，岂不是巧极了，好极了吗？"

孟继先笑道："想不到还有这么件事在内，如此说来，愚兄即日前往，准要做成此事。"

当日即动身向滋阳路上赶来，他料定二人定走这条路，故此一路紧赶，脚下加快，施展陆地飞行之法，向前直追。

赶到次日，到了红柳村，正见村上乱轰轰地谈论缪员外被杀、全家被烧。他一听这话，料定是二人所为，大约系看出缪仁系伪君子，故此夜间去哨探，闹了此事。因此推想，猜定二人已进滋阳城，于是不敢稍停，飞也似的赶到滋阳城中。

进得城门，即听见城门口的人谈论，说："这般衣冠楚楚的两名武生，却不道才走进城，即行被捉，可知以貌取人，是难说的。公差在此守候了几日，却不料就是候捉这两位仁兄。"

孟继先听得此言，心中一惊，赶着向府衙打听。因他曾说和吴良过不去，故此先往那里打听。走到府衙，远远地却见一簇人在前行走，进上去一看，正见公差押解二人往监狱中去。他遂紧紧跟随，在牢外探了探道儿，即去投客店宿了。当晚便去探监，这便是他追到滋阳，得知二人被囚，并与邱家父子相识的原因。后来他追赶囚车，不辞劳苦，日夜向往济南的大道追去。追了一日一夜，不见追着，不由心中想道，莫非追错了路？不然，咱以自己的脚程，和那些公差比较，岂有追不上之理呢？

正是：

提亲追友闻警讯，援手跋涉敢云劳。

未知孟继先如何追着囚车，请看下文分解。

第二十回

涉水登山夹沟逢女侠
求根问底滁县得仇人

话说孟继先追了一日一夜，不见囚车，心中生疑，定走错了路，便坐在路旁树根上歇息。

坐了一会儿，腹中觉得饥饿，遂向前面有望子高挑在篱外的一家村酒店内走去。坐将下来，要了些牛肉大饼、高粱炒肉，在那里吃着，顺问那掌柜的，往济南省城共有几条路。

那掌柜的说："只此一条，其余都是小路。"

孟爷又问："如系由滋阳府进省呢？"

掌柜的道："也是由此，如不由此地走，别无第二条平地好行的大路。"

孟继先听得，暗称奇怪，难道那些公差竟比我还走得快吗？遂说："掌柜的，借问一声，昨日可曾看见由滋阳府押解上省的囚车呢？"

那掌柜的望了孟继先一眼，回说："不曾。但昨日有一起当此走过的，却非押解犯人，却是两个猎夫，押解两辆槛车，各车内一条斑斓猛虎，带着伤，向济南省城西行。除此以外，别无车辆。"

孟继先听得此言，偶然触动灵机，想起乩语上所说"槛车困二虎"的话来，不由心惊。心说，这解差定会邪术，否则他怎能行走在我之先，人又何能变虎呢？不去管了，咱且紧紧追他一追，再作道理。于是胡乱吃饱，给钱出门，向前紧赶。此一番脚下更快，赶到日中，来到了处镇上。只见有许多人围着，在太阳心里立着，口中说：“好大的老虎，幸亏打伤了，如没打伤，不被它绷断车栏，跳出来吃人吗？”

孟继先听得此言，心中一动，赶着挤进人堆里去，定睛细看，不由吃惊。只见那果然停着两辆槛车，车内各睡着一只老虎。那老虎的形容，在不留心的人，除疑一时看不出，孟继先是存心的，一看之后，即知是假虎，乃是邱、关二人，外面套着层皮。这本是江湖上剪路的朋友所用，蒙着皮假充老虎唬人的。孟继先一见即识，暗喜在此追着，如追不着，本人定要到济南府，方有确实消息。但省城之中，军健甚多，本人又未免顾此失彼、孤掌难鸣。

正在暗想，忽听一阵吆喝，走来两名公差、两名车夫，赶开闲人，推了车子就走。

孟继先将四人脚下一看，见四人脚下都绑着甲马，方才知道他们行走甚速的原因。暗说，哦，这四人也是白莲教的教友，且追上去和他开个玩笑。想罢，便跟在后面。

出得市口，那两差回头一看，见孟继先跟着，遂紧紧前行。走了一程，回头看时，仍见背后孟继先跟着，不由住足不行，意欲等孟继先过去，再打商量。哪知孟继先走到面前，伸两手向两名公差一人肩上拍了一下，说：“有劳二位，将咱们这两位好友护送到这里来。这大暖的天气，走这般远路，真也不容易，请坐下息歇吧！”

说也奇怪，二差被他这一拍，竟应声而坐，都坐在地下。孟继先将眼睛四面一看，见没人来，遂如法炮制，将两名车夫也点倒在地，给他各人脚上的甲马一齐扯了。然后拔出腰间剑来，将两辆槛车劈了，给邱、关二人扯去了虎皮。见二人手足缚着，胸口并贴着张符，遂先给二人割断绳索，斩了镣铐，撕了符。唤了两声。

二人如梦方觉，睁眼一看，见此情形，方才想起被捉受责之事，觉得屁股上伤痕颇疼。

孟继先说：“二兄不必迟延，快走要紧。”

二人说：“伤痕颇疼，欲速不能，如之奈何？”

孟继先忙在怀中取出秘制伤药来，递给二人。二人忙着自己敷上了，缓缓走了几步，血脉活动，药性发作，登时定了疼。二人致谢孟继先，并问他何以得知此事，前来相救。

孟继先心想，此时关廷玉仇还未曾报完，提说亲事，定然不从。况且万一因此懈了他报仇之志，岂不反害了他？掉过来说，我如此言出口，他岂不笑我不是英雄？这件事，且等日后再议，此时未便出口，遂说："自己自二位走后，特地追来同行，好帮助关兄报仇。追到滋阳，得知二兄被捉，因于夜间探监。却不料又逢着邱老前辈也在那里哨探，丝毫没有下落，因此约定次日会面，同往乩坛求问。乩判下来，方知二位已押解登车，故此追到这里，巧救了二兄。要不是'槛车困二虎'之言，几乎将二位失错了。如今邱老前辈在滋阳担任给关兄杀那赃官，以雪耻愤，约定在东岳庙相会，咱们快去要紧。"

二人闻说邱家父子到来，精神一振，痛也忘了，三人行着说着，如箭矢，如电掣，顷刻之间，过了方才的那镇，又过了方才的村酒店。三人有了伴儿，脚下速度陡增，邱、关二人忘了痛，孟却忘了倦，三人如狂风吹柳絮，向前直飘。走到饿时，便胡乱吃些又走。如此日夜不停地直赶到东岳庙内。见了清心，由清心招待到客舍中睡下。睡将下来，三人方觉得疼及倦，一会儿睡着。

直到次日日中才醒，梳洗毕后，便用中饭。孟继先问二人有何物遗失在城内，于是三人于傍晚进城，住了客栈，夜间到府衙库内，取出原物。方才上房，见人声鼎沸，火光灼天，兵马纷纷，大吃一惊，赶忙回到客店，住了一夜。次日一早，便结算了房钱，因恐人疑，特地等了一会儿，约莫近午时分，乡下人进城贸易的都向城外走散。三人乘此机会，混出城去，径到东岳庙，方才主仆师生会见，这便是以过情节。交代既毕，书续前文。

当时邱成龙父子也将别后大略情形说给化愚、廷玉二人听了，末后又说道："咱们在此地做了这许多事，恐要连累了人，还是早走为上。但不知你等欲往何处去呢？"

廷玉道：“弟子的大仇差不多已报完全，只有洪逊那厮未曾报得，近闻洪逊在寿州为白莲教传教，弟子意欲起身往寿州去走遭。不知师父却往何处?”

成龙想道，如跟了他们去，师生主仆的称呼，究属于他们不雅，兼且饮食、起居、言语，都要分个阶级，未免使他们难受，不如不和他们一起走，让他们好自由些。反正他们也未曾违我的训，有辱师门，也还说得过去，遂说：“老夫此次出来，本系游玩性质，没甚一定，但不久亦当回去。你如报了仇，便可放下屠刀，别求生理。我常说强中还有强中手，当今之世，看不下去的事也实在真多，要管也管不了许多。骄奢淫逸的风气日益加甚，没别的，总望你等束身自爱，不要失足。但凡应管的事，也得管管，但为人不可仇敌太多，仇人一多，自己就很危险。总而言之，危邦不入，乱邦不居，乃是我们保身的要诀。”

廷玉、化愚俯首受教。

邱成龙又对孟继先道：“贤契如回府时，令尊驾前，务要代咱问候。”

孟继先谢了，应说：“晓得。”

当时五人议定，明日动身。邱家父子从水道往淮安，转往盱眙，去访淫尼妙莲；孟、邱、关三人从旱道小路，由皖北往寿州，找寻洪逊。计议定后，邱成龙将化愚、廷玉二人唤到卧房内，命他二人坐下，将本人此番出来，完全为了德昌、楣卿二人的婚姻说了一遍。

末后，又对二人说：“你二人年纪已都成人，成家、立业均不可缓，嗣后如有门户相当的人家，有机会时，便可提亲，不可误了青春。”

又说：“尔等在外，各事宜有度量，万不可意气用事。凡事非到忍耐不住，切不可与人红脸。而且当今时世日非，如真要管闲事，便管到老，也管不了许多。只得择其大奸大恶之类，剪除几个，以警人心。据方才尔等所言，已与白莲教种下仇隙，以后各处行路，务要留神。比如吴良，便是个镜子，他早就派人迎拿，而且防到有人劫监探府，却用金蝉脱壳之计，将你等押解走了。并恐路上不妥，复又给你们蒙了两张虎皮，如此兴心诡计，可谓加人一等。你等此后做事，又岂可不仔细呢？再有一件，你二人这副装束，在老夫看来，以后行路时，总得改换改换，今日扮个商人，明日扮个文士，后日便改扮公子，随后再扮作武生，庶几叫人一时看不出来。即如在外做事，总要受恩莫忘报，施惠休说名，你二人需要记取了。”

二人唯唯答应。

三人一同出来，仍旧坐下闲谈。成龙因孟继先乃孟昭之子，相识的剑客必多，遂问他：“闪电手雷震，可曾见过不？”

孟继先道：“便是陕西灵宝的雷震吗？那是常见的。他与家父是莫逆之交，每年总要到寒舍走一两次的。”

邱成龙笑道：“老夫和他往年曾在并州相遇，两下曾交过手，因相打结成相识。如今已多年不见了。下次如贤契见面时，可代老朽问候。”

话休烦琐，当晚，五人由清心老道招呼着在客舍内吃了酒饭，同到后面竹园内纳凉，然后伴送他五人到客舍安歇。

次日一早，五人起来，梳洗早点以后，便拜谢清心，出庙上路。师弟主仆，不由凄然而别，分道而行。孟继先同着邱、关二人，抄路向寿州营而行，一路也有夜行的，也有夜住的。

那日，在路上盘算往寿州的路程，便计算由山东绕江南至徐州，再由徐州转往寿州，因此由济宁、兖州直往徐州进发。

那日过了徐州，行到一处山峰，那地方山势险恶，有名唤作一线天，又名夹沟。那山的本名，却唤作桃花山，山上满栽着桃花，每到春季，远望去，竟成了个胭脂山了。怎么唤作一线天和夹沟呢？

原来这山形生得天然险恶，两边两个山峰，高可参天，山石嶙峋，峨崖可怕。中间却留下一条孔道，乃是个山坳，人走到这山坳内，仰面一望，那头上的青天竟成了一线，如是有那探险的，或是乡人樵夫到山顶上去走走，走到这孔道处，向下一望，竟成了个万丈深沟，固此才取出这两个名目。据古老相传，当初这桃花山本系生成在一处的，后来有位大罗神仙，行经此地，慨然发愿，说这山长得不好，行人如果爬山越岭，不但路远，而且吃力，车马等行走更是不便。如绕山而行，这路更远了。因此便想用移山之法，将它移往他处，哪知山神不愿意奉法旨，恼怒了大罗神仙，赏了他一禅杖。只因他这一禅杖，竟将一座桃花山分为两半，露出这条路来。大罗神仙大喜，说："有了此路，行旅已便，不必再移了。"于是他便云游别处，留下这么个荒诞不经的无考故事来。

当时三人行进夹沟，孟继先正告诉他们这可笑的故事。忽听背后泼剌剌鸾铃声响，赶上一匹马来。三人回头一望，看那马乃是西凉名驹，是匹胭脂桃花马。那马上坐着一人，虽是少年男子，却甚妩媚，穿着武生打扮，足蹬薄底快靴，要不是他这打扮，老远望去，几乎要疑惑他是万人忻呢。三人因他马急，忙向旁边一让。那少年纵马过去，突然掉回头来，向三人望了一眼，一径向那孔道内去了。

孟继先笑道："二兄看这马上的少年是男是女？"

二人道："当然是男子。"

孟继先笑道："咱说他是女。"

二人便问有何凭据。

孟继先道："这么暖的天气，他如非女子，为甚不着鞋而着靴呢？"

二人听了，点头佩服他心细。行走之间，廷玉若有所思。

化愚道："小爷，想什么呢？"

廷玉道："小弟想着一人，方才的那马上少年，面貌好像叶廷珍。大哥，你看像不像？"

化愚想了想道："对呀！真像得紧呢。"说着话，三人已走到孔道内。

正走到中间，忽然方才那匹马又泼剌剌由那面回来，两下撞个正着。这时不比方才，在大路上好让，这地方狭窄，一时让不及，三人因他是武生，特意要显露本领，吓他一吓，一声说："马慢些！"却已一个个使了喜鹊登梅的手段，各蹿到山中一块嶙峋的大石上去。

那少年见三人一齐纵上了崖石，不由唤了声彩，说："同是行路，岂可小可占先？还是诸位先请！"说着，竟将两腿一夹，一手将鬃毛一拎，一个龙马升天式，向上一纵，也到了半山里。恰巧有根拳头粗细的紫藤倒悬在山下，他便一手揪住，口中说："诸位请先行。"

三人一齐大惊，齐喝了一声彩，一齐跳下去，说了声："承让……"

哪知话犹未完，那少年已故意将手一松，连人带马，直向三人头上落下来。三人见来势凶，有的使旱地拔葱，有的使鲤鱼打挺，前后各让了一丈以外。

那少年赞道："果然话不虚传，算咱今日见过了。"说着，竟将马一夹，由在这一头的廷玉头上跃将过去，泼剌剌如风卷残云般，一直驰往夹沟外面，向来的路上去了。

三人聚在一处，仍往前走，议论方才的人。

孟继先道："此人不但武功绝顶，恐怕还是个马贩子出身。你看他这般的本领，便是关外的胡子，也未必及得上他呢！"

邱化愚道："奇怪，仿佛他是特地找咱们来的，他不是说话不虚传，总算他见过了吗？既然要追上咱们，因何不问问姓名呢，这不奇吗？"

孟继先道："江湖上奇人甚多，这也不算什么。咱们赶路要紧，管他娘。"

说着话，三人出了夹沟，到了固镇，住了客店。次日，三人又走。

那日行到滁州界内，名唤作老虎屯。三人正走之间，只见前面路上有一个后生，推着辆粮米车子，吱呀吱呀地向前走。三人追上前去，邱、关二人不禁暗说，此人面容好熟。回身一看，不由哎哟了一声。

廷玉上前揪住那后生道："小二哥，咱们许久不见了呢！"

那后生抬头一看，认得他是关廷玉，吓得面色如土。原来这后生非别，正是前文关兴儿在临皖城内开客栈时的小二。

邱化愚也上前道：“小二哥，咱们和你，大家没有过不去之事，你怕什么？别吓别吓，咱保你没事。你家在哪里？咱们去歇歇脚去。”

小二定了定神，暗说，着啊！他们和自己没仇，要怕他人做什么呢？遂说：“二位爷，舍下就在这屯上，去坐也不妨。”说着，推车在前引路。

转眼到了屯上，小二将三人引到家中坐下。他家中尽有个老娘，见有宾客临门，赶着烧茶。三人见那老婆子忙，倒反过意不去，说：“不要吃茶，咱们歇歇力就走的。”

遂问：“小二哥，你贵姓呀？现在做什么买卖呢？”

小二说：“贱姓巫，现在推车度日。”

廷玉道：“你们东家关兴儿呢？”

小二愣了愣道：“不知。”

化愚笑道：“小二哥，你告诉咱们怕什么？事已过去，难道咱们还去找他不成？我看小二哥却是个有孝行的人，推车奉母，却也不容易呢！”

小二被他这一捧，乐了。

化愚又在身上摸出百十两银子来道：“我看小二哥做此买卖，也觉太辛苦，不如另外做些生意，将来也好成家立业。如今咱送你这百十两银子，做个资本如何？”

小二再三推辞，化愚定要他收。

他母亲说：“既是贵客赏赐，便权领了吧！”

小二收了，再三称谢。三人各喝了两杯茶，化愚又问小二关兴儿的下落。果然财可通神，小二竟滔滔不绝地说一个详细。

正是：

女侠有意试身手，小二无意道本源。

毕竟三人如何寻到关兴儿，报了大仇。请阅下文分解。

第二十一回

得兴儿前仇尽释
访妙莲旧事重提

话说邱化愚动问小二，要他说出关兴儿的住址。小二贪了白花花的银子，便详述临皖城到此的经过。廷玉很佩服化愚料事如神，幸亏先往滁州，否则又是一趟白辛苦，而且多一个危险。

原来当时关兴儿虽然听了尤二混、刁氏的说话，把小主人送入县监收禁，心里终是寒战战的，怕他们越狱出来，那就危险了。何不趁此移居别处，免为后患。主意打定，与尤二混、刁氏、小二商量，决计马上就走，离开是非之窝，生命是人人要的。就把店门关闭，收拾东西，一时之间，哪里来得及呢？大家就在小二的家中，暂宿一宵。

次日早上，小二上街去有事，早听人传说，监中逃去了三名要犯，一个姓关，一个姓邱，还有一个姓步的是文人，也逃走了。禁子被绑，大盗白福又被割去了一只耳朵等说。小二得了信，三脚两步跑回来报信，唬得兴儿咂舌不止，躲在小二家里，不敢出来。过了三五天，没有动静，约了小二，大家收拾，移家远遁。兴儿知道闻香教主在苏州，想借着报告尤传头死信，并要求庇护之言，以作进身之阶。倘得教主垂怜，收在麾下，何惧关廷玉呢？

行至半途之中，得着了一个消息，说教主升天，教中大事现由小教主王好贤及巨野会首徐鸿儒、于宏志等分管。

关兴儿拣近的走，赶到临城三里庄，来投王好贤。路上先托鸡毛报送信，到了三里庄，叩见了小教主王好贤，哭诉着自己的遭遇。只说：“关廷玉恨我入教，尤进禄大传头无端被杀，要求小教主报仇。”

王好贤道：“关、尤二教友并不用悲伤，权在此间暂住，候本教主传汝正法神符，即将来仇人相遇，也可自保身家，留住三家人在三里庄居住。”王好贤又令巧匠，照关兴儿的面貌，造了四个走线木人，用机关开着，一天到晚地在外面做事，引诱关廷玉、邱化愚二人。

过了半月，派关兴儿到滁州去传道，做小传头。兴儿拜谢而去。他到了滁州，见过大传头胡理，呈上小教主手札，即派在城东办事。小二虽然入会，却没有事做，兴儿借给他一点儿资本，在东城外老虎屯居住，另做小本生意。后来听见鸡毛报传信，说关廷玉已被捉住之信。兴儿以为高枕无忧，不料冤家路狭，廷玉、化愚，又添了一个孟继先，三人到长沙去寻闵绍骞、寿州访问洪逊，小二吃水放龙，泄露兴儿的住址。

化愚点点头，在小二家中吃了酒饭，休息了半天，因防白莲教中鸡毛报，传通消息，不敢出去。

到了晚饭之后，索性早睡，说明日一早动身，要往寿州或长沙。小二母子也安心睡觉。

到了二更过后，化愚悄悄地踢了一脚廷玉、继先，坐了起来，把油灯剔旺，打开包袱，换了夜行衣服。是夜月明皎洁，各穿了一身白色的衣服，背上插了单刀，把油灯熄灭。一纵出窗，上了墙垣，四下一望，乡村地方，大概都是早睡的，寂静无声。三人下了墙头，扑奔东门。

不消片刻，已达城下，好在滁州城并不高大，三位英雄运一口气，一纵登城。

化愚道：“现在我们须得下了城，方能寻找仇人的住址呢。”

廷玉点点头，下了城墙，依照日间小二所说的方向，向着东城大街上行去。过了一座小桥，向左手转弯，在一条小巷口数起，一、

二、三、四，直至二十家，仔细一瞧，门上钉着一个第二百零一传教处，正是关兴儿的居家。正欲上屋，忽见屋上一个黑影摇了两摇。关廷玉早有预备，首先上屋，顺手发一支飞镖。那黑影人若无其事地反身挺刀进逼。廷玉知道又是草人、木人之类，一连几刀，把黑影人劈去了一手，其人自倒。月下一看，果然草扎成人。化愚、继先也上了屋面。

这时候，后面的关兴儿被前面的刀声所惊醒，已觉有异。先在窗中偷看，不见了草人。开窗一瞧，又无人影。正在四面搜寻之时，忽然嗖的一声，如觉一道寒光，欲思开口念咒，哪里来得及呢？早已跌倒，喉中的鲜血流一个不止。

床中刁氏惊醒，忙剔旺了灯，坐起来高叫："老儿，你怎么了?"

拿灯一照，大叫："尤二叔快来！不好了，你的表兄死了！"

尤二混在睡梦中道："死就死了，什么事情大惊小怪？我还要睡一会儿呢！"

刁氏要发第二句话的时候，关廷玉已跳入房中。刁氏认得小主人，一言尚未出口，刀已过头。开了房门，来寻尤二混。隔房正发着鼻息呼声，廷玉一脚踢破了房门，尤二混惊醒起来，口中还说："半夜三更，真会扰人呢！"走出房门，刀到头中，顿时身首分离，跟他表兄去了。

化愚道："小爷，仇人已除，我们走吧！"

孟继先道："趁此天色未明，早些出城为妙。"

廷玉点头道："本来照小弟的意思，要将仇人心肝摘祭祖茔。但贼人的鸡毛报厉害不过，似乎不宜多留，我们早些走吧！"

当下三人翻上了屋面，连蹿带纵地出了城关，仍回小二家中，换了衣服，闭目养神。天色将明，小二已绝早起来，烧茶煮饭，预备早餐，三人也就起来。小二进来侍候，忙了一会儿。

早膳后，邱化愚道："今天我们到城中玩玩，大家在城内宿一宵，后天走吧！"

小二暗暗捏着一把汗，送出是非门，假意邀留几句而别。

三位英雄走老虎屯村前绕了一个大圈子，再由村后绕过去，仍走原路，再往长沙。先访闵绍骞，然后转道寿州。

在大路上，关廷玉再向邱化愚申谢，说："小弟的大仇，全仗大哥的智勇，方泄多年积愤。"

化愚道："小爷，我早同你说过，大丈夫做事，用不着学儿女情态，申谢感恩。孟爷以为是否？"

孟继先道："照呀！恩不言谢，小惠何须报，确是好汉的本色。"

廷玉也连声诺诺道："此后永不言谢，只能铭勒五中便了。"

三人路上说说谈谈，并不寂寞，向长沙而来。

行程非止一日，趁此先行交代并行书中的老英雄邱成龙，父子俩一路南行，扑奔皖省盱眙县。一路上打听，民间可有什么土豪劣绅、十恶的地痞流氓，所以到一处必留半日一天，吃茶饮酒，借此问信。

这天已到了盱眙县界内，离城尚有十多里，地名太平屯，也有上千人家，虽是一个小镇市，倒也各色俱全。父子俩进了市口，已在午后，只见有三分之二的人家都在门前供奉一副香案，烧着檀降，香烟缭绕扑鼻，供案上又设一碗清水，有许多老太太口里喃喃诵经，跪地膜拜。

德昌道："这莫非又是九九之所（按：九九，即百字少一为白字）？"

成龙道："有些不像。"

说着行着，已穿过市头，在市梢上一家小酒饭店中，进去歇足。

店小二出来招接道："二位客友，可是到莲花庄进香的吗？"

邱成龙顺便点了一点头道："正是。"

小二抹桌拂凳，端菜送酒，皆是素肴。父子坐定后，成龙乘势问道："小二哥，我们是外方到此，闻说莲花庄的神佛很灵，特地来求问休咎。但细底尚不明白呢，可否请详告一二？"

小二道："原来客爷是初次进香，尚不明灵神异迹，我不妨告诉一点儿你听听。我们这里城西莲花庄静修庵，在五六年前，来了一位妙莲师太，一来的时候，也平常得很，跟着当家师做做佛事。不到两个月，当家师患疫痢身亡，本村一位武举南宫俊大爷做主，说：‘庵中众尼幼小，就令妙莲师太权为当家。’原来妙莲师太懂得武艺，本地几位武生相公都赞美她的本领，叫她收几个徒弟，不致埋没这一身本领。妙莲师太听了乡绅的说话，大开方便之门，一时子弟投拜门墙者二十余人，早去练习，至晚归家。三年之后，大都学成。去年，妙莲师太去云游五台，回来的时候，忽然佛爷附在她的身上，能代人治病，什么跌打损伤，疯痨膨膈，内外科等症，一切竟能应手而愈。明天是九月十九，乃是普门大士的圣诞，南宫大爷做了护法施主，发起观音会，挨户登记，加入白衣观音会，斋戒三天。明日进香时，各领一尊佛像，回家供奉，可以保家门清吉，阖第永康。邻近各处闻风加入者，不计其数。客爷倘是住店，明天进香时，小的一早来唤你，怕迟了，人多挤不进去呢！”

邱成龙道：“好极好极，今天烦你代办中号香烛，共需几副，凭你大才。”一边说，一边付他一小锭银子。

小二接了退去，顷刻办齐，缴回零找。

成龙道：“烦劳了你，下余赏给你做代步钱吧！”

小二谢过，格外巴结，另外收拾上房，请父子俩入内安歇。又送上了一壶茶，说声：“客人早些安置吧！”顺手带上了门，做他应尽的工作去了。

德昌把门闩上了，问道：“爹爹，莫非预备进香拿她吗？”

成龙道：“为父的本意是欲进香拿她，现在却另换一个计划。因为淫尼牺牲色相，广结土劣，收了一班亡命。倘然日间动手，反为不妙，碍手碍脚，不若先认认她本来面目，并看定了方向，晚上较为便利呢。”

德昌道：“依孩儿之见，淫尼似已加入白莲教，特用此种方法迷惑乡愚，大概这个武举，或者已同他发生关系。”

成龙道：“这是一定的道理。”

父子俩谈了一会儿，已是初更相近，也各安寝。因为连日辛苦，倒头便睡着了。

正在一枕黄粱，房门上一阵砰砰乱响。

正是：

探消息全凭贿赂，知实信讨论除尼。

毕竟何人叩门，有何要事，请阅下文分解。

第二十二回

假进香细察进路
真出丑顿时毕命

话说邱成龙父子听到了一阵叩门之声，惊醒过来，德昌问道：“谁人急急叩门呀？”

外面应道：“是我啊！天已快亮了，请客人们起来梳洗，早一刻好去进香，免得人多了挤不上去呢！”

德昌道：“知道了！你送脸水进来吧！”一面起来开门，在灯光下洗脸用膳。

东方渐渐作鱼肚白，外面已有人行动。成龙付了店账，父子二人出了店门，挤在香客之中，暗中招呼。父子俩分为两起，十多里路，已到了城西莲花庄静修庵门前，早见进香老幼，不知多少，陆续于途。

成龙进了庵，只见神龛中供着一位大士，妙莲却坐在神右，面前一张桌子，上面放一碗清水、一瓶茶叶，肩下立着五个俏尼。左边也是一张桌子，放着笔砚缘簿。司其事者，是一位粗暴武夫，肩下立着五个美貌少年。进香的人先在大士前叩了头，即在左首登了名字，填了助银，领一张大士印像，到右首来喝一口清水。妙莲对他喃喃地念了几句，递一撮茶叶给他，一个一个过去。

邱成龙照例也点了香烛，填了一个假名，唯一口清水，含在口中，领了茶叶，退了下去，吐去清水，把茶叶一闻，却另有一股异香扑鼻，料定必是迷药，纳入怀中。又在各处看了一会儿，只见房屋很多，处处开着门，门上贴一张纸，上书："男香客自重，请勿入云房，女香客可随意进出。"每间都有小尼姑招接，愚妇蠢女咸称洞天福地，进的出的，盛极一时。

成龙看定了妙莲的房门，方才出来。

德昌不进香，挤在里面，玩了一刻，只见妙莲时时向他溜眼，勾引他的意思。见爹爹走了，也跟了出来。父子俩即在近处打尖充饥，预定了一个房间，预备午后休息，将养精神。这天，等到黄昏过后，方才人声清静。

约莫三更时分，成龙父子悄悄起来，把大氅脱在床上，紧扎短靠，先后纵出窗门。一连几纵，如燕子穿帘、蜻蜓点水，声息全无地，已到了静修庵的屋上了。向里面一望，早见妙莲房中灯烛辉煌。

成龙把手一扬，德昌即在屋上把风，成龙跳下去。立近窗前，舐破纸窗一瞧，正见妙莲醉眼蒙眬地坐在日间写愿的男子怀里，旁坐四个小尼姑。

那男子道："心爱的，现在白莲教已有几处不行了，不比得去年此时风行全省，所以我借这个名目，又得了一笔银子。无形中，又添许多教友。"

旁边一位小尼道："南宫大爷出的主意，怎及得你来呢！现在好不用说了，早点儿睡吧！"一面说，一面收拾残肴，端出房去。

成龙闪在暗处，等小尼姑出房。成龙掏镖在手，踏进一步，对着妙莲后背，用力一镖，喝声："着！"早中妙莲的后背，通了前心。

淫尼哎呀一声。南宫俊抬头一看，忙立了起来，撒脱妙莲，顺手捞了一只椅子来抵抗，以保全自己的生命。

邱成龙喝道："你这堂堂的武举，如何污秽佛门之地？着刀吧！"一刀劈去。

南宫俊以椅子一架，哗啦一声，椅子粉碎。南宫俊飞起一腿，想踢去老英雄的一口刀，拳头上交锋。脚方抬起，邱成龙身子一闪，左手一削，南宫俊哎呀一声，早倒于地上。邱成龙进一步，刀透胸窝，将他杀死。回身过来，携了烛台，来找众小尼。

德昌见爹爹出房，谅已得手，也跳了下来，寻入厨房。四个小尼见了，唬得全身乱抖，一齐求饶。邱成龙叫她们各个散去，专心虔修，不可野心不改。

众尼应诺，一齐拜谢，约略收拾些银子出庵。回头来已是火光灼灼，大家各找生路，另投别处庵院。

邱成龙父子见众人去远，仍回客店。少顷，街上闹闹吵吵，都说静修庵失火。众人去搭救之时，已四处都着。事后调查，方知死了两个人，一男一女。本来南宫俊、妙莲二人的尴尬事情，地方上也有人知道，不过碍着南宫俊是一个武举，不敢公然谈论。死信既传，暗中批评些长短而已。

次日，邱成龙父子算清房饭钱，别了店家上路。

成龙道："为父数年来痛恨的恶奴，幸已除去。现在唯有白莲教未除。"

德昌道："白莲教势力蔓延，足迹数省，此时只有剪其羽翼，使贼人势孤，无可发展。"

成龙道："江南督抚，已在查禁，不遗余力。我们可先往寿州，相助廷玉，除了洪逊。至于王好贤是没有本领的人，除之很是容易的。"

德昌道："是！"当下二人也往寿州。

这个时候的关廷玉、邱化愚、孟继先，早行夜宿地奔了旬日，已到了长沙，问到了德盛镖局。只见门前竖着一面尖角旗，上写"长沙德盛镖局闵"，中间盖一个图章，内门摆设十八件军器架，一条长凳上坐着两个雄赳赳的少年。

化愚上前请问，拱手道："请问贵主人，闵绍骞可在家吗？"

二人道："贵客尊姓？问敝主人有何贵干呢？"

化愚道："在下姓邱。"指着继先、廷玉道："这位姓孟，那位姓关，我们是山西张家口外龙门县环龙邱成龙老爷子的徒弟，和贵主人是同门弟兄，略有小事，特来造访。"

两个少年重新拱手，请三人小坐奉茶，说："主人闵绍骞奉本府之聘，押五万镖银上京，顺道要往临城。大概没有了转头车子，也要两个月之后，方才回来。如有带货岔事，那不得而知了。”

邱化愚点了点头，留了三个名字，请转告一声，说：“我们到寿州去一趟，回来也要到临城三里店，老爷子怕的也要到那里的。不要忘了。”

二人连说：“是是！”

化愚等仍旧上路，向寿州进发。一路行来，走了好几天，到了目的地。先找了一家客店住下，进点儿酒食，再行打听消息。进了店，就见店中供着一尊神像，知道也是教友。

店家仔细地注意三人面貌，好在一切问答都是化愚对付，而且衣服也时时更换，又是三个人，店家并不十分疑惑，由小二领入上房之中。

化愚要打听洪逊住址，先取出一小锭银子，叫小二：“去付了房账，下余的赏给你做小账。所有酒菜，吃多少算多少，另给就是。”

小二千恩万谢，去付账送菜，烫酒侍候。

廷玉知道化愚的用意，酒至半酣，叫住小二，问道：“小二哥，我们问你一个信，此地的洪会首洪逊，住在哪里？我们特地来见见他，要求他一件事情。”

店小二听说拜望洪会首，当他教友款待，说：“洪逊的住址，在城南洪家集，门前高扯白旗者就是。三位来得不巧，再迟十天八天，或可会面。因为近日小教主有鸡毛报传来，请他去会议大事去了。”

邱化愚道：“那真不巧了，好在我们也要到临城三里店小教主那里去的，就不用烦神了。”

小二道：“是。闻说此番大会，各路的会首、传头都要齐集，三人到了那里，也可参加闻香大会。”说毕，退了出去。

三人一面吃酒，一面讨论了一会儿，预料王好贤因为外面风声不好，大概征求多数同意，或有意外的举动，也未可知。

谈至黄昏，用了晚餐，命小二收拾安睡。

一宵易过，次日，付了酒饭钱，一齐登程，往临城三里店。路上早听见三三两两传说，朝廷因白莲教妖言惑众，着令各省大吏，严禁人民入会进教，所以已不若前次之热闹，家家户户堂堂皇皇地供奉进教。

其时，朝廷文臣崔呈秀、田吉、吴淳夫连上两本，熹宗委田尔耕为廉访正使，许显纯为副使，赐上方剑，令兵部发三千铁骑，并得专征讨即日出京。陛辞之日，上谕诫：毋多杀盲从子民。

二臣受命出京，沿途官吏得了信息，有入教的，有不入教的，入教的暗中使人到临城送信，不入教的出示晓谕，叫民众弃邪归正，不要受愚。故此王好贤连夜召集各路传头、会首，齐议抵抗之法。

正是：

数载辛勤邪教设，一声惊报正人心。

毕竟王好贤开会下来，是否发动，且听下文分解。

第二十三回

酒店中巧遇洪逊
猫儿集点醒凶徒

话说王好贤发出鸡毛报，召集各路会首、传头，限十天之内，都到三里庄讨论要事。各路会首，大小不下百八人，也有公务人员，不克亲临，派人代表集议。寿州洪逊、武邑叶廷珍自然也要参加。

先表洪逊，带了大传头倪人俊，扑奔临城。这天，到了猫儿集，正交中午，只见路旁酒旗高飘，二人进去小酌充饥，小二送上酒菜。酒至半酣之际，外面走入两个人来，一老一小，小二照例上来招待。

洪逊一看是龙门县邱成龙老英雄和他的儿子德昌，因有一面之识，上前去招呼一声道："老爷子，一向好呀？"

邱成龙道："幸赖粗安，但不知大会首因何也在此间？"

洪逊道："略有小事，路过此地，不期巧遇老前辈。来来来！"招呼小二，另添杯筷，同桌谈谈。

邱成龙因爱他是一位英雄，虽然加入邪教，未始不可改过。倘然能够改过自新，何必多伤一个无辜之人呢？所以允了同桌。

小二另添杯筷，座中先谈些江湖上的勾当，老英雄远远地兜圈子，婉转地劝解洪逊，叫他不要迷而不悟，白莲教是靠不住的。况且近来上谕严禁，着田尔耕为廉访正使，兼专征讨的话，告诉他听，冀洪逊有所觉悟。

洪逊听成龙滔滔不绝地谈话，谈了好一会儿，一声冷笑道："老爷子，各人自扫门前雪，莫管他家瓦上霜。况且我们教中的规矩，不许倒反，违者必受天谴。现在虽受些拘束，终有伸长的一日。老爷子，你引颈以望……”

话没说完，旁边的倪人俊仗着学了一点儿符咒，瞧不起老英雄，早立了起来，笑道：“像你这样怕死的人，还能做大事吗？偌大年纪，劝你少说一二句吧，不要惹我性起，叫你们好看。识相些！”

洪逊不能倒反教规，也怒目而视，叫小二来算账。

邱成龙哈哈大笑道：“你要怎么样手段对付我？老汉奉陪就是。”

倪人俊道：“不必牵连店家，我们到前途荒野之所，见一个高低吧！”

成龙道：“妙哉斯言！”

四人一同出店，分左右并行。洪逊仗着也能作法，不怕成龙，唯提防暗算。

出了猫儿集三五十步，一片广场，倪人俊、洪逊站立，倪人俊口中喃喃念咒，手指乱画，施用他的邪术。邱成龙早已看见，不等他念完，已先发制人，纵上去一拳，对他胸口打去。

洪逊抢过来要帮，邱德昌喝道：“慢来，着刀！”

洪逊只能保全自己，蹿开一步，抽刀回架。

倪人俊顾左不顾右，喝声：“慢来！”一开口，打断了咒语，回拳招架。倪人俊的皮毛功夫经不起成龙二三拳，一飞腿将他踢出丈外，四平八稳地跌倒，休想立得起来。

洪逊弃了德昌，来斗老英雄。邱成龙晓得他很有些能耐，忙抽刀抵抗，以虚避实之法和他交战。洪逊也素仰邱成龙的大名，彼此虽然认识，但是并没有交过手，此刻见邱成龙不敢接近他，一味躲闪避让，当以为他没有真实本领，凭着自己的力量，或可制服他，所以一拳紧一拳，一步逼近一步，只向老英雄胸口两肋进攻。邱成龙总是后退，大约退至三十步光景。洪逊用的虚力太重，额角头上已是汗出如珠，眼中冒着火星，一记打不着，更加恨恨地急如骤雨般打来。

老英雄在这时候，改换了一路刀法，极力反攻，第一刀便一个翻江搅海之势，进取洪逊的左肋。洪逊见他来势凶猛，以刀招架，试试他的力量。两口刀鳖在一处，呛啷一声响，火星迸裂。邱成龙抽刀一个鹞子翻身，向洪逊右胁下又是一刀，洪逊第二刀架过，知道沉重，暗暗吃了一惊。但是要想回手，并无一点儿空暇，只好招架一路二路，渐至二十路，更加吃力，背脊上的冷汗如雨点儿一般，两膀酸麻无力，眼前发花。欲思三十六着，走为上着，可是不能脱身。说时迟，那时快，肩脊上已着了一刀背，哎呀一声，倒于地上。

邱成龙见他倒下，插了刀，上前道："洪逊，你们二人今天的生命操在我的手中，老朽念你是一位英雄，而且你的师父铁腿方天飞在日，和老朽也有一点儿交情，故而老朽方才力劝。你可知，自古以来，绝没有邪教中人可以成大事的，尔能改过自新，将来或可保全身家性命，得以善终。"

洪逊本来倒下之时，就闭目等死，也不想生存。万不料邱成龙不丧他性命，反而良言解劝。人非草木，自然醒悟，便睁开眼睛，说道："承老英雄之情，洪逊茅塞顿开。此后退出白莲教，隐迹乡村，做一个安分老农，斯愿足矣。"一边说，一边立了起来谢过。

成龙命德昌去扶起倪人俊，问他改过否。德昌过去对他肛门上点一脚尖，说也奇怪，倪人俊就止了哼声，跳了起来。见会首立在老英雄旁边，也不明何故。洪逊招呼他过来，将好言解释他听。倪人俊吃过了苦，哪敢不答应？一口允诺。

成龙道："日后你们如有改志，休怪老朽不留情。"

倪人俊道："终世不改。"

成龙道："好极了，你们既有此心，不妨跟老朽同到临城三里庄，你们去见王好贤，做一个内应，同破邪教，为地方除害，免得田正使兵到征剿，人民多遭一个兵灾。"

洪逊道："老英雄吩咐，敢不如命？"

正欲分行，忽见后面远远地来了三个人。

德昌眼快，早已看见是关廷玉、邱化愚、孟继先。忙迎上前去，高叫道："关贤弟，怎么今天才到呢？"

三人打过招呼，同见了成龙。成龙代洪逊介绍，洪逊道："前几天路上冒犯，希原谅一二。"

廷玉道："洪兄本领高弟等十倍，佩服之至。"

成龙道："你们已交过手了吗？"

廷玉道："不！"即将徐州一线天路遇，飞马相让之言告之，老英雄也述方才的一片说话。正是老古话，叫作："不打不能成知己，打了反成一家人。"

洪逊即命倪人俊先回寿州，解散教友，劝人归正，自己别了五位英雄，先往临城。临行，叫成龙等分三起行走，又给了五块寿州教友布票，可以进出自由，不致受人盘诘。然后别去，分途进行。

正是：

顷刻改恶能从善，方是人间大丈夫。

毕竟五位到三里庄，如何破王好贤，请看下文分解。

第二十四回

叶廷珍倒反白莲教
邱成龙携徒返龙门

话说五位英雄分作三起，关廷玉、邱化愚一起，邱德昌、孟继先一起，成龙一人单挡。到了临城，却不见家家供奉神像，与上次来时大不相同。不过标识是有一个的，门上贴了张“罗天大醮，斋戒三日”的通知单。大家只作不相识，先后进城去，在一家饭店中打尖。

成龙佯为请教三里庄在何处，店家也是教友，问道：“客官到三里庄找谁呢？”

邱成龙道：“不瞒店家说，奉命而来。”把衣襟解开，露出布票。

店家道：“原来是自己人，此间出东城去，三里就到了。这几天因有大会，各路会首、传头，到者已十有七八，后天晚上，就是小教主升座，老教主降临，除了教友之外，一概要参加的。家家户户，各备檀降，闭门早睡，免得触犯神圣。”

正说之间，外面鸣锣喝道声起。

店家道：“想是本县会首章太爷，到三里庄去谒见小教主，众位快些来。”

店中的酒客、小二等，大家立到店门前，合十致敬，口中念着“救苦救难”的佛号。邱成龙等五人也挤在里面，留心细看。轿子已近，里面坐着一个獐头鼠目的狗头，闭目养神，身子东倒西歪地过去。

关廷玉回过头来，却见后面又来一骑马，马上坐着一位英雄。认定他是武邑传头叶廷珍，谅来也是赴会的，此番用人之际，倒要征求他一个意见，前言是否真心，忙招呼道："叶兄何来？"

叶廷珍听见有人唤他，抬头一看，吃了一惊，暗思，他们好大胆，也到此间虎口中来，佩服之至。忙在马上拱一拱手，跳了下来。关廷玉、邱化愚上前去一握手。

叶廷珍轻轻地道："二位好大胆！"

邱化愚道："彼此同属一家，我们已在寿州加入了教中。"

叶廷珍道："当真的吗？"

化愚将布票取出道："谁说假话？你瞧，这是不是凭据呢？"

叶廷珍倒呆了一呆，点头道："既是同教，即在此间小饮三杯吧！"

把马牵到了酒店门前，把马鞭子在旁边柱子上一挂，将头上的凉帽除下，挂在一处，帽口朝外，里边帽里上印着一只跷起大拇指的手指，是一个暗记。早有店家小二出来招接，店家将叶廷珍让入，喝一个"起"字，全体酒客起立致敬，表示迎接大传头之意。等叶廷珍走到里面去了，方才落座。

叶廷珍问小二道："可有幽静的雅室？"

小二点头道："有。"

引领三人，在后一进客厅上落座。叶廷珍命送进酒菜，不用侍候。小二退去。

叶廷珍四顾无人，方才说道："二位因何忽然到寿州去，加入本教？可知近日外面的消息吗？"

廷玉看他问时，紧皱双眉，似乎怪自己不应该干此入教之事，便笑道："我们哪里是真心入教？不过不入虎穴，是不得虎子的。明人可以不用细说，现在的事，还要仰仗叶兄的大力，暗中帮助我们早靖地方而除大患，如何？"

叶廷珍道："不瞒二位说，新任田尔耕廉访使，兼司招讨。先君在日，同他很有一点儿交谊，所以此番先发信给弟，令我打探实报，相机立功等云。弟已将从前的苦衷回复，准定此番倒反白莲教，手刃王好贤，唯恐各路会首传头不乏有本领的人，防单丝不成线，岂非画虎不成反类犬了吗？幸遇二位，那是好极，可以高枕无忧了。”

化愚听他说了真话，说道：“叶爷放心，我们老爷子、小主人，还有莫邪将军孟昭老英雄的小爷，也同到此地，尚有寿州会首洪逊做我们的内应，大概明晚，趁你们开会之时动手。现在虽有了布票，但是小爷的面目庄上人认得，当须改扮改扮。”

叶廷珍道：“原来如此，怪不得你们也入了教了。今天你们跟我先行进庄，混进王家，容易举事。”

议定后，三人饱餐酒饭，叶廷珍付了酒账，三人一同出门。店主、小二殷勤相送。

邱成龙、德昌、孟继先也陆续出店。出了城，会在一处。关廷玉代三人介绍，自己又改扮了仆人模样，都做了叶廷珍的伙伴。到了三里庄，过桥后，有人招接，请留名验号。手续完毕，另有招待的人接了马匹，把六人送入王好贤宅中，四十号宿舍暂住。恰巧洪逊住在三十一号斜对门，暗暗心照。

一天已过，次日一早，大家到大殿上去，上了一支香，下了三个参，仍归原处。

等到了晚膳之后，外面钟声当当敲了十三下，各路会首、传头鱼贯出去。邱成龙等五人却没有这个资格去参加，等他们走完了，缩到后面无人之处，一纵登屋，扑奔前面，在大殿的对面屋上，偷看究竟。只见大殿上灯烛辉煌，中间一只宝椅，空着无人，左首坐着王好贤、洪逊，右首徐鸿儒、于宏志四大会首，两旁坐了四排人，约有二百名左右。

王好贤开口道：“目今朝廷任用阉竖，不顾黎民，本小教主特召集众位，请已升天的老教主临坛面谕，看天命如何？”说毕，拔剑作法。

末一句道：“请闻香教主降临。”

忽然空中一声响，一道火光直入殿中，火花一转，中间座上添了一个王森。大家参谒，王好贤叩求示兆。

王森道：“本仙早已算过，大明气运已终，我教正该代天宣化，救我黎民。本仙已择定中秋日举义，直捣燕京。凡我会首、传头，将来都是裂土封茅之臣，望诸位善扶小教主，后福无量。本仙也无别嘱，要升天去也。”

立在旁边的叶廷珍怕他走了，一时难寻，而且他的邪法厉害，意欲拔剑上前，先刺死王森。不料上面一支镖已飞了下来，王森哎呀一声，身子倒转去。叶廷珍顺势一剑，挥去了头颅。

王好贤一看大惊，忙念咒施法。洪逊趁他不防，一剑刺中他的后背通前心。徐鸿儒、于宏志抽剑抵抗，屋上扑扑扑跳下五个人来，一阵乱杀。可怜这班没用的东西，东一个，西一个，大约呜呼了十分之二。

徐鸿儒、于宏志向后逃走，各投生路。外面大殿上逃不了的，完全跪在地上，叩头求饶。邱成龙晓以大道，叫他们休生妄想，好好回家，各安生理。众人叩头散去。

洪逊道：“可惜走了两个要犯，徐鸿儒、于宏志若不缉获，将来仍难免流毒呢！”

叶廷珍道：“教首虽除，理宜申报，以免累及无辜平民。”

关廷玉道：“本县县尊也是教友，叶兄可飞报田正使，这一点儿手续，就烦你包办，洪兄以为如何？”

洪逊也赞成。叶廷珍无可推辞，上马出庄而去。恰巧这时，田尔耕已驻扎济南，先肃清省中教匪，可怜愚夫、村妇不知丧了多少。及至叶廷珍赶到，见过了田尔耕正使，报告一切，田尔耕大喜，带了二百名亲兵，亲到临城，查勘该县。县官早已逃走，不知去向。田正使查点人犯，将王森父子首级解京，一面行文各省，通缉徐鸿儒、于宏志。后来于宏志归入正途，徐鸿儒旧性不改，二十年再乱，终不免身首分离，一言表过不提。

且说叶廷珍领了田尔耕到三里庄，将邱成龙等介绍引见。田尔耕要保举他们得一点儿功劳，邱成龙道：“小民等闲散成性，不愿出仕。”

洪逊道：“小民犯罪于前，已蒙大人恩典，情愿回家务农，感恩不尽矣。”

田尔耕知道难留众人，令厚赠众人。成龙等推辞再三，受了一半，即行告辞。叶廷珍送到营外，依依分别。

叶廷珍跟田正使办理各处善后，愚民准其自省，一场叛变风波，至此告一段落。

叶廷珍后来官至协镇，表过不提。

却说邱成龙等别了叶廷珍，行至城中，孟继先因受人之托，必欲终人之事，相邀众人到万人忻家中暂歇。路中将万人忻托他为媒的事情告诉邱成龙，请他帮忙，邱老英雄一口答允他的要求。

到了万人忻家中，明竹如也来相见。邱成龙即将万人忻要将表妹嫁给他的说话告诉廷玉，并以男大当婚的言语来规正他的含羞。廷玉见过盖兰芳的面目，一口答允。邱成龙回复万人忻，万人忻转告表妹，盖兰芳自然欢喜。明老丈代他们去合婚选吉，即定一月后完姻。

邱成龙因廷玉已是无家可归，一切由自己做主，并且预定完姻后，陪他到蓬莱火家堡，双祭祖茔，以慰关欣木在天之灵。然后移家同往山西龙门县，卜居环龙岭下。

后来邱楣卿嫁给孟继先，是关廷玉做的媒人。德昌娶了叶廷珍的妹子，是雷震做的媒人。因为这种婚嫁的事情，对于本书上无甚大关系，故删繁就简，从略不载，权作本书的收场语耳。

正是：

卖主求荣难持久，光明正直永留芳。

龙门侠士成名隐，江南妖邪已除殃。

南北游侠传

张　序

天下未定，平其不平；天下既定，不平自平。昔之游侠诸子，秉磊落嵚崎之气，抱痛痒饥溺之悲，郁结抑塞，无可发泄，见天下之不平，而思有以平之。于是仗剑当车，探丸斫吏，朱家、郭解之辈，遂有大侠之名。彼讵不知游侠之行，为盛世所不许，而顾躬蹈法罟者，何也？天下不平之事，有以召之也。

今张子个侬所撰之《南北游侠传》，首标斯义，其有得于龙门记事之意乎？至于序述之精，文辞之隽，特其余事而已。

会张子索序于予，而愚亦亟欲窥其全豹，用拉杂书此而致之张子，将以促成其梨枣之功也。

民国十八年清和上浣
毗陵漱六山房主人张春帆
识于上海《平报》馆

朱　序

吾友张子个侬，善治小说家言，蜚声文坛，驰誉社会，每一编出，万人传诵，此盖张子之心思腕力，有以致之，非偶然也。

曩岁，不佞创《罗宾汉》三日刊于沪上，乞张子撰一长篇武侠说部，为吾报光。张子慨然诺，乃抽暇撰《南北游侠传》一书，按期与《罗宾汉》读者相见者，今且一年有半。情文并茂，极受读者之欢迎赞许，推为晚近侠义小说中之杰构。

《罗宾汉》之得有今日，张子所为之《南北游侠传》与有力焉。

兹经书肆主人，商由张子，续成全璧，付诸铅椠，以快先睹。书成，张子以书抵不佞，嘱为一言。不佞不敢蹈党同之习，为之揄扬，乃仅记其与《罗宾汉》之关系，聊草报命。非敢云序，盖亦略留鸿爪而已。

民国十八年清和中浣

朱瘦竹识于上海《罗宾汉》报馆

王　序

今之作小说者夥矣，莫不穷淫极奢，以揭人阴私为快事，沦青年于放辟邪侈之途。虽为社会潮流所趋，要亦作者道德云亡焉。

张子个侬，善治小说家言，著作等身。泰半以生花之妙笔，作警世之晨钟。武侠一门，尤所擅长。

最近张子挟一巨帙来，视之，颜曰《南北游侠传》。个中情形，以武侠为经，情爱为纬，寓愤世妒俗于草莽英雄，寄报应循环于佳人才子，洋洋大观焉。且均为清季豪侠之实事，一洗小说家空中楼阁之恶习。昔太史公作《游侠列传》，即本斯意。张子真得个中三昧哉！

下走以其有益于世道人心者匪鲜，故乐为之序。

民国王企梅序于沪滨

自序

初予应朱瘦竹、周世勋二君之请，为《罗宾汉》三日刊撰武侠平话《南北游侠传》一书，按期刊载于该报，以快读者先睹。

予自审学殖荒落，率尔操觚，不过借此聊为该报补空白耳，以云工整精警，则固未敢也。乃自刊后，不虞之誉，时获嗜痂者之谬赏，惠书揄扬，促速付梓，以窥全豹者，先后凡百数十人。适南北书局新张，征稿于予，且以先刊《南北游侠传》一书就商。予以友谊，情难固却，且借是以应读者之望，一举而两善备也，遂诺焉。于是焚膏继晷，穷两月之力，始告完成，因此记其编撰经过如此，以留鸿爪，而弁书首。

民国十七年双十节日

丹徒张竹个侬氏识于吴门寄庐

第一回

传游侠寄怀写朱郭
访英雄挟艺走江湖

话说自古以来，社会上有四种极大的蠹贼，为一般民众所最疾首痛心而深恨的，便是那贪官、污吏、土豪、劣绅等四种特殊阶级。这四种人互相勾结，专一地威福自恣，鱼肉平民，被害的含冤莫诉，痛苦颠连，施虐的炙手可热，安乐欣享，两两相形，适成反比，哪得不令人兴无穷之感，怀想到古侠士朱家、郭解之流呢？所以小子于食瓜消夏之余，拂竹楮，挥班管，本着司马子长的微意，将那班步武朱、郭的游侠，写出这部书来，给那些社会蠹贼作个当头棒喝，兼为一班民众作不平鸣，吐一吐那阴霾抑郁之气。话虽如此，可有一层，那些游侠者流，以匹夫而窃生杀之权，干法犯纪，究竟不轨于正义，未入于道德，所以小子在下笔之先，首要学着孔子“听讼吾犹人也，必也使无讼乎?”的意思，掉句文话道：“世而有游侠，世风之不幸也，必也使无侠乎?”故此，小子这部书，虽系写的南北游侠，实际上无非给我书中人的当时世风写不平罢了。

正是：

设非当世多豺虎，何来游侠显令名。

闲言道罢，却说在距今百余年前，逊清乾隆、嘉庆年间，湖北荆州府安陆县吴家坪地方，有一位镖师，姓糜名启世，号后昌，乃是位佚名的豪杰。生平作为极多，交游颇众，仗义任侠，尝以战国四豪、汉代剧孟、郭解自况。自幼练就一身软硬功夫，马上步下，蹿高纵低，均有独到的技能。尤其是善打各种暗器，于百步内取人性命，如探囊取物。他仗着一身的艺业，在省城开设一爿德盛镖行，专给来往川、广、云、贵、湘、鄂的客商保镖，借此闯荡江湖，得和各省的侠义结交。他既生在南方，又专是走的西南几省的镖，因此对于北几省的豪侠，却少晤面的机缘。虽很有几个慕名的神交，可是终未见过，每尝听见江湖中人说起，北道如何难行，糜启世总不禁怦然心动，思量到北几省去显一显身手，借此结交北几省的豪侠。可是他虽有此心，终无其事，皆因本人南中事忙，不克分身。时光易过，不知不觉地已是几年。

那时正逢暮春，春光明媚，鸟语花香，恰值糜启世三十岁诞日。齐集在武昌的亲戚故旧，说是三十不做，四十不发，一齐不约而同地要给他热闹热闹。糜启世不能重违戚友之意，遂在镖行后进房屋内大开宴席。由大家醵资，雇了班清唱陆书的来，在天井内搭盖天篷，遮蔽日光，用两张八仙桌子，在天篷下面搭起台来，由一班打唱的人在那里打起十番锣鼓清唱。并到厅上席前来，请各位点戏。

这时，糜启世忙着在席间周旋，张罗众亲友及本行的伙伴们饮酒。自古人以类聚，糜启世是个镖师父，他的朋友自然是同行居多，因此在饮酒之间，谈起本行的买卖，及近来江湖的勾当，渐渐地谈到北道难行的话头上去。

糜启世这时闻言，陡触素怀，想起自己久拟往北几省一游，却始终未曾去过。因此带着酒意，向众人道：“列位且慢夸张北道的怎样难行，要知道易地则皆然。我们在这里说北方怎样的豪杰众多，焉知他们不在那里羡慕南方的英雄倍出呢？不是我夸口，凭着我生平的艺业，便是去走一回北道，也未见得就定要吃亏。”

众人道：“糜爷这话不错，常言‘千闻不如一见’，究竟耳食之谈，未足为信，可惜我们向来走的南路，没有机会往北方去。不然，添些见识，多交几个朋友也是好的。”

糜启世笑道："不存心去罢了，既存心要去，有什么机会不机会呢？练功夫的人，出门访友，乃是常事。"

众人道："糜爷，像你有这般武功的人，在咱们看来，也不多见，要是咱们有了你这样的能耐，早就要出门去走遭了。为什么糜爷不到北方去逛一回呢？"

糜启世笑道："不瞒各位说，兄弟久有此意，只因这里的事抛撇不下，所以不曾去得。"

众人道："反正这里走的南几省镖，糜爷的威名，久已远震，素无失错。再有咱们给你照应着，谅不妨事。糜爷如其有兴北游，给我们南方人露一回脸，多结识几位豪侠。那时，别说糜爷有了荣，便是我们也有光辉了。"

糜启世这时已有了几分酒意，再被亲友们这一捧，不由豪放起来，笑对众人道："这般说时，兄弟便到北方去走遭也不难。但是此去讨便宜或是吃亏，兄弟可不能说大话。但愿此去不栽跟头，即便心满意足了。这里的事，可是还须请各位偏劳呢！"

众人齐说："应该。糜爷此去，定然夺回锦镖。来来来！我们大众应该恭贺一杯。"说着，大家举起杯来，一饮而干。

照了杯，接着众人又说："糜爷将要荣行，我们准备着将来糜爷回来时，给糜爷设宴贺功，接风洗尘。这会儿时间匆促，我们不及给糜爷置酒饯行，只得权且借花献佛，大家恭敬糜爷一杯。"说着，筛酒奉上。

糜启世接杯在手，笑说："但愿此去，不负众位的期许，那时回来，再得奉请。"说罢饮干。

于是席间各人猜拳行令，欢呼畅饮。糜启世周旋各席，劝酒让菜。各席又都要闹寿星，夥着糜启世喝酒。这一天，直吃到杯盘狼藉，尽醉方休。糜启世吃得酩酊大醉，由行内伙计扶进卧室去睡，其余各亲友亦俱既醉且饱，陆续散席。

翌日，糜启世起身，收拾一切，吩咐伙计们："各事谨慎，如南路远镖有甚错失，可找黄冈的前辈英雄武绍周去帮忙。因为他在南几省青红两帮、黑白两道中，都有极大的名誉，随便什么人，都和他有交情。请他去帮忙，定然可以得到完满的解决。”

伙计们唯唯应诺。

麋启世又吩咐伙伴：“如果有人来找我，就说出门有事，不必说是到北道访友。”

又说：“如是为避免失错起见，差不多的镖可以回却不保，以免麻烦。便是有人来欺负你们，也都宜忍耐，等到我回来再说。”

吩咐毕后，即便动身，离了武昌。渡江到汉口登岸，取路向京城的大道进发。因为此行志在访友，所以并不改换装束，仍旧是镖师打扮。一路打听各该地的英雄，便去拜访，谁知见了面，总是失望的居多。因为那些人大半都是有虚名而无实学的，经不得握手为礼，便已知道他们的能耐。因此麋启世心中渐渐怀疑那北道难行的话头是欺人之谈，但他也不敢自满，仍旧小心前进。

那日正值初夏清和上弦，麋启世走到河南省境内信阳州地方，来到护城河吊桥上，正要进城，不意迎面来了一个化缘道士，身背玉帝，手敲竹梆，口中念着经句，款步而来。两下都不留神，正撞了个满怀。麋启世忙向旁边一让，说声：“对不住！”

那道士狠狠地向麋启世盯了一眼，两道目光竟如电炬般向麋启世身上一闪。麋启世被他这目光一射，不由着了一惊，暗说，此人定是个行家，倒不可怠慢。忙拱手躬身，尊声：“道爷，请勿见怪！”

那道人笑着哈腰回礼，口称：“彼此俱是无心，何足挂齿？还请勿怪。”说着，又盯了麋启世一眼，方才敲着竹梆，笃笃笃地哼着玉皇大帝，一步步走上桥去。

麋启世见道士已走，便也举步进城。边走边想，这个道士有些蹊跷，为何净向着我看？看他的目光如电，已是个内家气派。倘或再能遇见他时，倒要留心。边走边抬头一望，前面有家旅馆，气象颇为壮丽，招牌是黑地金字，写着斗大的“悦宾旅馆”四字。

麋启世心忖，这客栈可算得是上中等，我何不就住在这里面呢？遂走将入内。旅馆内站在店门口的伙家见有客到来，忙迎着先接过糜启世身上的包裹，问：“爷是一位，还是有别的客人在后面呢?”

糜启世道：“只一个人，你们有干净的头等上房吗?”

伙家回说：“爷来得真巧，咱店内只剩有一间官房，未曾卖去，余者都已有了旅客。左不过那房间大些，是双铺房间，咱且先引爷去看看。”说着，在前引导。

糜启世跟在后，由店堂进去，过了一进房屋，走过两重天井，直到第三进。那伙家引糜启世到一间房外，开门引进。

糜启世在门框上一看，挂着四寸来阔、五寸来长的小牌，粉漆朱字，写着“官房第七号”。糜启世到了里面，一看果是双铺，面对面地放着。中间靠墙安设着一张小四仙桌，两旁各放一张圈椅，桌对面是四扇小格扇玻璃窗。临窗设一几二椅，床头一旁设着衣架，一旁设有洗脸架，布置得甚是齐整。空气流通，光线充足，粪除也很洁净。糜启世看罢，甚为满意，遂一屁股坐在椅上。

伙计见他坐下，知道已是中意，遂将包裹放下，取面盆、茶壶，回身去打茶水。一会儿进来，将面水搁在洗脸架上，茗壶放在茶几上，顺手倾满了一杯茶，口中说：“请爷擦脸喝水。”

糜启世这时拂去身上灰尘，探脸喝水。伙计立在一旁，请问姓名。

糜启世在腰间挂着的荷包内取出张名片来，给他道：“你拿了去就得了。”

伙计接过片子，回说：“爷如有事，请呼唤就是。”说罢，回身出去，到前面柜上，将糜启世的名字上了循环簿。

糜启世坐了一会儿，唤小二进来，着他先要些点心来吃。小二问明，回身去向厨房内要。一会儿送来，乃是一盘薄饼、一盘炒肉丝。小二在桌上安放了一个小瓷碟儿、一双筷子，倾了杯茶。糜启世坐下，将薄饼卷着菜，一口一口送入腹中，先将五脏神安了安。吃毕之后，小二重又打水来给糜启世擦脸，一面收拾桌上的盘、瓷碟儿、筷子。

糜启世擦脸后，仰首由窗口向外面一望，见时辰还早，想着这信阳州乃是南北交通的孔道，地方素称繁盛，酒馆茶楼定必很多，那绿林豪侠定有人在此给他打眼。自己方才在桥下遇着的那个化缘道士，说不定便是他们的眼线，亦未可知。他方才那般向着我瞧，大约系因我打扮着镖师模样的缘故。我此行原为出外访友，岂可当面错过？想到这里，便将身上衣冠整一整，走出房外，命小二将房门锁上，信步走出店外。

这时正是下午酉时，街道上往来的行人依然甚众，麋启世信步行去，走罢两条街，陡见适才在城门口邂逅的那个道士又敲着竹梆，念着佛号，迎面而来。麋启世见了，忙将身体一偏，立在街旁一家纸扎店门口，留心细看那道士的举动。那道士走过面前，偶一抬头，见麋启世立在街沿石上卖呆，忽地将脚立着，一蹲身，竟坐在那纸扎店门口，将竹梆敲得震天价响，使出那化缘道士的恶化手段来，笃笃剥剥，敲个不住。对着那纸扎店内高念经句，引得那街坊行人驻足而观。

这时，那店内柜外立着个少年，衣服丽都，神采焕发，那光景颇像个考武的相公。一见店门口坐着个道士化缘，引得街坊闲人挤满了店门口，不禁走出来向那道士发话道：“你这道人，好没分晓，怎么拦住了人家店门口，便坐下来化缘？快走，别讨没趣！”

那道士竟像不曾听得一般，毫不理会，仍旧边敲边念，声声相和，越发念得响了。那少年见他不理，便又向道人大声道：“喂，道人！你难道耳朵是个聋子，连眼睛也是个瞎子吗？你要化缘，也得看看人家，这里开的是像生店，可不是当典银楼。你将人家门口堵住，阻住了人家买卖，哪有钱来布施你？况且这店内所有的都是些纸扎物品，便布施你一两件，也值不了许多，你还须带到阴间去使用呢！”

这话才出口，早引得围立在门口的众人哄然大笑。那道士仍旧如没事人一般，盘膝坐着，面色略无稍异，口诵手敲，依然如故。

少年见道士不动，不由鼻孔里吼了一声，抢步走出店外，用手去扯道士，喝道：“道人，怎么和你好说歹说，横说竖说，均是如此假作痴呆？快些给俺起来，莫讨你大爷的没趣！”边说边动手。谁知竟如蜻蜓撼石柱一般，休想动得他分毫。

那少年紫涨了面皮，弄成了个骑虎难下，一时间收不转来，遂猛扯那道士的衣领道：“怎么着，你不走吗？”

道士抬起头来，瞅了少年一眼，冷冷地道：“咱们方外之人，不懂得什么走不走。你问咱怎么着，咱还要问你怎么着呢！”

少年喝道：“你是哪里来的野道？有心到此寻事，坐在人家店门口募化，引得这许多闲人拥满了一街。你不懂得走，难道你没生脚吗？你再不走，可休怨俺无情。”

道士冷冷地道：“何苦来？咱看你用这般大的气力，嚷得红头赤脸的，倒不如一见贫道，即便解囊布施。一则彼此结缘，再则也免伤和气。”

少年叱喝道：“休得饶舌，快走快走！”

道士低了头，只作不理会。少年意欲动粗，又牵扯他不动。正在为难，忽然由店后进屋内走出个大汉来。那大汉生得形容雄壮，面目黧黑，一径走到少年面前，说：“少爷请到后面坐地，尽他敲毁了竹梆、喊破了喉咙，反正咱们不给他一文，随他去吧！少爷何必和这种人争较？”

说罢，又向看闲的众人道：“诸位请散了，这不是什么新闻，没甚可看的。”

众人被他一说，虽然走了两个，可是那好看热闹的人，早又有几个来补了缺，依旧拥着不散，竟如春风过耳，毫无一点儿效验。少年见有人转圜，也借此收科，丢下道士，回身径向后走进去了。

那大汉立在门口，眼看着道士，一面口中嚷劝各位请散，一面向道士道：“咱们乃是隔教，向来僧道无缘，还请你向别处去吧！”

那道士闻言，向大汉瞟了一眼，微笑道：“好个僧道无缘，贫道自来募化，向系择人而施，你们东家如果真和僧道无缘，咱也不来了。但你既这般说，咱也姑妄听之，烦你告诉你家主人，就说贫道和他早晚再见吧！”

那大汉闻言，面色一红，回说：“很好，俺回禀主人，早晚专等就是了。”

道士也不再言，站起身来，向众人打了个稽首道：“请让开！”

众人闻言后退。道士举步欲行，忽地回头来，又向麋启世瞅了一眼。

麋启世看了半天，正立着出神，陡见他向自己瞟了一眼，心中一惊，假作不知，故意低下头去。道士敲着竹梆，一径向街上去了。看闲的人也陆续散去。

麋启世跟在闲人身后，向前行走，心忖，这道士语中有刺，莫非与那纸扎店东家有甚芥蒂？这早晚见的话，似乎约期交手的意思。但不知这像生店的主人是谁，又不知他和什么僧道结过缘来。我既出门访友，岂可错失这个机会？况且那道士又屡次瞧我，我便不去寻他，也许他还要来寻我呢。自古胆大赢胆小，我何不紧走几步，追上那个道士，先向他挑逗呢？麋启世想定主意，忙将足下一紧，向那道士走去的街道上追去。

毕竟追着道士，如何开科，请待下回分解。

第二回

方外人有心戏杰士
名镖师无意结冤家

话说糜启世将足下一紧，向那化缘道士去的街道上追去。追不到半条街，已将那道士追上，只见那道士仍在边敲边走。糜启世将道士赶上，本想先向他开科的，但这时反而又沉吟不决，为难起来。心中怙惙，自己原和他风马牛，正如井水不犯河水，这会儿平白地向他挑衅，岂非咎在我？倒不如人不犯我，我不犯人吧。

糜启世正在迟疑，那道士忽然回过头来，猛可里见了糜启世，口中念声："无量佛！"不由竟止步回身，立在街心不动，瞧着糜启世微微地一笑。糜启世见他这一笑，心中以为他瞧自己镖师不起，很有几分轻视，不由动怒。再估量他立足相待的心理，定是试探自己敢过去与否的一个用意。遂大踏步昂然前行，假作不理会，运用气力，故意挨着那道人的身旁，擦肩而过。满谓道人被自己这一碰，虽不跌倒，也得打个踉跄，谁知这一碰，不但不曾将那道士碰得动一动，反而将自己身体碰得生疼。幸亏糜启世也是个内家，不曾当面献丑，要不然定要跌在街心，耍一个五岳朝天。

糜启世大吃一惊，暗忖，幸而是我，要是他人，还恐当场出彩呢！我倒不可不乘风转舵，免得弄成骑虎难下。边想边将面容一变，忙回转身躯，抱拳带笑，向着道人赔话道："道长，愚下行路粗鲁，望勿见罪。"

道人闻言，忙回了个问讯，微笑道："不妨，别说镖师父不曾碰伤贫道什么，便是碰伤什么，也没甚要紧。但是贫道既承错受，咱们应得亲近亲近，来来来，咱握握手!”

说着，将右手敲竹梆的短竿移到左手，伸右手来和麋启世行握手礼。麋启世到此地位，所谓欲罢不能，不便当面示弱，只得将全身力气齐运到右手指掌上来，伸手与道士握手行礼。满谓此举虽不能将方才的面子扳回，也得挣到个半斤八两。谁知这一握，越发使麋启世汗流浃背，自叫惭愧。原来那道士握住麋启世的手，略一使劲，麋启世已觉热辣辣的痛不可耐，勉强忍着，才将个哎呀噤住，不曾出口。

握手以后，道士笑问：“镖师父，适间何事匆忙？敢问尊姓台甫？”

麋启世见问，明知他是嘲笑自己，但只得以讹就错，说：“适有小事，遂致误撞道长。愚下如今事还未完，不便久谈，只索少陪，再见。”说罢，拱了拱手，回身即行。

道士在后面缓步随着，自言自语地笑道：“俺起初只道是位名家，谁知却是一个无名小辈。早知如此，只要略施小计，定叫你断筋折臂，仰面朝天。”

道士这几句话，明是挑逗麋启世。麋启世听在耳内，怎得不气？不禁驻足回身，喝声：“道人，你这话说谁呀？”

道人道：“咦！奇怪，贫道说话，与你何干，怎么你偏要多心呢？贫道方外人，不和你一般见识。你去吧!”

麋启世见道士言语不逊，越发火上浇油，喝声：“道人，你如与我一般见识，便当怎样？”

道士笑道：“毕竟是少年气盛，说一句玩话，也值得如此着恼？贫道已经说过不和你一般见识，那还和你较量什么？”

麋启世见他这般冷言冷语，半真不假的，格外生嗔，喝问道人：“你方才说谁是小辈？”

道人笑道：“贫道不和你认真，你怎么偏要打破砂钵问到底？说句笑话，贫道便是说足下一句小辈，也没甚要紧，何况贫道未曾提说你的尊姓大名呢。”

麋启世见他嬉皮笑脸的，居然说叫自己一声小辈也不要紧，不由暴躁道：“照你这般说时，我便骂你一声妖道也没要紧了？”

道士笑道：“不妨，便是一个人要有挨骂的资格，也不容易呢！你爱骂，骂就得了。”

麋启世见他毫不认真，却也无法，只得口中随风转舵，说：“你既不说我，我又何必骂你呢？”说罢，便向方才来的路上走去。

道士却也不理会，一径去了。麋启世边走边回头望了一眼，见道士已扬长而去，已不敲那竹梆了，知道他是因时候已晚，定是回什么庙宇或是下处去了。思忖，这道士有意挑衅，却又故意忍耐不发，似乎又很有涵养，自己如果和他争较，亦未必定能取胜，乐得就此收科，且用冷眼旁观，净等他和像生店内的好戏瞧吧。

边想边走，已走回原路，又走到那像生店的门口来。正见那少年立在门口，和街坊邻舍说闲话，正是说的道士化缘之事。麋启世由门首走过，仔细向店内打量了一番，探了探道，方才遵原路回转悦宾旅馆，走进后面。

小二见客人回来，忙起身开了房门。麋启世进房坐下。

小二取茶壶泡了茶来，搁在桌上，问：“麋爷晚间用饭还是吃面食？用什么酒菜？”

麋启世是南方人，不惯吃面食，又兼心中挂记着道士对像生店内大汉所说早晚见的话，存心要去看回热闹，怕吃酒误事，因此遂回说：“不吃酒。”一面信口说了两样饭菜。

小二答应出去，不一会儿，天色渐晚，房间内已渐见黑暗。小二掌灯进来，同时又送进刚才所要的饭菜，搁在桌上道：“请爷用饭。”小二却一旁立着伺候添饭。

麋启世吃罢饭后，小二打水进来，绞手巾请麋爷擦脸，一边收拾碗筷，拭抹桌子，退出房去。一会儿又进来泡了茶。

麋启世坐在房内，对灯独坐，颇觉枯寂，寻思那化缘道士戏弄自己，虽然可恼，但是他的本领却也居己之上，不仅不曾将他碰得动，而且反被他捏得疼，即此一点，已是可知。方才自己如和他因一时不忿，较量起来，恐怕自己还得吃亏呢。但自己仗着本领，出外访友，原是闻所闻而来，自应见所见而去，岂可如此自甘放弃？将来如给他人知道，岂不笑自己是银样镴枪头吗？糜启世寻思半晌，被虚荣心所役使，觉得自己此时，如同身骑虎背，欲罢不能，本思不欲多事的，到此竟抱了个观光主义，准备先去探那像生店内的情形，存心在暗中看那道士来不来。如果来时，那光景正和诸侯救赵一般，自己正好作壁上观，岂不大妙？

糜启世打定主意，即掩上房门，在床上打了会儿坐，呼吸运气，养了会儿神，然后将包裹打开，取出黑色夜行衣靠来，将身上衣服换下，佩上百宝囊，背上弹弓、单刀，一切应用物件，吹灭了灯亮，在床上又趺坐了一会儿。静听外面，已是万籁俱寂，了无声息，知道客栈内旅客均已安息，起身下床，走到客前，向外张望。只见天井内照着月色，晶莹寂静。糜启世轻轻将窗户呀的一声打开了，托地跳出窗外，顺手将窗阖上，蹑着足步，走到天井内，耸身纵上屋去，辨了辨方向，蹿房越脊，径向那像生店的屋上而来。好在他白天在街坊上立了许久，又很注意地探过了道儿，此时在月色之下，纤毫毕见，因此糜启世得以毫不难于辨识地径到像生店的屋上来。

糜启世到了屋上，四面望了一望，见无人影。向下一望，只见街上静寂寂的，各家店铺都望衡对宇地关着门，只有那守夜的犬吠声互相应和。向里面一瞧，却见后面绵接几进房屋，地方颇为宽敞。仔细看时，才知这像生店的铺子，前面乃是间十八门的店面房子，一顺五间店铺市房，都是如此的。后面便是一顺明三暗五的住宅房子，那其余四家店铺，后面都与里面隔绝，有道夹墙砌着，只有这纸扎店是和后面通连的。观那形势，是由像生店进内，须先走过一方小天井，由天井进内，便是后面房屋的大门。进得大门，便是屏风，绕出屏风，便是对厅。一顺五间，俱是敞厅，厅的对面便是五间大厅。那对厅乃是倒座堂前，建筑系大五架梁的房子，大厅系大七架梁，一般都是明窗净几，布置得富丽豪华。中间大天井内，两旁都安设着花架，花架上各安放着应时盆景名花。中间且建有一座三孔的金鱼池，池旁种有冬青树，剪得一斩齐的，毫无参差。

糜启世在屋上一面观察，一边脚下移动，渐向后行。越过了大厅，看第三进时，却是明三暗五的一座花厅，天井内满栽着奇葩异草，那三间正厅之旁，都各砌着一道墙。要不是在屋上，一时谁也看不出它是明三暗五的房屋来，还都要当它是只有三间呢。糜启世在屋上借着月色细看，才知这两旁的两间余屋，左首的是精雅客座，右首的是书房。糜启世心忖，这家人家定是个富户，但看他这房屋铺陈，便可明白了。但是他为何别的店不开，却偏要开纸扎店呢？况且大富翁也不在乎区区的房钱，又何以欲将几间市房租给人家开店，收房租呢？这像生店要不是他家开的吧，那么，他家进进出出的人定然很多，却怎么便当呢？可就真不解了。

糜启世边想边向后行，越过花厅的屋脊，正待向下望，猛不防嗖的一声，白光一闪，一刀由脑后砍来。糜启世大吃一惊，急将身躯向斜刺里一侧，躲过了刀，一面伸手在背上拔下单刀，托地跳过去和来人交手。定睛看时，却是那白天到门首来唤少年入内，又和道士斗口的那个大汉。此时扎束得像戏台上扮演的四杰村中余千模样，只不过双斧易了单刀罢了，一面恶狠狠地与糜启世厮拼，一面喝骂道："好鼠辈，敢来太岁头上动土，你们那个贼道人这会儿也来了没有？咱们可等候久了。"

糜启世闻言，才知他误会自己是和道士同党，故此和自己拼命。我何妨借此先显显我的手段，然后再和他说明自己与道人不是同伴，岂不是好？糜启世边想边将刀法变换，诈作战败，回身向斜刺里逃走。那汉子如何肯舍？在后紧追。糜启世蹿高纵低，飞也似的向前败走，看看已来到城头上，离那像生店的街道已是远了。糜启世回头一看，见那汉是独自一人追来，并无帮后，遂将身体在城头上立定，在背上取下弹弓来，向着来人砰的一声，拉着弓弦作势。那汉只道他使暗器，忙将身体一闪，却不见些影响，知道是空的，遂又大胆赶来。

麋启世这时已在百宝囊内取出五粒精圆的铁弹丸，拉弓作势，对来人大声道：“朋友，且慢动手，我有话说。”

那汉用刀护着，防他发弹子，一面立足问道：“鼠辈！有何话说？凭你使什么暗器，咱也不怕。”

麋启世道：“朋友，且别骂人，我是由此路过访友之人，并非与你家有何嫌隙。因你方才说我是什么道人的同党，所以我才诈败，让个面子给你，借此好全你我两下的交情。如今你既追我到此，请通个名来，我们以后见着，也好称呼。”

那汉狂笑道：“鼠辈，休得多辩！你道俺不认识你吗？你白天穿着镖师的衣服，在咱们门口立了许久，东张西望，还说不是那贼道的同党吗？你也不用装呆，既做道人的同党，又穿镖师的行头，在外边走道儿的人，难道规矩也不懂吗？俺主仆的名字，你还会不知道吗？”

麋启世见说，不禁自叫一声惭愧，惶恐自己闯荡江湖，连个入乡问俗的意思也不曾行使。向例自己每到一处，总得先访问本地的豪杰是谁，后去拜谒结交，总只为今天在桥上碰着道人，即投客栈，遂将此事忘却。边想边说：“朋友，你且慢怪着我，我委实系路经此地，只因白天见道人和你说早晚和你的主人见，遂打动了我的好奇心，要想来看回热闹，却不料遇着你。究竟道士和你们主人有何底气，你主仆二位的尊姓大名，我可实是一概不知。便是那个道人，我也不知他是谁呀？”

那汉笑骂道：“小辈，谁和你是朋友？分明你和那贼道是同伴，他下去办事，你给他巡风，你还狡展做什么？”说着，一手在身边取出支镖来，喝声：“着打！”将手一放，那支镖便向麋启世的哽嗓咽喉打来。

麋启世急将身体一偏，让了过去，顺手将弹弓一打，那支镖已被打落在城垣上面。口中说：“朋友，你怎么竟毫不懂交情？我对你说实话，你却要死命地和我相争。我如回敬你一下，怕你受不了。如今我不和你一般见识，咱们算和了吧！”

那汉闻言，只道糜启世小看了他，奚落他无能，不由怒红了面皮，也不开口，将脚一跺，一个箭步，已纵到糜启世的面前，抡刀就剁。糜启世见他来势凶猛，只得鲤鱼打挺，向后退让，一面将弹弓归并左手，右手用单刀抵敌。两人在那城垣上厮杀起来，这一回糜启世可不和他客气了，将手中的刀法变换，一刀紧一刀，丝毫不放一步，剁劈架拦，跳纵刺削，十二分地紧逼。

那汉初时还好抵挡，及至战到后首，渐渐地有些不支，只得将身一纵，跳出圈子外来，脚下明白，一缕烟也似的向来时的路上逃走。

糜启世哈哈笑道：“如此没用，也要逞强。”边笑边在后追。又大声唤道：“朋友，我今日路过此地，不和你争较，卖个交情给你。你也不用慌促，更不用误会，须知我和那道人是风马牛毫不相涉的。好了，他日有缘，我们再见吧！”

说罢止步不追，认了认方向，自回那悦宾旅馆的屋上来。一转眼间，已是到了脚下，轻轻跳下天井，蹑着足步，走进回廊，伸手推开窗槅，将身一纵，跳进屋内，好似轻风吹落叶一般，毫无声息。回身先关上窗，摸着刀石，敲燃了灯亮，预备铺床叠被，脱衣安寝。猛可里忽听得外面锣声镗镗，打着乱锣，一片声嚷着：“不好了，走水了！”

糜启世走去推窗，抬头向天井内一望，只见一片火光，映得天上通红，当这深夜之时，越发显得祝融氏的威武。

糜启世正在向外望，忽听得隔壁房间内也一阵响动，呀的一声，将窗开了，向外面望着，口中说：“哎呀，好大火！”

如此，一连好几个房间内的寓客都被这走水的呼声惊醒。出门人睡觉，大都是易醒的多，一时间竟人声嘈杂，乌乱起来。

那旁走过值夜的小二向众人道：“别慌别慌，远着呢，大家安心睡觉吧！”

便有人问道："小二哥，是什么地方走水呀?"

小二道："在中街上隗家纸扎店后面，羊公馆内，离此有点儿路。你们各位大胆睡吧!"

糜启世听说是纸扎店后面，心中一动。

毕竟这纸扎店后面，如何起火，请看下回分解。

第三回

访土豪道人初施计
会恶霸镖客再显技

话说糜启世在悦宾旅馆房内，听说是中街上隗家纸扎店后面羊公馆走水，心中不由一动，暗忖，莫非是那道人弄的玄虚？但是自己于无形中已给那道人帮了忙了，这真是无巧不成话啊。越想越对。

正在寻思，那小二又走过来对众人道：“各位客人，请安息吧！这会儿火势已息下去了。”

众人抬头望时，果然天空中红光已是大减，那外面街坊上的人声也不似方才的喧哗乌乱了。大家便都安了心，关窗安睡。糜启世也随着大众，缩身关窗，脱衣上床，睡将下来。因为时候不早，便闭目呼吸，使用着催眠的方法，一会儿即已栩栩蘧蘧，往黑甜乡内游览意园，访庄周先生，讲《南华经》去了。

及至一觉醒来，已是红日高升，糜启世披衣趿鞋，下床推窗，开了房门，早有个值早班的小二跑过来笑嘻嘻地请了个早安，便走进房内，拿了面盆、茶壶、漱盂，出外冲了茶水来，放在桌上，口说：“请爷擦脸！”随走到床边，哈腰伸手，向床下一提那夜壶，见是空的，便放下了，抬身便整理被卧，铺叠齐整。即问：“爷用什么早点？”

糜启世腹内正打稿儿，思量到此还未往茶坊酒馆走动，便是同行也未曾去访，见问，便回说：“不消，我到外面去吃吧！”

小二特别恭维，笑眯眯地讨好儿道：“咱们这中街上有家长春馆，乃是最有名的吃食店，专做各式精致点心。爷如到外面去吃，长春馆不可不去试试。”

糜启世道：“原来恁地，我正想问你呢！”说着话，洗漱已毕，整了整衣冠，仍旧镖师打扮，走出房外，吩咐小二关锁了房门，一径走出悦宾旅馆，向街道上便走。思量夜间失火，是中街地方，那长春馆既在中街，当然也在那里，便缓步向前走去。行行又行行，正由那纸扎店门口经过，街道上水汪汪的，仍旧湿漉淋滑。糜启世向内睃了一眼，只见柜内昨日所陈列的些像生人物、明器等件，均已破碎不堪，便是那柜台，也倾欹在一边。门口立着个家丁模样的汉子，在那里张望，手中还拿着柄扫帚，那光景是预备打扫门口街道。

糜启世走了过去，自信所料不差，果然是这里走水。边想边抬头一望，见前面高悬着一面市招大字旗，写的是“长春馆”，京苏大菜，满汉筵席，知道即在面前，便三脚两步，径走到长春馆内，噔噔噔走上楼去，四面一望，见座头颇多，吃客却也不少，便拣了副临窗的座位，坐将下来。过卖过来问：“爷用什么点心？”

糜启世心想，小二说这里精制各式点心，我何不要几式点心尝尝？便问道：“你们这里有些什么呢？”

过卖一口气报了出来道：“小包子、烧卖、饺子、锅烙，各式大面，各式素点，爷合意用什么，请点吧！”

糜启世道：“你给我要十件烧卖、十件小包子，再来一个炸酱面，多搁点儿辣。”

过卖道：“爷可用酒吗？”

糜启世道：“好，来半斤陈绍，带一个拌鸡丝来吧！”

过卖答应着喊了下去，一转身，先将杯筷陈酒和拌鸡丝取来，搁在糜启世的面前。糜启世筛了杯酒，嗅了嗅香气颇佳，呷口一尝，颇为醇厚，不禁暗赞道：“好酒！”

用筷夹了些鸡丝来过酒，边吃边向四面闲望。一则挨延晨光，再则想顺便哨探哨探昨日火警的事。

正在闲眺，猛可里只听得楼梯噔噔噔一阵响，上来了两个人，乃是一文一武，文的商家打扮，武的武生模样，文前武后，上来望了望，不偏不斜，恰巧拣了麋启世对面桌坐下，四只眼睛不约而同地一齐向麋启世身上射来。麋启世是做镖师在外走道的人，青红两帮，黑白两道，九流三教，什么样的人都见过，岂有这两人看不出来之理？他一见二人双目都炯炯有光，已知是精于技击之人。再看那文的雄赳赳的样儿，正是个精壮大汉，表面上虽系买卖人打扮，实地里分明是个漏网的大盗。那武生衣冠华好，气宇轩昂，颇像个公子哥儿。再一凝神，哎呀，这不就是昨日立在像生店门口的那位少年吗？麋启世看在眼内，心中不由一呆，暗说，来得正好，且得个机会，向他开科。

正在寻思，只听楼梯又响，上来了一个大汉，那人上来，四面望了一眼，忽然又翻身下去，一转身，楼梯噔噔噔一阵响，连接着来了三人，为首的道家打扮，正是昨日化缘的那个道士，第二个便是刚才先上来的大汉，第三个却是个文生秀士模样，却一齐坐到麋启世斜对面的座位上来。这时，三张桌子正成了个三角式。

麋启世见着，心中陡然省悟，料道来者不善，善者不来，双方分明似约定在此聚会的一般。人数虽少，可也有些像南边流氓吃讲茶的局格。我凭空无端地搅在一起，正如跳上泥水，再也洗不清楚。停会儿这出全武行代打出手的好戏，定然是够热闹的呢。左不过自己无因加入，有些犯不着罢了。边想边向两边桌上看，只见一边一个堂倌，在那里向双方问长问短，安着杯筷碗碟，回身在那楼梯边向下嚷喊着酒菜点心的名色。那招呼少年二人的过卖，特别恭维，一边口中少爷公子的称呼，一边绞着手巾泡着小壶茶送上。

正在此时，楼梯噔噔噔又响，上来一个头陀，姿容英武，气概雄壮，头上一头乱发，用一道铜箍束着，身上穿着身半新不旧的僧衣，足蹬一双麻鞋。走上扶梯口，向四面望了望，因见无有空座头，便搭讪着到麋启世的桌上来坐下了。堂倌见着，转身跑来招呼。

这时正是上早市的当儿，长春馆楼上二十来副座头，均已坐满了吃客，尽有些后至之人，因无有空位，回身走了的，真是座上客常满，名不虚传。糜启世见头陀一屁股坐在自己桌子的横头上，略一注视，只见他双眼炯炯有光，那样子也不是个善类，不由一惊，暗忖，这是怎么回事，怎么今日有这许多人，冤家路窄，到此聚会？一转念，看来此人定系与双方任何一方面有关系的人。他别的座头不去拼坐，却来自己的桌上同桌，定然也有些用意。反正自己是事到其间，要想摆脱，也摆脱不了，他既与自己同桌，何妨就近水楼台先得月，先和他攀谈攀谈呢？边想边瞧他与过卖讲话，要酒要菜，一般也要了两色点心。过卖应着，回身喊了下去。

那头陀却自管自地安闲坐着，并不向糜启世看。糜启世见他不和自己兜搭，便自言自语道："好酒啊好酒！"说着，擎杯喝了一口，放下酒杯，用筷子夹菜，边吃边说："这馆子酒菜真不错，怪不得要卖满座呢！"

那头陀见他自言自语，便斜睨着眼睛，向着他看了一看。糜启世乘机向着头陀点头道："师父敢情也是来打尖？"

那头陀也有意无意地点点头，回说："正是呢！"

糜启世接着问道："请问师父上下，住锡在何处名山宝刹？"

头陀回说："贫僧法号志静，在嵩山少林寺出家，现在本地灵鹫寺挂单。尚未请教达官尊姓贵讳！"

糜启世见他回问，心喜尚有几分接近的意思，便捏造一个姓氏回道："小可名唤麻公达，向在长沙坡子街雷公镖行内做伙计。此番因有事往郑州，路过此地，闻说此地点心酒菜均皆佳妙，所以特来此处尝试尝试。师父敢情也是闻名到此？"

头陀点点头。

二人说话时，那边桌上少年和大汉不住地向这边看。糜启世借此开科，问头陀道："师父敢情与那位有些面善吗？他正向师父望着呢！"

头陀侧转头来，向那桌上看了看，回说："正是。他原和贫僧在何处见过，可惜就是不曾通过名姓。"

糜启世紧接一句道："师父这时何不向他问问呢？下次见着，岂不也好招呼？"

头陀摇头道："出家人与俗家接近的机会少，也用不着多亲近。况且他是位公子哥儿的模样，纨绔习气未脱，贫僧和他无招呼之必要呢！"

糜启世道："师父既住锡在此，小可向师父打听一件事，未知师父可能知道吗？"

头陀道："达官要问何事？"

糜启世道："小可初次到此，即遇着那面桌上的一位化缘道人，这道人似乎和小可认识的一般，他一见了小可，便注意地瞧我，不知师父可认识那道人吗？"

头陀笑道："达官此言，问得诧异之极，释、道不同教，我怎会认识他呢？"

糜启世碰了一鼻子灰，自思，这话原是问错，便说："师父，灵鹫寺离此有多少路呢？"

头陀道："很近很近，就在这街头箭道后面。"

糜启世道："如此说来，昨夜走水，想必受惊了！"

头陀道："正是呢。"

糜启世道："听说昨日走水的人家，乃是本地有名的大户羊公馆后宅，不知是不是呢？"

头陀笑道："就是你刚问的那个少年家内，你打听这件事做什么呢？"

说着话，堂倌已将糜启世要的点心和头陀要的酒菜送了上来。

糜启世向那两桌上看时，也由堂倌陆续送上酒菜点心，当即一面让头陀用酒菜早点，一面回说："师父有所不知，小可闻人传言，羊公馆昨夜之火，有些蹊跷，所以要打听打听，那也无非是添长些见闻罢了，并没什么意思。"

头陀道："原来恁地，我闻得一二，据说这火是仇家放的，也不知确不确。"

二人正在边吃边谈，那边桌上的化缘道人已走将过来，对那少年打了个稽首道："羊大爷昨夜受惊了！"

少年红着脸起身还礼，说："道长请坐，怎能知道愚下舍间走水？"

道人笑道："贫道方才到府拜访，见那般水湿情形，问其原委，才知其故……"

道人话犹未完，那和少年同坐在一桌的大汉已是扬眉怒目，直立起来，冲着那道人啐道："你这牛鼻子道人，卖弄什么机巧，竟敢将人作傻子吗？你自己做的事，还要打听才明白吗？当面取笑人，留心人到何处不相逢吧！"

道人微笑道："请坐着用点心，贫道问了句无心话，不料反惹你多心，这真是天下本无事，庸人自扰之了。"

少年接口道："道长说到舍下去过，不知鹤驾为何下顾，尚请明白见教。"

道人笑道："论理，贫道是方外之人，不该多管闲事。但因此事关系太大，贫道不容不问，所以才不辞跋涉，冒昧晋谒尊府。"

少年闻言，面色陡异，涨得如紫猪肝一般，强作镇定，假意含笑，说："道长下顾，有失迎迓，但不知有何见教，尚乞明示。"

道人还未开口，那大汉已羼言道："有什么大事？左不过募缘罢了，问他则甚？"

道人微笑道："照啊！贫道正为的化缘，可是这个缘，乃是件大功德，不是寻常的小缘。"

少年接口道："道长来意，愚下已有几分明白，想是为的这件事吗？"说着，将右手伸了三个指头，打了个手势。

道人笑道："无事不登三宝殿，尊驾真是位达者，果然明人不消细说，贫道不远千里而来，正是为着此事。"

少年也笑道："愚下虽非顾曲周郎，却也颇能闻弦歌而知雅意，不是愚下大胆，冲着道长的面，说句冒昧的话，别的事还可以商量，这件事却不能从命，道长还是省一句吧！"

那大汉也接口道："咱们本来僧道无缘，你这老道，快请回本位，休得饶舌！"

道人冷笑道："好个僧道无缘，贫道也是久仰。但有一层，广结善缘，圆满功德，实系最大的善果，二位本来乐善为怀，谅来不致推却。须知贫道既已闻所闻而来，自应见所见而去，哪有入宝山而空手回去之理？还请二位随缘乐助的好。"

大汉抗声道："你这牛鼻子道人，谁曾和你有半面相识？须知咱俩是半文无舍的呢！"

道人笑道："二位还是写了贫道的这笔缘吧，免得后来有许多不便。"

少年和大汉齐声道："任凭你使什么伎俩，咱们绝不能写缘。须知咱们也不是什么省油灯，谅无什么不便。"

道人笑道："二位不必固执，停会儿贫道再到尊府相候……"

道人说犹未毕，那旁与道人同桌的大汉却已拍案而起，走将来扯了道人，径回本位，口中说："放着热气腾腾的点心不吃，却去和他扯什么淡？这会儿他不肯，停会儿咱们难道便不好到他家中去吗？"

糜启世见双方言辞闪烁、针锋相对，不知所为何事，思忖，头陀所说，火是仇家放的，这样看来，真颇有些扑朔迷离了。便想趁此机会，起身向着两面桌上抱拳，问明究竟。刚要起身，一眼见头陀目不转瞬地望着自己出神，不由心中一愣，不知不觉地竟将要向双方问话的意念打断，问头陀道："师父，你净瞧着愚下做什么呢？"

头陀微笑道："没什么，左不过看着你有些好玩，人家的闲是闲非，要你多管他怎的？"

糜启世闻言，暗讶，好怪，怎么我肚内的事，他会明白了呢？遂说："师父，你老既然知道，莫非双方皆非好相与，此事是多问不得的吗？"

头陀正容道："有什么问不得，不过据我所知，那姓羊的在江湖上颇有势力。你是位达官，是靠着走道儿吃饭的，万一你一问，他不买你的账、不给你的面子，那可怎么办？假使因此结了怨，以后达官走道儿，可就多许多事了。出门人总以省事为佳，所以贫僧说别多管。倘然达官是个真有心胸肝胆的大英雄、不怕事的真豪杰，自信有实在本领的男儿汉，便去问问，又有何妨？”

糜启世听他话中有刺，半似劝自己不要多事，半似笑自己无能，想着自己出门的目的和昨夜之事，已是事到其间，自己在两湖要足了面子，岂可到此便不敢多问一句话，给这头陀瞧不起？糜启世心中一想，登时鼓着勇气，起身离座，先向那少年的座上来，冲着那少年和大汉抱拳带笑，说声：“二位请了！”

少年忙起身拱手招呼，问：“尊驾有何见教？”

那大汉却也抬身问道：“足下台衔，如何称呼？你我素昧平生，不知有何事下问？请坐下来谈吧！”

糜启世连称：“不敢，还不曾请教二位爷的贵姓尊讳。”

二人齐声道：“先请教吧！”

糜启世随意捏造了个姓名，说：“小可名唤宛炳章，转请教二位贵姓大名？”

少年道：“原来却是宛爷，久仰久仰！小可姓羊，贱字镜清，这位乃是敝友段知远。”说着，将手向那大汉一指。

糜启世忙又向二人拱手，遂说：“在下冒昧奉渎，无有别事，只因在下初次出外走道，礼应拜访所过各地的贤豪。方才在下见二位和对面那位道长讲话的神气，知道二位乃是本地的豪杰，岂可失之交臂？故此过来相候。”

段知远闻言，向他瞅了一眼。

羊镜清却也开言道：“原来为此，尊驾昨日不是也曾驾临敝舍吗？那时倒是小可失敬了。尊驾谬许小可俩为本地豪杰，那是过奖了。其实小可俩毫无一点儿名气，像宛爷这样走南到北，见多识广，天下贤豪，也不知见了多少。像小可俩别说不及格，便是得能滥竽其中，也不过是沧海之一粟罢了。照此说来，足下请将座位移过来，咱们大家同桌而食，也好畅谈畅谈。”

段知远接口道："宛爷乃是达官，承蒙不弃下顾，小可俩非常荣幸，可是昨日宛爷驾临，有失迎迓，而且又多有冒犯，宛爷是明人，谅来不知不罪。今日宛爷既在此惠然畅谈，小可俩礼应略尽地主之谊。"

糜启世见二人都说昨日失迎的话，认定话中有刺，遂说："二位不罪在下的冒昧，已是感激得很了，在下斗胆也不敢怪人，何况二位是当地贤豪，和在下原是风马牛呢？讲到昨日的话，二位的意思，在下已有几分明了，可真是误会了。这地方人多，不是讲话之所，停会儿再到府领教吧！二位请用，在下少陪。"说罢，回转本位。

那志静头陀正独自吃着，见他回来，不由低声笑道："达官，你老毕竟贵姓麻，还是姓宛呀？常言：'大丈夫坐不更姓，行不改名。'怎么你老一转眼之间，便由麻公达变作了宛炳章啊？贫僧倒真有些不解呢！"

糜启世被他一提，陡然省悟，暗笑自己露了马脚，忙掩饰道："师父有所不知，小可本名原是麻公达，因兼祧着外家，外家姓宛，故此又名宛炳章，并非小可擅改名姓啊！"说着，心中忖度，这头陀看是无意，却也是个有心人呢。

边想边吃，一会儿，酒干菜尽，点心已是吃完，一碗炸酱面只吃得一半，已是腹中饱满，遂剩下来不吃，向着堂倌招招手。堂倌知道就里，去绞了手巾，带着漱口水，送将前来。

糜启世漱口擦面，同时那头陀也吃完了，也在那里擦脸。糜启世擦面后，坐着呷茶。堂倌拿了几根牙签，送到他面前，一面收拾桌上的酒壶碗碟杯筷，在肩头上拿下抹布来，揩抹桌子。只见那头陀擦脸之后，立起身来，对糜启世说声再见，即向楼下去了，也不曾见他会钞。

糜启世再看那两面桌上时，道人和少年等均已擦脸漱口，先后下楼走了。糜启世随也起身，问堂倌该多少钱。

堂倌说："请下面柜上会吧！"

糜启世起身下楼，刚走到扶梯半腰，忽听那堂倌在梯口嚷道：

“啥！十二座到柜。”下面柜上接着应了一声。

糜启世走下扶梯，到了柜前，掌柜的向糜启世望了一眼，说：“达官，您老的账，已有人给会过了。”

糜启世闻言称奇，便问：“是谁给会的？”

掌柜的道：“是一位道士，他来时便给达官会账，然后才上楼去的。”

糜启世暗说，奇怪，怎么他会知道我已先在楼上呢？边想边问：“那道士可是一行三人吗？”

掌柜的点头道：“正是三位。难道您老不认识吗？”

糜启世道：“我和他们是萍水相逢，哪会认得？无端怎好要他会账，这真叫作受之有愧了。”说罢，别了掌柜的，回身走出长春馆大门，一径回转悦宾旅馆。

小二开了房门，糜启世进去，将周身上下的衣服换得整齐，改作文士打扮，一切应用的兵器完全不带，仍命小二锁了房门，走出悦宾旅馆，由原路往羊公馆来。到得门前，却见地下的水湿已干，像生店内凌乱的物件已收拾得整洁。店内立着个大汉，正是昨夜与自己交手之人，在那里叉着腰，摆着花瓶架子，面向着街心卖呆。

糜启世走进去，向着大汉拱手道：“请了！”

大汉并不回礼，没好气地回问：“你来做什么？”

糜启世道：“小可到此拜访羊镜清大爷的，请问可在里面吗？”

大汉道：“原来如此，来得正好，正在里面等着呢。请进去吧！”

糜启世见他丁字脚立着，动也不动，心忖，这厮可恶，既不回礼，又不入内去通知，竟叫我进去，遂说：“小可初到，不知路径，相烦大爷引进引进。”

大汉笑道：“你何必客气？昨日那样路熟，今日怎反说要引进呢？俺还有别的事，恕不奉陪。”

糜启世碰着一鼻子灰，只得说声：“遵教！”移步向内便走，心中提防着那大汉使促狭。

果然不出所料，刚走到大汉面前，那大汉忽然将身体一欹侧，使着胳膊肘弯儿向糜启世打来。糜启世知道他这个家数，定是闷出的硬功，只有闪让，没有破解。说时迟，那时快，糜启世急将身体一偏，让了过去。那大汉臂膊既未打着，遂使一个进身，将左足一伸，身子一矮，左足就地一圈，使出扫堂腿，向糜启世踢来。糜启世偏身让臂膊，即已防到他这一招，所以不慌不忙，双脚一纵，早已跳过，向内便走。

大汉见他进去，立起身跟着向内便走。在糜启世背后，将叉在腰间的双手缩回，使了个黑虎偷心，抡着右手碗大的拳头，对着糜启世背心就打，口中喝声："着!"糜启世见来得凶，赶着将身体一偏，让过拳头，即使个顺手牵羊式，将大汉的手向前一带，一松手，那大汉向前一栽。糜启世即跟着一进步，伸手将大汉的衣领拉住。大汉本来要跌，被这一拉，却稳住了，不禁羞得面红过耳，说："好！你欺人竟敢欺上门来，咱们停会儿再见。你请进去吧!"

糜启世嬉皮笑脸，拱手哈腰，连说："承让承让，冒犯冒犯，请勿见怪，小可斗胆也不敢欺人。"说罢，向内便走。

那大汉仍旧向店堂外面去立着，糜启世走进甬道，来到里面大门。门口却堵着张大八仙桌子，桌上摆着席酒菜，除去筷子，各件俱全。糜启世要想走进去，被这张桌子堵着，走不了，要从旁边侧身走进，明知这张桌子摆着的意思，是要看自己如何走法。如是从旁侧身而进，未免太显得自己没有能耐；跳过去吧，也太笨了，总是失却本意。

好！我既到此，不能示弱。想定主意，将衣袖一卷，走去蹲下身来，一手擎着一只桌腿，运用全身气力，端将起来，四平八稳，毫无一点儿高低，更无斜欹之状，迈步向内就走，口中说道："是谁将这桌酒餐搁在这里，堵得人家路也不好走？待我给它移开了，免得别人进出不便。"说着走着，偏身伸脚钩开屏门，向内走进，穿堂前到天井内，向旁边蹲身放下。桌上的杯盘碗碟仍旧一般摆着，丝毫也不曾走动。糜启世立起身来，面色无异，气息不喘，向客厅上就走。

早听得檐下一声喝彩。正是那在长春馆见着的大汉，说：“候驾多时，毕竟宛爷是信实之人，请里面坐。”

糜启世让道：“段爷先请。”

段知远道：“不用客气，咱俩携手同行吧！”说罢，伸手过来。

糜启世到此地位，不容不伸手。

毕竟二人手劲强弱如何，请待下回再写。

第四回

试技艺杯酒联欢
化恶缘拳足交锋

话说糜启世见段知远伸手过来，不得不伸手过去，将全身气力都运到手上，和段知远的右手携着，并肩步上台阶，向左内就走。糜启世是在外闯道儿的人，知道强龙不压地头蛇，所以左手上力已运到，却并不使出，专等对方如何，存心万一对方不使劲，自己却先用力，岂非自己多事？故此忍着。

刚走得两三步，便觉得段知远将手劲紧了许多，左手已麻辣辣地生疼，知道来者不善，遂将气力使出。所幸两下势均力敌，半斤巧遇八两，并无一点儿高低，两人心中都暗自佩服。

到得厅堂之内，段知远将手松了，让宛爷上座。糜启世略一谦逊，便在上首太师椅子上坐下。早有个家丁献上茶来。糜启世将那家丁一看，只见他生得浓眉大眼，相貌非常狰狞可怕，知道也非善辈。却见那段知远吩咐他进去，请公子出来，说有位宛爷来访。家丁应声“喳!”走向后面去了。

一会儿，屏风后面脚步响，羊镜清已由屏风后转将出来，冲着糜启世奉揖道：“小可在后面更衣，不知宛爷驾到，未曾远迎，望乞恕罪。”

糜启世一面起身答礼，一面留心他穿的衣服，果然已是换了一套行头。边看边说：“小可冒昧奉拜，承蒙接见，已是荣幸。‘远迎’二字，那何敢当?”

羊镜清举手让道：“宛爷请坐。”说着，自去段知远的下首椅上坐了。

糜启世坐下身来，羊镜清已自开口道：“宛爷枉顾寒舍，不知因何得知贱名？尚乞明教。”

糜启世道：“小可江湖托迹，吃了这碗镖行的饭，天南海北，凡是有买卖，都得去走一遭。先前小可走的是两湖等处的镖，自愧如井底之蛙，所见不广，故此独自一人，往北几省来走。想借此机会，先认识沿途所有的豪杰，将来有事北上，经过各地，也可少去临时抱佛脚的一种麻烦。常言道得好：‘大朋友要小朋友捧，小朋友要大朋友拉。’这便是小可出门走道的初意，也就是小可冒昧到府奉拜的一点儿远因了。

“讲到二位的大名，小可一向僻居在南方，不曾走过北道，二位又从未光临过南省，两下正如风马牛，小可年幼后辈，孤陋寡闻，二位的尊讳原本实系不知的。只因昨日偶从尊府门前经过，看见一位化缘道人在此募化，和刚才在门口的那位壮士言辞颇露锋芒，一个说恭候，一个说再见。小可听在耳内，一时好奇心起，知道夜间尊府定有一番事故，故此于半夜来窥探尊府，也就从此得知二位是本地最超群出众的英雄，遂生了企慕之心、拜谒之意，这便是小可今日来拜的近因了。

“哪知昨夜来到尊府屋上，脚尚未曾站稳，即已发生误会，当即由此刻立在门口的那位壮士，不容分说，嗖嗖嗖，劈面就是几刀，吓得小可急急跳出圈外，跑了回去，以免回了手，无端地两下伤了感情。谁知那位壮士在后苦苦相迫，直追到城头上，还不肯罢休，小可和他申述再三，他老说小可是和道人一路的。小可吃他逼得无可躲闪，没奈何，方才回手，承他的情，给小可些微面子，让了小可，小可方得脱身。

“回转客店，刚要上床，猛听得外面警锣声响，问小二时，才知尊府走水，幸未成灾，只受了些虚惊。故此小可今日一早便欲到府趋拜，一来谢昨日冒昧之罪，二来解释误会，三来致慰问之意……”

话犹未完，段知远已冷笑厲言道：“真人面前，不必说假话。有道是：‘黄熟梅子，不用卖青。’宛爷，你这番说辞，只好欺骗那三岁的孩童，要想在愚下等面前假撇清，那是休想了。愚下早已知道，昨夜道人和足下用的是声东击西之计，你在上面给他巡风，他在下面行事，不料被这里防着。你见难以得到便宜，回身就走，这乃是调虎离山的意思。偏巧那位羊府的余千追了下去，道人见屋上失败，怕足下有甚失错，于是他用围魏救赵之计，在这里放火，好使那赶足下的人回来救火，足下便可脱身。这是昨夜的事，已可显而易见，何况方才在长春馆楼上吃喝之时，你们在楼上虽不曾招呼，楼下的账却是一齐算的。足下既和道人不是一路的，他为何又给足下会账呢？这不是个老大的证见吗？”

糜启世被他这一反诘，暗说一声活该，这真是一部二十四史，不知从何说起，便说：“段爷此言虽然有理，可是天下的事往往无巧不成话，这时小可就说得怎样怎样，料来二位也不信。将来定有事实，可以证明小可是毫不相关的。”

羊镜清笑道：“宛爷说的是，将来总有水落石出的，段兄也不必寻根问底。说句实话，便是宛爷这时承认是和道人一起的，难道段兄与小弟还能攀着门框发狠、坐在家里欺人不成？我们且将闲言抛开，摆席要紧。”

说着，起身出厅，走到天井内，自语道：“这班蠢货，酒席不摆在厅上，却摆在这里，难道请人家吃露天酒席不成？”说着，四面看了看，又自语道：“人到哪里去了，怎么一个也不在此伺候？这些狗头，知道主人请客，故意地偷懒，躲在一边。停会儿俺定要将他们重重地责罚，教训一顿，免得他们下次再这样放肆。慢客事小，得罪朋友事大，这会儿我且不去叫他们，自己动手吧！”说罢，蹲身下去，左手向腰间一叉，伸直了右手过去，紧握着一只桌腿，缓缓地立起身来，将那桌酒席四平八稳地拿着，转身一步一步走上台阶，来到檐下，走进堂前。到得当中，慢慢地蹲身下去，将桌子放将下来，缩手起身。

縻启世先前见他一只手拿桌子，即已暗说，此人手劲比自己大。见他走上台阶，进到堂前，放下桌子，那桌上的物件也和自己方才一般，丝毫不曾移动。再看羊镜清时，一般也是面不改色、气亦不喘，不由得喝了一声彩，说：“羊爷好手劲，真是名不虚传！”

羊镜清笑道：“宛爷过奖了，小可哪有什么手劲？要是段兄拿这张桌子时，那才真超群绝俗、出色惊人呢！”

縻启世听他夸奖段知远，心中疑惑他言过其实，思忖，方才我和他携手而入，他虽然手劲不错，但也不过和我是半斤八两，并未见得即比我强。如今我赞他好，他却夸段知远好。心中一怀疑，禁不住冲口而出道：“羊爷既说段爷出色惊人，小可不知忌讳，意欲请段爷当面一试，也可使小可长些见识，不知段爷亦肯施展施展吗？”

段知远听着，应声而起，连称：“岂敢岂敢！小可哪有什么手劲？羊兄谬赞，宛爷却误信为真。既蒙宛爷催促，小可不得不当面献丑。”说着，伸张两手，走到八仙桌面前，两手各用大、食二指，将那桌缘紧紧捏住，喝声：“起！”端端正正将那一桌酒席四平八稳地端了起来，两臂平伸着，向前走了几步，转身又向外走了几步，仍到原处轻轻放下，一般也面不变色、口不喘气，那桌上的碗碟丝毫不动。

縻启世看在眼中，不由呆了，暗说，亏得我进来不曾粗鲁，假使和那门口的大汉交手起来，他们二人一拥而上，自己岂不立刻栽个大筋斗回去吗？边想边不住口地喝彩，说：“段爷真好手劲，小可十二分地佩服。”

羊镜清道：“段兄的能耐，这还不过是小试其技，停会儿宛爷还有好戏看呢！”

段知远连声谦逊。

羊镜清这时忽然捏着嘴唇，打了个呼哨，喝声：“来呀！”便见方才献茶的那个汉子由后面转出来声喏站着。羊镜清道：“酒席已齐，你快将座位摆好。”

那汉子应声“喳！”便去移过三张椅子，在桌子迎面朝外，和左右两面，各设了一张。安设毕后，退在一边，一转身，即已悄悄退入屏后去了。

羊镜清举手让道："宛爷请上座。"

縻启世略一谦逊，即便坐了首座。段、羊二人两面对坐相陪。

羊镜清伸手执壶，起身给縻、段二人筛酒，自己也满满筛上，坐下身来，说声："宛爷请用酒。"说着，将酒杯擎起。

縻启世擎杯在手，心中迟疑，暗想，常言："害人之心不可有，防人之心不可无。"这杯酒知道他里边有无什么玄虚在内，这可不得不稍微留意。边想边将那酒杯靠在唇边作势，故意缓缓地等待着，两眼瞧着羊、段，看二人饮也不饮。

羊镜清早已料到他的心意，微笑道："宛爷莫非怀疑吗？"随又转口道："唉！这是小可错会意了，无端地以小人之心，度君子之腹。宛爷休要见怪，小可知道宛爷腹中定是抱着个'主不请，客不饮'的主见。来来来！咱们先干上一杯。"说着，将手中酒一饮而干，向着縻启世道："宛爷照杯。"

段知远也将酒干了，两人同时擎着空杯，向着縻启世。

縻启世被羊镜清几句话说得不由面红耳热，只得将酒干了，搭讪笑道："羊爷说哪里话来？小可量窄，所以要略留余地。既蒙不弃，自当奉陪。"说着，也照了杯。

羊镜清复又转身执壶筛酒，筛酒毕后，坐下身来，向桌上望了一望，故意诧怪道："咦！这班蠢奴才，好浑蛋，怎么这般糊涂？既已将酒菜杯碟摆得齐整，怎么筷子却不安设？这班狗头，停会儿非一个个地收拾他们不可。"边说边嚷了声："来啊！"连唤了两遍，却无人应。

羊镜清佯作怒容，霍地立起身来，转口对縻启世道："宛爷莫见怪，小价们太不知事。"说着，又转口道："哦！但这也是常事，谅来这是他们故弄狡诡。"说罢，掀起衣裳，嗖一声在衣底下掣出把雪亮的解腕尖刀来，笑着对縻启世道："宛爷，权且用小刀替代筷子吧！"

縻启世在进来时节，即已看见桌上无有筷子，早料到他们有这么一招，所以此时并不诧异，回说："镖师拜客，用攮子试胆，这本是常事。羊爷既不曾预备筷子，便使刀子，又有何妨？"

羊镜清笑了笑，伸手使刀尖在肉碗内一戳，挑着一块肉，向縻启世口中便送，口称："宛爷请用！"

说时迟，那时疾，羊镜清的刀到时，縻启世早已张口接住。用牙齿咬着刀尖儿，使舌尖将肉拨落在嘴内，张口向后一让，已将刀子吐出，缓缓地将一块肉咀嚼着吃了下去。

羊镜清等他吃完肉，又将鱼鸡等菜肴照例逐样地奉上来。接二连三，逐件奉完，縻启世都不曾损伤分毫。

羊镜清不由哈哈大笑，连称："宛爷的技艺，不愧是位能手。"

縻启世一面谦逊，一面思量去接过尖刀，回敬羊、段二人。还未启口，猛可里见方才在门口和自己比试的大汉，哭丧着脸，扬着拳头，由外面进来，立在席前，高擎着拳头，并不放下，对羊镜清道："公子，那个化缘的道人，同着两个俗家，已是来了。俺不曾和他怎样斗嘴，他竟开口骂俺狗奴才。俺一时怒起，握拳要打他，吃他用手一隔，将俺的拳头已点了穴道，高高地举着，不能动弹，求公子和段爷给俺做主吧！"

羊镜清见了怒道："好个牛鼻子道人，竟敢到俺门上来欺负人！"说着，立起身，伸手在大汉穴道上一点，大汉的血络一活，登时将手垂下。

羊镜清对段、縻二人道："二位请坐，待小可去会了那个恶道。"说罢，三脚两步，走出客厅，往前面去了。

段知远对大汉道："你快去预备着。"

大汉应声是，转往屏后去了。

縻启世闻见在耳目内，知道好戏就此开场，暗忖，这可难了我了，如果袖手旁观，将来被道中人说起来，定说我不够朋友，难道连个排解也不知道？如是上前排解，这件事明知难以调和，反去开口羼言，岂不落一个不智的名号？

糜启世正在思忖，却见羊镜清让着一道二俗进来，正是刚才在长春馆见着的那个大汉，和一个雄赳赳的文相公，另一个便是化缘道人。到得厅上，段知远首先立起，糜启世也跟着立起身来，同时扬手开口让座。糜启世心中为难，刚才他给我会钞，还是谢他好呢，还是不谢他？罢罢罢，只得抱拳向道人道："道长，你我萍水相交，尚未请教过法号，却不道道长方才在长春馆即宠予先施，给愚下会钞。小可承蒙饱德，惭愧得很，当面谢过，并请问道长的法号，现在道长在何处宝观修真？"

道人笑道："彼此自己人，何须这般客气？况且出家人的所有，原是十方施主供给的，分什么彼此。贫道的法名来由，你这会儿不消问，稍停自能明白。"

糜启世见他说彼此自己人，心中暗说，这道人真会说话，竟这么轻轻一句，将我认作他们的同伙。我正在这里洗不干净身子，又被他这一口咬定，岂不应了句话，叫作"欲辩无从"吗？

正待再说两句，好分清理白。那旁羊镜清已是和三人敷衍，请问姓名，并捏嘴唇打着呼哨，高唤来人。那家丁模样的大汉便由屏后转出来。羊镜清命他在酒席桌上添设座位，先给三人献茶。家丁应声"喳！"即去倾了三杯来，用茶盘儿托着献上来。同时道人和同来的两人已各自依次坐在上首椅上，羊、段二人在下首陪着。糜启世这时不能再独立在酒席桌前，只得去上首第四张椅子上坐着。家丁又倾了三杯茶，分献给羊、段、糜三位。

只听道人带笑开言道："羊爷要问贫道等三人的名氏，这个，明人无须细说。你老事前已知，贫道等方才已是吃过，这会儿也吃不下，休得客气。还是三位请各坐原位饮酒，等到三位用毕后，贫道再说来意吧！"

羊镜清笑道："我方才在长春馆已对道长说过，此事万万办不到。并非我不懂交情，道长鹤驾下顾，统不卖个面子，实因这个缘簿，我实在写不起，故此略备水酒，恭候法驾，略表我的歉意。尚望列位原谅则个。"

道人闻言，正色道：“羊公子，多承美意，盛宴贫道心领，从来说的，万无入宝山而空手回去之理。公子是高明之人，当然明白这个道理。又道是：‘千错万错，来人不错。’这个缘，你老不能不写。须知贫道世外之人，如果看得过，放得下，贫道何至来多这件事？实因此事太大，贫道念着菩萨的一片慈悲心，才到这里来募化这个善缘。公子既明白贫道的来意，那是再好也没有的了，贫道劝公子还是写这笔缘的好。”

羊镜清接口笑道：“难道不写就有什么不好不成？”

道人道：“公子果真不肯写缘，是不肯赏给贫道等的面子了。公子既瞧不起贫道们，贫道们虽不敢怎样得罪公子，但是事到其间，贫道们实逼处此，既已出来多事，当然要多管闲事到底。”

段知远在旁忍不住攘臂而起道：“道长，常言：‘闭门自扫窗前雪，休管他家瓦上霜。’道长方外闲人，既不以身为形役，又不以利禄为事，事不关己，道长何苦来多管人家的事呢？”

道人笑道：“贫道虽系出家人，但并未自绝于人类，凡事不得其平则鸣，虽系别人的事，与贫道无关。但既是人家无拳无勇，打落了门牙，往肚里咽，也要人家咽得下，既使人家倾家荡产，又要使人家家破人亡，这着棋虽然高明，但未免过于毒辣。要得贫道不管，除非羊公子写了贫道的缘簿，假使羊公子断然不肯，那贫道亦只有尽力而写。总而言之，羊公子是明白人，自古光棍好遇，像羊公子这样的人，真是再漂亮也没有的。贫道如果没有这个说善缘的本领，也不来多这件事了。”

段知远见他言辞锋芒，遂说：“道长，从来化缘的只有任凭施主随缘乐助，从没有强迫施主之理。照你方才口吻，简直是非依从来意不可。讲到光棍不光棍的话，像羊兄今日预置宴席，专候鹤驾，真可算得尽礼，这便是明明拒绝的意思。道长如其漂亮，走来一见，就该闭口无言，回身而去，何必多言无益，反伤感情呢？”

道人冷笑道：“着呀！贫道既发愿来化缘，从来小缘三千，不如大缘一二。贫道专为此事，才来募化，既来，岂有不作声的理？如其羊公子漂亮得透彻，就该不待贫道开口，昨日一见，应许贫道请求，纵作昨日不知，今日长春馆见着，也可慨然允许，何待此时还要贫道哓哓不已呢？”

羊镜清此时耐不住了，手指道人高声道：“休得多言，你既知道光棍漂亮，岂不知光棍以点到为止吗？我既说过不能应许，你又何苦如此不漂亮？”

道人应声立起抗声道：“照此说来，你我定要伤和气了？真未免有些可惜吧！”

羊镜清也起身道：“果真道长定要寻着我，羊某无可避免，亦只好拂逆道长的意旨。”

道人大声道：“好！羊镜清，你果真香的不吃要吃臭的。贫道今日如不叫你知道点儿厉害，也不见得贫道的本领了。”说着，对大众打了个稽首道：“列位原谅，并非贫道要行粗鲁，实因他是一支双料贡烛，不点不亮。”

羊镜清本是早有预备的，这时撮起嘴唇，打了个呼哨，一面将身上长衣一掖，抢步到酒席桌前，擎起那把解腕尖刀来，恶狠狠指着道人喝骂道：“你这恶道，出口伤人，老子年纪虽轻，天南海北，什么地方不曾到过？三教九流，什么人物不曾见过？何惧你这一个狗头妖道！老子今日便宰了你，也不过宰了一只狗罢了，有什么要紧？”说着，纵步上前，挺刃使一个专诸刺王僚的解数，向道人便刺。

道人不慌不忙，将身一偏，让将过去，伸右手叠食、中两指，在羊镜清持刀的手腕上一击，羊镜清手腕一痛，不由唤声哎呀，那把小攮子已脱手落在地下。道人一脚踹了尖刀，伸左手过去，在羊镜清肩胛上便是一掌。羊镜清急忍痛偏身让过，托地跳出数步。

猛听得屏后一声吆喝，转出五七个彪形大汉来，向道人围攻。段知远见羊镜清吃了亏，亦撩衣卷袖，上前助攻。

毕竟结果如何，且待下回续写。

第五回

溯往事旅店话沧桑
泣今兹古庙逢奇侠

话说段知远同着五七个彪形大汉，不约而同地向道人进攻，那群大汉不消交代，看官即已知道是那个方才与糜启世又和道人等在门首较量的那个大汉等了。他当时受命预备，便转到后面去，邀集了五七个虎也似的伙伴，各在身边暗藏了兵器，一口气跑到前面客厅上来，正见段知远帮着羊镜清和道人为难，便一齐怪吼，向道人猛攻。

在这当儿，糜启世不能再袖手旁观，只得立起身来，冲着大众高嚷道："众位且请住手，彼此有话好说。"说着，伸张两臂，施展拳脚，加入战团，在人窝儿里，将众人隔开。众人分立在两边，各自互相虎视着。

糜启世先向道人道："道长出家人，何苦为募化缘簿之事，与人家红脸？况且羊、段二位治酒相待，也不能说不够交情。常言：'随缘乐助。'既二位不愿，道长何必强人所难呢？"

又向羊、段众人道："道长远来，众位便写了他这笔缘簿，也没什么要紧，何苦这样动武？从来千错万错，来人不错，又说是不看金身看佛面，既是道长同着这两位大爷到府，羊爷何不就多少应许他些呢？"

又说："双方休得动气，彼此有话不妨明说，何至一言不合，便动起手来？万一拳足之下，伤了些什么，可不是玩儿的呢！我劝两家休伤和气。”

道人应声道：“承你老美意，劝咱们两下休伤和气，那是贫道求之不得的事。不过贫道既大远地来了，有言在先，万无入宝山而空手回去之理，故此才不惮辞费，到这里来絮聒。怎奈羊爷不肯应允，贫道何能空回？并非贫道要恶化，实因解铃须要系铃人，方才能够收事半功倍之效。羊爷不答应，贫道的功德便不能完满，贫道扫脸回去事小，不能完满功德事大。你老既出来讲和，那是好极，请你老转问羊爷，肯不肯写贫道的缘簿？”

縻启世闻言，知道这个围断非空言所能解决，只得待羊、段二人发话，望着二人，问：“二位意下如何？”

羊镜清昂然道：“宛爷有所不知，这个缘俺实写不起。凭他怎样，无论施展地水火风的道法，俺也不怕，何况他这么一味地恃强呢？”

縻启世见两下都不肯省事，只得说：“你们两方面，小可都是今日初会，一个说那样，一个说这般，小可不便劝谁依从谁。可有一件，冲着小可的薄面，可否请两方面各赏给小可一些薄脸，暂停用武？小可听两方所说言辞，似乎这个缘并非是金银问题。依小可愚见，不如双方各让步些，道长固可不白跑，羊爷也写了缘……”

縻启世话未说完，道人早哈哈笑道：“这个缘没有什么让步不让步，要写便写得全缘。”

羊镜清也接口抗声道：“宛爷虽是美意，但此事愚下实不能依从。如能依从，何苦只做一半人情呢？”

縻启世见两方各走极端，只得向两方抱拳，说：“小可冒昧，不知底细，胡乱出来说两句话。这样吧，请道长今日暂停募化，赏给小可一些薄面，羊、段二位，也暂不计较，有话请双方明日再谈，不知你两方可能给予一点儿薄面呢？”

道人应声道：“冲着达官的金面，出家人如再多说话，未免太不懂交情。但是贫道此来，说句实话，比如领兵去救人，救兵如救火，一天都不能耽延。但既有达官的面子，不能不展缓一天，姑且等到明天再谈。”说着，招呼了同来的人，向着麋、羊、段等众人打了个稽首，笑眯眯地向羊镜清道：“请你仔细想想，别太将人看得傻子似的。常言：‘强中还有强中手。’贫道如没有打虎的本领，也不敢到深山来打猎了。就此告辞，明天再见。”说罢，同着一齐来的人，往外面去了。

道人去后，麋启世向羊、段劝解，羊、段复让宛爷入座。

麋启世心忖，危邦不入，古有明训。这地方是个是非窝儿，我自然是三十六着，走为上着，遂说：“愚下还有些别的事，不能在此久延。蒙情款接，改日再谢，他日由北路回来，再当登门叩谒。这会儿告罪失陪，请勿见怪。”说着，拱手为礼。

羊、段二人此时心中有事，假意虚邀了两句，即说：“宛爷既然有贵干，咱们亦不便坚留，只得遵命。宛爷寓在何家店内，明天或是停会儿，咱俩当来回拜。”

麋启世道：“二位劳驾，实不敢当。小可也许今晚、明早，即要动身，假使不走，明、后日再到府奉候就是。”

羊、段二人同声道：“宛爷既如此行程匆匆，咱们也不便稽迟。如果大驾明日不走，务请宛爷到此聚聚，彼此虽系初交，究也是缘法，况且彼此一见如故呢？倘蒙不弃，务望惠驾。”

麋启世连声应道：“既承错爱，自当到府奉候。”说罢告辞，向外就走。

羊、段二人在后相送，直送至门外，双方拱手作别。

麋启世离了纸扎店，一径回转旅馆。小二开了房门，打水泡茶。麋启世吩咐小二，去要些酒饭菜肴来充饥。小二问明酒菜，回身自去。

麋启世坐在房中，倾茶喝了两杯，自忖羊宅所见之事，那道人准得再去寻事，便是自己住在这里，也难免要发生事端。道人与自己毫无认识，平白地他给我会账，有道是无功不受禄，这一顿早点，可断定绝不是吃的白食，那道人定有利用我的方法呢！但是羊、段二人对待自己的态度，却也酌乎其中，起初他们疑惑我和道人是一党，这话原不能怪他们生疑。便是我做了他们，也免不了要这般犯想的。后来他们虽不曾再说疑惑的话，但察言辨色，他俩心中说不定这会儿仍旧要认定我和道人是一路的呢！可惜不知那道人是寓在何处，一时又不明白他的来意，是怎么回事，更不知他是什么路数、何等人物。

正想着，小二进来回话，问："爷，酒饭菜肴都有现成的，就是这会儿拿来，还是稍等一会儿？"

糜启世点首道："就拿来吧，不用等。"

小二答应退去，将酒饭菜用托盘托了来，安放在桌上。糜启世还是清早在长春馆吃的点心，这会儿腹中已饿，狼吞虎咽，饱餐了一顿。酒饭毕后，小二进来撤去残肴。

退去未久，糜启世正坐在房中呷茶休息，腹内打着稿儿，盘算羊宅的事，自己还是在此看完了这出戏再走，还是跳出这个是非窝儿即日起行？想到自己此番出外，完全为的是闯北道、访朋友，如今破题儿第一遭，便遇着这件事。如要掉首径去，未免使江湖上人传言出去，瞧我不起，说我太无胆量。况且一方面在羊宅杯酒联欢，略试技艺，已合了格。一方面又白叨扰道人一顿点心，此事如何摆脱得下？自然是小住两日，看完了这出戏，且待落叶归根，究竟是怎样结果，再走也不迟。次则今日同桌而食的那个头陀，亦是一个有心人，焉能当面错过？

正在寻思，打不定去或留的主意，却见小二从外面引进一个道人来，正是那位化缘道士。不过这时并不穿着化缘的服装，依然是方才在羊宅所见的那身黄冠羽服罢了。不由心中一愣，思量：他怎么得知我住在此地，更何以能知道我的名姓？不然，小二怎会引他进我的房间来呢？边想边起身拱手相迎，说："道长下降，未曾远迎，望勿见怪。"

道人回说："冒昧奉访，还请恕罪。"

二人同声道句彼此。糜启世忙举手让座。

小二一旁献了茶，退出去后，糜启世拱手道："昨日途中冒昧，蒙道长原谅赐教，愚下已感激非常。今早又蒙道长破费，愚下萍水相逢，感荷高情，寸心实在不安。这会儿又劳鹤驾下顾，更使愚下惭愧。还未曾请教道长的仙乡法号，何处修持，不知道长何以得知愚下住在此地，倒要请道长指示。”

道人笑道：“糜爷且休诧怪，贫道说个原因，糜爷自能明白。

“贫道世外闲人，天下为家，南北各省，多曾托钵遨游。贫道在两年前，曾到过贵省，在洞庭湖边上，曾遇见过尊驾。那时贫道与尊驾同舟渡湖，往华容转往湘西，前往贵州省去。尊驾那时同着三五个达官，一同往湘西去，贫道记得仿佛是为着一支镖，在黔、湘两省交界的地方，被一伙绿林朋友劫夺了去，尊驾约同令友，特去要镖。彼时同舟的还有两个人，乃是那伙绿林朋友派下来的探子，本领亦颇不弱，在船上故意地逗引尊驾，激出怒来交手，比试拳脚。两个人一个作好，一个作歹，胡拉混扯地与尊驾一行人厮缠了一阵，结果那两个都被尊驾打败了，从船上纵上岸去，叫唤：‘糜启世，够得上资格。不用远行，你们的东西，原物未动，都在咱们那里。咱俩回去，着伙伴们送到澧州罗店都天庙内奉还，彼此从此结个朋友，两下不相犯就是。’说罢这几句话，那两人一溜烟似的去了。因此俺便得知尊驾的姓氏。

“彼时贫道云游，因为事不关己，所以并未多事。后彼此分程，贫道往贵州各处去逛了一番，又由四川绕道陕西回来。

“讲到贫道的俗家，姓艾名卓侯，原籍直隶顺德府人氏，自幼爱好拈枪使棒，练习拳术，因为家贫，不能从明师学艺。后来巧遇恩师法本道人，度贫道出家，给贫道取法名道明。就在顺德府属范店地方清虚观内出家学道。先师原是得遇异人传授过高深技击剑术的高人，因此贫道遂得学就了现能的末艺，这就是贫道以前的过往事实。

“讲到贫道怎会知道驾寓此地，那就明人不必细说，更是容易了解的了。原因昨天在街上见着，即已心中发怔，忖念，好生面善。走未多远，即反身潜踪尾随着尊驾。见尊驾寓在这里，即转身向别处走，径往那隗家纸扎店门首去敲梆化缘。不多时，又逢着尊驾到来看闲，随后贫道回下处去时，又适遇尊驾尾随在后，来试验贫道的技术。贫道见尊驾所使的解数，颇与那年在船上见着的相仿，因此才陡然想起，尊驾便是那位糜启世镖师父了。这便是贫道晓得驾寓在此的来由。”

糜启世听到此处，不由恍然大悟，说：“道长真是有心人，愚下实属愚蒙，如非道长详细指示，愚下真要茅塞不开呢。昨日承蒙指教，今日又多蒙破钞，此刻鹤驾下顾，请道长示明仙意何居。”

道人笑道：“糜爷不问，贫道也得奉告。昨日只算贫道粗鲁，请糜爷不要见怪，所以今日给糜爷会个小东，只算贫道表示谢昨日之罪的意思，另外再借此表示敬仰之意的。至于贫道此刻奉访，并非也来向糜爷募化，不过到此请糜爷不要助纣为虐，如肯随缘乐助，助贫道一臂之力，共襄善举，那是更好。糜爷可知贫道向那羊镜清化缘的用意吗？糜爷在外闯道，可曾知道这羊镜清是何等人物吗？”

糜启世敛容道：“愚下虽然在外混世，承蒙各处朋友的抬爱，看我年轻，差不多的地方都让我三分，保全愚下的面子，总算不曾吃过亏。讲到这北路上勾当，不瞒道长说，愚下实系初次行走，羊镜清究竟是何等样人，愚下实属不知。至于道长向羊府募缘，愚下更属如堕五里雾中，莫名其妙了。”

道明道人笑道：“贫道不说，糜爷虽是聪明人，这个闷葫芦，贫道如不自己打破，糜爷恐怕实在有些难明白呢。糜爷请听！”说着，将此来的原因和羊镜清的本来面目，说将出来。

读者诸君，你道这羊镜清是何许人也？道明道人化的什么缘？编书的如今且趁着道明道人与糜启世诉说往事的机会，倒扳旧账，给他从头叙一叙根由，交代明白，请诸君少安毋躁，往下瞧吧。

原来顺德府城内，有一位富户，姓顾名乐山，生平乐善好施。因为听信算命的瞎先生的话，说命该出家做老道，方才可免灾害，因此特地捐钱在范店镇上建造一座清虚观，用钱买了一个贫寒人家的子弟，做自己的替身。那子弟名唤法石卿，由顾乐山请人给他改名为法本，在庙中做住持。另外招请了两三个道人，以及香火等众，阖庙共计五七个人。

后来顾乐山死了，法本道人便在那年，得遇一位异人，传授了武艺术剑。这位异人亦是位黄冠道士，乃是从四川峨眉山云游而来，在清虚观庙内借宿，因见法本的根基好，诚心向道，才特地留居在观内，收他为徒，传授武技剑术。传授完毕后，他便托钵往别处去。

这清虚观原是顾乐山家的家庙，顾乐山死后，他的儿子顾小山，因为要继续先人之志起见，特地请法本留意，再收一个徒弟。法本留意了些时，便收了范店一个村农人家的牧童艾卓侯为徒，改名为道明。观察了许多时，觉得此子很好，便将自己所有的武功本领，完全传授给他。

道明学成之后，他因为独善其身，不如兼善天下，便禀明师尊，要到外方去云游，做番事业。法本知道他此番出去，定然不甘做落伍者，深恐他闯祸，栽了跟头回来，坏了自己的名气，特地再三告诫，吩咐他出家人的本分，不可忘却本来面目，多管尘俗之事。道明唯唯答应，当即收拾行装，叩别师尊，离了顺德，迤逦往南北各省去游历。他行山路，很遇着些歹人，人家见他是出家人，不想他的孔方，他却故意逗上去，寻人家的过节。他的意思，无非给地方上除害，便利行旅，因此他沿途遂开了杀戒，破得贼巢，杀得贼首，以及一切恶霸土豪、劣绅巨蠹、贪官污吏，颇是不少。话虽如此，但他因为一番阅历，结识的人却也不在少数，有的是寒儒书生，有的是富商大贾，有的是清官廉吏，然而其中最多的，当要数志同道合的英雄侠义。正应了前人的常言，所谓："惺惺惜惺惺，好汉爱好汉。"他既结识了这许多侠客义士，对于任侠尚义的勾当，自然就要增添了不少的事迹。他在外面，竟乐此不疲，忘了岁月，足迹遍南北各省，行程经水旱道路，做了无数英雄肝胆、侠义心肠的事业。

及至游倦归来，虽不像什么"洞中方七日，世上已千年"的变幻神奇，却也就少小离家老大回的景况了。他回到清虚观，举步刚跨进去，不由得大吃一惊，唤声哎呀，从庙门里倒退了出来，连称怪事。抬头向墙上一看，只见粉墨剥落，砖石倾欹，那光景已成为荒草颓垣，不由又倒抽一口冷气。复举步走进庙内，张目四顾，只见尘封几案，草生庭阶，供奉的神像东倒西歪，牵挂的帷幕扯脱已尽，真个是满目荒凉景象，竟像久无人烟的模样，心中百思不得其解。前后巡视了一周，只见香积厨放着张破旧温州草席，灶旁堆有一束草，锅盖上放着矮小烛台，插着半支烛，似乎比较的清洁得多。看去这地方，像是有人来住着的。

道明道人陡遇此奇幻境界，深深惊讶桃花人面。见内外无人，无从打听，只得回身出观，来到观外路旁，询问左右近邻，这观内道人都往哪里去了。那些邻居看他是道家打扮，怕事的都说不明白。不怕事的便问："你找这庙里的哪一个道士呢？"

道明灵机一动，回说："找他们观里的当家老道。"

那人摇摇头说："死已几年了，你不看见这观内的景象吗？你要打听详情，须待晚间，到观里来。这观里有一后生住着，乃是这庙的小主人，问他便知。"

道明道："敢情就是顾小山吗？"

那人讶道："你怎么知道？顾小山现在已死，这后生乃是他的老来子啊！"

道明听了纳闷，只得打稽首告别，回转镇上，投家客店住宿。他虽是本地人，皆因离此太久，当初认识他的人差不多都已亡故，即不然，一时三刻，哪来这么巧，便能迎面遇着呢？所以他在客店内看好房间后，即便往各旧识的人家去问信。无如连访两三家，统是后辈，对面不相识的，哪能吐实？末后问到一人，才能稍知年来的变化。不由惊讶纳罕，心下不胜诧异，转念问他们的话，无论如何问法，终是隔靴搔痒，与其多问白费神，不如停会儿晚间寻问本人为佳。因此向那人打稽首道谢，告别回转客店。早早吃罢晚饭，另外又向店内要了壶酒、两样菜，做了些饼，用竹筐盛了，恐店家不放心，先付了账，然后提了竹筐，命小二锁好房门，径行离店，往清虚观来。

这时虽已昏暗，但他是家乡熟路，观中又是久居之处，所以毫无讹误地径行到灶屋内来。远远地见灶屋内烛光闪烁，隐约还听见些微唉声叹气的声浪。一脚跨进去，只见灶台上点着红烛，地下草上侧身面朝里躺着一人。道明深恐惊了他，特意放重脚步，又故意地干咳了一声，佯问是谁睡在这里。那人猛吃一惊，回头见有人来，翻身坐起，问找谁。道明将他一看，面容黄瘦，形容绝肖顾小山的模样。只见他面污手黑，衣服褴褛破碎，面上泪痕未干，仿佛是方才哭过的一般。便放下竹筐，打稽首道："你敢情便是顾山孙吗？"

那人起身还礼道："道长是谁？因何得知贱名？"

道明见问，忍不住流下几滴英雄泪来，尊声："小主人，难怪你不能认识我，俺非别个，乃是这清虚观的小当家道士，法号道明，俗名艾卓侯的便是。当初俺不曾别师出门之时，小主人还不曾出世呢。今日如非俺回来，见你老面容绝肖老主人，再也休想得知你老就是小主人啊！"

顾山孙诧怪道："原来你就是道明？你为何出门这许多年月，一去不返，今日怎又想着回来？你可知道这几年的变化吗？"说着，那两珠泪不由一齐流下来。

道明叹道："俺刚由外路回来，哪能知道详情？小主人，只因俺出外云游，天南海北，太无定踪，多管闲事，专门舍己救人，遂致忘了归期。不料今日归来，沧海桑田，已发生偌大变化，正不知从何说起。小主人这时想尚未用晚饭，俺特地带有面食菜肴到来，请小人暂且果腹。"说罢，将竹筐递过。

顾山孙见道明用情周到，这时地位，所谓饥者易为食，正当腹饥之时，见道明送面食来，自然双手来接。边吃边招呼道明也在草上席地而坐，问道明这些年头，在外情形。道明说了些过往事实，紧接着便问小主人，这清虚观因何如此残败，小主人又因何这样褴褛。

顾山孙见问，叹气流泪道："你难道在外面竟无一点儿风声吗？俺告诉你吧，三年前你师父羽化了，那时俺父亲还在，他说道明出门日久，音信全无，现在不知下落。这观中一时无人住持，不如就在现在观中的几名客师道友中挑选一个，临时维持，所有庙产，暂归本宅管理，等到道明回来再酌。初时也还相安，后来那些客师，因为不服临时当家的管理，常和当家的闹气。当家的受不了，不辞而别地跑了。俺父亲见难以维持，遂以家庙的主人资格，下逐客令，将一班客师拒绝，关锁山门。

“那些客师走后，这观内除去香火道人之外，简直无人住着，俺父亲不放心，常常亲到观内来察看，逢时过节，俺家中的男女主仆也常到观内来拈香。

“不料有一天，逢着了天罡地煞，这人乃是顺德府城内之一位富绅，姓韦名子澄。他一见了俺妹子，忽然生了混账心思，托人来俺家内提亲，说是续弦，俺父亲因为素昧平生，而且俺妹妹已吃了人家茶，遂一口谢绝。那媒人讨了没趣，回去之后不多天，忽然来了许多本地衙门里的差人，由马快头儿领着，到俺家内，说是奉命来搜查，不知他用的什么手段，清清白白，见他们在俺父亲房内搜出许多珍珠宝贝等贵重赃物来，又在抽屉内搜出一大卷当票来。那马快头儿不由分说，吩咐手下将俺父亲锁了，带进顺德府衙门内去，糊里糊涂过了一堂，下在牢里。

“第二天，知府出了封条，将俺家中前后门一齐封了，所有人口一齐驱逐出外。俺家男女上下，无处栖身，一齐住到这观里来。

“第三天，忽然来了个面不相识的人，到观里找俺说话，仍旧是给俺妹子做媒，说如果将妹妹嫁给韦某，他能够包打这场官司，能使大事立刻化小，小事立刻化无。俺才知道其中缘故，亲自进监去见父亲，问了老人家的意思。老人家见问，啐了俺一口吐沫，说宁死不答应，吩咐俺快将妹子送到婆家去，从权成婚。俺因父命难违，回庙将来使拒却，一面忙着送俺妹妹到夫家去，急急先命人到俺妹夫文书绅家中去送信，请他家来接。两家原本是亲上亲，自然无甚话说，约定两天后来迎。谁知即在这天夜里，俺妹子忽然不见了。

“文家来接人，哪还有人可接？只得到官厅报案。谁知官厅又说俺将妹妹藏了，有心赖婚，批驳不准。幸亏文书绅明白，并不向俺为难，但说：‘这是无奈之事，只好随后再说。’这话被俺父亲知道，气得在狱中患病，俺四下挽人，到官厅具保，花了不少冤钱，方才将父亲保出。可怜他老人家出狱不久，竟因病死了。

“俺父亲死后，俺即草草成服，设法殡殓，一面挽人向官厅疏通，请求启封，发还房屋。谁知官厅不准，并对去疏通的人打官话道，顾小山死了，他家族居然敢来请求启封，以为是死无对证，其实没有这么容易。官厅正在调查顾小山是否真正病死，或是畏罪自尽呢。俺因官厅的口气严重，只得另外再打点疏通的办法。谁知疏通尚未成功，俺家邻舍忽然走水，将俺家烧得精光一片，所有田地房产的契据，一齐烧得无有，家产就此被官厅吞了。俺家的奴仆，好说话的，看在宾主面上，自认晦气，辞事走了；不好说话的，却要求俺家赔偿。俺家被这天灾人祸闹得不可开交，你想怎得不穷？只好赔他们一些，打发他们走路。接着俺内人因忧成疾也死了，俺因坐吃山空，遂渐将庙产变化钱财使用。偏巧屋漏遭逢连夜雨，接二连三地被窃贼挖洞，进观来偷，偷得穷上加穷。香火道人见居此无益，也辞俺走了。

“俺一人在观内，初时还变卖别物，后来只得将观内用的木器家具出卖，境况愈下。卖到现在，连什么都卖完了，只有这所观尚未有受主。你瞧，这灶上的锅、汤罐、锅盖等物，以及俺睡的床被等物，一齐都没有了，别说其他值钱的东西啊！”

说着，泪如泉涌，呜咽起来。

道明听了半天，稍有头绪，知道定是栽赃诬陷，但内中情节可疑，遂问其初赃物从何处搜查出来的。

顾山孙道：“赃物都是从俺父亲衣橱内和床底下搜寻出来的。”

道明道：“失主是哪家呢？那些当票是什么地方的典当，年月如何呢？”

顾山孙道：“失主是顺德府城内的一家首富岑子由家内的，的确他家在前些时被窃，门不开户不开的，不知被什么人窃去。报案请缉，当票也是顺德府城内和邻近各县典当内的，大约每家两三张不等，都是当的贵重衣物。”

道明听到此，心下陡然省悟，这分明是有极大能为的夜行人所为，而且手下党羽极多，不然当票如何能在各县的典当写来。此人的本领实在高妙，不然绝难将赃物搁在橱内床下，顾小山会不觉得。想了想，根本原因，当然是韦子澄这个人，遂说：“小主人，不必忧急，如今俺道明既已回来，好歹定将此事打听个水落石出，但不知因此可曾牵连别的什么人在内吗?”

顾山孙道：“俺家中的人，到现在还有几名坐在牢里，说是知情不举，俺妹夫文书绅，官厅因他不追究失去未婚妻，又因他家有钱，硬说他是盗党，如今也关在牢里。至于俺妹子，到今存亡未卜。”

道明道：“小主人，你这许多时日可曾得着些什么信息？那姓韦的可还在本城吗?”

顾山孙道：“听说姓韦的现在往京城做官去了，此处只留得一所空宅，所有家人也都跟着进京赴任。”

道明道：“岑子由呢?”

顾山孙道：“岑家和俺家素来本有交情，所以他追回赃物之后，并不曾向官厅递呈词请重办。但说如何处置，听官厅主持。原告松了，所以不曾要紧，不然，俺还能在本地吗?”

道明道：“怎么文书绅被诬为盗党，小主人却能无事呢?”

顾山孙道：“匹夫无罪，怀璧其罪，他有钱当然就有了罪名。俺现在贫穷到如此地步，砻糠里榨不出油来，他们来也无想头。况且又住在观内，日出夜归，仗着平时先人的余荫，人家暗中多有照应，所以还能安然无事。”

道明听罢，心忖，这姓韦的事有可疑，此事多半着落在他身上，蛛丝马迹，极其显明。再想半夜间姑娘陡然失踪，定系夜行人所为，要不然怎么有这样冤枉凑巧呢？想到此，道明心中已得了个主意，遂说：“小主人，不必忧伤，此事在俺看来，已有头绪。俺想小主人住在此地，亦有许多不方便，不如小主人跟俺同往外面去走走，倘或小主人不惯走道，俺想小主人可另外赁屋，不住此地，方才可以安全。”

顾山孙道：“走路嘛，过远了恐怕不行。”

道明道：“既这样说时，小人主明天不要出去，俺一早就来，该用多少钱，俺明天带来。须防属垣有耳，小主人此后可不必提及此事。总而言之，包在俺的身上，这件事准可弄好。报仇雪恨，在此一举，这些微食物，小主人且慢慢地请用，俺就此回店，明天见吧！”说着，起身告辞，一径出外，回店安息。

这一夜，道明盘算了许久，自悔在外流连，不能为本观主持，所幸现在回来，还能设法补救。如此寻思，哪还能安眠？直到东方既白，方始蒙眬入睡。

次日黎明起身，漱洗毕后，匆匆出店，到清虚观内，探访顾山孙。顾山孙兀自睡着呢，道明将他唤醒，说：“小主人，俺昨夜想定方法，但是小主人住在此地，恐有许多不便，还得迁地为良。俺和小主人且出庙去，剃头梳辫子，然后用早点，即刻到估衣店内，买几身衣服。这里的东西，权且丢着再说。”说罢，拉了顾山孙便走。

顾山孙这时正在难中，见有人来周急济贫，哪得不喜出望外？自然跟了就走。出观上街，一切都由道明提调着，该用多少钱，也由道明完全担认，果然孔方兄的势力大，不到半天的工夫，顾山孙的衣、食、住问题已是完满解决了。道明即在顺德府北门外街头上小胡同里面给他赁了房屋，那地方比较的寂静些，一出巷口，各式店铺都有，要买什么也容易。道明又给顾山孙设法买了些木器用物，雇了个老妈，忙了一日，方才因陋就简地成功。当晚，顾山孙便住在新宅内，清虚观内由道明亲自去将昨日的竹筐碗碟等件拿回客店。

第二天绝早，道明起身在范店街上买了把锁，走去将观门锁了，然后到顾山孙的新宅内，交给他些银两，备作用度。二人同用过早点，道明别了顾山孙，进城到府街左近的茶坊内，泡茶坐下，使用他江湖上的诀窍，招呼了本地站码头的手下人当巡风的来，查问他本街韦子澄的来踪去迹。那巡风听他口音，是本地人，服装却是道家，一时摸不着他的根基，况且见他所问的姓名，是人人皆知的韦子澄，料到他还不知韦子澄的姓名，恐怕他是远道来此办案的捕快公人，特意侦察案情的。做官的讲究官官相护，在江湖上的人也讲究个回护的义气，所以那巡风开言即回说：“姓韦的是本地有名的绅士，和俺们素无交往，不知他现在到什么地方去，听说是往京城赴任去了。”

道明碰了一鼻子灰，深悔自己说错了话，还恐因此走漏消息，弄成个打草惊蛇，遂即将口气改变，微笑说：“朋友，俺们大家是自己人，不过俺是初上线的，所以不能深晓他是什么前程，和他的本来面目。到此访问，却不料朋友疑心，不肯告诉俺，使俺如葫芦里摸天，一些光线都没有。朋友，你告诉俺又有何妨呢?”

那巡风见他问得紧，越发起了疑，更不肯说真话。

毕竟韦子澄是何等人物，那巡风说出真相否，请待下文续写。

第六回

道中人盘诘露巨魁
方外士奔波寻恶霸

话说江湖上有种专当巡风的，专司接待外路来的道中朋友，有两句切口，叫作：“巡风巡风，访尽天下英雄。”

当时那巡风见道明说是初上线的，越发动了疑。因为道明是道家打扮，江湖中有种漏网的大盗，往往无法自全，不是削发为僧，便是披发做头陀行者模样，或是扮作道士，以逃逻者的耳目。凡是这种人，其资格定系老前辈，否则亦是个久经大战的有名豪杰，绝不是普通的人。再则因见道明的年纪已长，于思于思的胡须，飘洒在胸膛，分明是个老辈了，他偏又说是新入道的，这不是个绝大的漏洞吗？因这一疑，不但不肯说真话，而且背地里急急差人将本地老资格的首领请一个来，盘问道明。皆因江湖中人，无论是青红两帮、黑白两道，规矩非常之严，遇有混充同道的人，必须给他个重大的惩创，以儆效尤。所以要去请位老辈来盘驳，盘驳出破绽来时，老实不客气，就得给他个当面现开销。

那巡风这番举动，自谓是照例行事，哪知恰巧中了道明的算计。道明的原意，正是要他去请一个老辈来，好就他们的疑忌心理，套问他们的真实消息。

不多一会儿，那巡风已将顺德地方的一个顶尖儿的老辈，名唤牛珊的，暗暗请将来。那牛珊走到道明面前，未开口先将两只乌珠瞬了一瞬。巡风给他引见道明道：“便是这位道长。”

道明知道是位老资格，便起身厮见，让座倾茶。牛珊开言先请问道明的肩上肩下，以及前程等老例文章，末后问道明的来踪去迹，因何到此探路。道明此时知道比方才的形势严重，不能再大意，说错了话头，遂即循例说明自己的出身，和牛珊论起班辈来。却好是同一辈，肩上肩下，简直是弟兄，两下因此遂接近了。

看官，其实道明何尝是真和那牛珊是同一字辈？不过他仗着心灵性巧，记忆力强。他在各省闯道，已非一年，所遇的诸般人物，已非可数计，哪一方是何种人居多，什么辈分的当道，他都已听得滚瓜烂熟，岂有不知之理？因此他随口答应，说自己的出身，竟与牛珊的地位，二五等于一十。牛珊见他应对如流，资格远非新入道的可及，而且辈分又和自己相仿，虽然觉得亲近些，可是疑心却更深了一层，接口即紧问他探路意思。

道明回说："俺原是本地人，在外多年，闻说本地有位英雄，在本地的名誉、人缘都很好，又有人传说，此人原籍并非本地，却是个外路来客，不用说，本领当然极好，否则哪能享如许大的声名呢？人家因为弄不明白，常常有人问俺，说这是你们家乡的俊杰，你总该知道。偏生俺是个本地异乡人，真个是丝毫不知，很为惭愧。此番回来，偶然想起，所以特地到此，向两位老兄请教请教。"

牛珊听他说了半天，并未说出那英雄的名姓，遂说："道爷要探的路，便是为此吗？这人是谁呀？"

道明道："此人在本地对外的名称，据说是韦子澄，但是他的真名姓，除去道中人以外，大概均不能知道，便是俺，也只听得人言，究竟他的本姓真名，以及人送的外号等，也都一概不知。俺方才一探路，韦子澄已进京赴任，这话未免太滑稽，所以俺越发认为不实。老兄在此地本来名高望重，对于此人，定然深知底蕴，敢请明示。"

牛珊笑道："道爷既然知道他名唤韦子澄，那么怎会不知道别的名字呢？况且他既在江湖上有名，江湖上人口中传说起来，当然说他的真名。这一层，道爷已显露出有些不老诚来了。"

道明见他盘驳，接口冷笑道："老兄，这话可不像你说的了。俺如果知道他的真名，还要来探路，岂不是多此一举吗？要知也许是人家知道，故意问俺，试探俺在江湖上的人头熟不熟，对俺绝对不说姓韦的真姓名，俺当然不能知道。”

牛珊被这一驳，即说：“道爷，话虽说得有理，但有一层，兄弟虽承弟兄们的情，推俺在此地管一份事，实则俺自己惭愧。对于道中前辈，或是小辈英雄，实在有些隔膜。”

道明察言观色，知道他疑心不肯说。暗忖，他不和自己反面，用现开销的办法，足见他眼光也还不错。俺这时遣将不如激将，索兴激他一激，看他如何回答。遂说：“老兄不必客气，疑心便说疑心，何苦自己谦逊呢？俺老实说一句吧，韦子澄的声名太大，俺和他向来井水不犯河水，他无缘无故在背后骂俺，说顺德地方，数不上有俺这么一个人，又说俺不敢寻他，如果寻他，定要将俺打一个下马威。试想，俺如是怕事的，还能在外方走道到这许多年岁吗？因此俺特地回来找他。谁知他是个无名小子，简直不配称得个汉子，也不知是谁放风给了他，知道俺有将要回来的消息，便如元绪公般，缩头不敢出来。还关照本地的各家弟兄，一律不露出他的踪迹。似他这般无胆无识的小子，俺早要知道，真悔回来走这一趟，和他计较，真也太不值得了。”

道明说罢这番话，双目炯炯地望着牛珊，等他的回答。

牛珊听他话中有刺，暗说，这老道可恶，俺们与其将他瞒着，不如照直告诉给老道，让他们俩火并火并，俺们隔岸观火，烧得越大越好看，遂说：“道长，你这话说得真突煞稀奇，俺们何苦要给他隐瞒？老实说一句，俺们不过是为的大家都是自己人，何苦来自相残杀，给人家笑话？据道长方才的话，俺们便告诉你亦不妨，不过道长年尊，恐怕一个不服老，三十岁老娘，倒绷孩儿，栽跟头栽在那韦子澄的手里，岂不将一世英名付之流水？所以俺们才不肯直言。如今俺告诉道长，就怕道长没有这个胆量去寻他，空怄些干气，有何益处呢？”

道明鼻孔里哼了一声道：“你且实说，俺如怕他，还来找他做什么？老实说一句，他便在天上，俺也要追上凌霄殿去。”

牛珊笑道：“但愿这样才好，此人实系姓束，名唤伯仁，外号人称豫州豪客。他的居处，不但本地有，差不多河南全省都有他的住宅。他的踪迹在何处，道长你自己去打听吧！俺们随后再见，就此告辞。道长可别净说大话，不敢去找他，那可就转使俺这多嘴的难为情了。”说罢，向同来的巡风等人努了努嘴，使个眼色，一齐走了。

道明察言观色，知道所言不差，起身给了茶钱，一径回转顾山孙的寓所，将话转告给他，劝他安心等着，自己无论上天入地，总要将束伯仁这厮寻到，解决仇怨。说罢此言后，道明即刻辞别小主，回到客店内，将自己物件取了，清算店账，取路离了顺德，往石家庄去。

到得石家庄，使出他探道的本领来，就地一打听，才知道牛珊的话亦有言过其实之处。韦子澄的真名，唤作束伯仁，这话是对的，至于说他全河南省均有住处，这话却是完全不对的。因为他的机关总枢分部，也只不过开封、洛阳两处，至于他的原籍，却是信阳州人，顺德地方，他原是化名到顺德来冒充的绅士。天下的事，总是金钱力大，他在京城，运动个武职官儿，原不费力，他来到顺德，再利用他的金钱魔力，结交官府，又仗着他的真实本领，和江湖上的交情，自然要四方葫芦圆，兜得转了。他既有官威，又有财力，更有徒党，别说一个顾小山，便是有几个像他这样的土财主，也能不费吹灰之力地立刻将他解决得了。

道明打听明白，便取道彰德，赶往开封。向道中人仔细打听，又得到确实消息，知道束伯仁在信阳州的姓名，却唤作羊镜清，年纪后生得紧，平时在家时多，出外时少，在信阳亦是个地方上有名的绅士，堪称一句虎而冠。道中人又说他的真姓名，究竟是羊镜清，或是束伯仁，连得他的嫡派师兄弟和门人都不能清楚，也都只得各随其所知，从无有人深究过。

道明打听着根底，觉得前途已现光明，遂不从汴河往洛阳，却一径奔信阳州去。一路盘算着，不管他是真姓名假姓名，只要寻着他本人，便可以迎刃而解。但心中有个疑团，老也不能明白，羊镜清即束伯仁，为何要找着顾小山，再三地寻衅？如说只为着一个女子，题目很简单，他又何苦这般小题大做？如说有别种仇怨，顾宅前辈的事，自己原不很明白，但就顾小山而论，却是个与人无侮的君子，也有些不像。再想自己此去，如果直截了当地去会他，真相断不能明了，还得化装才好。因此便在路上设法改扮个化缘的道士，一路好细细打听。

那日到得确山县地方，一处镇集，地名唤作牧马集，地方虽不大，人烟却很稠密。道明来到镇上，寻着爿茶馆，坐下来歇息。方才喝得两口茶，突从外面走进个行脚僧人，接着又走进一位镖师打扮的行人，这两人一个从南往北，一个从北往南，不约而同地一齐先后走进来，各据着一个座位，唤茶博士泡茶。凑巧三人的座位紧紧地靠着，成了个小三角形，道明不见这二人，倒也罢了，一见之后，登时发生了一个疑问，觉得这镖师打扮的，既常在各方走道，当然对于羊镜清或是束伯仁的为人，可以认识。那行脚僧人，双目炯炯有光，精神饱满，绝对不像个安分出家人，自忖，何不向这两人打探打探？或许能知道确实。

正在犯想，猛见那镖师望着自己拱手招呼，说：“道爷请这边坐。”

道明见他突如其来，正合着自己的意思，即刻走过去同桌而坐，请问那人的姓氏。

那人笑说：“道长，俺姓曹名孝，字凯弟。道长的法号，敢情就是道明‘二字’吗？”

道明讶道：“曹爷怎么能知贫道的法名？敢请明示。”

那人笑道：“道长明人，何须多问？江湖上的传言，道长这一向在各地打听着，要寻访一个人。道长既这样地流露风声在外边，自然能引得人家注意。俺所以能够一见道长，便能知道道长法号，就是这个缘故啊。”

道明听他揭破自己的面目，心中惊疑，料定他是羊镜清的同党，但又喜出望外，认定在他身上，可以得到羊镜清的真确下落，便昂然道："原来恁地，曹爷真是有心人了。曹爷既然知道，贫道倒要请问，俺所要寻的那个人，曹爷可认识不呢？"

曹孝道："愚下不但认识，而且和他有交情。愚下所以留心的，即是为此啊！愚下今日得遇道长，亦是幸事。俺劝道长，既往不咎，不必多管闲事，出家人何苦来多找烦恼呢？"

道明冷笑道："曹爷这话虽说得是，但是贫道既已发愿来多管这件事，原也论不得什么麻烦不麻烦。比如像曹爷劝俺不问这件事，原是美意，也是为的朋友交情，但在贫道，亦何尝不是为的故人情重呢？曹爷既和羊镜清认识，那是再好也没有的了。不是贫道说句瞧不起他的话，姓羊的也太够不上英雄的资格，俺既这样到处找他，他如是有能耐的，就该挺身而出，来会贫道，才是个汉子。如今他躲在暗地里，不敢伸出头来，岂不失去英雄的本色？再则大丈夫行不改名，坐不改姓，像他这样东改一个名，西改一个姓，鬼鬼祟祟的，原也不配俺去找他，和他一般见识。俺如要不是为了他所做的事伤犯俺故主的阖家老小，和连累得人家太苦，不找着他，无有办法，俺绝不去寻他。老实说，他便向俺磕头，要俺指教他，俺还有些不高兴呢！曹爷你看，是不是不值得啊？"

曹孝被他这几句冷话说得满腔冒火，忍不住冷笑道："道长这话亏得是对俺说的，倘要对别人说，传进羊镜清的耳朵内，道长便有通天本领，恐怕也要吃亏呢！"

道明知道他已中了自己激将之计，遂索兴激他一激道："曹爷这话未免太将姓羊的抬高了。老实说，姓羊的幸而躲着不曾见着俺，倘要遇着俺，俺定叫他当场出彩。不是贫道夸口，如无擒龙打虎之手段，还敢入海登山吗？"

曹孝被这番话激怒得耐不住了，佯笑道："道长，且慢夸口，俺看道长本领虽然很好，俺的本领虽不敢说高强，然而却也可称得起是个庸中佼佼。但是羊镜清比俺的本领却要高出十倍，俺看道长此去寻他，万一有甚失错，岂不反而将一世英名付之流水？俺以为道长如果真有本领，不妨先和俺比试比试，倘能胜得俺，便不妨去找他；要是胜不得俺，道长，俺劝你还是不去为佳。”

道明察言观色，知道他是羊镜清的羽党，先来探探自己的本领，好做准备的，便说：“曹爷，你老倒是位有心人，既然承情关爱，贫道便领教领教，也不妨的。”

曹孝笑道：“很好，俺们比试比试，胜不为荣，败不为辱。不过下手轻重，难免有伤，那时道长可休抱恨。”

道明冷笑道：“不用多讲，俺们且到外面广场上去试试看。”

曹孝答应声好，便立起身，走出茶坊，道明也跟着走出。乡镇上街道狭窄，二人走出茶坊，两头一望，见隔壁有条小胡同，料定后面有空旷地方，便说：“俺们到后面去看看。”

两人走进胡同看时，果然后面有极大的一片旷地。那旷地一面是住家人家，一面正是茶坊的后身。紧靠着有竹篱笆围着，篱笆里面，正是茶坊后面院落。

二人到得旷场上，立下身来，道明道：“曹爷你要怎样比法？”

曹孝道：“任凭道长怎样指挥。”

道明闻言，走到下首，丢了个架子，说：“曹爷请！”

曹孝也不客气，就上首做了个黑虎偷心式，抡右拳向道明就打。道明使怀中抱月式，向外一推，急展步进身，使着连环腿，两手分向曹孝的两太阳穴，使两耳灌风式打去。曹孝这时全神贯注在道明的手法上，见他进步来打自己急退步闪让。道明这时使的是锁子步、连环腿，步法、身法比曹孝更快，早被道明追着，右脚尖儿正找着曹孝的左脚跟儿，上面两手，做着两耳灌风式，如是别个，这一手定难回避。可巧曹孝亦是个久经大敌之人，他这时候身体难于出围，急中生智，赶忙将身一矮，上面让过了道明的双手，一面将两手手掌一合，做了个童子拜观音的招数，对着道明的胸口，合掌打去。道明双手上面拍了空，回下来时，正是曹孝的掌到。说时迟，那时疾，伸左手单掌，向下一击，正击在曹孝的掌上。右手从怀中向外一伸，去点曹孝的肋骨。

曹孝的合掌原是练就的一手专门功夫，被这一击，觉得痛不可当，知道道明的手掌功夫比自己为强，心中着急，忙分手使单手去抓道明的右手腕。道明见他来抓，右手一缩，左掌却使大鹏展翅式，对曹孝的面门打去。曹孝急向后闪，急切中忘却脚跟被道明的脚尖找着，因此脚下一绊，向后一仰。道明乘势一推，曹孝跌将下去，成了个五岳朝天。道明正待使右脚去踢，曹孝已就地一滚，狂跃而起，高呼："道爷住手！"

道明住手防着，边问："曹爷怎讲？"

曹孝道："道爷的本领果然很好，小可佩服。"

道明笑道："曹爷客气，承让承让。"

曹孝道："不过依小可之意，道爷多一事不如少一事，羊镜清的本领确乎要比小可高强十倍。道爷虽然本领高强，究竟年尊，不比得后生年富力强，倘或偶有大意，岂非可惜？"

道明笑道："不妨，羊镜清纵有三头六臂，俺也不惧怯，非是俺夸口，俺的能耐，自信可以使他俯首受教。"

曹孝也笑道："但愿道爷此去马到成功。"

正说着，猛可里听得竹篱笆内扑哧一声冷笑。二人向竹篱内一看，竹篱疏而不密，凭着二人深锐的目光，早已看见篱内冷笑的那人正是方才在茶坊内喝茶歇脚的那个行脚和尚。另有好些人，拥挤在篱内，望着二人。二人见了，同时一愣。

道明估料着和尚有些来历，便问曹孝，可是相识。曹孝摇了摇头。

道明道："俺们且回到前面喝茶去。"

二人回到茶坊内，各就原位坐下。道明守那和尚由后面回进茶坊，坐定之后，即便移身到和尚的座上，请问道友的上下。和尚回说叫定慧，回问道明的法号。道明也回说了，遂问："道友方才何故哂笑？莫非笑俺们二人的技艺不曾深造？"

定慧摇头道："贫僧岂敢？"

道明道：“恁地时，道友定是和姓羊的相识，知道姓羊的本领好。贫道夸下海口，要去找他，定非他的对手了。”

定慧笑道：“贫僧不笑道友，不过笑的是姓羊的太不值得。”

道明忙问：“此话怎讲？”

定慧道：“姓羊的赫赫有名，如果将来栽跟头栽在著名英雄的手里，也还罢了。如是栽在你我出家人的手内，岂非不值得吗？”

道明听他明明骂自己是无名小辈，如何不恼？忍不住跳起身来，冷笑道：“好啊！你敢小觑贫道吗？来来来，俺们且到后面去较量较量。”

那和尚笑道：“贫僧出家人，向来抱着我佛如来慈悲之意。所以说这句话的，无非要劝道友息事宁人，道友又何必动怒呢？”

道明见他阴阳怪气，心中虽然着恼，但也无可如何。索兴坐下身道：“道友说这番话，分明是向俺挑战，俺实对你说了吧，凭着那姓羊的，无论派什么人来做说客，想要劝止俺，不去找他，除非海枯石烂，铁树开花，否则他是在睡里梦里，今生休想吧！你说姓羊的赫赫有名，俺走南到北，什么地方的豪侠不曾见过？偏生这羊某的名儿，从未听人说过，可知他是个后生小辈。凭着俺的资格去寻他，他老将脑袋缩在脖子里，不敢伸出来，躲在暗地里，派一两个手下的虾兵蟹将试探贫道。贫道奔波各处寻他，他老躲在龟洞里，贫道找不着他，才真不值得呢！”

和尚见道明骂他，不由动了无明火，冷笑起身，付给茶钱，说：“道友，满饭好吃，满话难说，你的本领无论如何大，俺们总有见着的日期，前途再见吧！”说罢，径自去了。

正是：

唇枪舌剑针锋对，结怨寻仇了无休。

毕竟道明往信阳如何寻着羊镜清，请待下回再表。

第七回

钩心斗角双雄斗智
挥臂助拳三侠助威

话说道明见那和尚扬长而去，便仍旧到曹孝座上和曹孝谈天。

曹孝道："道爷的本领果然去得，不过依俺之见，能放手处且放手。"

道明笑道："俺既怕不做，既做不怕，姓羊的不肯放手，俺却怎生放手呢？"

曹孝见他难于疏通，便也不再说。但说："俺们随后有缘再见，就此告辞吧！"说罢，起身作别。

道明点头回转本位，曹孝会钞出门。

道明独自坐着，此时满座的茶客，全体目光都注射在道明的身上。道明却呷着茶，细细思忖，这曹孝和定慧两人，分明是约着一齐到此，先来试探俺的本领如何，再定抵抗俺的方法。不过听他们的口气，似乎很想和平，俺此去却须先礼后兵，方才可以取巧。想定主意，休息了一会儿，给钱出门，往信阳进发。

那日到得信阳州城内，自忖投宿客店，有许多不便，最好投宿在什么人家。猛想起城内城隍庙巷周秀才周正道家内，可以去投宿，遂探问街坊，向城隍庙巷而来。

那周正道原本是个秀才，那年往汴梁城内去会省试，在路上遇着一伙剪径贼，几乎将生命送却，衣物银钱完全被劫。幸亏道明从彼处经过，路见不平，将一伙贼击退，救了周正道的性命，夺回财物。周正道因这一吓，将来取功名之意打消，就此回转家乡，弃文习武，延聘技击专家，练习武术。道明自从救他之后，护送他到安全地点，方才分手，周正道因此十二分地感激他。

道明因为多年不见，一时想不起，这回陡然想着，忖念，投宿他家内，当然稳妥。而且他既是秀才，当然在本地也有一部分势力，官厅方面，总可以设法。边想边走，不一会儿，已寻到城隍庙巷周秀才家内。

恰好周正道在家，和一位师兄姓雷名震宇的饮酒闲谈，见家丁报说有位老道来化缘，自称是顺德清虚观的道明，不由大喜，拉着他师兄，一同到外面来迎接。让到里面厅上，行礼毕后，即先给道明和雷震宇两下介绍了，然后道谢前情，吩咐家丁添置杯箸，另备清洁酒肴，请问道明何时到此。一面命家丁打水，请道明净面。

道明一面谦逊从前之事，一面说："贫道此来，有些小事，意欲打搅尊府，居住几天，不知尊府可便吗?"

周正道略不沉吟地回道："道爷要住在寒舍，无所不可。不过寒舍进出人多，恐反与道爷不甚相宜。寒舍有一幽静所在，乃是弟子专一备给外路来客住的，即在寒舍后面，其宅与寒舍各有一便门可通，另有大门，可以出入。道爷如不嫌蜗居，便请屈住几时。"

道明见他说有幽静所在，那是再合本意没有了，自然称谢道扰。

周正道道："道爷不必客气，且请上座用酒，停会儿同去看看。如道爷嫌不相宜，弟子当另外设法。总之，漫说道爷小住几天，便是住一年半载，弟子也无不应承。"

道明笑道："贫道已说过很好，怎还说什么不相宜呢?"

周正道道："道爷有所不知，这不过是弟子给你老设想。因为雷爷也住在那里，彼此同住在一所院落里，深恐道爷嫌不妥当，故此才说这句话。"

道明闻言微笑，略向雷震宇一注视，只见他二目有神，满面正气，知道此人亦是个拳家，并无丝毫邪态，料来无妨，遂说："不要紧，雷爷既是你的好友，那也是贫道的朋友了，大家自己人，还有什么不相宜呢?”

周正道见他说相宜，自己所认为难题的，已迎刃而解，心中大慰。雷震宇让请道明上座，两下谦逊了一会儿，方始坐定。道明居首，雷震宇其次，周正道坐在主位上，给两人筛酒。三杯过后，周正道请问道明，为着何事募缘，远来此地，想是沿途募化，不知成绩如何。

道明笑道:“真人面前不说假，贫道此来，完全为着件紧要事。募化不过是个幌子罢了。”

周正道即问:“道爷另有何事?”

道明道:“俺们自己人，无须绕着圈子说弯转的话，俺此番来，专为着一件极紧要的事。提起此人，大概二位也许知道。此人姓羊名镜清，据闻在此地乃是位有名绅士，二位可知道吗?”说着，留心雷震宇的面容。见他毫无变异，若无其事地不作声。

周正道道:“不错，此人的确是本地的一名绅士。”

道明道:“你可与他相识吗?”

周正道摇了摇头道:“闻其名而未见其人。”

道明见二人都无关系，便将顾山孙所遭的不幸之事，前因后果，以及自己此番访寻羊镜清的经过，说了一遍。

周、雷二人听罢，也都给他不平，说:“想不到羊某如此狠毒，作恶多端，但不知道爷怎样去找他?”

道明道:“俺所以要扮作化缘的形状，便是为的好去找他。”

雷震宇道:“道爷如果要去找他，何不就此前往，直截痛快，岂不了当？如此募缘，反恐打草惊蛇。”

道明笑道:“不妨，明人不做暗事，俺到此寻他，他早已得到信息，半路上差人阻俺，分明已有预备。俺化缘去访他，他绝不会逃走，彼此一见面，用化缘为名，打着暗语。他如应允，便可少去许多争执；不允时，自然要各显神通。”

三人边吃边谈，正说到此，忽然家丁来报，说:“外面有一人自称为羊公馆差来，求见新到的一位姓艾的。俺回他没有，他说：‘你进去回，贵上自会知道。’请示怎样回他。”

道明见说，暗讶，羊镜清消息如此灵通，真也可惊，遂不待周正道回言，即抢先说道：“俺正是姓艾的，烦管家去将他请进来。”

周正道见说，才知道明俗家姓艾。雷震宇心中也讶怪羊镜清的消息灵通，放下酒杯，专候来人。

转眼间，只见家丁从外面引进一位身躯雄壮、气概豪强的大汉来，身穿老蓝布汗衫儿，戴着凉笠，那光景颇像个行客，并不像仆人模样。走到堂前，对着三人声喏，开言说道：“爷，你老人家辛苦了，大暖的天气，你老人家为着别个的事，冒暑奔走，可也就真不易啊！”

道明定睛将他一看，扑哧一声笑道：“俺道是哪位？原来是曹爷，失迎失迎，请坐吧！”

那人将凉笠一掀，哈哈笑道：“道爷真好眼力，毕竟是老英雄。诸位在此，哪有俺的座位？俺到此乃是见道爷有话说的。各位请用酒菜，不必客气吧！”

道明起身道：“曹爷驾临，有何见教？”

曹孝道：“道爷既已到此，当然对于路上所说的事，一定是要办的了。在曹某自己着想，为着朋友之道，所以特地再来奉劝。”

道明抗声道：“曹爷，别事都可以遵命，唯有此事，太强人所难，贫道万难遵依。”

曹孝道：“俺是一片好意，要你们两家无事。如今既道爷坚执不从，俺且告退。羊府的来人在门外候着呢，俺去唤他进来。”说罢，拱拱手，口称：“列位再见！”径回身下级而去。

家人跟着出外，一转眼，倏又由家人从外面引进一人，身材中等，仆人打扮。走上堂照样也向三人声喏行礼，口称：“奉俺公子之命，到此求见艾卓侯大爷。”

道明道：“贫道便是艾某，管家有何话说？”

仆人道：“家爷说道爷远来辛苦，不敢劳动鹤驾，停会儿他亲自到此奉候，特地着俺来通知。”

道明笑道："那是极好，贫道准定恭候。烦管家转禀贵上，就说贫道的意思：他那件事，如想和平，彼此大家不破脸，亦很容易，要不然，空费口舌，亦是无益的。"

仆人应了个是字，随即告辞回去。

雷震宇道："道爷，来人说的话，显露着不怀好意，停会儿却不可不防。"

道明道："俺本是来找他，他却先来找我，免却俺去跑，那乃是好事。只恐他来时，三言两语，起了冲突，因俺使得这里受惊，贫道心中实是万分不安。"

周正道接口道："道长说哪里话来？现在的弟子，已不是从前的周某了，他如真个到这里来放肆，别说有道长和雷爷在此，便是没有二位，凭着弟子个人，也对付得了他。"

道明大喜道："这般说时，贫道便无所顾忌了。"说着，三人酒饭已毕，散座闲谈。

直等到天黑掌灯，仍不见羊镜清来。三人均疑他在半夜里来，因此在客厅上饮酒等候。谁知等到天亮，亦无动静。从来等人的人最是心焦，道明等得满腹怒火燃烧，雷、周二人亦詈骂姓羊的言而无信，不配称作英雄好汉。

道明道："他不敢来，难道俺还不敢去吗？"随又说："累二位也陪着辛苦了一夜，贫道真万分不安。这会儿白天，谅可无事，二位请安息吧！贫道就去访他。"

二人同说："自己人，道爷何须客气呢？这会儿便去，未免太早吧！"

道明道："不！俺一则借募化为名，大街小巷，好去走动，先将各处的路径探熟了；二则俺好借此先访几处寺院，会几家道友，以及外来或本地的豪侠，然后再去访他。不论如何，白天不过是去见个面儿，认识他的面容，随后再去募缘。"

二人道："既是这般，俺们静候道爷的佳音。"

道明说罢话，问周宅家人要过手巾来，擦过脸，即刻穿好原来的道装，背上玉帝，捎起竹梆，别了二人，走出周府。一路缓步前行，笃笃笃、剥剥剥地敲着，边走边向前面左右看看，遇有那庙宇镖局，便将足步停止，抬头张望，踅将入去，访问住持客师，及镖局主要人物，因此他又会见了好些朋友。信阳州地方冲要，商肆素来繁盛，道明各处访问过后，已到午后光景。他便往馆子里去进酒食，饭后就去访问羊镜清的住宅，才知道羊宅是住在隗家纸扎店后面。他随即探明道路，走出城去。

如此往来两次，第三次在桥上遇着糜启世。道明原和他有些面善，边走边呆看出了神。糜启世行路匆促是无心的，故此两下擦肩而过，糜启世被撞了一个踉跄，几乎栽倒，因此两下遂都留了心。

糜启世住在悦宾旅馆里，因时尚早，出外来逛，偏巧又在隗家纸扎店门口遇见了道明。道明本想回周宅去的，因见那少年立在门口，糜启世又站在街沿石上，故此他才席地而坐，使用恶化手段，唇枪舌箭，各用隐语对答一番。

糜启世后又跟着道明，两下在路上比较了一下。夜间道明由周宅出来，周、雷二人因为他此番是为故主和本庙的事，而且羊镜清在本地的行为是素来霸道，使人一夜不眠，却不曾来，故此二人相约，同去走遭。一来给道明巡风，二来给羊镜清一个警告。

道明到得羊宅屋上，凭着他久闯江湖、屡经大敌的经验，脚上留神，眼观四面，耳听八方，蛇行鹤伏地越过两三进房屋。远远地见屋上伏着一人，心忖，原来他们也有防备的，屋上既然有人，下面更不用说，遂往斜刺里一纵，绕着弯儿，向后面去。再由后面隔壁人家的屋上，潜行到羊宅屋上，伏下身来，窥探前面伏着那人的举动。遥见一条黑影，像一缕黑烟般飞到将近那人之处。那人霍地立起身来，嗖嗖嗖，接着向那来的黑影便是几刀。那来人身法非常灵活，躲闪快捷，拔脚就走。

道明目光锐利，早就看出，来人是白天见着的那个镖师，暗说：“呀，此人倒是个有心人呢！”接着见那镖师回身走去。伏着的人在后紧追，渐渐地愈追愈远，看不见了。道明心忖，屋上障碍既去，俺何不前后巡视一遭，再往下面去行事呢？边想边将身立起，正待动脚，忽见斜刺里又从远处飞来两条黑影，仔细看时，认得是周正道、雷震宇二人，不由大喜，纵身迎将上去。两下里击掌，打了暗号，走到面前。

道明道："烦劳二位臂助，贫道感激之至。现在既蒙二位到此，即请二位在屋上巡风，俺下去行事。"

二人应声道："好！道长请下去，俺们在屋上睃着。"

道明谢了二人，回身前行，来到羊宅中进的屋上，向下窥探。只觉得空寂寂的毫无举动人声，心中生疑，莫非他们都暗中埋伏，故意诈作空虚吗？遂轻轻地将身跳下天井，四面望了望，走进厅堂内去。月色下面，照得清晰异常，只觉得明窗净几，铺陈雅洁。道明在腰间拔出剑来，由这进厅屋转到后进内去，仍旧无人在内，只见那屋内堂前，安设着酒席杯筷，已是吃过，分明是有人在此吃喝等候，这光景分明那吃喝的人已上屋去巡查了。

正在思维，猛可里听得屋上有吆喝交战的声音，料定周、雷二人在上面已遇着敌手。自忖，俺此番来，原是为求速效，但是黉夜到此，无非先送信给他的意思。明儿白天仍旧要来寻他，何苦让他们俩在屋上独挡大敌呢？边想边将身形缩到天井内，纵上屋去。一看那面屋上，果然有五六个人，在那里乒乒乓乓交手。月光下面，映射着一片刀光，晶莹雪亮。

道明看在眼内，深恐二人吃亏，本待自己去帮助动手，因恐自己这时出了面，明天事反不甚好办，不如用围魏救赵之计，声东击西，去后面柴房内，放上一把无情火，解救他们俩。想定主意，潜行往后面去。寻到灶屋柴房，望下一张，见有人在里面说话，锅铲正响着呢，知是庖丁在灶上烧菜，和下灶的讲闲，遂轻轻跳下去，走在灶后，大声嚷道："你们快出来呀，有贼了！"

里面听得嚷声，一齐先后跑出来，问在哪里。

道明故意迈步前跑，说："追呀追呀！"

庖人在后面跟着，月光之下，见是个老道，吆喝："贼老道，你装什么鬼怪？自己做贼，还叫人家捉谁呀？别走，俺们来了！"

道明见二人追到面前，回身迎将上去，将二人的穴道点了。两名庖丁立着发愣，动弹不得。

道明将手中剑一耀道："不关你们之事，你二人嚷，俺便送你们回老家去。"

两人吓得不敢作声。道明迈步，到灶屋里，将挂着的灯亮在柴堆上一逗，刮刮杂杂，烧将起来。又将火取出，到隔壁堆草的下房里将火点着。登时噼噼啪啪，烟雾迷漫，红光烛天。

道明见火势已盛，便飞奔到两个庖丁面前，伸手将二人的穴道点活，飞身上屋，往前面去。迎头正遇着三五个人，料知是来察看火势的，忙将身向旁边一闪，隐藏在屋脊暗陬之处，等到这班人过去之后，方才纵身越过屋脊，蛇行鹤伏地奔向前面去。会着周、雷二人，同回周宅。

已将天色微明，道明询问二人，何时发脚往羊宅去的。二人将不忿之意诉说一番，并说："羊镜清这般可恶，实系大憝，非除去不能安燕闾里。因此我等相约，同往羊宅，助道爷一臂之力。不料他们人众，幸亏道爷纵火，方得安然无事而归。"

道明见二人义愤填膺，心中暗喜有了帮手，因此猛可里想着日夜两次见着的那位镖师，神采奕奕，身法快捷，本领甚佳，而且也是个有心人。如能将他邀来做帮手，固然很好；即不然，只要他不帮着羊镜清，便也可以少去一敌。再一想，陡然想着那镖师，是湖北的糜启世。

道明正在犯想，周正道猛然想起，说："道长，俺每尝听得人说，羊镜清每早总到中街长春馆吃点心。俺们停会儿何不去那里访他呢？"

道明道："既有这个去处，那是再好没有。俺们还是这会儿睡一刻，还是等到彼时再去？"

周、雷二人道："白天咱们已睡过一会儿，这时不须再睡了。且等到长春馆去过回来，再作计较。”

道明道：“俺想不如先到他家中去访，如果碰不着，俺们准定到长春馆去走遭。”

周、雷二人同声道：“好！”

说着话，天已大明，三人更换衣服，重新洗漱。等了一会儿，约莫长春馆已上市开门，三人起身离家，先往中街羊宅去一问，说陪朋友往馆子里去用早点了。三人遂往长春馆来。到得长春馆，先由雷震宇上楼去哨探一回，一眼见羊镜清同着一个商人打扮的大汉，在那里坐着，遂下去邀二人上楼。道明上得楼来，见羊镜清等之外，那边桌上还另外坐着个糜启世，心中大喜。

三人坐下，要了点心后，接着又见个头陀上来，无巧不巧的，坐在糜启世的桌上。初见糜启世并未和他招呼，知道不是一起的，又见羊镜清不住目睃视糜启世和头陀，估量这头陀也是个有心人，或者竟许是羊镜清的羽党，亦未可知。

道明当时起身，和羊镜清说募化之事，两下打手势，伸三个指头。因为顾山孙的妹子，在家依着族中的大排行算，该是第三，那山孙在同族弟兄的排行，也是行三，更巧的他又是顾乐山的孙男，抡算恰为三代，故此两下以三为号。后来羊、段二人一口拒绝，说是僧道无缘，半文无舍。

道明因为在确山牧马集曾遇着定慧和尚，明知羊镜清和僧道并非真正无缘，故此冷笑，回说：“好个僧道无缘。”

当日长春馆散后，道明因为和糜启世有一面之识，又要想他帮忙，故此抢先下楼，给糜启世会了账，随即回转周宅。因为天热，所以三人又换了套衣服，暗带短刃，到羊宅去访羊镜清。逢着糜启世在彼，糜启世道谢会账之意。道明因为离间羊、糜起见，故此开言即说彼此自己人，无须客气，好使得羊镜清生疑。募化时两下争执动起武来，被糜启世一劝即此住手，分明表示给他的面子之意。

三人由羊宅回转周宅，道明思忖先去访糜启世，再去寻头陀，然后再找羊镜清，准备和他大决斗一回，分个彼此。预料羊镜清羽党虽多，但须用计，先将他的心忌之处寻着，庶几可以使得他俯首就范，那时可以迎刃而解，故此道明向二人说明，午饭后，独自一人到悦宾旅馆去访糜启世。彼此见面，先叙以前相识的历史，随又详述此番来寻羊镜清的原因，要求糜启世帮助。最小的限度，亦要他中立。末后并问他那同桌头陀的法名、住处。

糜启世自幼练就武艺，在两湖一带，向有侠义的名誉，自己又做着镖师，川、广、云、贵的远路镖，都能万无一失，可称得起极有面子。这会儿被道明一说，打动了他的侠义心肠，觉得羊镜清所为的事，太毒辣了些，本待冲口而出，答应道明。一转念想着，羊镜清虽然可恶，但是待自己却不能算错，自己何能听一面之词去帮着去动手？须得在此打听打听，明白了他的真相，再出手也不为晚。便说："道长，你老既为着故主之情，不辞劳瘁，到此与羊镜清交涉，在理，愚下路见不平，就该拔刀相助。只因愚下现在吃的是镖行饭，行路时多，在家时少，结怨于人，未免将来多事。所以只好遵道长的示，严守中立。至那同桌的头陀，他告诉愚下，现在本地灵鹫寺挂单，法名志静。"

道明听得"志静"二字，不由讶道："哦！原来是他吗？怪不得先时见着，有些面善呢，这可真叫作冤家路窄了。"

糜启世道："敢情道长和他相识吗？"

道明道："不！在前五年，他在山东莱州登云寺内做住持，俺打从莱州经过，听人传说，他是个赫赫有名的淫僧，登云寺内，藏污纳垢，清净佛地，非常的黑暗。因此俺特地去访他，两下遂结下怨恨。"

毕竟两下如何结仇，请待下回续写。

第八回

逞凶锋头陀助虐
施手段道人锄奸

话说道明听说头陀法名志静，不由倒抽一口冷气，道：“这真是冤家路窄，想不到会在此相遇。讲到俺和他结怨的经过，在当时俺去访他，寺僧、小沙弥等异口同声统回说不在。半夜前往，才知他果然是个淫僧。贫道一时性起，便下去和他厮斗。斗了百十个回合，他被俺打败了，伤了右肩，负痛逃去。俺遂将寺内所有的恶僧爪牙一齐查明逐去，将所有妇女一齐放走，放火将寺毁了。嗣后即不知他的下落，不料却在这里遇着，从来士别三日，便当刮目相看，他既五年不见，定在外方练就特殊的本领。现在见着，不怕他别的，但恐他帮着羊镜清，来和俺倒扳旧账。虽然贫道不怕他，可是好汉难敌双拳，他们人多势众，贫道恐未免相形见绌呢。”

糜启世听道明的口气，颇有希望自己加入战团，助他一臂的意思，但因自己处境确乎不能帮谁打谁，果真要是加入任何一方面，定然要给江湖上人批评自己，说不明是非好歹，最小的限度，也得向人打听清楚，方才可以定见。遂假作不理会，但说：“道长艺高人胆大，先声夺人，也许那头陀闻风先遁呢！”

道明见他不接近，遂即含笑作别，起身告辞。

糜启世道谢他早晨的点心，又说改日到周府奉拜，送出店外，方才回转房内。唤了小二进来，借着命他冲茶的因头，唤住他，询问他昨夜失火的羊公馆是什么人家，主人凭着什么度日，既称公馆，不知可曾做过什么官。小二因他是个镖师模样，不敢多说话，回称不大明白。

麋启世打听不出，便出店外，到城内城外各处访寻镖行，拜谒各家同业，彼此打了一番切口，谈起江湖话来，不消怎样便自投契。麋启世乘便访问羊镜清是何等人物，推说自己在沿途听得人讲，姓羊的虽然年轻，在北道上却是极有声望面子的主儿，不可错过。但自己初到信阳，一则不知羊府在何处，无从去到门投帖；二来不知羊某是不是位大英雄，平素既未谋面，贸然去见，不知他肯不肯卖交情，所以要先打听打听。

那些镖行同业，走南到北，海角天涯，原是见惯的，见麋启世北来探路，虽然是初遭，但思无形中自己等帮了他的忙，他回到两湖一传说，自己等下次如保南方镖，便可借他的力，得以保全。彼此同行，不无关顾，因此遂说："麋爷，讲起羊某来，在北道上实可称为小辈英雄，虽然出名未久，但他的本领确乎是超群拔俗，豫州豪客的大名，几乎无人不知。看他年纪虽轻，有句老话，叫作：'有志不在年高，无志空长百岁。'他手下高来高去的能人，数说也不知有多少，但就他常在一起的人讲，也有十来位呢。他的本领既好，自然在北道上极有面子了。不过他为人有件极不道德的事，便是喜好女色，若问他的官阶，只因仗着他的财势，在本地捐了个武职官儿，人家巴结他有钱，都捧着他，管着他称少爷、公子，还有称老爷、大爷的，总之他在表面上，当然是位有名的绅士，结交官府，包揽词讼，在背地里，也常驱使羽党，打劫行旅，鱼肉小民。他的家宅很多，化名也不少，除去他的亲信以外，虽在道中的人，亦不能明了。不过他也有一件好处，便是对于俺们同行，却向来抱着个亲善政策，从未作过对，所以和俺们同行的感情，倒很不错。麋爷如果去拜访他，准得有面子，俺们可以保险的。他家住在中街上，只要一问人，便可以问到的。"

麋启世听罢，果然与道明所说不差，暗忖，此人的确是个害群之马，不讲别的，单讲他鱼肉小民、包揽词讼、生性好色、结交官府四项罪状，已是罪不容诛。边想边说：“他既讲江湖义气和朋友交情，那是再好也没有，我明天准去瞧他。”说罢，告辞镖行内朋友，便寻到城隍庙巷内周正道家来，访问道明。家丁向内回。

道明听说有位湖北人姓糜的来访，知道是糜启世来了，忙同着周、雷二人出外迎接。让到客厅上，道明给糜、雷、周三人引见了，即谢糜启世回访之情，并重申前意，问他对于羊镜清，还是俯赐同情，帮自己圆满功德，还是守着隔岸观火的宗旨。

糜启世道：“道爷不问，愚下亦要申说。方才道爷相顾，所说姓羊的种种劣迹，愚下初时还在半信半疑。道爷去后，愚下去本地同行的人家一哨探，果然羊镜清的行为不端。论理，愚下这只碗走道保镖的饭，就该不多管人家的闲事，免去多结冤家。但因激于义愤，实在有些放舍不下，所以特地来见道长，情愿帮道长一回小忙，同去他家，兴一回问罪之师。”

道明闻言大喜，忙打稽首道谢。周、雷二人也都深佩糜爷见义勇为。四人坐在客厅上，从长讨论，这回去找羊镜清，该当怎样去法。因为根本解决，第一着先要使顾山孙家中的人口和被累的人脱去灾害；第二要将顾山孙的妹子救出来，使文书绅夫妻团圆，然后再彻底解决羊、顾两家的恩怨。因为大家心中，认为羊、顾两家，从前定有旧仇，倘或一点儿矛盾没有，羊镜清只为着一个“色”字，那么劫了顾山孙的妹妹，也就完了，何苦定要使他家破人亡？

讨论到末了，道明又想着那个在灵鹫寺挂单的志静头陀，乃是个著名穷凶极恶的淫僧，自己原和他有仇，他如不曾改过，到此帮着羊镜清，却也可虑。因此和三人说知，三人齐说：“多树一敌，何如暂且以镇静为主，不去理会。果真他怙恶不悛，帮着羊镜清，那时便先去除他。”

大家商议停妥，周正道坚邀糜启世到自己家中来住。糜启世忖念自己既已钻进了这是非窝儿，便不住在周宅，不能算是彻，不如搬到这里来住，大家多个照应，逢事也好商量计较。想定便说：“既承周爷抬爱，自当从命。只是打搅尊府，心中不安。”

周正道道："大家志同道合，正是自己人了，麋爷何必客气？"遂唤家人跟着麋爷，到客店里去拿包裹物件。

麋启世别了三人，领着周宅家丁，一同到悦宾旅馆，将账目结清，东西理好，交付周宅家丁拿着，自己同着他，仍回周宅。当晚周宅设宴款待麋启世、道明、雷震宇三人，大家商量，用什么计策，可以救顾山孙的妹妹，和脱免文书绅等一干被累人的官司。

雷震宇道："这件事，俺想最好以其人之法，治其人之身。设法走去将羊宅的内眷或是要紧点儿的人劫几个来，放在暗处后，着人送信给他，要挟他将顾小姐放出，并自去顺德销案，脱免一切被害人的官司，各位以为如何？"

周正道道："方法虽好，可惜太缓。依俺之见，不如使疾风暴雨的手段，分途进行，先去用夜行人探路的手段，劫住羊宅的家丁，问他的实在下落，问着了俺们便去救人，问不着便用雷爷所说的计，大家好有个交换。顾小姐如果死了，俺们便一报还一报，但一面俺们顺带不为偷，多取羊宅些银子。现在的官府，谁不是见钱眼红的主儿？只要有银子，什么事不能了，何必要姓羊的原告自去销案？文书绅等一干人自能脱累。"

道明道："周爷这话不错，俺们就照计行事吧，但这么一番大举之后，分明使你和羊家结了仇。俺们都可以走的，你却如何？"

周正道道："不妨，俺别处尽多房屋地产，风声一紧，俺们不妨搬家到别处去。"

大家商量定妥，酒饭毕后，各人扎束整齐，拿了应手兵器、百宝囊等件，一齐从天井内上屋，道明前行，三人随后，径向羊宅而来。到得羊宅屋上，道明刚越过屋脊，猛不防一人使虎头钩对后心便刺。道明急向旁闪，回头看时，原来不是别人，正是自己的冤家对头，那个志静头陀。月光下看得明白，只见他穿着短衲，扎束紧紧，足下蹬一双黄布僧鞋，双手擎着一对虎头钩，向着自己刺来。道明知道他仇人相见，分外眼红，一定分毫不让，遂将手中戒刀一紧，迎着虎头钩架格遮拦。先试了试他的力量，觉得他的膂力比先时增大得多，身法、步法亦比从前灵活，估定他的本领比从前精纯，遂也不敢怠慢，使出平生的本领来和他相角。那志静力大如牛，一对虎头钩上下翻腾，在月光下面，耀得人眼花。加着道明的一口刀晶光雪亮，只见两团白气，笼罩着滚来滚去。

周、雷、縻三人见道明独斗头陀，未分上下，正待上前帮着动手，猛听得下面一声大嚷："哪里来的野种，敢到这里来撒野？不要走，俺们来拿你报官。"接着，便见下面嗖嗖嗖，蹿上三个人来，冲着三人，捉对儿厮杀。

道明力战志静，他原本留神，恐怕下面有人上来，这时下面果有人来动手，知道羊镜清邀来的生力军定然众多，自己如再恋战下去，恐敌众我寡，难讨便宜，遂即将刀法变换，逐步逼紧。那志静岂是善者？他自从登州脱逃之后，逐日苦练，立志要报道明的仇怨，云游各处，老未访着，皆因他认定道明是在直隶省或是河南省，所以他老在直、豫两省寻找，哪知道明的行踪无定，并不在家乡地方呢，因此未能遇着。

这番他到信阳来云游，本意也无非为的访寻道明，所以他挂单在灵鹫寺内，心却留神在外面。他和羊镜清本也相识，原是两下慕名的朋友，那天夜间，他在寺内，陡听得外面敲乱锣，知道火警，他赶着出来，纵上屋去哨探，认得那烧的地方，是羊宅后面柴灶，知道不会成灾。但远远见屋面上有人飞奔，在火光中显得明明白白，不由一愣，暗忖，姓羊的是豫州豪客，谁不知名？难道竟有这般胆大的，到此寻他生事，岂不是到老虎头上扑苍蝇吗？再一转念，来者定是羊镜清的仇家，否则绝不至黄夜到此。想罢，遂跳下去，仍旧安寝。

第二天一早起身，想到羊宅去问信道惊，但想着自己不必多事，还以假作不知为妙，遂独自到长春馆楼上去用点心。上楼后，四面一望，见羊、段二人同桌，四目含怨，满面杀气，一旁道人等三位，亦是满面怒容。他是久闯江湖的老辈，岂有不能鉴貌辨色的？况且仇人相见，分外眼红，明明见着道明，哪肯当面错过？因此遂不和羊、段招呼，却和糜启世同桌，只不过两下以目示意而已。当时见道明和羊、段言辞冲突，心中已瞧科十分，所以他回答糜启世的话，老是劝他不要多管闲事。他从楼上回寺，心想，道明既和羊镜清寻仇，自己如去帮羊镜清，明是帮他，暗中却是公报私仇，一举两得，那是再好也没有。因此他便于下午，离灵鹫寺，到羊镜清宅中来。

羊镜清这时正和段知远商量抵御道明等人的办法，一见志静到来，正是帮手到此，好不欢喜，赶忙迎接行礼，各问别后之事。末后说到长春馆见着的情形，问羊镜清和道明有何冤仇。

羊镜清叹道："志静师有所不知，这个所谓冤家路窄。讲到此仇，来由甚远，计算起来，已经有几十年了。当初顺德顾家，在信阳做知州，他将俺先祖父和人家争坟地一案，糊涂断结。先祖父受此闷气，抑郁而亡，遗嘱先父，定须报此仇恨。无如先父手里，老没有这个机会，直到先父临危，叮嘱俺切记报复。志静师，你是知道俺的，俺须不像先父的那样能耐性，等候时机，要干便不怕，要怕就不干，故此俺指挥部下，邀集朋友，亲自出马，到顺德去做了一番事业。却不曾料到，有道明这么一个人，从冷灰里爆出热豆来，同俺作对。他要俺放手，俺这件事，已经做到错字上头，哪能收得回来？所以就只索性错到底了。"

志静道："他要你怎么放手？你又怎么错法呢？这话贫僧可就有些不大明白了。"

羊镜清道："初时俺见着顾山孙的妹子，颇思留下做自己的小星，那也无非是恶毒报复的意思。后来一想，顾小山一死，这个仇总算报了，何苦要这般毒辣？打蛇也得打在七寸上，不能这样过分。但是人已劫出，再送回去似乎有些为难，因此将那姑娘转送给俺一个朋友，做了补房。那姑娘从不从俺朋友的愿，俺可也不很明白。不过这件事，俺已做错，人已经转送给人家，哪还能要得回来？所以只好错到底。讲到道明怎样要我放手，他以化缘为名，要俺听他的话。师父你想，俺杀顾小山，是为的报仇，俺要依了他，岂非要将自己抹脖子吗？再则那姑娘不在俺这里，叫俺拿什么可以还他？

俺既不能遵依，自然只得和他对敌，杀得过他当然没甚要紧，俺如败了，亦只有脚底明白，远远地走往别处，从此将豫州豪客的名号取消罢了。”

志静笑道：“羊居士何必这样自谦，长他人志气，灭自己威风？贫僧今既到此，断无看朋友笑话的理。道明不来便罢，倘或他要再来，遇着贫僧时，断不轻轻将他放过。”

羊镜清闻言大喜，拱手称谢，当即共商御敌之策。

段知远道：“他们定然在夜间来此，俺们现在共只三人。须防他们的人多，最好再邀几个人来帮忙。”

羊镜清道：“曹孝已是来过，俺昨天请他到外面打听消息，顺便就近邀几个朋友。他今日尚未回来，不知何故。”

段知远笑道：“羊兄这话说得太不聪明了，他先在路上和道明见过面，一路到此，他自知不是道明的对手，所以只来送个信，算是已尽过朋友之情，至于要他帮忙去请朋友，俺看这件事是靠不住的。”

羊镜清道：“既这般说时，俺们如何办法呢？”

段知远道：“老兄且慢着急，俺既说到邀人帮忙，当然有个打算，去信阳城外二十里地，有所花家寨，俺们去将花家弟兄请了来，不是立刻有了帮手吗？只要有帮手，便不怕道明他们人多了。”

羊镜清大喜，立刻请段知远写信，差家丁出城去请花家弟兄，一面召集手下，吩咐他们谨慎预备。他手下家丁共有四十名，一个个都是精壮大汉，这班家丁不过是表面上的名义，其实在家便是变相的打手，和看家护院的人，跟着羊镜清出门，立刻就分为头领和喽兵，总而言之，羊镜清不过借此谎骗当地人，名义上叫作主仆罢了。他这四十名家丁之中，有四名领班的头儿，因为他是捐班，不曾得到什么爵位名号，所以对于这四名头目，不便称作家将，只好唤作班长，平常分着日期值日，白天夜间，分为两班，一遇有事，便通力合作。在编书的为行文便利起见，仍旧唤他们为小头目。这四名小头目，一名铁臂膀苗胜，便是上文在纸扎店堂内，摆着花瓶架子，和糜启世交手的大汉。还有三名，唤作急火星王能、笑面虎乜刚、打英雄牛四。那王能的生性急如星火；乜刚恰巧和他相反，嬉皮笑脸，惯会暗箭伤人；牛四是戏班里武行出身，所以三人的外号各个不同。苗胜的两臂自幼即练就硬功，所以唤作铁臂膀。

当日四人奉命准备，即刻召集手下，议定办法，分为四队，两队驻守中央，作为预备队，两队巡逻前后，作为交锋队，各人都将兵器备好，预备厮杀。

到得晚饭时辰，出城去请花家弟兄的人，已是同着花家弟兄一齐回来。那花家弟兄乃是信阳州有名的人物，名唤神弹花萼、铁头花芳、飞腿花芬、龙眼花蕊，弟兄四人，各具有一种特别的能耐，尤其是花蕊的武功最佳，真可称为超群轶伦，出类拔萃。他四人和羊、段向有往来，彼此互有关照，比如官府中风声紧，羊宅即飞速派人去送信；倘或外路有什么财爻，花家弟兄得信，准给羊、段放风，彼此通力合作，同去将这件事办了。两下有此交情，自然友谊很好，所以家丁将信送去，花家弟兄立刻就来。

当时见了面，羊、段将道明来寻仇的话说了一遍，又说：“请四位老哥帮回忙儿，辛苦辛苦，壮壮威风，或许仰仗四位的大名，可以吓退他们这班鼠辈。”

花家弟兄受这一捧，当然立刻答应，说：“大家自己弟兄，当然有福同享，有难同当，些须小事，二位不必担忧。那妖道不来便罢，如果来时，准叫他生来死往。”

羊镜清大喜称谢，即命家丁排设酒席款待。当日夜间，志静头陀预先伏在屋上，先和道明交手，其余的人都在下面候着，一听见屋上声响，遂即从四面陆续上去。羊镜清、段知远、花蕊三人飞蹿上屋，和糜启世等厮杀。

羊镜清一见糜启世，那口怒气，恨不能立刻将他劈死，大骂：“姓宛的，你太不懂交情！昨儿夜里饶放了你，今日白天又给面子与你，你竟帮洋吃相，和俺们作对。今日不杀你，也不算是英雄好汉了！”

他们这里捉对儿厮杀，道明见对方人多势众，急中生智，诈败而逃，诱志静来追。志静一鼓作气，见道明败走，心中大喜，满谓道明此番定然甘拜下风，自己既帮了人的忙，又报了自己的仇。他哪知道明别有深心呢！当时道明见他追来，足下一快，疾如鹰隼，风驰电掣般，蹿高纵低地向斜刺里而走，故意装出畏怯的情形，脚下也不知越过了几条街巷，多少人家。

那时正在初十，月色甚为明朗，道明来到一所大厦的屋顶上，四看无人，立住不再走，在腰间摸出五粒铁弹子来，握在手中，专等志静到时，给他个不得寿终。志静仗着艺高人胆大，奋勇远追，到得面前，大喝道明："休走！无论如何，俺如不要了你的命，俺绝不轻轻恕你之罪的。"

道明扬手一弹丸掷去，志静急向旁闪。道明第二弹已发，接着第三弹又到，志静急用虎头钩迎挡时，怎奈道明的第四、五两弹丸又飞星般打来，饶他让得快，左手虎口上和右脚踝上均已各中一弹，不由回身忍痛逃走。

原来道明的弹丸乃是用手指弹发的，有名唤作迎门五不过，这乃是他的生平第一绝技，无论哪路的英雄，都难逃得了他的五粒连环弹。有时他一手并发五粒，如同三国时一弩五箭的样子，所以唤作迎门五不过。

当时他见志静受伤回身，便又在身边摸出五粒端圆的铁弹丸来，五指齐发，竟如五颗流星，直奔志静的后脑、背心打去。志静回头看时，一粒弹丸正打在他的左眼角上，又一粒正打在他的肩头上，他负着痛，呆了一呆。道明已一个箭步，纵到面前，兜心便是一拳。

不知志静性命如何，请待下文再写。

第九回

奋神勇单刀破双拐
逞拳技空手敌白刃

话说道明纵到志静面前，伸拳去击时，志静头陀虽然此时已是受伤，究竟他系江湖老辈，技击名家，又兼曾经苦练过一番功夫，这几粒弹丸虽伤也还不至致命。所以他当道明纵过来兜心一拳时，他虽护着疼，无有抵抗的力量，但是身法灵活，他对于“躲闪”二字，却还可夸一句便捷非常。因此他双脚一起，望斜刺里一纵，纵在另一家人家的屋上，让过了这拳，撒腿就跑。

道明又掏出五粒弹丸来，对着志静打去。志静听得背后风声，知道他又使暗器，急将脚步放快，向旁躲闪，无如道明的弹丸迎门五不过，除非和道明有同样本领的，方才可以避得了、接得住。志静的武功虽好，毕竟在接暗器、打暗器的技能上，尚未十二分精练，他满谓有一身硬功，刀枪尚可不入，小小的暗器，何能损害到哪里？万不料暗器的厉害，凭你全身硬功怎样练得到家，打暗器的人只要能有百步穿杨的本领，专对你的双目以及命门等处进攻，你如躲闪不及，或是无有接暗器的本领，只要被暗器伤着一下，不但硬功无用，而且受伤非轻。所以当时道明对于志静，不用力战，专用弹丸取胜，便是这个道理。志静虽然身法快捷，无如道明的弹丸手法实在高妙，好容易被他躲过三粒，最后两粒仍旧伤了，一粒中在志静的后脑勺上，一粒中在志静的左足跟上。

志静中这两弹，头目不由有些昏眩，那双足因为都受了铁弹的缘故，对于跳纵腾跃的步法，不免大受影响，立刻慢了许多。道明知道他已受伤，忙将足下一紧，追上去抡戒刀在后便砍。志静急忙回身使虎头钩迎敌，心中着急，不得不稍求缓和，遂于招架时且战且走地说道：“你这贼道，十分可恶，须知穷寇莫追，你既占了上风，俺总算是输了，也就得了。偏生你紧紧不放，死不饶人，难道定要俺的好看不曾?”

道明见他话中求饶，心中不由一软，暗忖，这秃驴虽然可恶，竟究是佛门弟子，看在佛爷面上，姑且饶恕他性命，给予他一条自新之路吧！道明想到此，那手中的戒刀，无形中竟懈怠松慢了许多。志静乘此机会，双钩飞舞，拼命价向着道明进攻，霍地跳出圈外，连纵带跳地逃走。

道明本想就此放他，不再穷追，无如见他逃走有一箭多远，忽然高声痛骂道：“你须放着俺不死，俺们有缘三年后再见。”听他口气，丝毫无悔过之心，反而有报复之念，觉得就此饶放了他，正是自己给自己留害，将来必为后患，不如狠狠心，乘此除去他。想到此，双脚一起，飞也似的向前猛追。志静足踝骨和足后跟本都受伤，护着疼，哪能及得道明的快捷？早被道明追着，狠狠地抡着戒刀，死命相扑。志静见来势凶猛，道明的刀法又一刀紧一刀，手手都难于破解应付，不由得心慌意乱，带伤护疼，抡着一对虎头钩，只有抵挡招架之功，哪有觑空还手之力？五七个回合，早已招架不住，被道明拨开虎头钩，劈面一刀，将志静的肩窝戳了个透明窟窿。志静受此重创，哪还能立得住？不禁哎呀一声，仰面倒在屋上。

他俩在屋上交手，兵器乒乓声响，已是将下面人家惊动，何况这时志静跌倒在屋上时那重大的响声，岂有不将下面人家惊醒的道理？因此下面有人大呼小叫地问屋上是谁，更有人在下面大呼捉贼。道明虽然听见，但却只作不理会，赶着一个进身，挺着那口戒刀，对于志静头陀的前胸，直搠了一刀。志静狂呼一声，手脚一直，登时死在屋上。

道明心忖，这人命官司无辜要累得下面人家去经官动府，未免太无意识，还是将他带了走的为妙。因此便俯身将志静的尸体挟在左腋下，将自己的戒刀插在背上，将志静的一对虎头钩并拿在右手里，运用功力，身轻似燕地跳跃无声，飞奔到羊镜清家屋上来。

其时羊镜清、花蕊、段知远等，和麋启世、周正道、雷震宇等三人在屋上捉对儿厮杀，正杀到难解难分之际，花萼、花芳、花芬等弟兄，同着苗胜、王能、乜刚、牛四等四名头目，也陆续从四面上屋，飞赶将来。十个人围着麋启世等三个好汉交手。羊、段二人深恨麋启世无因帮着道明来和自己作对，故此二人对于麋启世协力进攻，格外用力。麋启世等三人先时以一对一，还可以略占上风，这时以寡敌众，不免相形见绌，渐渐地有些难敌。正到慌促间，恰巧道明从远处奔来，月光下瞧得真切，见三人已将到力不能支之时，赶紧一步，大喝一声，将左腋夹着的志静尸骸，用右手一托，使劲儿向着羊镜清的背后掷去。

羊镜清猛听得背后声响，只道有谁放暗器，赶着往旁边闪让，双足一跳，让过了志静的尸体，那尸体恰巧打在段知远的刀上，嚯的一声，竟将段知远手中刀碰飞到下面天井里去，不偏不倚，正戳在一名打手的头顶心里，哎呀一声，立刻伤重毙命，死在地上。那尸首笨重，落了空，掉在屋檐上，哗啦一声，竟将屋檐连尸首一齐往下坍，跌落在天井内。屋瓦乱飞，灰砂迷目，早又打伤了三四名打手。接着道明将虎头钩分两手握着，纵身过来，冲着羊镜清便刺。

羊镜清这一惊非小，便是段知远和麋启世等双方，也都各吃一惊。及至见是道明时，段知远等九人不由倒抽一口冷气，骇出一身臭汗，登时有些手慌脚乱。麋启世等由惊转喜，立刻精神陡长，虽然这时以四敌十，同是以寡敌众，可是那股勇气竟比方才大不相同了。道明抡着一对虎头钩，如同疯狂般向羊镜清没头没脑、上三下四、左五右六地不按招数乱刺，羊镜清惊骇之余，一时间竟看不出道明是使的什么解数，尽其平生力量，只管得架隔遮拦，已是万分不易。直累得浑身大汗，气喘吁吁，心中一急，手中又松了劲，不由格外着慌。

道明见羊镜清不识自己的招数，料到他已将筋疲力尽，索兴将手眼身法步五字诀，尽量地施展出来，或左或右，或前或后，闪展腾挪，跳纵进退，搅得羊镜清头目昏花，不由将身向后且战且退。段知远见羊镜清战败退后，遂急急飞身过来，拒敌道明。

原来段知远左右两手，先是使的双刀，他被尸首将右手的一口钢刀碰飞后，只剩下一口刀，与糜、雷、周等三人交手，这时见羊镜清难占便宜，他遂仗着单刀来敌道明。苗胜、乜刚一旁早已看见，深恐羊镜清有失，也抽身过来，帮着段知远，丁字脚站着，夹攻道明。道明抖擞精神，以一敌三，将手中虎头钩遮隔戮刺钩，使出浑身的解数来。

羊镜清见有人帮助，略定喘息，便又纵身来攻道明。道明被四人四面围攻，心忖，自己同来只有四人，这里人多手众，非出奇不能制胜。况且自己使用双钩，亦不甚合手，不如显一显本人独到的技能，惊退他们这班人物。边战边想定主意，急将双钩对着段知远掷去。段知远一闪，那两把虎头钩竟飞落到对面屋上去了。可巧那边屋上，正立着两个羊宅打手，在那里瞭望，猛不防飞来双钩，月光射着钩形，晶莹雪亮，正将二人的眼睛耀得不能逼视。等到钩到面前，二人赶忙向旁让时，哪还来得及？恰巧被两钩将两人的前胸刺着，两人同声哎呀一声，一齐仰面而倒，顺着滴水檐，滚跌将下去。两名打手的本领本很平常，受了钩伤，已是危险，哪还再经得起由屋上跌下地去？早已头破血流，性命结果了。，

道明的双手既空，急从背上将戒刀拔下来，霍霍霍，照着羊、段、苗、乜四人飞去。四人初见他这手，莫知所以，不由一愣。及见他戒刀使动如飞，霍霍霍，嗖嗖嗖，一片白光，耀得四人目光闪烁，风也似的团团乱转，直向四人身上卷来。四人恍如丈二金刚，摸不着头脑，赶紧运用武技，迎住交锋。

道明的戒刀，使的解数，原都是法本道人所授，完全从太极剑

剑法变化出来的招数，再经过道明自己的阅历改造，竟成为独得其秘的绝技。上下翻飞，既像击剑，又像舞刀，完全自成一派，不同凡俗。羊镜清、段知远二人原都受过高人的传授，还可以迎战。至于苗、乜二人，不过从羊镜清学得些微末功夫，哪有本领抵敌道明的刀法？稍一疏忽，早被道明一刀，将苗胜连肩带背劈死在屋上。乜刚心惊胆战，慌了手脚，又被道明一个鹞子翻身式，挺刀一削，将一颗脑袋，连肩削落在屋上。苗、乜二人送了命，羊、段二人便有天大本领，也得慌迫惊惧，手脚一慌，道明乘此将戒刀移在左手，右手在腰间掏出五粒弹丸来，边用刀向二人搏战，边将手中弹丸连珠价向二人打去。二人万不防他使暗器，慌促之间，哪能抵御躲让？各人手腕上早都着了一下。道明使的力大，又在面前，不比志静受弹伤时两下离着远，那受的伤当然比较的重得多，疼痛的分儿，也就加了倍。两人手中单刀被道明使刀奋力一磕，早被磕飞，落在屋上。

道明乘势进身，段知远急难退让，慌急中用左手一格，可怜他哎呀一声喊，五个指头被道明削去，十指连心，段知远这时痛彻心肺，倒在屋上，顺着屋瓦势一滚，滚落下天井内去，身受重伤，立刻晕了过去。

羊镜清却借此一着闲空，双脚一起，纵到屋脊后面，飞身到后面天井内去，双脚一着地，总算他的能耐大，不曾跌倒。但也打了个踉跄，几乎栽在石阶沿上。

道明正待追赶，却不防花萼在那旁见着，大吃一惊，抛下糜、雷、周三人，赶紧跳过来，迎住道明。道明将来人一看，见他身材矮小，形容瘦弱，绝肖一只大马猴，不由一惊，暗说，此人武功虽不绝顶，也定超群。再看他手使双短拐，料定来人的拐法，定然厉害非常，心中既惊，手中自然不敢怠慢，即刻使用刀法，架住双拐，专一闪让，且不还手。看来人使的哪路拐法，并试探来人的力量和双拐的重量，因恐来人力大拐重，戒刀被他一磕，须要震破虎口，掌握不牢。

花萼见道明并不还手，不知他葫芦里卖的什么药，赶将双拐一紧，点点戳戳，乱打将来。

道明试探了一番，看出来人拐法，是使的双刀手法招数，遂将戒刀一紧，使出一路花刀的解数来，专一前后跳纵，口中怪嚷怪叫，意在恫喝来人，使他耳失其聪、目失其明。本来道明的戒刀，分量远非他人可及，又兼力大身活，张如飞鸟，收如猿猴，疾如鹰隼，猛如虎豹。那花萼的本领在花家弟兄中，比较起来，要算得是第二，身材矮小，专善攻人的下三路，又兼使的双拐，盘头盖顶。道明见他拐法严谨，花刀不能取胜，又见他专来攻下三路，遂将刀法变换，改用滚刀的手势，防着下部，亦去取他的下三路。有时一奋身，腾跃搏击，使出刀劈华山的架势来，取他的头部肩臂。

两人战罢多时，正是棋逢敌手。道明心中着急，看那天空时，月色渐淡，东方已将微明，忖念，如再不取胜，天明之后，须有许多不便。心急之下，手中的气力，和遍身解数，格外使得周详勇猛。满谓可以取胜，哪知花萼的短拐亦是他独有深造的技能，非寻常可比，因此道明仍旧不能稍占便宜。

道明见仍难争胜，心中更急，忽然想着，自己遍身是软硬功夫，何不完全用出？他的铁拐，只要碰在功上，两强相遇，必有一损，自信数十年苦练的硬功，断非他一拐可伤。两下既不功力悉敌，他的拐被硬功一挺，定然被撞回去，他的手劲料难再执得牢，如飞去一拐，当可立刻取胜。想到此，遂立定身体，挥刀遮架，一面将浑身的硬功，完全运气练好，练好后，即将戒刀一挺，专一地取手势，毫不避让。

花萼以为有机可乘，即仗拐乘虚而入，来捉道明的破绽，谁知左手一拐打去，打在道明的右肩上，道明非但不曾退让，而且反纵身一迎。两下用的力都猛，硬碰硬当然以力小的吃亏，因此花萼的铁拐竟直撞回来，左手不由一松，那柄铁拐竟与花萼脱离了关系，飞落下屋去。

说也凑巧，恰好这时羊镜清在下面略息一息力，心中惦记着屋上的胜败，哪能久息？遂又提着单刀，从天井里飞身上屋。猛不防正逢着短柄的拐迎头飞到。羊镜清脚才着住檐头，还未站稳，见有一件兵器飞来，哪能抵御？后退脚下落空，旁闪也难立足，不得已，只得用刀向上迎架。拐重身虚，那口刀竟被拐一磕，飞落到天井内去，如非羊镜清头偏身闪得快，早被拐打中头肩腰眼了。可是他上中两部不曾打着，拐落屋上，打折了一根椽子，哗啦一声，屋檐跌落下去。羊镜清身立檐口，哪能受此影响？脚下一震，屋檐的椽子亦被震断，身不由己，跟着屋檐哗啦啦、扑通一阵响，摔跌下天井里去。

羊镜清这个跟斗，跌得特别，并非头向下脚朝上，乃是直笔笔地跌下来的。幸亏他练的功非比旁人，要不然，至少也得将两腿跌折，所好他的脚到地时，只颠跳了两跳，脚踝骨略受损伤，即已立住脚步。因为护疼，遂一屁股跌坐在天井内青皮石上。

那时花萼因铁拐撞回来，左手臂都被震伤，牵动筋骨，一阵疼痛。道明的戒刀又毫不容情，略不稍缓地砍来，急切中哪能护痛遮架？没奈何，只得向后退走，让过来刀。因为报仇心切，忍着痛，将身一跃，飞在道明的头顶上，使右手铁拐，死命地向下一击。道明见来势太猛，不敢用头功去挺，只得用戒刀向上一迎。无如花萼用力既猛，由上向下是顺势，又多少借着力，道明再力强些，也断乎不能招架得住。因此那口刀竟被铁拐打落，险些将道明的肩胛削着。幸亏道明的身法灵活，他见戒刀脱手，忙将身体向前，使用燕子穿帘式，平穿着飞跃过一丈以外，让过了花萼的铁拐。

花萼身向下沉，半空中哪能收得住手？一拐正打在屋上，哗啦、扑通、乒乓、呛啷一阵响，屋瓦乱飞。那屋瓦下面的望砖和椽子应手折落下去。落在屋内桌上，碰着碗碟瓷器，所以哗啦、扑通、乒乓、呛啷声音同时而作。花萼扑了空，险乎跌个面磕瓦，手中铁拐被屋瓦砖头一带，也摔手落下去。花萼急用手一拄瓦面，好容易才翻身立起在瓦上。说时迟，那时快，道明早又空手奔来。花萼大吃一惊，急忍痛向斜刺里逃走。

那旁花芳看见兄长吃亏，急急蹿过来，冲着道明迎面就是一刀。道明见来人凶猛，来不及去拾戒刀应敌，只得空手应战，让过来刀，使用神力，伸左手去夺花芳手内的单刀。

毕竟两下胜负如何，请待下回续写。

第十回

祸生不测家宅兆焚如
变出意表亲友成雠寇

话说道明空手赤拳，乘着花萼的败势，意待运用手掌的功夫，去伤他的性命。却不料花芳陡然丢下縻启世、雷震宇、周正道三人，托地纵过来，迎头便是一刀。道明急切中不及拾起戒刀抵敌，只得运起硬功，去抵挡来刀。

看官们，凡是懂得拳术的，当然明了，技击中有种特别能耐，唤作空手入白刃，便是讲究的专靠徒手御敌，不但以一敌一，而且讲究以一敌众。贵能空手身入重围，应付刀枪剑戟，完全倚仗身法灵活，和一身软硬功夫，方才可以冒这种险。如果没有绝顶的功夫，绝对不敢这般冒失。

道明当时因见花芳等人围战縻启世等，酣斗了这许多时光，未见三人的兵器损坏，料定花芳等所用的兵器并无有什么宝刀、宝剑在内，所以他才敢冒这个大险，伸左手去夺花芳的刀。

看官须知，道明为何用左手夺刀，却不使右手去夺刀呢？在这一层上，可以明白道明的本领，左右手是一般无二，没有分别，而且伸左手夺对方的刀，是一种侧面作用。看官假使以身作则，实地练习一下，便知左手夺刀的便利。因为道明向旁一让，是偏身闪避，左手正与花芳的左手近，一伸手便可捉住花芳的手腕，即不然，顺水推舟，以左手向右手里一掌，右脚一伸，也可将花芳跌一个鞠躬如也，面朝屋瓦，马爬着跌一跤。再则左手一捉花芳的手腕，右手一伸，那口刀不被夺也得先被夺住刀柄，所以道明当时让过花芳的刀，左手刚伸出去夺，右手即已紧接着伸上去。

花芳纵过来抡刀砍时，本系用的猛力，既扑了空，不由将身体向前一栽。道明的左手来时，他的右手，正来不及缩回，恰巧被道明捉住。急用左手来帮忙时，道明的右手正将他的刀柄夺住，道明力大，一使劲，竟将花芳的刀夺了过去。花芳急伸右手去夺刀，道明刀已夺到手，扬刀要下绝情。花芳急切中无可躲避，只得窝里发炮，拼命价对准道明的左腋下便是一拳。道明因急于保护左腋，左手不由一松，缩回来击花芳的拳头。花芳乘此机会，缩手跳出圈外逃走。

道明本待向前追赶，因见天色微明，东方已现鱼肚白，忖度对方人多，立刻也绝难取胜。天光大亮，手执凶器，身染血迹，便是得胜，也难行走，况在屋顶上，尤其不很便利，因此遂在屋上拾起戒刀，纵到糜启世等面前，高嚷："三位，时候不早，俺们且饶他们多活一天，明夜再和他们算账吧!"

糜、雷、周等三人闻道明说且先回去，自然一齐领会，随即各卖破绽，回身就走。花蕊、花芬、王能、牛四这时因见自己的人都吃了亏，也无心恋战，再来追赶。故此道明等四人毫无阻挡地从屋上原路回转家中。正行之间，远远地见前面黑烟火亮，冒穿屋顶，周正道辨视方向，正在自己家宅左近，吃了一惊，说："列位，前面失火，或许是羊镜清的同党使的什么诡计，到俺家中去偷空。俺们快些赶回去。"

三人闻言，脚下速度不由都加紧了。道明最速，这时风驰电掣般飞赶到周家邻居屋上时，果然见周宅正屋起火，火光熊熊，黑烟如浓雾般腾空而起，噼噼剥剥，响个不住。那火鸽子也顺着风，从黑烟里向别家屋上飞去。

道明连嚷不好，暗说，自己害了周正道时，周、雷、糜等三人已是赶到，一见这情形，周正道第一个着急，奋不顾身，前行到自家前面屋上，飞身而下。三人不能坐视，也只得随行奔过去，跳下天井。所好这时天色微明，各家已到黎明即起之时，左右邻舍都被惊醒，纷纷乱乱地抢东西、搬物件，用救火的器具，赶忙抢着救火。所幸周宅的前后房屋甚多，四面都砌着很高的风火墙，简直像典当铺一般，又隔着夹墙大巷。

周宅因为是富有之家，平时对于防火的消防设备，也很周密，在四面都埋造着不少的太平缸，缸内都贮着太平水，原是利人利己的公益设备，这时恰巧可以自救。又兼他家男女仆人众多，所谓人多好做事，虽然火起，并无什么大损害，已是大水倾盆地从四面抢着灌救。本来这夜周宅主仆都知道客厅上有新来的一位道士和一位镖师，更有一位雷震宇，四人饮酒，昨夜防了一夜，今夜从屋上出去，大家何尝不提防有何风吹草动？所以一见火起，便都急速取水来扑救，不但人未曾伤，即火势亦未曾过分大。

这时四人跳下天井时，早见有许多男女在那里救火，四人急将兵器扔在一边，奋勇提水上屋，一桶一桶地往火头上浇。大众在下面四下里灌救，不多时，已将火扑息。保甲、地方及本城的文武衙门都已飞派兵弁到来弹压，因此周宅并未大受损失，仅烧去正宅三间，其余前后房屋，因为天井大，并未延烧着。各邻居房屋，除去在下风的人家，稍受影响外，别无什么损害。

周正道这时，赶紧亲自出外招待本地各衙门来的官吏人员、兵弁。道明等赶着收拾兵器，从水地上跑到后面去，道明又急将血衣脱去，围成一卷，扔在床下，用东西遮了，且不出去，专候周正道进来，听候信息

那时周正道见了官员兵役，抱拳行礼，先给他们道劳。官员们因他是富家，又是有功名的人，少不得要给他的面子，不好照普通民居失火的例子办，要抓火首到官讯办，也只得模模糊糊地问了几句。周正道急将他们请在前面屋内坐地，招待茶水，又请他们踏勘了火场，说了几句好话，打个招呼，封了些银子，说是小仆们偶不小心，劳动各位长官和上差以及各位弟兄们，实在不安。些须菲敬，算是赐赏各位兵役的微意。等到晚生略加清理，查明情形后，再亲

到官厅请罪，请各位长官大驾先回。

看官们，天下的事，总是钱能通神，只要有钱，什么事不可了？故此当时各官员、兵役等，都无什么话说，收了银子，作别回去，自去分派。

周正道打发他们走后，回进里面，与道明等三人厮见，三人急问情形如何。周正道将情形说知，道明忙打稽首道惊道谢。

周正道道："师父何必如此？俺当初如非你老人家救护，哪有今日呢？"

说罢还礼，一面招呼童仆，即与三人预备早点，自己又出去查看情形，命人点查损失，计点家中男女人口，有无损伤，一面亲到各邻舍人家道惊叩谢。回来又查问起火情形。

正在乌乱间，周宅的亲戚、本家、世交以及正道的朋友，得信陆续赶来探问。周正道又忙着分批招呼道谢，派家下人分头接待。自己用罢点心，抽出空闲来，亲到县衙州衙等各本地衙门去报告，无非说家人偶不小心，请求各位父母官原谅恕罪，多少罚了些银子了案。忙碌回来，已是午后，赶着再和道明等三人同用午饭，饭后，请三人休息安眠，自己赶着督同家下人等，收拾瓦砾场，打扫整理。到傍晚时分，才到后面去安睡。心中有事，睡到晚饭后，已是醒来，急又邀道明等三人同用晚饭。

晚饭用毕后，周正道这才告诉三人起火的情形，乃是被飞贼放火。来人定是羊镜清的同党无疑。

原来周宅的火，确系羊镜清的同党放的，皆因曹孝一路尾随着道明，到信阳州后，他即到羊宅送信。本来他与定慧和尚都是受了羊镜清的托，同由信阳州起行，往迎道明。一则试探道明的本领，二则邀请朋友。同时受羊镜清的托，分途迎道明做探子的。另外还有二人，那二位和曹孝、定慧，四人分作两起，分为两路迎去。皆因羊镜清预先接外路来报，知道明是从何路来的，但来路有大路与小路的分别，所以羊镜清要派两起人。那另外两位，后文自见，这时先说曹孝、定慧，他俩由信阳起身，约定每到一处镇集，轮流着一个从南进街头，一个便绕路从北进街头，大家在街上茶坊或是饭庄或是吃食店里会面，一路都是如此，并未遇着。

那日在牧马集茶坊内会见道明，他俩暗中一使眼色，即已会意，故此只作各不相识。及至与道明比试后，二人分先后由茶坊出外，在街北口上僻静处会着，这本是他们预定的办法，彼此一商量，看来此事难以调解，还得从速设法。因此曹孝便紧紧尾随道明回到信阳，定慧即去代羊镜清邀请朋友，分途办事。

曹孝到信阳后，见道明住在周宅，赶紧即到羊宅报信。随即带着牛四，同到周宅来见道明，半是恫喝周正道，半是最后劝解道明，兼带骇吓他的意思，无非是欲他惊惧，羊某的党众人多，知难而退。他同牛四回到羊宅后，羊镜清正和段知远计议未完。

那段知远本是羊镜清的知己朋友，在江湖上亦颇有声望，因在外方听得道明寻访韦子澄和束伯仁及羊镜清的消息，特地亲到信阳州来探望羊镜清，并给他送信。两下见着，各自摩拳擦掌，满谓道明独自到来，便有三头六臂，孤掌难鸣，谅也不足为虑。

及至曹孝来报，知道道明住在周宅，周正道在信阳州虽不是站码头、结交江湖的人物，但他的武勇，江湖上知道他的人，亦颇不少，故是二人要商议抵御方法。

等到曹孝领同牛四，由周宅回来报告时，二人尚未商量出计策，闻报，三人共商，羊镜清仍请曹孝去请人，催请定慧速来救应，最好明日即有回信。自己一面与段知远预备迎敌，吩咐手下打手头目等留心。

及至当夜被道明放火，又有糜启世来窥探。次日长春馆和在本宅先后与糜启世、道明等厮见后，事急燃眉，羊镜清方才柬邀花氏弟兄来帮助。满谓段知远所言有理，曹孝因在牧马集不曾敌得过道明，已知难而退，不很可靠，他哪知周宅放火的，即是曹孝和定慧呢?

原本曹孝受托出外，离信阳城，一路见朋友送信，即在朋友家中住宿一宵。第二天又动身起行，半路上在另一朋友家中，恰巧遇着定慧和尚，二人赶紧先行，约那朋友随后就来。二人在路上并未耽搁，但因连日跋涉，不免有些疲困，所以行路时脚下速力，有些不能如愿。二人因图安适，便在路上雇一辆骡车，谁知坐在车厢里，因为劳顿之故，竟不约而同地打了瞌睡。

说也真巧，那赶骡车的于岔路口上，偏又走错了路，及至觉察时，已是去得很远，只得又打大宽转，绕回原路。走到傍晚，尚离信阳有好些路。二人在车上被一阵瞌睡打得格外疲倦，遂即在路上住了店，打发骡车，由他自去。

二人睡了一觉醒来，曹孝想着自己原和羊镜清有约，明天等回信。现在须是已到半夜，倘或明早动身，向午时分才到，岂不有失朋友之信？失信事小，万一因此使羊、段二人见疑，说曹某看朋友睡冷铺，这话以一传百，俺姓曹的以后在江湖上，岂不到处被人看不起？谁不要说俺无义气、不够交情？再则倘或羊宅今夜有甚错失，俺的罪名，可不因此加重一层吗？因此与定慧说知。二人急急起身，唤醒小二，算清店账，立刻离店赶路，飞一般赶到信阳城下。定慧和尚的本领比曹孝高强，练过壁虎功，对于爬城上墙的玩意儿，可称得一句拿手杰作。曹孝却无有这项本领。

定慧道："俺先上去，再想法子，接你上去。"

曹孝四下一望，见一旁有一株柳树，心中大喜，说："不用接，俺从那边树上纵上城头，亦是一样。"说罢，便奔柳树。

定慧立刻走到城根儿下，手、足、腹贴在城墙上，摄着气，运用壁虎功，爬上城头。曹孝跑到柳树下，纵上树去，再由树上蹿上墙头。

二人由城头上下去，再纵上人家屋子，本想径到羊宅。曹孝忽然转念，说："这时到羊宅，不如先到周宅，探一探他们的动静，倘或周宅的人无有举动，俺们便天明到羊宅，也不成问题。如果有举动，俺们看事行事。"

两人商量停妥，遂改道到周宅屋上来。前后巡视了一遍，见下面客厅里灯烛辉煌，桌上酒菜尚未撤去，空寂寂的，只有一名家丁伏在檐口桌上打盹。二人睹这情形，料到定有举动，定是道明等人到羊宅去寻事，不然，即是羊宅来人，被他们打败逃回，他们追赶前去，所以空洞洞地。

二人商量道："无论他们是追去或是寻事去，总之偷营劫寨，偷着冷不防，乃是好的。再则，俺们下去，放上一把火，如是羊宅败，便是围魏救赵；如是羊宅胜，亦是声东击西，这条计总可行的。"因此二人跳下天井，走过客厅，掌着灯烛向后面正宅就走。

二人到正宅内，分两旁点燃，眼看着火光熊熊，烟雾迷漫，方才扔下灯烛，飞身上屋，看着下面刮刮杂杂地烧将起来，恍如隔岸观火。见正宅内并无人出来，二人大喜，以为定已烧死人命，他们哪知周宅的人本有预防，事先即已让出正宅，人都移居到后进，所以毫无影响。

二人见火势已成，遂绕着路往羊宅去，因恐半路上遇着道明等回身来救。这便是周宅起火的情形了。

当时二人到得羊宅，正值羊宅乌乱，伤的伤，死的死，忙得不堪。羊镜清深恐再有失错，遂留下家丁头目牛四，督率手下，在家看守房屋物件，草草将尸首收殓，暂且浮厝在空房里，将门锁上，自己带领家下男女，同花家弟兄、段、曹、定慧等人，离信阳去投奔他曾送顾山孙妹子的朋友的家里暂逃。谁知冤枉恢恢，天下的事，总是无巧不成话，应了"福无双至，祸不单行"的俗语。他去投奔朋友，那朋友正因变生意外，亲友变成雠寇，弄得家宅不安，几乎性命不保。

顾山孙的妹子被人救去，只落得羊肉不曾吃着，惹着一身骚，气急败坏地正来投奔他诉苦，意在埋怨他，不该送这祸水给自己，为害匪浅。两下在中途路上遇个正着。

两下一见，各诉衷肠，正是愁人说与愁人道，好不凄惶。

毕竟那朋友是谁，因何变生意外，亲友成仇，顾山孙的妹子被何人所救，请待下回续写。

图书在版编目(CIP)数据

龙门剑侠·南北游侠传 / 张个侬著. -- 北京 :中国文史出版社,2022.3

(民国武侠小说典藏文库. 张个侬卷)

ISBN 978-7-5205-2937-2

Ⅰ. ①龙… Ⅱ. ①张… Ⅲ. ①侠义小说-小说集-中国-现代 Ⅳ. ①I246.5

中国版本图书馆 CIP 数据核字(2021)第 079306 号

点校整理：清寒树 旷 野

责任编辑：薛媛媛

出版发行：**中国文史出版社**

社 址：北京市海淀区西八里庄路 69 号院 邮编：100142

电 话：010-81136606 81136602 81136603（发行部）

传 真：010-81136655

印 装：北京新华印刷有限公司

经 销：全国新华书店

开 本：720×1020 1/16

印 张：21 字数：260 千字

版 次：2022 年 3 月第 1 版

印 次：2022 年 3 月第 1 次印刷

定 价：69.80 元